Jill Hudson

Die letzte Königin von Saba

Über die Autorin

Jill Hudson hat in Cambridge Theologie und klassische Literatur studiert und viele Jahre im Nahen Osten gelebt. In Deutschland ist sie mit dem Roman „Esther – der Stern von Persien“ bekannt geworden. Ihre biblischen Romane zeichnen sich durch fesselnde Erzählkunst, höchste Lebendigkeit und exakte Recherche der historischen Gegebenheiten aus.

JILL FRANCIS HUDSON

DIE LETZTE KÖNIGIN VON SABA

ROMAN

Aus dem Englischen von Eva Weyandt

Gerth Medien

Mit größter Dankbarkeit wie immer Keith gewidmet,
ohne dessen Unterstützung, Computerkenntnisse,
Landkartenzeichnungen und Hilfe beim Recherchieren
ich dieses Projekt nicht hätte fertigstellen können.
Und besonderen Dank an Karoline Kuhn
von Gerth Medien,
die mir die Idee zum Buch vorgeschlagen hat.

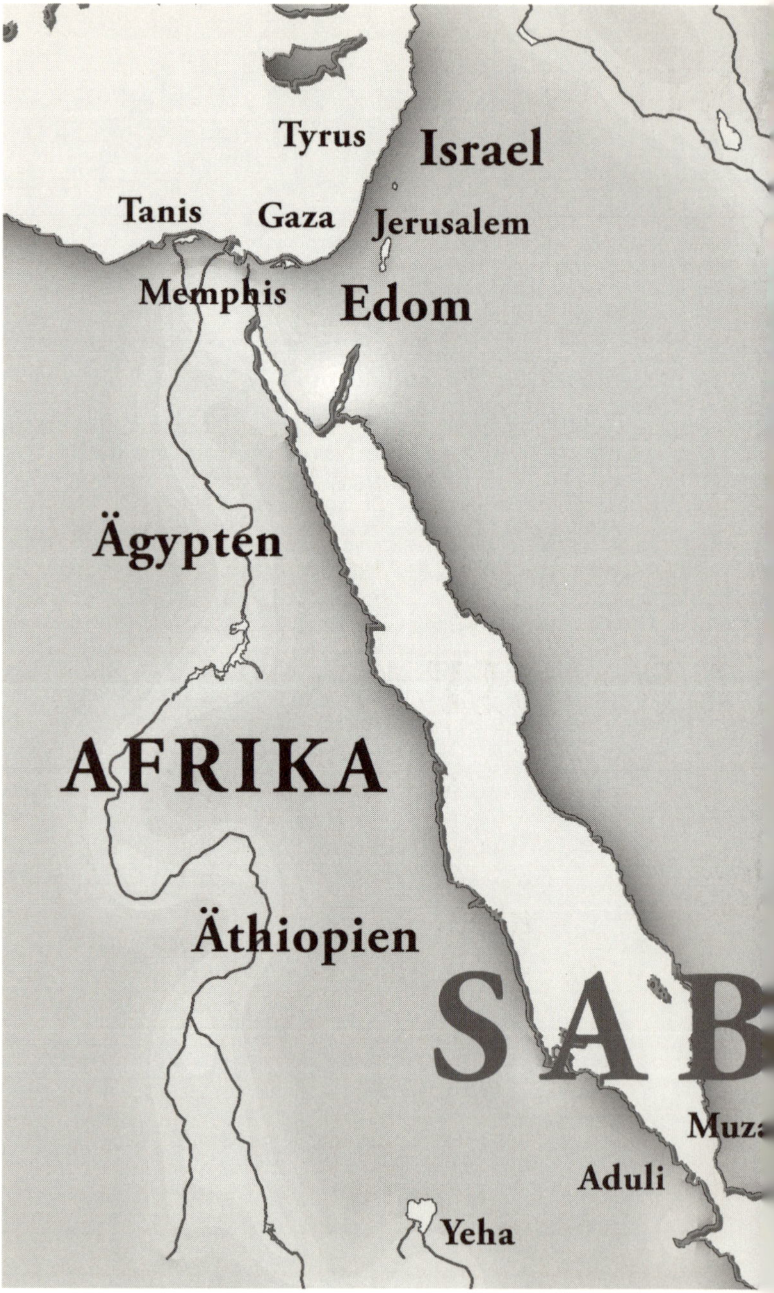
Tyrus
Israel
Tanis
Gaza
Jerusalem
Memphis
Edom
Ägypten
AFRIKA
Äthiopien
SAB
Muz
Aduli
Yeha

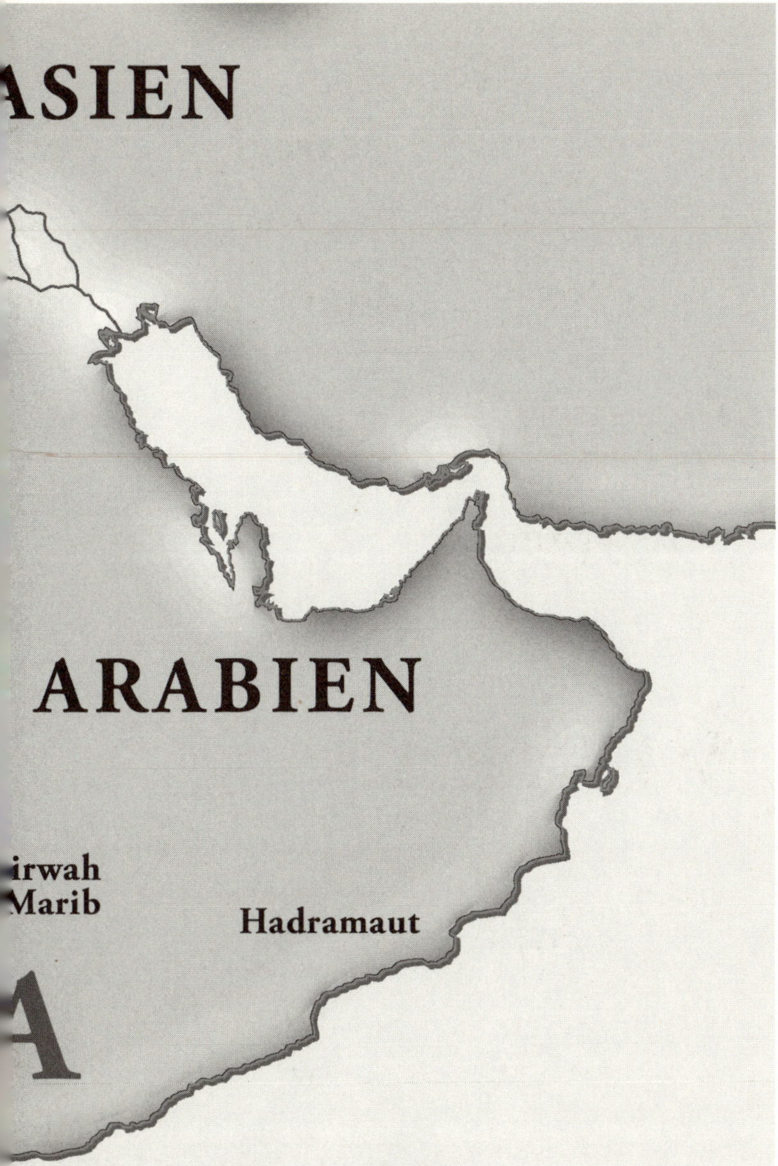
ASIEN
ARABIEN
irwah
Marib
Hadramaut
A

Teil I

Die letzte Königin

Kapitel 1

Die Dämmerung war kaum am Wüstenhimmel aufgezogen, als sich die Prozession vor den Toren der stillen Stadt zu sammeln begann. Die Priester Almaqahs waren die Ersten. Allein ihre fließenden weißen Gewänder und ihre Turbane hoben sich von den dunklen Schatten der Stadtmauern ab. Und als die aufgehende Sonne die schwarzen Dünen dunkelrot färbte und die Umrisse der Berge und die aufragenden Lehmziegelhäuser und Behausungen von Marib schemenhaft sichtbar wurden, waren auch ihre Insignien zu erkennen. Das Symbol des sabäischen Gottes überragte alle anderen: ein Vollmond, der auf den Hörnern eines Stieres ruhte.

Als die Priester sich aufgestellt hatten, sammelten sich die Musiker mit ihren Pfeifen, Leiern, Sistren und Trommeln. Noch waren ihre Instrumente stumm, denn sobald sie ihr Klagelied angestimmt hatten, würde es für den Hörer wie für den Spieler keine Ruhepause mehr geben, bis der einbalsamierte Leichnam der Königin in ihrer in den Felsen gehauenen Grabstätte zur letzten Ruhe gebettet und der Eingang mit einem Stein von der Größe eines Elefanten verschlossen worden war. Aber dies würde erst vollbracht sein, wenn die Sonne wieder untergegangen war und der volle Mond Almaqahs hoch über den Bergen stand.

Nach den Musikern kamen die Trauernden, Männer und Frauen, denen sie das Zeichen für den Beginn ihrer Klagezeit geben würden, gefolgt von Jungen und Mädchen, die den Kinderschuhen noch nicht entwachsen waren. Sie waren wegen ihrer Schönheit für diesen Trauerzug ausgewählt und in spärlichen Zeremonienornat gehüllt worden. Oberhalb der

Taille trugen sie nichts als ausladende goldene Kragen, von denen das Monogramm der verstorbenen Königin schwer auf ihre Brust herabhing. Ein Gegengewicht an ihrem Rücken half ihnen, das Gleichgewicht zu halten. Ihre Beine waren nackt bis auf breite goldene Fußspangen. Breite Reife zierten auch ihre Handgelenke und Oberarme. Sobald die Musik einsetzte und die Trauernden ihren Klagegesang anstimmten, würden diese Jungen und Mädchen mit dem Tanz für die Verstorbene beginnen. Jede einzelne Bewegung war von den Vorfahren genau festgelegt worden, die von dem Gott gelernt hatten, was zu tun war, wenn die Seele des Verstorbenen unbeschadet in das Jenseits übergehen sollte.

Nun drängten auch die Massen der gewöhnlichen Bürger durch die geöffneten Stadttore, die nach der Tradition das Verscheiden ihrer Königin beklagten – oder aber von ihren feudalen Lehnsherren dazu angehalten worden waren, ob sie wollten oder nicht. Nur wenige von ihnen hatten die Königin vor diesem Tag jemals zu Gesicht bekommen. Denn zu Lebzeiten der Königin von Saba war es ihr verboten gewesen, sich außerhalb ihres Palastes sehen zu lassen. Sie verließ ihn nur in einer Sänfte mit zugezogenen Vorhängen, und auch nur, um nach Sirwah zu reisen, zu ihrem Sommerpalast in den Bergen. Nach der Tradition hatte die Person der Königin geheimnisumwoben zu sein. Sie hatte unnahbar wie die Götter, die über dem Firmament wohnten, in ihrem mit Zinnen versehenen Turm zu residieren, und nur im Tod durfte ihr Gesicht enthüllt werden.

In Wahrheit war es so, dass ihre Untertanen sie eher hassten als liebten, denn ihr Vater und seine Sippe, die eigentlichen Herrscher, verlangten von ihnen hohe Steuern und unterdrückten sie ohne Erbarmen, sodass sie sogar um ihr Leben fürchten mussten.

Um die Massen im Zaum zu halten, war ein Eliteregiment der Infanterie in geschlossener Formation bereits durch die Stadttore marschiert und hatte neben der immer größer werdenden Menschenmenge Aufstellung genommen. Nun mussten nur noch die Mitglieder des königlichen Hauses und der anderen adeligen Familien von ihren Dienern zu ihren Ehrenplätzen geleitet werden und dann würde der hergerichtete Leichnam der Königin auf der Totenbahre für alle sichtbar zur Spitze der Kolonne gebracht werden. Ihre Grabgaben würden hinter ihr hergetragen werden wie ein Brautzug, den sie nie gehabt hatte. Dahinter kam ihr ansehnliches Gefolge. In dieser Formation würde sich der Zug zum Tal der Gräber in Bewegung setzen, in dem sie für immer ruhen würde, zusammen mit den Königinnen, die vor ihr ins Jenseits gegangen waren.

„Herr, wir sollten jetzt aufbrechen."

Hami, mein Diener, machte sich hinter mir zu schaffen und stellte sich auf die Zehenspitzen, um mir den Mantel über die Schultern zu legen. Obwohl die Hitze später am Tag unerträglich werden würde, war es am Morgen noch recht kühl, und ich hatte wenig Fleisch auf meinen Knochen, worauf Hami mich immer wieder gern hinwies. Als Cousin von Rafasch, dem Oberhaupt der Banu Habesch, und als einer der reichsten und angesehensten Männer Sabas hatte ich das Recht, den Adel auf dem Marsch mit meiner Anwesenheit zu beehren, und das würde ich auch tun.

Rafasch selbst würde durch Abwesenheit glänzen. Unser Stamm hatte vor vielen Jahren das Rote Meer überquert und Kolonien in Afrika gegründet. Rafasch lebte weit entfernt in seiner Bergfestung in Äthiopien und hatte vermutlich die Nachricht vom Tod der Königin noch gar nicht erhalten. Ich selbst hielt mich nur deshalb in Arabien auf, weil ich, als mich die Nachricht erreichte, auf dem Heimweg von einer Handelsmission gewesen war, die mich ins Königreich Israel geführt hatte.

Denn ich bin Tamrin, der Kaufmann, und in den Tagen, in denen diese Geschichte beginnt, nannte ich 520 Kamele und 73 Schiffe mein Eigen. Viele dieser Kamele, vorübergehend von ihren kostbaren Lasten befreit, befanden sich in meinem

Lager auf der Ebene vor den Toren Maribs. Dort lagerten auch viele meiner Diener und Agenten, ebenfalls mit ihren Dienern, sowie die Söldner, die ich angeheuert hatte, um uns unterwegs zu beschützen. Sie alle waren wie ich zweifellos nicht erfreut darüber, dass wir aufgehalten wurden.

„Dann komm, Hami", forderte ich ihn auf, und gemeinsam verließen wir mein Zelt, von einer ansehnlichen Gruppe von Dienern geleitet, wie es für mich als Angehöriger eines adeligen Hauses bei einer Gelegenheit wie dieser angemessen war. Zeremonien verabscheute ich genauso sehr wie unvermeidliche Verzögerungen.

Um mich von meinem Kummer über meinen eigenen Verlust abzulenken, hatte ich mich einem Leben des Reisens verschrieben. Nur selten erlebte ich ein Gefühl, das sich mit Zufriedenheit beschreiben lässt. Dieses Gefühl stellte sich jedoch ein, wenn ich die Wüste durchstreifte oder in einen Teppich eingerollt unter dem prachtvollen Baldachin des Himmels schlief. Die Beduinen sagen, wenn einem das Leben in der Wüste nicht gefällt, dann ist man für das Leben insgesamt nicht geeignet. Ich bin geneigt, ihnen zuzustimmen.

Die Haushofmeister des königlichen Hauses führten mich zu meinem Platz. Hami und der Rest meines Gefolges würden sich zu den Bediensteten der anderen Adeligen ganz in unserer Nähe gesellen. Nachdem die Sonne nun aufgegangen war, waren die Gesichter meiner Gefährten deutlich zu erkennen, zumindest das, was unter ihrer Kopfbedeckung zu sehen war, insgesamt kein angenehmer Anblick. Verhärtet durch Gier, Ehrgeiz und Misstrauen, waren dies die Gesichter von Männern, die genauso wenig Zuneigung füreinander empfanden wie für die Frau, zu deren Ehren sie widerstrebend zusammengekommen waren.

Nur eine der anwesenden Personen zeigte Anzeichen aufrichtiger Trauer. Die Dame Ghalilat, die Nichte der verstorbenen Königin, von ihrer jungfräulichen Tante dazu bestimmt, an ihrer Stelle den Thron von Saba zu besteigen, stand zwischen den führenden Adeligen und vergoss heiße Tränen.

Der Khol, mit dem ihre Augen geschminkt waren, hinterließ schwarze Spuren auf ihrem Gesicht, die es entstellten wie zornige Narben. Vom Kopf bis zu den Knöcheln war sie in schwarze Gewänder gehüllt, doch ihre Füße waren nackt, und wenn sie den steinigen Weg zur Totenstadt zurückgelegt hatte, würden sie voller Blasen und blutig gelaufen sein. Vielleicht trauerte sie genauso sehr um die Liebe, Ehe und Kinder, die ihr nun für immer versagt bleiben würden, wie um die Tante, die sie zur Thronerbin bestimmt hatte. Doch wenn man den Gerüchten Glauben schenken durfte, wollte sie den Thron genauso sehr, wie sich jede normale Frau die Dinge wünschte, auf die sie nun würde verzichten müssen.

Auf einmal wurde die Totenstille durchbrochen, denn die Priester stimmten ihr Klagelied an, die Trommeln begannen zu spielen, und die Trauernden erhoben ein Geschrei, dass die Stadtmauern Maribs zu erbeben schienen. Es war, als würde die ganze Ebene plötzlich von den Geistern Tausender Käuzchen heimgesucht, die dort von Dämonen gefangen gehalten worden waren. Verstohlen holte ich aus den Falten meiner Gewänder zwei winzige Kugeln aus zusammengerolltem Leinen heraus, die ich eigens für diesen Zweck mitgebracht hatte, und steckte sie mir in die Ohren. Sie schlossen den Lärm nicht vollkommen aus, doch sie halfen mir, nicht den Verstand zu verlieren, und schützten mein Gehör, das längst nicht mehr so gut war wie früher.

Nun setzte sich die lange Kolonne wie eine erwachende Riesenschlange in Bewegung, und während sie sich unaufhaltsam ihrem Ziel entgegenwälzte, ließen wir die Zeltstädte hinter uns, die Sonne stieg höher, und vor uns erhoben sich die gezackten Klippen, die die königlichen Gräber beherbergten. Das Grab für die Königin hatte man schon vor Jahren vorbereitet und die Stele mit ihrem Monogramm unmittelbar nach ihrer Thronbesteigung errichtet. Wir Sabäer sind nicht so besessen vom Tod wie unsere ägyptischen Nachbarn. Wir verbringen nicht Monate damit, die Leichname unserer Herrscher einzubalsamieren, und geben ihnen auch nicht so viel

Gold auf ihre letzte Reise mit. Aber wir sind uns bewusst, wie wichtig es ist, ihre Namen für die Nachwelt zu bewahren. Denn niemand weiß, was aus der Seele wird, sobald der Körper stirbt. Unser Name ist vielleicht alles, was von uns übrig bleibt, wenn unsere Knochen zerfallen sind.

Obwohl, überlegte ich, während ich mit gesenktem Kopf in dem Trauerzug dahinmarschierte, *einen Mann könnte es geben, der die Antwort auf die Frage kennt, ob und wie wir über das Grab hinaus leben und vielleicht vereint sein werden mit denen, die vor uns diesen Weg gegangen sind.* Der unübertreffliche König Salomo von Israel, von dessen Hof ich erst vor Kurzem zurückgekehrt war, hatte mir viele solcher Fragen beantwortet, die mich schon länger beschäftigten, als ich denken konnte. Eigentlich hatte er mich rufen lassen, um mit mir über die Ausstattung des Tempels zu verhandeln, den er seinem geheimnisvollen, unsichtbaren Gott bauen wollte, doch dann hatten wir über viel mehr gesprochen als den Preis der Waren, die er von mir zu beziehen wünschte. Sehr schnell hatte er erkannt, dass auch ich ein Suchender war. Doch das, wonach ich mich sehnte, war kein Gegenstand, der gekauft oder verkauft werden konnte. Wir beide, die wir reicher waren, als sich die meisten Menschen vorstellen können, waren schon vor langer Zeit zu der Erkenntnis gekommen, dass es im Leben eines Menschen mehr geben muss als Reichtum und Söhne, an die man seinen Namen und sein Vermögen weitergeben kann.

Doch im Gegensatz zu mir schien Salomo eine Ahnung davon zu haben, woraus dieses „Mehr“ bestehen könnte. Und was für ein Paradies hatte er seinen glücklichen Untertanen geschaffen! Zumindest schien es mir so. Welche Ordnung und Harmonie hatte ich dort vorgefunden, wie wenig Bitterkeit und Gezänk; Dinge, die die Politik in Saba bestimmten und verhinderten, dass das Land blühte und gedieh! Wie gern hätte ich mehr Zeit für das Gespräch mit diesem gelehrten König gehabt und die aufgeklärten Sitten seiner Untertanen bestaunt. Doch Salomo selbst hatte mich gebeten, in mein

Heimatland zurückzukehren, um Saphire, Elfenbein, Obsidian, seltenes rotes Gold und hartes afrikanisches Ebenholz zu beschaffen. Damit wollte er das Haus seines Gottes ausstatten, und wenn es fertig war, sollte ich zu seiner Einweihung eingeladen werden, das hatte er mir feierlich versprochen.

All dies erschien mir in diesem Augenblick, da die Sonne auf meinen Kopf herabbrannte und der Sand unter meinen in Sandalen steckenden Füßen so heiß war wie Asche, unendlich weit entfernt. Je weiter wir in die Wüste vordrangen, desto mehr freute ich mich darüber, dass unsere Kolonne von Soldaten flankiert wurde. Als erfahrener Wüstenreisender wusste ich nur zu gut, dass Räuber wie auch beduinische Hirten die Sanddünen durchstreiften und dass hinter jeder von ihnen Unheil lauern konnte. Die Schätze der verstorbenen Königin und der glänzende Putz der Tänzer wären eine verlockende Beute. Die Art von Räuber, die Gräber plünderten, hätte auch keine Scheu davor, einen Leichenzug zu überfallen oder unschuldigen Kindern Hände und Füße abzuhacken, um ihnen den Schmuck abzunehmen.

Manchmal, wenn unser Weg bergab führte, konnte ich den Leichnam der Königin recht deutlich erkennen. Man hatte sie noch nicht in das Leichentuch eingewickelt. Es hing von der Trage herunter. Ihre Hände waren vor der Brust gefaltet, ihre dichten schwarzen Haare unter der Krone an ihrem Hinterkopf geflochten, und ihr Gesicht, obwohl die Stirn verdeckt war, ließ etwas von ihrer früheren Schönheit erahnen. Aber die Linie ihres Mundes war hart, und die Lippen waren zu schmal, zumindest für meinen halb afrikanischen Geschmack. Dieselbe Härte hatte ich in dem von Khol verschmierten Gesicht ihrer Nichte erkennen können.

Trotz meines Unbehagens und zweifellos dank der Anwesenheit der Soldaten erreichten wir ohne Zwischenfall den Ort der Gräber. Dort formierte sich die Marschkolonne in einen mehrere Reihen tiefen Halbkreis, eine Arena aus Menschenleibern, in der die Beisetzungsrituale durchgeführt wurden. Die Trommeln änderten ihren Rhythmus und die

Flöten ihre Melodie; die Trauernden klagten, und die Tänzer tanzten um die Totenbahre herum, die die Priester auf einer großen Steinplattform vor dem Felsen abgestellt hatten. In die Musik und die Klagerufe mischten sich nun noch die Gesänge der Priester, die auf jedem der um die Plattform herum aufgebauten vier Altäre die Feuer entzündeten und die Opfer darbrachten. Der Geruch verbrennenden Fleisches und der Duft von Weihrauch stiegen auf in den windstillen Wüstenhimmel, denn in Saba sind die Bäume beheimatet, aus denen Weihrauch und Myrrhe gewonnen werden. Diesen verdanke ich den größten Teil meines legendären Reichtums. Aber nicht unmaßgeblich dazu beigetragen hat auch mein Ruf, ein integrer Geschäftsmann zu sein.

Die Trauergesänge waren sehr laut und meine Ohrstopfen sehr effektiv. So bemerkte ich anfangs gar nicht, dass die Stammesfürsten den Lärm des Spektakels nutzten, um sich zu besprechen, anstatt von Ehrfurcht erfüllt die Rituale zu verfolgen. Nachdem mir aufgefallen war, was sie taten, nahm ich sofort meine Ohrstöpsel heraus, denn ein Mann in meiner Position muss alles sehen und hören, und ich beschäftige eine ansehnliche Schar von Spionen, um mir möglichst umfangreiche Informationen zu beschaffen, zu denen ich selbst keinen Zugang habe.

„Dann sind wir uns also einig, dass Mafaddats Balg nicht Königin werden darf? Dass der Kronrat ihre Ernennung als unangemessen zurückweisen muss?“

„Daran kann kein Zweifel bestehen. Zwei aufeinanderfolgende Königinnen aus demselben Stamm, sogar demselben *Klan* … das ist eine viel zu große Konzentration der Macht. Wir müssen unverzüglich eine andere geeignete Frau suchen.“

„Eine Frau? Die neue Königin darf noch keine Frau sein. Sie muss ein Mädchen sein, unschuldig und ungebildet, ein Mädchen, dessen Jungfräulichkeit vorausgesetzt werden kann und das noch nicht von seiner Vorgängerin mit aufrührerischem Unsinn verdorben wurde. Diese Ghalilat ist schon fast fünfundzwanzig Jahre alt, bei Almaqah! Wenn sie der Königin auf den Thron folgte, wäre das eine Verspottung unserer Traditionen. Es würde das Gute, das aus ihnen hervorgegangen ist, in Gefahr bringen! Sabas Stärke hat immer darin gelegen, dass die Macht bei den Sieben Führenden Familien lag."

Sabas Stärke oder der Beginn seines Untergangs?, fragte ich mich zynisch, aber ich hatte keine Gelegenheit, diesen Gedanken weiterzuverfolgen, denn einer der Adeligen bemerkte schnaubend: „Jetzt sind es *Acht* Führende Familien, mein Freund, oder hast du das schon vergessen? Rafasch von Yehas Machtgebiet und die Anzahl seiner Untertanen sind so groß, dass er sich für die Eingliederung in den Adel und eine Mitgliedschaft im Kronrat qualifiziert. Er muss zugegen sein, wenn der Rat tagt, sonst sind alle getroffenen Entscheidungen ungültig."

„Rafasch kommt bestimmt nicht her. Er ist doch ganz glücklich damit, Elefanten und Flusspferde zu jagen. Keinesfalls wird er seine Zeit mit Staatsgeschäften vertun, die ihn, wie er glaubt, nicht betreffen."

„Da irrst du. Rafasch wird schon hierher aufgebrochen sein, als er gehört hat, dass es mit der Königin zu Ende geht. Er ist weder so dumm noch so bequem, wie es den Anschein hat, denkt an meine Worte. Genau wie wir hat er seine Spione überall, die ihn über die politischen Entwicklungen auf dem Laufenden halten. Er wird sich die Gelegenheit, die Politik unseres Landes mitzubestimmen, nicht entgehen lassen."

Anschließend tauschten sie Skandalgeschichten über Rafasch aus, schnalzten angewidert mit den Zungen und schüttelten in grimmiger Missbilligung die Köpfe. Ich hörte nicht mehr zu, da ich darüber nachdenken musste, was das Gehörte für mich zu bedeuten hatte.

Falls Rafasch tatsächlich herkam, blieb mir nichts anderes übrig, als seine Ankunft abzuwarten, da ich für die Beschaffung der Waren, die Salomo bei mir bestellt hatte, Rafaschs Zustimmung brauchte. Eine weitere Verzögerung ließ sich wohl nicht vermeiden. Das gefiel mir gar nicht. Außerdem sehnte ich eine Begegnung mit dem Cousin, den ich verachtete, nicht gerade herbei, denn selbstverständlich würde ich ihm mit Höflichkeit begegnen müssen.

Um mich von meinen deprimierenden Gedanken abzulenken, konzentrierte ich mich auf die Ekstase um mich herum. Als die Flammen auf dem Altar aufloderten und der Weihrauch verbrannte und die Tänzer sich ekstatisch verrenkten und herumsprangen und unter dem Einfluss ihrer Geister mit Schaum vor dem Mund zur Erde stürzten, schloss ich die Augen, atmete die berauschenden Düfte ein und versuchte, mich dem seligen Vergessen hinzugeben. Aber es wollte sich nicht einstellen. Am Ende blickte ich mich suchend nach Hami um und ließ mich von ihm zu einem Platz im Schatten führen, wo wir warten konnten, bis die lästigen Rituale zu Ende gingen und wir, ohne Ärgernis zu erregen, in unser Lager zurückkehren konnten.

„Herr, du hast dich übernommen!“, rief Hami bestürzt, während er mich stützte, mir half, mich auf einen Felsen zu setzen, und mir mit seinem Ärmel Luft zufächelte. „Du bist es nicht gewohnt, in der Hitze des Tages größere Strecken zu Fuß zu gehen. Das ist dir gar nicht bekommen.“

„Unsinn, Hami“, widersprach ich ihm gutmütig. „Ich kann genauso gut laufen wie fahren, wenn ich das will. Ich brauchte nur ein wenig Zeit, um meine Gedanken zu sammeln. Denn es sieht so aus, als müssten wir die Gastfreundschaft unserer Gastgeber in Marib ein wenig länger in Anspruch nehmen als beabsichtigt.“

„Tatsächlich, Herr? Und warum?“ Hami machte nun kein Aufhebens mehr um mich, sondern versuchte, sich selbst ein wenig Kühlung zu verschaffen. Sein rundes, noch recht jungenhaftes Gesicht war rot wie ein Granatapfel, denn in Wahrheit war er genauso wenig daran gewöhnt, den ganzen Tag in der prallen Wüstensonne zu stehen, wie ich.

Mein Cousin Rafasch hätte jedem Diener eine Ohrfeige verpasst, der es gewagt hätte, eine so direkte Frage zu stellen. Aber ich war nicht Rafasch und Hami war nicht irgendein

Diener. Er war schon sein ganzes kurzes Leben lang bei mir und sein Vater hatte mir bis zu seinem Tod vor gar nicht so vielen Jahren ebenfalls gedient. Keiner von beiden hatte mir je einen Grund gegeben, sie harsch zurechtzuweisen, und ohne zu zögern, hätte ich jedem von beiden mein Leben anvertraut.

„Weil", erklärte ich ihm jetzt freimütig, „Rafasch, mein Verwandter, mit großer Sicherheit bereits auf dem Weg hierher ist, um seinen Platz im Kronrat einzunehmen, Hami, und es würde von schlechtem Benehmen zeugen, würden wir vorher abreisen. Außerdem muss ich ihn in eigener Sache sprechen, oder besser, wegen der Wünsche des Königs von Israel. Und ich habe den Verdacht, dass die Sitzung des Rates, wegen der er auf das Vergnügen der Jagd verzichtet, sehr viel länger dauern wird, als wir angenommen hatten, da die anderen Stammesfürsten entschlossen zu sein scheinen, die Thronfolgerin, die die verstorbene Königin zu ihrer Nachfolgerin ausersehen hat, nicht zu bestätigen."

„Sie wollen die königliche Kandidatin nicht anerkennen? Dazu sind sie doch sicher nicht berechtigt, oder?" Die Röte in Hamis Gesicht hatte sich verstärkt.

„Oh, das sind sie sehr wohl, mein junger Freund, das sind sie. In Sabas Geschichte ist das schon häufiger vorgekommen. Und die fragliche junge Dame scheint schwer zu handhaben zu sein, wie sich gezeigt hat. Allerdings wird es ein Problem für den Kronrat sein, eine geeignete Alternative zu präsentieren."

„Dann sollten wir den Göttern vielleicht danken, dass Rafasch eine so lange Reise zurücklegen muss, um hierher zu gelangen. Denn sonst könnte er versucht sein, wieder nach Hause zu reisen und Makeda zu holen."

„*Makeda* als Königin von Saba?" Ich lachte laut auf, denn Hamis liebenswerteste Gabe war seine unfehlbare Fähigkeit, ein Lächeln auf das Gesicht seines Herrn zu zaubern, ohne es beabsichtigt zu haben. Makeda war Rafaschs einzige Tochter. In meinen Augen war sie so schön, wie Rafasch hässlich war, und so unschuldig, wie er verderbt war. Aber sie war auch so schwarz wie ihre verstorbene kuschitische Mutter, und sie hatte ein lahmes Bein als Folge des schrecklichen Unfalls, bei dem sie beinahe umgekommen wäre. Makeda war etwa so geeignet, Königin von Saba zu werden, wie ich selbst, und dafür dankte ich tatsächlich den Göttern. Denn es war keine Ehre, die ich einem Mädchen wünschen würde, das mir am Herzen lag.

Und Makeda lag mir am Herzen, sehr sogar. Da ich keine eigenen Kinder hatte, hatte ich eine Vorliebe für das kleine Mädchen entwickelt, das ohne Mutter aufwachsen musste, und diese Zuneigung hatte sich nach dem Unfall noch vergrößert, als Makeda lange Zeit entsetzliche Schmerzen leiden musste und gar nicht mehr laufen konnte. Ich hatte es mir zur Aufgabe gemacht, sie aufzuheitern und ihr von meinen Reisen kleine Geschenke mitzubringen; meist kleine Götzenfiguren für ihren privaten Schrein.

Ich hatte ihr auch ein Abbild von Salomos Gott mitbringen wollen, doch mir wurde mitgeteilt, dass von ihm kein Bild angefertigt werden durfte. Daraufhin ließ Salomo von seinen königlichen Goldschmieden eine winzige Nachbildung eines Gegenstandes machen, den er die „Bundeslade“ nannte, die, wie er sagte, das Symbol für die Gegenwart seines Gottes unter seinem Volk sei. Das Modell war eine Kiste, nicht länger oder breiter als meine Handfläche, aber es bestand aus reinem Gold. Auf ihrem Deckel standen sich zwei Engel mit Flügeln gegenüber. Ich dachte, sie würde Makeda gefallen und sie könnte darin ihre Ohr- und Nasenringe aufbewahren. Sie liebte solche ausgefallenen Dinge und sagte mir immer, sie seien ein kleiner Ersatz dafür, dass sie nicht mitreisen könne. Wann immer ich zu einer meiner Expeditionen aufbrach, flehte sie mich an, sie mitzunehmen, und ich hätte das auch getan, zumindest auf eine der kürzeren Reisen, wenn ihr Vater es gestattet hätte. Aber Rafasch, der leider nicht viel für Makeda übrig hatte, behauptete, es sei zu gefährlich. Sie könnte von Banditen entführt werden, und er hätte keine Lust, die Mitgift, die er für ihre Eheschließung beiseitegelegt hatte, irgendwelchen Schurken zu bezahlen, damit ihr nicht die Kehle aufgeschlitzt würde.

Diese Mitgift wäre jetzt bald fällig, denn zu seiner unendlichen Erleichterung war es ihm gelungen, eine Ehe für Makeda zu arrangieren. Schon bald konnte er die Verantwortung für sie an einen anderen Mann abgeben. Und auch ich durfte sie dann nicht mehr als einsames kleines Mädchen sehen, das Zuwendung brauchte. Immerhin war sie schon sechzehn, und auch wenn ich ihr Verwandter war – sobald sie das Haus ihres Vaters verlassen hätte, wäre eine freundschaftliche Beziehung zwischen uns nicht mehr angemessen.

Während sich meine Gedanken sehnsuchtsvoll um Makeda drehten, musste ich zwischen den Felsen eingeschlafen sein, denn auf einmal war es dunkel, und Hami rüttelte mich und zischte mir ins Ohr: „Herr, wach auf! Es ist Zeit, in die Stadt zurückzukehren."

Ich räumte widerstrebend ein, dass die Sonne mir doch mehr zugesetzt hatte, als ich wahrhaben wollte, und dass ich die Beisetzung und die Versiegelung des Grabes verschlafen hatte. Niemand würde das als Beleidigung werten, denn bei einer sabäischen Beisetzung war es nicht ungewöhnlich, dass einige der Gäste zusammenbrachen, vor Trauer oder als Folge der Exzesse religiöser Leidenschaft, und reglos auf dem Boden liegen blieben.

Als die Kolonne im Mondlicht wieder Aufstellung nahm, war ich nicht der Einzige, der sich schwer auf die Schulter seines Dieners stützte. Und Ghalilat, Tochter von Mafaddat, hatte ihre Kleider zerrissen, ihre Haare zerrauft und ihr Gesicht in einer durch Drogen herbeigeführten Ekstase zerkratzt und musste auf einer Bahre nach Hause getragen werden.

„Hami, du musst mich morgen wieder früh wecken", gebot ich ihm, als er mir auf die Füße half. „Wir müssen bei Tagesanbruch Schamasch eine Ziege opfern, als Strafe dafür, dass wir seine Macht missachtet haben. Sonst werden wir beide unsere Anmaßung mit rasenden Kopfschmerzen bezahlen."

Schon vor langer Zeit hatte ich begonnen, Schamasch, den Sonnengott, vor allen anderen Göttern zu verehren. Auch wenn der Mondgott der Schutzpatron meines Volkes war, so war es meiner Aufmerksamkeit nicht entgangen, dass die Menschheit als Ganzes der Sonne, der Quelle allen Lichtes und Lebens, beträchtlich mehr verdankte. Sie bestimmt die Jahreszeiten, lässt unsere Ernte reifen und deckt Ungerechtigkeit auf. Und es war auch Schamasch, der Hammurabi, den legendären König von Babylon, dazu inspirierte, die Gesetze zu erlassen, die Orientierung für mich sein sollten.

Mehr noch, die Sonne hatte die Macht, uns alle zu Asche zu verbrennen, wenn wir sie nicht durch Opfer gewogen stimmten. Salomo hatte nur anmutig den Kopf geneigt, als ich ihm meine Theologie erläutert hatte, und mich darüber informiert, dass sein namenloser, unsichtbarer Gott die Sonne und den Mond und alles andere in unserem Universum *geschaffen* hätte, und dazu die Gesetze, die es regieren, indem er sie einfach ins Leben gerufen hätte.

Auf dem Rückweg nach Marib fehlte es unserer Prozession an der Disziplin, die sie auf dem Hinweg gezeigt hatte. Trotzdem musste ein Mindestmaß an Ordnung eingehalten werden, da wir nach wie vor den Schutz der Soldaten brauchten, bis wir die Sicherheit der Stadtmauern erreicht hatten. Jetzt war es der Mond, der vom Himmel schien, nicht mehr die Sonne; Almaqahs bleiches Gesicht warf einen unheimlichen Schatten auf die Sanddünen, und die Felsen, die sich vor dem Nachthimmel abhoben, wirkten wie nächtliche Gestalten, die sich jeden Augenblick auf uns stürzen könnten. Ich war davon überzeugt, dass wir von böswilligen Augen verfolgt wurden, aber das bildete ich mir sicher nur ein.

Ganz gegen meine Gewohnheit gestattete ich Hami, mir beim Auskleiden zu helfen. Ich lag noch eine Weile wach, da ich tagsüber zu lange geschlafen hatte. Hami, der sich vor dem Eingang zu meinem Zelt in seine Decke eingerollt hatte, schnarchte bereits zufrieden, während ich zum zehnten Mal die Kissen unter meinen Kopf zurechtstopfte.

Als ich dann doch endlich einschlief, war es erneut Makeda, die durch meine Träume geisterte. Dieses Mal war sie wieder ein Kind, vielleicht sieben oder acht Jahre alt, und sie spielte auf der kleinen sechssaitigen Leier, die früher ihrer Mutter gehört hatte. Ihre Mutter hatte dem Mädchen das Leierspielen beigebracht, bevor Rafasch seine Frau in das Haus ihres Vaters zurückgeschickt hatte, wo sie an Scham und gebrochenem Herzen gestorben war. In meinem Traum beugte sich Makeda tief über das Instrument, um es zu stimmen; ihre langen, zu einem Zopf geflochtenen Haare hatte sie im Nacken zu einem Knoten zusammengefasst. Konzentriert hatte sie die Stirn in Falten gelegt.

Plötzlich blickte sie mich mit ihren dunklen Augen an und fragte: „Onkel Tamrin, kannst du mir nicht beibringen, das Instrument zu spielen?“ Und ich lächelte, nahm sie auf meine Knie und legte meine Finger über ihre auf die Saiten. Und wir spielten zusammen, und dann sang sie; nur war ihre Stimme nicht mehr das hohe Zwitschern eines Kindes, sondern leise und süß, so wie jetzt. Sie sang von den Dingen, die sie liebte: den Blumen und den Bergen und den Sternen, die sie und ich gemeinsam betrachten würden. In diesem Augenblick erinnerte sie mich so sehr an meine verstorbene Frau, dass ich aus dem Schlaf hochfuhr und feststellte, dass mein Kissen nass von meinen Tränen war.

Danach war ich zu aufgewühlt und fand keinen Schlaf mehr, und erst kurz vor Sonnenaufgang schlummerte ich so tief wieder ein, dass Hami es nicht übers Herz brachte, mich aufzuwecken. Diese zweifelhafte Ehre wurde Bijo zuteil, dem obersten meiner Spione, der trotz Hamis Protest in mein Zelt platzte und mit seinem rauen kuschitischen Akzent knurrte: „Herr, wach auf! Ich habe wichtige Neuigkeiten, die nicht warten können. Bitte, wir müssen sofort reden!“

Kapitel 2

„Nicht vor dem Frühstück, mein Freund“, tadelte ich ihn milde.

Und so stand er ungeduldig abwartend dabei, während ich mir kaltes Wasser ins Gesicht spritzte und mir von Hami Brot, Datteln und Melone bringen ließ, dazu einen Becher mit warmem Honigwein, ohne den kein Tag beginnen sollte. Ich lud meinen Gast ein, mit mir zu frühstücken, doch er winkte ab und missachtete meine Gastfreundschaft, als wäre das Leben zu kurz, um es mit Essen und Trinken zu vergeuden. Bijo war klein und drahtig, hatte Schlitzaugen, die niemals stillstanden, und Ohren, denen nichts entging, was des Hörens wert war. Aber da er eben auch ein Kameltreiber war, schenkten andere ihm kaum Beachtung. Ich hätte mir keinen besseren Spion wünschen können.

„Also gut“, sagte ich schließlich und tupfte mein Kinn mit einem Gesichtstuch ab, „erzähle mir die Neuigkeiten, die zu überbringen du so ungeduldig erwartest. Aber ich hoffe für dich, dass es nicht etwas ist, was ich schon weiß, zum Beispiel, dass einige Leute keine gute Meinung von der Dame Ghalilat haben und nicht begeistert davon sind, dass sie Königin werden soll, oder dass mein ehrenwerter Cousin Rafasch jeden Tag hier eintreffen kann, um seinen Einfluss geltend zu machen, mit welchen Auswirkungen auch immer.“

Bijos kleine Augenschlitze weiteten sich ganz kurz; nur, wenn er tatsächlich von etwas vollkommen überrascht wurde, konnte man seine Augen überhaupt sehen. Er sagte: „Herr, weißt du ganz sicher, dass Rafasch auf dem Weg hierher ist? Das ist nicht nur ein Gerücht?“

„Es könnte natürlich ein Gerücht sein“, gestand ich lächelnd. Es war nicht richtig von mir, dass ich mich über Bijo lustig machte, aber er ärgerte sich immer so herrlich, wenn er nicht der Erste war, der eine Neuigkeit weitergeben konnte.

„In diesem Fall habe ich dir tatsächlich etwas zu sagen, Herr. Rafasch ist auf dem Weg hierher und seine Brüder begleiten ihn. Ich habe mit den Männern gesprochen, die er vorgeschickt hat, um ihm ein Quartier zu besorgen. Er beabsichtigt, seinen Platz im Kronrat einzunehmen, wie es sein gutes Recht ist, und die zu unterstützen, die Ghalilats Ernennung zur Königin nicht befürworten. Ich habe auch mit den Dienern der Stammesfürsten der sieben anderen Stämme gesprochen. Außer ihrem Vater wird *nicht einer* für Ghalilat stimmen.“

„Aber gibt es denn eine realistische Alternative? Wenn jedes geeignete Mädchen aus jedem Zweig von jeder der Führenden Familien dafür infrage kommt, dann will ich mir gar nicht vorstellen, wie lange der Kronrat tagen muss. Da alle Fürsten samt Gefolge in Marib residieren, wird bald kein einziger Laib Brot oder Krug Wasser mehr zu bekommen sein. Wenigstens *wir* werden unsere Zelte abbrechen können, sobald ich mit Rafasch gesprochen und seine Zustimmung für unseren Handel mit Salomo bekommen habe.“

„Leider nicht, Herr.“ Bijo warf flüchtige Blicke nach allen Seiten, als ob er fürchtete, dass ein Fremder sich unbemerkt ins Zelt geschlichen habe. Dann trat er einen Schritt an meine Lagerstatt heran und raunte mir zu: „Rafasch wünscht, dass du ebenfalls am Kronrat teilnimmst. Als sein erster Cousin bist du dazu berechtigt, auch wenn du keine Stimme hast. Und er wird darauf bestehen, dass du seinen Wünschen nachkommst.“

„*Ich* soll dem Kronrat beiwohnen? Wozu denn nur? Ich bin Kaufmann, kein Politiker. Wozu könnte denn meine Anwesenheit nützlich sein?“

„Ich weiß es nicht, Herr, und auch Rafaschs Dienstboten sind nicht in der Lage, Licht in diese Angelegenheit zu bringen. Aber er selbst wird morgen gegen Mittag hier eintreffen. Dann kannst du ihn bitten, dir seine Gedankengänge zu erläutern."

„Hmm." Ehrlich gesagt, ich konnte mir keine Situation vorstellen, in der Gedankengänge und Rafasch auch nur im Entferntesten zusammenpassten. Doch laut sagte ich nur: „Danke, Bijo. Du kannst jetzt gehen, es sei denn, du möchtest noch mehr dazu beitragen, mir den Tag zu verderben."

„Nein, Herr." Bijo verneigte sich und verließ eiligst mein Zelt. Eigentlich war es nicht meine Art, meine Launen an anderen auszulassen.

Aber auch Hami ließ mir Zeit, bevor er vorsichtig fragte, ob er etwas für mich tun könne. Niedergeschlagen saß ich auf meiner Liege, und ganz kurz durchzuckte mich der Gedanke, dass ich der unglücklichste Mensch auf der Welt war, obwohl ich mein Frühstück von Silbertellern gegessen hatte und meine Liege mit orientalischer Seide bezogen war, und von dem Geld für die antiken Wand- und Bodenteppiche hätte ich mehrere der Gebäude kaufen können, die die Stadtmauern Maribs überragten. Doch dann schüttelte ich mein Selbstmitleid ab und sagte zu Hami: „Komm, wir müssen ein Opfer bringen oder hast du das schon vergessen?"

Und so machten wir uns auf den Weg zu meiner eingezäunten Weide, um eine Ziege auszusuchen, die ich Schamasch opfern wollte.

Zwischen der Wüste und den Bergen gelegen, verdankte Marib seine Existenz dem grünen Hinterland, in dem die Flüsse den Bergregen ablagerten, bevor er in der Sandwüste Rub al-Khali versickerte. Hier und da waren von geschäftstüchtigen Bauern baufällige Dämme errichtet worden in dem Versuch, den gelegentlichen Überfluss einzufangen, doch die meiste Zeit kämpfte die verzweifelte Bevölkerung um sehr wenig Wasser, und wenn der Regen dann doch einmal kam, riss er in der Regel Dämme, Gebäude, Vieh und sogar Menschen in einer beängstigenden Flut mit, die eigentlich Fruchtbarkeit und Reichtum bringen sollte.

Als wir mit unserer Ziege durch die Stadttore traten, stürmten die unangenehmen Gerüche auf uns ein, die entstehen, wenn Menschen auf engstem Raum zusammenleben, und Hami grinste verstohlen, als ich meine Nase mit dem losen Ende meines Turbans bedeckte. In den engen Straßen drängten sich Händler, Träger, Boten und verschleierte Frauen in dunklen Gewändern. Außerdem Schafe und Ziegen, die zum Markt getrieben wurden. Bettler umschwärmten uns, und wir gaben ihnen, was wir an Brot und Lebensmitteln für diesen Zweck hatten mitnehmen können.

Über unseren Köpfen erhoben sich zu allen Seiten die bizarren Lehmziegeltürme und schützten uns vor Schamaschs blendendem Licht. In Marib herrschte schon seit Langem die Sitte, nach oben zu bauen statt in die Breite, zum Teil als Schutz gegen die Hitze, zum Teil auch aus Angst vor der sich ausbreitenden Wüste. Von außen zumindest unterschieden sich die Häuser der Reichen von denen der Armen nur durch die Anzahl der Menschen, die darin lebten. In einem mehrstöckigen Turm konnte eine einzige wohlhabende Familie wohnen oder es konnten Dutzende Menschen auf einem Stockwerk zusammengepfercht sein. Der Palast der Königin war ein Turm wie all die anderen, allerdings um einiges höher, und er lag genau in der Mitte der Stadt. Dort residierte sie mit ihren Zofen im obersten Stockwerk, während die Männer ihrer Familie in den unteren Stockwerken ihre Ränke spannen und es sich gut gehen ließen.

Der Tempel Schamaschs stand in der Nähe des Palasts, wie auch der von Almaqah. Obwohl Letzterer viel größer war, ähnelten sie sich in ihrer Bauart. Jeder war zu fast allen Seiten offen, wie es sich für ein Gebäude gehörte, das zu Ehren eines der Himmelslichter errichtet worden war. Vor dem Eingang ragten frei stehende rechteckige Säulen in die Höhe, hinter denen eine Treppenflucht zu den heiligen Räumen führte. Voller Erleichterung stiegen wir diese Stufen hoch, konnten wir doch endlich der wuselnden Menge und ihrem Lärm und Gestank entkommen und in die wohlriechende Weite des

Hofs eintreten, in dem es allerdings so heiß war wie in einem Glutofen.

Am hinteren Ende lag das Heiligtum mit dem Bätyl des Gottes – ich sage lieber Bätyl als Statue, denn weder Schamasch noch Almaqah wurden in Gestalt eines Menschen dargestellt. Schamaschs Bätyl war ein großer schwarzer Stein, der, wie man sich erzählte, vor langer Zeit vom Himmel gefallen sein soll, in der Zeit, bevor die Aufzeichnungen begannen. Ich selbst habe ihn nie gesehen, denn das Heiligtum darf nur von den Priestern betreten werden.

Natürlich gibt es immer noch Sabäer, die Abbilder von sterblichen Wesen anbeten: von Männern und Frauen, Tieren und Kreaturen mit Tierköpfen und menschlichen Körpern oder umgekehrt. Rafasch gehörte zu diesen fehlgeleiteten Seelen: Er betete Sando an, den abscheulichen Schlangengott seiner äthiopischen Vorfahren. Ich bedaure, dass ich im Lauf dieser Geschichte noch mehr über Sando werde sagen müssen. Aber da mein Magen allein beim Gedanken an diesen Gott und die Dinge, die er seinen Anhängern abverlangt, in Aufruhr gerät wie das Meer bei einem Sturm, werde ich für den Augenblick zu dem angenehmeren Thema meines Opfers für Schamasch zurückkehren.

Der Altar, auf dem wir ihm unsere Ziege opfern wollten, stand ganz in der Nähe des Heiligtums im Freien. Andere Altäre waren um ihn herum gruppiert; sie dienten zum Vergießen der Trankopfer oder zum Verbrennen von Weihrauch und Myrrhe. Zwei Priester traten uns entgegen und untersuchten unsere Ziege auf Unvollkommenheiten, und nachdem sie keine fanden, reichten sie mir ein geweihtes Messer, damit ich dem Tier die Kehle aufschlitzte. Zwei junge Altardiener hielten die Ziege fest, während ich tat, was ich tun musste. Sie wehrte sich kaum, und ihr Tod kam schnell – ein ausgezeichnetes Omen, das meine Stimmung ein wenig hob. Das Blut, das aus der Wunde spritzte, wurde in einem Becher aufgefangen und mir zum Trinken gereicht. Ich nahm einen taktvollen Schluck, das geforderte Minimum, denn ich habe bereits erwähnt, dass es mit meinem Magen nicht zum Besten steht. (Ich bin nicht der einzige Schiffseigentümer, der es vorzieht, über Land zu reisen.)

Dann brachte ich Schamasch meine Entschuldigung dafür vor, dass ich seine Güte als selbstverständlich hingenommen hatte, und kehrte mit Hami zu unserem Lager zurück, um auf die Ankunft meines Cousins zu warten.

Einen großen Teil der Zeit, die ich totzuschlagen hatte, verbrachte ich in meinem Zelt mit Lesen, wie es meine Gewohnheit ist, denn wohin auch immer ich reise, suche ich nach Schriftrollen, in denen die Worte der Weisen und Heiligen aufbewahrt werden. Auch von Salomo hatte ich Bücher erwerben wollen, doch er hatte mir erklärt, seiner Meinung nach wären die einzigen Bücher, die es wert seien, gelesen zu werden, die Schriften des großen Propheten Mose, und Abschriften davon seien viel zu selten und zu heilig, um sie an einen wissbegierigen Reisenden zu verkaufen, ungeachtet des Preises, den er zu zahlen bereit sei. Nein, wenn ich mehr über den Gott Israels erfahren wolle, müsse ich nach Israel zurückkehren, und Salomo selbst würde es sich nicht nehmen lassen, mich zu lehren. In der Zwischenzeit, sagte er, würde er selbst eine Sammlung von Weisheitssprüchen anfertigen, und wenn sie fertig sei, würde er mir ein Exemplar schenken.

Alle paar Stunden ging ich hinaus ins Lager und wanderte zwischen den Zelten und Ausrüstungsgegenständen herum, um mit meinen Arbeitern oder mit ihren Dienern, je nachdem, wem ich begegnete, zu plaudern und um ihnen eine Pause von ihrer Arbeit zu gönnen. Mir war es von jeher ein Anliegen, mich nach dem Wohlergehen derer zu erkundigen, die für mich tätig waren, und mir ihre Betrübnisse anzuhören. Während ich durch das Lager spazierte, dachte ich darüber nach, wie schön es wäre, wenn unsere neue Königin und die Männer, die an ihrer Stelle regierten, dieselbe Einstellung zu ihren Untertanen hätten. Dann schüttelte ich den Kopf. Träumen war erlaubt, aber mir war auch bewusst, dass manches einfach unerreichbar war.

Eigentlich war es passend, dass Rafasch während eines Sandsturms in Marib eintraf. Immer wieder fegen solche Stürme über die Ebene hinweg, und besonders gern kurz nach Mittag; die Sonne ist verhangen, der Wind bläst den Sand in jeden kleinsten Winkel, und vertrocknetes Gebüsch wird ausgerissen und herumgeworfen wie von einem Kind, das einen Wutanfall hat. Ich war gerade erst in mein Zelt zurückgekehrt, um mich vor dieser Urgewalt in Sicherheit zu bringen, als Rafasch eintrat, unangekündigt, wie es seine Art war, von Kopf bis Fuß mit Staub bedeckt und den Turban fester um sein Gesicht gewickelt als die Stoffbahnen einer Pharaonenmumie. Einige seiner Brüder hatten sich hinter ihm aufgebaut, keiner von ihnen so groß wie ich, aber jeder doppelt so breit in den Schultern. Hami, der sich erhoben hatte, stellte sich hinter meine Liege, um auf meine Anweisungen zu warten.

„Cousin Tamrin, wie gut, dass wir uns treffen!", verkündete Rafasch, während er sich seinen Turban vom Kopf riss und vorsprang, um mich in eine affengleiche Umarmung zu reißen. „Wie froh war ich zu erfahren, dass du noch nicht wieder abgereist bist, denn dann hätte ich dich zurückholen müssen, damit du mit mir die Ehre teilst, zum ersten Mal in der Geschichte unseres Volkes unter Sabas Adel zu sitzen! Stell dir nur vor: Ich, Rafasch von den Banu Habesch, habe den Einfluss unseres Stammes so erweitert, dass du und ich nun zur Aristokratie gehören."

Obwohl unser Stamm größtenteils unter der Schutzherrschaft von Rafaschs verstorbenem Vater zu Ansehen gekommen war, war die Prahlerei seines Sohnes nicht gänzlich ohne Substanz. Er hatte mit seinen Dienerinnen, freiwillig oder auch nicht, unendlich viele Kinder gezeugt und unseren Stamm damit bedeutend vergrößert. Wenn nur seine Ehefrau ähnlich fruchtbar gewesen wäre!

„Du hast dir ganz gewiss einen Respekt einflößenden Ruf erworben, Cousin Rafasch", räumte ich ein. Ich forderte ihn und seine Brüder auf, es sich auf den Liegen und Kissen bequem zu machen. Dann schickte ich Hami los, um Essen und

Trinken und ein paar hübsche Sklavenmädchen zu holen, die die Speisen servierten. Im Gegensatz zu Bijo würden Rafasch und seine Brüder auf keinen Fall ein Fest ausschlagen, wenn sich ihnen die Möglichkeit dazu bot.

„Aber ich muss gestehen“, fuhr ich fort und hatte dabei Mühe, meinen Unmut darüber zu verbergen, wie diese ungehobelten Kerle sich auf meinen Sitzgelegenheiten lümmelten und sie mit Sand verschmutzten, „ich verstehe nicht, warum ausgerechnet *ich* an dieser Ehre teilhaben soll, die du dir so hart erarbeitet hast. Ich habe doch nichts dazu beigetragen.“

„Weil“, hob Rafasch an, beugte sich ganz unvermittelt vor und senkte verschwörerisch die Stimme, „du ein Gelehrter bist. Darum. Diese Herren des Rates mit ihren blumigen Worten ... ein gewöhnlicher Mann wie ich kann sich von denen viel zu leicht Sand in die Augen streuen lassen, Tamrin. Du wirst dort sein, um aufzupassen, dass sie keine Tricks versuchen.“

Nun, dachte ich, *zumindest erkennt er neuerdings seine intellektuellen Beschränkungen an, wofür ich vermutlich dankbar sein sollte.* Aber ich erwiderte: „Ich glaube kaum, dass es die oberste Priorität des Kronrats sein wird, dich hinters Licht zu führen. Ich denke, es gibt wichtigere Angelegenheiten zu besprechen.“

„Ja, sicher, das mag sein.“ Rafasch winkte ab, als wollte er eine lästige Fliege vor seinem Gesicht vertreiben. „Aber die Dinge haben sich in eine unerwartete Richtung entwickelt, denkst du nicht? Wenn Männer zusammenkommen, um Entscheidungen zu treffen, egal, wie vernünftig jeder Mann für sich allein sein mag, kann es sein, dass am Ende dabei etwas herauskommt, das eigentlich keiner gewollt hat. Du würdest das durchschauen, Tamrin. Du bist daran gewöhnt, mit gerissenen Männern Handel zu treiben, die es darauf angelegt haben, dich zu betrügen. Bestechung, Korruption ... du könntest das aus einer Meile Entfernung riechen. Wenn du wolltest, könntest du die Dinge sogar in *deine* Richtung lenken.“

„Auch das mag stimmen", räumte ich ein. In der Vergangenheit sind bei der Wahl von Königinnen sicherlich auch Bestechungsgelder geflossen. „Doch da sich dein Geschäftssitz weit entfernt in den Dschungeln Afrikas befindet, wird dich kaum interessieren, wer als Königin in Arabien regiert. Du bist dein eigener König und wirst es bleiben, ob der Thron nun an Ghalilat oder an eine andere fällt. Ich glaube nicht, dass die Oberhäupter irgendeines arabischen Stammes eine Expedition über das Rote Meer schicken werden, um dir in Äthiopien Ärger zu bereiten, wo sie doch genügend mit den Schwierigkeiten hier vor Ort zu tun haben."

Rafasch antwortete nicht sofort, weil die Sklavenmädchen Essen und Trinken brachten. Jedes für sich wäre eine Versuchung für ihn gewesen, aber alles zusammen schaltete seine Gedanken vollkommen aus. Mit Knoblauch und Kräutern gebratenes Lamm, würziges Hammelfleisch und frisch gebackenes Brot mit dicken Stücken Ziegenkäse, die meine Köche den ganzen Vormittag über zubereitet hatten, wetteiferten zusammen mit Wein und Met und den Brüsten der Mädchen um seine Aufmerksamkeit. Das dümmliche Grinsen, das sich seiner groben Gesichtszüge bemächtigte, trug nicht dazu bei, meine Meinung über ihn zu verändern, zumal es sich sehr schnell auch auf den Gesichtern seiner Brüder ausbreitete. Es dauerte nicht lange, bis sie sich mit lärmender Unbekümmertheit bedienten, ihre Finger ableckten oder an den Polstern abwischten und die Hinterteile der Mädchen durch ihre hauchdünnen Röcke hindurch befummelten, wenn sie an ihnen vorbeigingen.

Schließlich erinnerte sich Rafasch wieder daran, dass ich noch da war und sagte: „Also gut, Cousin, es stimmt, dass das Rote Meer eine sehr nützliche Grenze zwischen den Banu Habesch und dem arabischen Mutterland ist, aus dem wir gekommen sind. Aber was hier vorgeht, ist für mich nicht mehr ganz so uninteressant wie früher. Die Wahl der neuen Königin zum Beispiel. Das ist faszinierend. Doch ich weiß so wenig darüber, wie das nun tatsächlich vonstattengeht."

Ich muss gestehen, dass ich eine besondere Vorliebe für Geschichte habe und immer in Gefahr stehe, bei geeigneter Gelegenheit mein Wissen ein wenig zu stolz zu präsentieren. „Nun, in frühen Zeiten fiel der Thron automatisch an das erste Mädchen, das eine Frau aus den Sieben Führenden Familien nach der Thronbesteigung der vorherigen Königin zur Welt brachte", erklärte ich. „Doch diese Sitte wurde aufgegeben, als bei einer Gelegenheit das fragliche Kind verkrüppelt und geistig zurückgeblieben zur Welt kam. Seither rotiert das Königinnenamt unter den Familien, die aus den Reihen ihrer unverheirateten Töchter abwechselnd eine Nachfolgerin für die regierende Königin bestimmen. Irgendwann jedoch geschah es, dass die Familie, die an der Reihe war, keine geeignete Königin stellen konnte, und an diesem Punkt geriet ... alles etwas durcheinander."

„Ist das so?" Dies war das erste Mal, dass Rafasch auch nur das leiseste Interesse für das Erbe Sabas zeigte, doch auf einmal schien es ihn sogar noch mehr zu fesseln als die wippenden Brüste der Sklavenmädchen. Er zog die Augenbrauen zusammen und strich nachdenklich über sein angegrautes Kinn. Ganz offensichtlich dachte er angestrengt nach. Der Anblick war offen gestanden recht komisch, doch ich hätte eher besorgt sein müssen als amüsiert.

Da das Gespräch an diesem Punkt ins Stocken zu geraten schien, nutzte ich die Gelegenheit, mich nach dem Befinden seiner Tochter Makeda zu erkundigen. Bei dieser Frage warf er mir einen höchst seltsamen Blick zu, doch als ich diesem ohne eine Spur von Verlegenheit standhielt, zuckte er nur seine breiten Schultern und erwiderte: „Ich denke, es geht ihr so gut wie immer. Ich bin sicher, ihre Dienerinnen hätten es mir gesagt, wenn es Grund zur Sorge gäbe."

Das zeigte mir, dass er Makeda längere Zeit nicht gesehen hatte, und wieder einmal tat es mir leid, dass ich sie in absehbarer Zeit nicht besuchen und mit der kleinen goldenen Bundeslade und den Berichten über meine Reisen und Abenteuer aufheitern konnte.

Nicht, dass Rafasch meine Enttäuschung bemerkt hätte. Die Tatsache, dass ich in Schweigen versunken war, gab ihm und seinen Brüdern die Freiheit, sich wieder den wichtigeren Angelegenheiten zuzuwenden, wie sich mit meinem Wein zu betrinken und um die Gunst der Sklavenmädchen zu buhlen. Die meisten von ihnen waren für einen Siegelring oder das Versprechen, ihr am nächsten Tag einen hübschen Schal zu schicken, nur zu gern bereit, den Wünschen der Männer nachzukommen.

Als meine Gäste gegangen waren, oder besser gesagt, auf meine Anweisung hin in ihr Quartier begleitet worden waren, blieb ich mit einem höchst unangenehmen Nachgeschmack im Mund und einem vagen, aber nagenden Gefühl der Unruhe in meinem Magen zurück.

Hami machte sich ans Aufräumen; eine schier endlose Aufgabe; schließlich trug ich ihm auf, Bijo zu rufen, obwohl mittlerweile schon die Dunkelheit hereinbrach und das Lager sich zur Ruhe legte. Bijo kam sofort herbeigeeilt, und seine kleinen Augen wurden wieder kugelrund beim Anblick des Chaos in meinem Zelt, das Hami noch nicht gänzlich beseitigt hatte.

„Bijo“, sagte ich, „ich möchte, dass du und deine Helfer so viel wie möglich über Ghalilat, die Tochter Mafaddats, und ihren Vater in Erfahrung bringt. Und ich brauche die Namen aller Mädchen oder Frauen, die der Kronrat als ernsthafte Anwärterinnen auf den Thron in Betracht ziehen könnte. Aber du musst schnell sein. Nachdem Rafasch nun eingetroffen ist, könnte es sein, dass der Kronrat in Kürze zusammentritt.“

„Jawohl, Herr. Sofort, Herr.“ Bijos Augen funkelten, denn dies war die Art von Herausforderung, die er ganz besonders liebte.

Danach kehrte ich wieder zu meinen Schriftrollen und meinen Gedanken zurück, denn ich wollte mich nicht verdächtig machen, indem ich meine Nase in die Angelegenheiten der Stammesfürsten steckte.

Am Morgen erreichte mich die Nachricht, dass der Kronrat bei Sonnenaufgang des folgenden Tages zusammentreten würde. Bijo hatte tatsächlich nur wenig Zeit für seine Nachforschungen. Doch das bereitete mir keine Sorgen. Er hatte mich noch nie enttäuscht, und ich war sicher, dass er auch diese Mission erfolgreich durchführen würde.

Er erschien in den frühen Morgenstunden des Tages, an dem der Kronrat zusammentreten sollte, in meinem Zelt. Was ich hörte, traf mich zutiefst.

„Herr, Ghalilat ist genauso ehrgeizig, wie man uns glauben machen wollte. Sie betrachtet den Thron bereits als ihr rechtmäßiges Eigentum, und nach dem, was ich erfahren habe, gibt es nichts, was sie nicht tun würde, um ihn zu erobern. Ihr Vater ist genauso rücksichtslos wie sie; er hat fünf seiner Brüder ermordet, um das Oberhaupt seines Stammes, also der Banu Mathadam zu werden. Die anderen Fürsten sagen, sie würden jedes andere Mädchen als Königin akzeptieren, nur nicht Ghalilat, doch die Erwähnung anderer Namen hat bereits zu unglaublichen Eifersuchtsausbrüchen und Zänkereien geführt. Es ist einfach unfassbar."

„Und Rafasch? Welche Rolle spielt er in diesem Gerangel?"

„Gar keine, soweit ich weiß. Er und seine Brüder halten sich abseits."

„Diese anderen Namen, die du erwähnt hast, Bijo; ich würde sie gern hören, wenn du so freundlich sein willst."

„Gewiss, Herr. Der Name, den ich am häufigsten gehört habe, ist der von Kanan, der Tochter von Kahalum von den Banu Waren. Sie ist ein Mädchen von etwa zehn Jahren, aber jeder der anderen Stammesfürsten hat einen Grund, sie als ungeeignet abzulehnen. Dann ist da Lilah, die Tochter von Salamat von den Banu Wahab, aber sie ist noch ein Kleinkind, und ihr Vater ist nicht bereit, sie als Kandidatin zur Verfügung zu stellen. Infrage kommen auch Bahalat von den Banu Hawbasch und ihre Schwester Metewwab und Rihannan von den Ydgad und ihre Schwestern …", und so ging es weiter, aber kein Name stach hervor und war der besonderen Aufmerksamkeit wert. Es schien langsam schrecklich wahrscheinlich, dass Ghalilat doch gewählt werden würde, in Ermangelung einer akzeptablen Alternative und weil nur sie und ihr Vater die Bereitschaft und nötige Entschlossenheit an den Tag legten, ihren Willen durchzusetzen.

Als Bijos Informationsfluss schließlich versiegt und ich auch nicht klüger geworden war, sagte ich: „Danke, mein Freund. Das hast du gut gemacht, aber ich fürchte, wir werden warten müssen, bis der Kronrat zusammentritt, um zu sehen, was die Zukunft für uns bereithält."

Kapitel 3

Beim ersten Licht der Morgendämmerung erschien ein halbes Dutzend königlicher Wachen vor meinem Zelt, um mich zum Palast zu geleiten. Die Sitzung des Kronrats würde in einem der oberen Stockwerke stattfinden; die unteren Stockwerke, in denen in einem weniger vornehmen Haus die Tiere und Vorräte untergebracht waren, standen größtenteils leer. Wohnraum war eine der gefragtesten Handelswaren in Marib und somit ein Statussymbol.

Natürlich waren alle Wände mit Wandteppichen behängt, gegen die meine eigene Sammlung verblasste, und alles, was mit Gold oder Elfenbein überzogen werden konnte, war mit diesen Materialien verschönert worden. Hami, der mich begleitete, staunte mit offenem Mund wie ein Bauerntölpel. Ich erinnerte mich, dass er ganz ähnlich reagiert hatte, als wir am Hof von Salomo empfangen worden waren.

Ich gehörte zu den Ersten, die ihren Platz in der Kammer des Kronrats einnahmen. Nach dem Gespräch mit Bijo hatte ich mich nicht mehr schlafen gelegt. Seit meinem Verlust hatte ich kaum einmal eine ganze Nacht durchgeschlafen, und im Laufe der Jahre habe ich feststellen können, dass ich mehrere Tage mit wenig Schlaf auskommen kann.

Nur drei Ratsmitglieder waren bereits anwesend, als ich eintraf: ein Stammesfürst, der viel jünger war als ich, und zwei Männer, die an seiner Seite saßen; seine Brüder, wie ich vermutete. Unsere Diener und alle, die nicht berechtigt waren, an der Sitzung teilzunehmen, mussten in einem Vorraum ohne Fenster warten, bis die Beratungen zu Ende waren. Die Sitzungskammer wurde durch Sklavenjungen, denen die Zunge herausgeschnitten worden war, kühl gehalten. Sie fächelten den Anwesenden mit Fächern aus großen Federn Luft zu, und zwischen ihnen standen bewaffnete Wachen, deren Funktion nicht unbedingt ausschließlich zeremonieller Natur war, wie ich annahm.

Nachdem ich es mir zwischen den Kissen bequem gemacht hatte, war ich gut platziert, um die Ankunft der anderen Ratsmitglieder zu beobachten. Der Name und Berechtigungsnachweis von jedem wurde angekündigt, sobald er über die Schwelle trat und seine Waffen an der Tür ablegte. Ich gab mir Mühe, mir von allen die Namen und die Stammeszugehörigkeit zu merken.

Kahalum von den Banu Waren nahm als Erster nach mir seinen Platz ein. In seinem vollen Zeremonienornat bot er einen furchterregenden Anblick, der noch durch seinen grimmigen Gesichtsausdruck verstärkt wurde. Sein Ornat bestand aus einem riesigen Brustmonogramm und einem beeindruckenden Zepter. Ich fand, bei dem Waffenstapel an der Tür wäre es besser aufgehoben gewesen. Wie der junge Stammesfürst, der bereits Platz genommen hatte, hatte er zwei Brüder mitgebracht. Auch sie hatten bei der Abstimmung kein Stimmrecht, doch es war ihnen gestattet, auf die Bitte ihres Stammesfürsten hin vor dem Rat zu sprechen, genau wie ich.

Nachdem Kahalum seinen Platz eingenommen hatte, trafen in schneller Folge die anderen Mitglieder des Kronrats ein. Doch es war kein leises Stimmengemurmel zu hören, sondern eine zunehmend bedrückende Stille legte sich über den Raum, während sich die Stammesfürsten und ihre Verwandten gegenseitig mit finsteren Blicken musterten. Obwohl sich alle außer Mafaddat in ihrer Überzeugung einig waren, dass Ghalilat nicht zur Königin gewählt werden sollte, hatten sie in den Tagen nach der Beisetzung wenig anderes getan, als sich über so ziemlich alles zu streiten.

Rafasch und seine Brüder trafen als Letzte ein, bevor die Herren der gegenwärtig herrschenden königlichen Familie angekündigt wurden. Für einen Mann, der die meiste Zeit seines Aufenthalts in Marib in sorgloser Ausschweifung verbracht hatte, wirkte Rafasch erstaunlich frisch und wach, eigentlich beunruhigend wach. Auch seine Brüder machten auf mich einen wachsamen oder vielleicht auch verschlagenen Eindruck, je nach der Sichtweise.

Ein Fanfarenstoß kündigte den Vater und die Onkel der verstorbenen Königin an. Dies war die letzte Gelegenheit, bei der sie als Königsfamilie den Vorsitz innehatten. Wenn der Rat auseinanderging – wann immer das sein mochte –, würden wir nicht nur eine neue Königin, sondern auch eine neue königliche Familie haben, vor der wir kriechen mussten.

Der Vater der verstorbenen Königin, sein Name war Yuhafri, war der älteste unter den Anwesenden, vermutete ich. Um die Begrüßungsworte zu sprechen, ließ er sich auf die Füße helfen, und obwohl es den Anschein hatte, als würde er mit seinem durchdringenden Blick alle hier Versammelten durchbohren, war er in Wahrheit fast blind. Seine Stimme zitterte, als er seine Mitadeligen willkommen hieß und die erforderliche Floskel sprach, mit der er die Angelegenheit nannte, wegen der sich der Kronrat zusammengefunden hatte. Nach seiner Eröffnungsrede war es sein Vorrecht, seine eigene Meinung bezüglich der Nachfolge zu äußern, und das tat er auch.

„Werte Fürsten von Saba, ohne Vorbehalt empfehle ich euch Ghalilat, Tochter des hier anwesenden erlauchten Mafaddat von den Banu Mathadam, als die Würdigste von jenen, unter denen wir unsere neue Königin suchen. Sie ist von unvergleichlicher Geburt und unbeflecktem Ruf, und ihre Anwartschaft auf den Thron wurde von ihrer Vorgängerin, die kürzlich von uns genommen wurde, ausdrücklich befürwortet. Es gibt keinen Grund, warum dieser Rat Ghalilats Wahl nicht sofort bestätigen und sie einladen sollte, vor uns zu erscheinen, um uns mitzuteilen, ob sie die Krone annimmt."

Natürlich sprach er so, als hätte er kein eigennütziges Interesse an dieser ganzen Angelegenheit, ungeachtet der Tatsache, dass alle Anwesenden genau wussten, dass er das

Stammesoberhaupt der Banu Mathadam gewesen war, bevor er zu Mafaddats Gunsten abgedankt hatte. Yuhafri hatte seine Pflichten als Stammesfürst abgegeben, als seine Tochter den Thron bestieg; das wurde vom Vater der Königin nicht verlangt, aber in unserer Geschichte war es häufig geschehen, vor allem, wenn das Gebiet des Stammes, an dessen Spitze der Fürst stand, weit entfernt von Marib lag.

Als er zu Ende gesprochen hatte, ließ Yuhafri sich auf seinen Stuhl sinken, und eine Zeit lang sagte keiner ein Wort. Dann erhob sich Kahalum von den Banu Waren und seine eindrucksvolle Gestalt schien dabei noch größer zu werden. „Bei allem Respekt", donnerte er, gänzlich ohne Respekt, „es gibt jede Menge Gründe, die Nominierung von Mafaddats Kind zurückzuweisen. Zuallererst einmal ist sie gar kein Kind mehr, sondern eine erwachsene Frau. Wer hat je gehört, dass eine Frau, die so alt ist, dass sie selbst eine Tochter im heiratsfähigen Alter haben könnte, Königin über unser Volk wird? Zweitens, sie ist vom selben Stamm wie die Königin, die wir gerade zu Grabe getragen haben, möge Almaqah ihre Seele gnädig aufnehmen! Wann wurde *diese* Art der Nachfolge jemals von unseren Vorfahren gestattet? Und drittens, sie ist gar keine richtige Frau. Sie ist ein Mann in Frauengestalt, mit rücksichtslosem Ehrgeiz und eigensüchtigen Zielen. Wer weiß, welche Katastrophen sie über unsere Häupter bringen würde? Ghalilat zur Königin zu krönen wäre, als würden wir die Welpen unserer edlen Rassehunde von einer Wüstenfüchsin aufziehen lassen. Ich verlange, dass wir diese gefährliche Frau als Kandidatin bei unseren weiteren Beratungen ausschließen, und ich fordere jeden wahren Sohn Sabas auf, sich auf meine Seite zu stellen."

Einen Augenblick lang war die ganze Versammlung zu eingeschüchtert, um zu reagieren. Doch als Kahalum sich auch weiterhin umblickte wie ein Krieger, der den Feind herausfordert, einen Wettkämpfer in den Zweikampf mit ihm zu schicken, erhob sich der junge Stammesfürst, der vor mir eingetroffen war, und stellte sich an seine Seite.

„Ich unterstütze Kahalums Vorschlag", sagte er ruhig, aber entschlossen, und kurz darauf waren alle anderen Stammesfürsten auf ihren Beinen, und ihre Unterstützer mit ihnen, außer Rafasch, der in seiner zurückhaltenden Wachsamkeit verharrte, und Mafaddat, der sich aufzuplustern schien wie ein übergroßer Frosch mit Glotzaugen.

Plötzlich sprang er auf, marschierte mit ausladenden Schritten durch den Raum und baute sich vor Kahalum auf. „Und seit wann ist es akzeptabel, dass die letzten Worte der Königin missachtet werden wie die eines gewöhnlichen Waschweibes? Dass ihre Wünsche fortgeschnippt werden wie eine Motte, die die Dreistigkeit besitzt, in die Flamme deiner Kerze zu fliegen? Es gibt *keinen* Grund, warum meine Tochter nicht Königin werden sollte, außer dem einen, dass *du* willst, dass *deine* gewählt wird, damit du über uns alle herrschen und alle Steuern, die eigentlich unter uns aufgeteilt werden sollten, für dich beanspruchen kannst! Ich weiß, wie gierig du bist, Kahalum, aber wissen diese anderen Männer hier das genauso gut wie ich? Soll ich ihnen verraten, wie groß die Mitgift war, die du gefordert hast, als dein Sohn mit der Tochter meines Freundes verheiratet wurde? Soll ich ihnen von den Steuern erzählen, die du deinen eigenen Stammesleuten auferlegst, und dass du einen so unverschämt hohen Anteil von der Ernte forderst, dass deine Untertanen hungern oder ihre Kinder in die Sklaverei verkaufen müssen? Dass du jeden Tag hundert Ochsen von armen Menschen für deinen eigenen Tisch schlachten lässt, nur weil du Gelüste nach ihren Zungen hast?"

„Ach ja? Als hättest du nicht fünfhundert deiner eigenen Stammesleute hinrichten lassen, weil sie es gewagt haben, deinen Herrschaftsanspruch infrage zu stellen, als Yuhafri Königinnenvater wurde? Als hättest du nicht deine eigene Frau hinrichten lassen, weil einer deiner Untertanen es gewagt hatte, ihr in die Augen zu sehen, als er kam, um dir seine Ehrerbietung zu erweisen? Oder vielleicht hattest du ja auch einen guten Grund, sie umzubringen, Mafaddat. Vielleicht war sie nicht so gut, wie sie hätte sein sollen, und du konntest sie genauso wenig kontrollieren, wie du in der Lage sein wirst, diese Wildkatze von einer Tochter im Zaum zu halten. Vielleicht ist Ghalilat nicht einmal *deine* Tochter."

Mafaddat hatte genug. Seine Augen traten beinahe aus den Höhlen, als er Kahalum an der Kehle packte und ihm ins Gesicht spuckte. Kahalum wiederum riss seinem Rivalen den Turban vom Kopf und packte ihn an den Haaren, woraufhin Mafaddat ihm seinen großen, harten Schädel gegen die Nase rammte. Blut spritzte auf ihrer beider Brust. Mafaddat rüttelte Kahalum an den Schultern, bis sein Blut auch auf alle anderen spritzte. All dies geschah so schnell, dass die Wachen es nicht verhindern konnten, doch auf ein Zeichen von Yuhafri, der zwar nicht sehen, aber sehr gut hören konnte, trennten sie die Kampfhähne und stießen sie ganz ohne Zeremoniell auf ihre Plätze zurück.

Mafaddat sprang sofort wieder auf und drohte, die Versammlung zu verlassen, aber das war natürlich Unsinn. Kein stimmberechtigtes Mitglied des Kronrats durfte den Saal verlassen, bis er sich geeinigt hatte, ansonsten wäre die Wahl der neuen Königin ungültig.

Als wieder Ruhe eingekehrt war und Kahalum ein Tuch gereicht bekommen hatte, um seine blutende Nase zu versorgen, erhob sich erneut der junge Stammesfürst, der sich schon einmal zu Wort gemeldet hatte, um seinen Vorschlag zu unterstützen.

In einer versöhnlichen Geste breitete er seine Arme aus und sagte: „Meine lieben Mitfürsten, haben wir nicht gerade erlebt, dass Mafaddat nicht die Art von Mann ist, den wir als Vater der Königin respektieren können? Sollte uns das Erlebte nicht überzeugen? Kahalums Argumente gegen Ghalilats Ernennung waren stichhaltig, doch er wurde auf bösartige Weise angegriffen, als hätte er nicht das Recht, seine Meinung zu sagen. Kahalum ist ein Mann der Prinzipien, der keine Angst hat, für die Wahrheit einzutreten. Ich sage, seine Tochter Kanan ist diejenige, die wir zu unserer Königin krönen sollten. Sie ist eine Jungfrau ohne Makel, noch nicht einmal elf Jahre alt. Welche bessere Wahl könnten wir treffen?“

Dieser Vorschlag verblüffte alle; denn es war noch nie vorgekommen, dass ein Stammesfürst die Tochter eines anderen empfahl. Doch dann erinnerte ich mich daran, dass Bijo von einem Ratsmitglied erzählt hatte, dessen Tochter noch zu jung war und der er die Bürde des Königtums nicht auferlegen wollte. Sein Name war Salamat und das hier war er. Zweifellos dachte er an sich selbst sowie an sein Kind, und ich musste ihn unwillkürlich bewundern, denn es schien, als würde er zu jenen wenigen Menschen gehören, die mit sich selbst im Reinen waren. Einen widerspenstigen Stamm zu regieren war schon anstrengend genug, auch ohne dass man sich noch freiwillig die belastenden und häufig miteinander im Widerspruch stehenden Pflichten auferlegte, die der Vater der Königin zu übernehmen hatte. Dass die Tochter Kahalums den Thron bestieg, schien Salamat das kleinere vieler Übel zu sein.

Ich neigte dazu, mich seiner Meinung anzuschließen, allerdings fand ich das, was Mafaddat über Kahalums Gier gesagt hatte, doch ein wenig beunruhigend, denn trotz Mafaddats offensichtlicher Eifersucht hatten seine Worte doch irgendwie wahrhaftig geklungen. Darum fand Salamats Vorschlag nicht die Unterstützung, auf die er gehofft hatte, und wir standen wieder ganz am Anfang.

So kam es, dass die Überlegungen des ersten Tages uns nicht weiterbrachten, und als der Abend anbrach, war nichts weiter entschieden worden, als dass Ghalilat, die Tochter Mafaddats, nicht unbedingt die herausragende Stellung einnehmen würde, die sie angestrebt hatte. Nicht einmal diese Entscheidung konnte offiziell verkündet werden. Über den Inhalt der Beratungen des Kronrats musste Stillschweigen bewahrt werden, bis die neue Königin gewählt worden war.

Aber Ghalilat schien es zu wissen. Das wurde mir klar, als ich in den oberen Raum geführt wurde, in dem ich die Nacht verbringen musste. Bis zum Ende der Beratungen würde ich unter strenger Überwachung stehen, so wie jedes andere Ratsmitglied auch, denn keiner von uns durfte vor der nächsten Sitzung mit einem Außenstehenden sprechen; nicht einmal miteinander durften wir uns unterhalten. Dies war eine Vorsichtsmaßnahme gegen private Übereinkünfte, die im Schutz der Dunkelheit geschlossen wurden. Nicht einmal Hami durfte mich bedienen. Stattdessen wurde ein stummer Palastsklave geschickt, um für meine Bedürfnisse zu sorgen, und zwei bewaffnete Wachposten bezogen vor meiner Tür Stellung.

Nein, überlegte ich, *sollte Ghalilat zur Königin gekrönt werden, dann wäre die Entscheidung bereits getroffen und verkündet worden, und sie wäre vor den Kronrat gerufen worden, um sie als Erste mitgeteilt zu bekommen.* Also war ihr mittlerweile klar, dass sich die Zukunft nicht so gestalten würde, wie sie es sich erhofft hatte, und dass alle Opfer, die sie gebracht hatte, umsonst gewesen waren. Sie würde als frustrierte Jungfrau sterben, ohne Macht und ohne Nachkommen, denn mittlerweile war sie viel zu alt, um noch zu heiraten. Da sie nun nichts mehr zu verlieren hatte, wollte ich gar nicht wissen, wie ihr nächster Schritt aussehen würde.

In dieser Nacht träumte ich, dass der Kronrat für immer und ewig tagen würde, weil keine neue Königin gefunden werden konnte. Wir alle saßen da und starrten uns an, ohne zu blinzeln, während unsere Haare und Bärte lang und weiß wurden und unsere Zehen- und Fingernägel so lang wuchsen wie die von den heiligen Männern in Indien, deren Heiligkeitsgrad an ihrer Verwahrlosung gemessen wird.

Als die Ratsmitglieder am Morgen erneut zusammentraten, nahm Mafaddat als Letzter seinen Platz ein. Er wirkte gefasst, sein Gesicht war ausdruckslos, aber eine Wolke schien über ihm zu hängen, so dunkel und dicht, dass sie beinahe mit dem bloßen Auge zu sehen war.

Den ganzen Tag saßen wir zusammen, während Namen vorgeschlagen und verworfen, abgewogen und für zu leicht befunden wurden. Ein Mädchen war zu hässlich, ein anderes hatte zu schlechte Augen, andere waren zu klein, zu dick, zu dünn oder zu dumm. So viele Beleidigungen wurden ausgetauscht, so viele Flüche geschleudert, dass ich anfing, mich zu wundern, wie Saba als Volk überhaupt hatte überleben können. An einem Punkt schien es so, als würde Salamats kleine Tochter sogar gegen die Wünsche ihres Vaters gewählt werden, ob es ihm nun gefiel oder nicht. Zum Glück ging der gesunde Menschenverstand nicht komplett verloren, denn der Grund, warum Saba tatsächlich weiter bestand, war der, dass seine Fürsten tief in ihrem Inneren wussten, dass sie gemeinsam stärker waren als jeder für sich. Nur zusammen konnten rivalisierende Mächte wie der Vasallenstaat Hadramaut in Schach gehalten werden, und nur gemeinsam konnten sie die Kontrolle über den Gewürzhandel ausüben, der sie reich gemacht hatte.

Doch dann, als die Hitze unerträglich wurde und wir alle so müde waren, dass wir sogar ein Krokodil zu unserer Königin gewählt hätten, erhob sich einer von Rafaschs Brüdern.

„Fürsten von Saba“, begann er, und er sprach so ganz anders als alle anderen Männer, die bisher das Wort ergriffen hatten, dass alle ihm trotz ihrer Müdigkeit ihre Aufmerksamkeit schenkten. „Mir scheint, dass der Anspruch auf den Thron von jedem Mädchen adliger Geburt in ganz Arabien mittlerweile in Erwägung gezogen und wieder verworfen wurde. Aber Arabien und Saba sind nicht ein und dasselbe Land, denn auf der anderen Seite des Roten Meeres leben die Banu Habesch, die ihr in den vergangenen Jahren mit Recht als zu unbedeutend und unwürdig erachtet habt, um auch nur ein Stamm genannt zu werden. Doch jetzt sind wir so zahlreich wie die Sterne am Himmel, und unser Stammesfürst, mein Bruder Rafasch, der hier neben mir sitzt, besitzt so viel Gold und Land und Reichtum jeder nur vorstellbaren Art wie alle anderen Fürsten von Saba. Nur, weil er erst kürzlich als Oberhaupt einer adligen Familie anerkannt wurde, hat er es bisher noch nicht gewagt, das Wort zu ergreifen. Doch nun bitte ich euch anstelle meines ehrenwerten Bruders, die

Möglichkeit in Betracht zu ziehen, dass Rafaschs Tochter Makeda, sein einziges Kind, diejenige sein könnte, die ihr sucht."

Erstaunen breitete sich auf allen Gesichtern aus, außer auf denen von Rafasch und seinen Brüdern. Und mit sinkendem Herzen musste ich erkennen, dass es keine plötzliche Eingebung gewesen war, die meinen Verwandten veranlasst hatte, das Wort zu ergreifen. Dies war genau das, was Rafasch die ganze Zeit im Sinn gehabt hatte. Und da saß er, wirkte so unterwürfig und unscheinbar und wollte alle glauben machen, dass es Bescheidenheit gewesen sei, die ihn dazu gebracht hatte, seinen Bruder für sich sprechen zu lassen, und nicht die Furcht, er könnte mit seinem großen, dreckigen Fuß in einen Fettnapf treten.

Schweigen senkte sich herab, und je länger es dauerte, desto mehr wuchs in mir die schreckliche Überzeugung, dass das Unheil tatsächlich eintreten könnte. Schließlich beendete Rafaschs Sprecher selbst das Schweigen und führte eine umfangreiche Liste gut einstudierter Gründe an, warum die zuvor erwähnte Makeda genau die richtige Wahl sei. Sie sei jungfräulich, doch von außergewöhnlicher Schönheit, klug und erfrischend naiv und vorbildlich in ihrem Gehorsam ihrem geschätzten Vater gegenüber. Nie zuvor hatte ein Mitglied ihrer Familie auf dem Thron von Saba gesessen, und von daher konnte keine veraltete Tradition, welche auch immer, irgendeinen Grund nennen, warum nicht die Banu Habesh dieses Mal an der Reihe seien, Sabas Königin zu stellen.

Was sollte ich tun? Rafasch hatte mich angeblich deshalb eingeladen, um zu verhindern, dass die Beratungen des Kronrats aus dem Ruder liefen und uns alle auf einen Weg führten, den keiner von uns wirklich gehen wollte. Und doch saßen wir nun hier und stürzten kopfüber in *seine* Richtung, und offensichtlich stand ich allein da mit meinem Wunsch, in die andere Richtung zu rennen.

Nicht, dass ich um mich selbst Angst gehabt hätte. Für mich würde es kaum einen Unterschied machen, ob Makeda die Königin von Saba wurde oder die Frau eines anderen

Mannes. Meine Sorge galt allein ihr: Ihre Verlobung würde aufgelöst werden (die Mitgift ärgerte ihren Vater sowieso), und von nun an würde sie nie mehr mit einem Mann sprechen dürfen, der nicht zu ihrer Verwandtschaft gehörte. Außerdem würde sie von allem, was sie je gekannt hatte, weggeholt werden, um wie eine Gefangene in einem goldenen Käfig zu leben. Sie müsste auf die Wälder und Blumen, Wasserfälle und Seen verzichten, die sie so liebte. Von ihren kleinen Fenstern aus würde sie nichts anderes sehen können als Lehmziegelmauern und die dahinterliegende Wüste, bis sie selbst genauso vertrocknet und verschrumpelt sein würde wie die Landschaft um sie herum. Konnte ich einfach sitzen bleiben und dies geschehen lassen? Doch wenn ich versuchte, mich Rafasch in den Weg zu stellen, würde mich die ganze Versammlung in Stücke reißen, und Makeda wäre auch nicht besser dran, als wenn ich den Mund hielt.

Nein, es gab nur einen Weg, Makeda vor diesem Schicksal, schlimmer als der Tod, zu bewahren. Sie musste aus Äthiopien vor den Kronrat geholt werden, damit die Männer mit eigenen Augen sehen konnten, dass sie eher afrikanisch aussah als arabisch und wie stark sie beim Gehen hinkte. Sie müsste das demütigende Gelächter ertragen, aber diese Pein wäre schnell vorüber; wenn sie in ihrer Abwesenheit zur Königin erwählt würde – auch das ein bisher noch nie da gewesenes Gräuel –, wäre ihr Leben zerstört.

Als Rafaschs Bruder schließlich seine Lobeshymne auf sie beendet hatte, stand ich auf und erhielt von Rafasch die Erlaubnis, meinerseits dieses überschwängliche Zeugnis zu unterstützen.

„Meine Fürsten“, sagte ich, „eurem Schweigen entnehme ich, dass ihr Zweifel habt, ob solche Vollkommenheit überhaupt existieren kann. Und wie klug von euch, so skeptisch zu sein, denn alles, was mein Cousin über die Tochter Rafaschs gesagt hat, muss euch zu schön erscheinen, um wahr zu sein. Doch zum Glück für euch schreiben unsere Gesetze vor, dass keine Königin gewählt werden kann, die nicht in Person vor dem Kronrat erschienen ist und auf Fehler oder Missbildungen untersucht wurde, die sie unwürdig machen würden. Da ich selbst von König Salomo von Israel beauftragt wurde, für ihn Waren aus Äthiopien zu beschaffen, könnte ich sie, mit der Erlaubnis des Kronrats, zu euch bringen, vor dem Neumond nach dem nächsten."

Die Stammesoberhäupter dachten kurz über mein Angebot nach, ohne eine Reaktion zu zeigen; dann sah ich, wie sie anfingen, ihre Lippen zu schürzen, über ihre Bärte zu streichen und mit den Köpfen zu nicken. Natürlich müssten sie mehrere Wochen lang im Palast bleiben, aber sie würden hervorragend unterhalten werden, das beste Essen und Wein im Überfluss bekommen und die Gunst der schönsten Sklavenmädchen – oder Jungen, je nach ihren Vorlieben – genießen können. Ich war zwar selbst Mitglied des Kronrats, jedoch ohne Stimmberechtigung, und darum konnte ich möglicherweise freigestellt werden, um in Angelegenheiten des Kronrats eine Reise zu unternehmen, vorausgesetzt, ich bewahrte absolutes Stillschweigen über den Grund dieser Reise. Nur Rafasch starrte mich mit zusammengezogenen Augenbrauen an. Er konnte nicht erkennen, ob ich mich dazu bereit erklärte, um ihm einen Gefallen zu tun, oder was ich sonst im Sinn hatte.

Gegenwärtig half man Yuhafri, unserem Vorsitzenden, wieder einmal auf die Beine. Er ließ seine blicklosen Augen durch den Raum schweifen und verkündete: „Der Vorschlag von Tamrin, dem Kaufmann, wird angenommen. Du wirst morgen beim ersten Morgengrauen nach Äthiopien aufbrechen und unverzüglich mit der Dame Makeda zurückkehren. Aber du wirst niemandem den Zweck deiner Mission verraten, nicht einmal der Dame selbst. Ihr und denen, die während der Abwesenheit ihres Vaters Verantwortung für sie tragen, wirst du mitteilen, ihr Vater hätte nach ihr geschickt. Hast du das verstanden?"

„Voll und ganz, mein Herr. Der Wunsch des Rates ist mir Befehl."

Kapitel 4

Am nächsten Morgen bei Sonnenaufgang brach meine Karawane auf.

Fast die ganze Nacht war ich aufgeblieben und hatte meine Angelegenheiten geregelt. Ich holte Rafaschs Erlaubnis ein, die Waren, die ich für König Salomo brauchte, in Äthiopien bereitstellen zu lassen. Dann schickte ich Mahiko, den obersten meiner Unterhändler, mit einer Gruppe schneller Reiter vor. Sie würden dafür sorgen, dass bei meiner Ankunft in Rafaschs Hauptstadt alle Waren zur Begutachtung bereitstanden, damit wir möglichst schnell wieder den Rückweg antreten könnten.

Aber Makeda schickte ich keine Nachricht. Ich wollte nicht, dass sie sich Sorgen machte, ihr Vater könnte vielleicht krank sein, oder annahm, dass sie gerufen würde, weil sie in irgendeiner Weise sein Missfallen erregt haben könnte. Ich wollte ihr persönlich von der Reise erzählen, die sie bald antreten würde, und mir selbst Zeit geben zu überlegen, was genau ich ihr mitteilen würde.

Obwohl Reisen in der Regel ein Vergnügen für mich ist und ich das Unterwegssein genieße, sehnte ich mich diesmal nach der Ankunft. Ich nahm den weiten Wüstenhimmel kaum wahr und konnte auch die Majestät der Gebirge, die wir überqueren mussten, um die arabische Küste zu erreichen, nicht bewundern. Ich vergaß, Übelkeit zu empfinden, als wir über das Rote Meer fuhren, und mein Herz vergaß, einen Sprung zu machen, als ich wieder einmal meinen Fuß auf äthiopischen Boden setzte und mich an den Aufstieg von der glühend heißen Küstenebene in das zerklüftete Hochland machte, in dem ich aufgewachsen war. Ich wollte nichts weiter als das Lächeln sehen, das Makedas Gesicht aufleuchten ließ, wenn ich über ihre Schwelle trat, und bat die Götter, sie mögen mir gestatten, diese ganze leidige Angelegenheit zu einem Ende zu bringen, das dieses Lächeln nicht für immer erlöschen ließ.

Wie Marib war auch Rafaschs Bergfestung Yeha von Klippen und Bergen umgeben, aber hier endete die Ähnlichkeit auch schon. Das kleine Tal, in dem die Stadt erbaut worden war, war höher gelegen als die Gipfel der Berge, die in anderen Teilen der Welt als solche galten, darum war das Klima mild und die Felder grün und fruchtbar. Stolze Feigenbäume mit ausladenden Kronen spendeten den Schaf- und Ziegenherden Schatten, die friedlich auf den grünen Weiden grasten. Unmittelbar oberhalb der Stadt ragte ein Berg in die Höhe, in dem die Bewohner die Form eines Löwen erkannten; lange bevor die Anbetung Almaqahs die Kolonien Arabiens erreichte, hatte das einheimische Volk diesen Löwen zu seinem Beschützer erhoben.

Und es stimmte, dass er scheinbar wohlwollend auf die kleinen rechteckigen Häuser herabblickte, die sich zu seinem Fuß an den Berg schmiegten. Anders als die Häuser von Marib waren diese aus rotem Stein gebaut, nicht aus Lehmziegeln, und sie waren höchstens zwei Stockwerke hoch, mit flachen Dächern, sodass man darauf sitzen und den Ausblick genießen konnte.

Als sich der Umriss des wie ein Löwe geformten Berges vom Dunst vor uns abhob und aus den verschwommenen roten Farbklecksen eine Stadt wurde mit Stadtmauern und Toren und Häusern, machte mein Herz einen Sprung.

Meine Leute schlugen wie in Marib das Lager außerhalb der Stadtmauern auf, doch dieses Mal auf einem Stück Land, das ich mein Eigen nannte. Ein hektisches Treiben brach los. Die Kamele und Maultiere wurden entladen, getränkt und gefüttert, und die Waren, die wir aus Arabien und Israel mitgebracht hatten, ausgepackt und sortiert.

Meine Angestellten und ihre Diener waren so gut geschult, dass ich selbst kaum etwas zu tun hatte. Gleich am nächsten Morgen würde ich nach Mahiko schicken, um mich zu erkundigen, ob er Salomos Sachen bereits zusammengestellt hatte und ob die Waren zur Begutachtung bereitlagen. Heute stand nur mein Besuch bei Makeda an, den ich normalerweise in aller Eile angetreten hätte, und zwar beschwingten Schrittes.

Doch angesichts der Umstände stellte ich fest, dass ich meinen Besuch aus einer Reihe von nichtigen Gründen aufschob. Mein Lieblingskamel war ein wenig launisch gewesen, als ich es auf dem letzten Abschnitt unserer Reise geritten hatte, darum sah ich es mir noch einmal an. Dann erinnerte ich mich daran, dass mein Diener Hami geklagt hatte, er hätte Blasen an den Füßen; ich wollte ihn anhalten, sie zu versorgen, damit sie sich nicht entzündeten. Außerdem musste ich noch mit meinem Buchhalter einige Zahlen durchgehen und überprüfen, ob die Vasen den Transport unbeschadet überstanden hatten … und so ging es weiter, bis mir klar wurde, dass der Tag bald zu Ende sein würde, wenn ich mich nicht endlich zum Palast begab, und Makeda würde traurig zu Bett gehen, weil ihr mittlerweile sicherlich bereits mitgeteilt worden war, dass ihr Onkel Tamrin vor der Stadt lagerte, aber er war nicht gekommen, um sie zu besuchen.

Nur von Hami begleitet, dessen Blasen ihn auf wundersame Weise nicht mehr quälten, nachdem er eine gute Mahlzeit vorgesetzt bekommen hatte, betrat ich die Stadt spät am Nachmittag, als die Händler auf dem Marktplatz gerade ihre Waren zusammenpackten, die Frauen am Fluss Wasser holten und in Krügen auf ihren verschleierten Köpfen in die Stadt trugen und Hirten ihre Herden durch die Straßen nach Hause trieben. Aber selbst jetzt konnte ich mich nicht überwinden, mich auf direktem Weg zur Residenz des Stammesfürsten zu begeben.

„Hami“, sagte ich, „wir müssen zuerst zum Tempel Schamaschs und Dank sagen für unsere sichere Ankunft. Ich werde schon mal vorgehen; du nimmst dieses Goldstück und kaufst ein Lamm oder ein Zicklein für uns, das wir als Opfer darbringen können. Wir treffen uns dort."

Ein verblüffter Hirte würde denken, dass sein Name vor die Götter gekommen sei, wenn er ein Goldstück als Bezahlung für ein einziges Tier bekam. Aber man sagt, Tamrin, der Kaufmann, besäße mehr Gold, als er ausgeben könne, und es machte mir Freude, einen armen Mann überglücklich nach Hause zu seiner Frau und seinen Kindern zu schicken, weil er endlich einmal Fleisch auf ihren Tisch stellen konnte, anstatt alles seinem Lehnsherrn abgeben zu müssen.

Der Tempel Schamaschs in Yeha war noch bescheidener als sein Gegenstück in Marib, vor allem im Vergleich zu dem von Almaqah. In Yeha gab es einen Schrein für jeden Gott, den man sich vorstellen konnte: Löwengötter und Schlangengötter, Götter mit den Köpfen von Vögeln oder den Schwänzen von Fischen oder in jeder Form, die denkbar war. Denn die Götter Yehas waren wie ihre Bewohner, eine bunte Mischung aus sabäisch und afrikanisch, wobei Saba überwog, aber ständig in Gefahr stand, von Afrika übertrumpft zu werden.

Sobald Hami zu seinem Botengang aufgebrochen war, beschleunigte ich meinen Schritt. Denn ich wollte nicht nur Schamasch meinen Dank bringen, sondern hatte noch eine andere Angelegenheit in seinem Tempel zu erledigen, ohne dass mein Diener es mitbekommen sollte.

Erstaunlicherweise wimmelte es im Hof von anderen Anbetenden, aber das Tempelpersonal kannte mich, und ich wurde in aller Eile zu dem Priester geführt, den ich sehen wollte. Sein Name war Fasiladasch, und er war ein alter Weiser, der noch schlechter sehen konnte und noch hinfälliger war als Yuhafri. Aber sein Ruf, er könnte in die Zukunft sehen, war unvergleichlich. Man erzählte sich, er könne aus den Innereien von Opfertieren lesen, mit den Toten kommunizieren oder auch nur dadurch die Zukunft voraussagen, dass er Lose aus einem Köcher mit markierten Pfeilen zog. Und er hatte mich durch die bemerkenswerte Genauigkeit seiner

Vorhersagen mehr als einmal verblüfft. Mit seinem Zweiten Gesicht sah er mich auch jetzt. Er wusste genau, dass ich es war, der auf ihn zukam, obwohl ich noch ein ganzes Stück entfernt war. Er erhob sich und streckte seine Arme aus und ich umarmte ihn. Höflich erkundigte er sich nach meiner Gesundheit und dem Erfolg meiner Reise nach Israel, doch ich unterbrach ihn: „Fasiladasch, mein Freund, ich möchte, dass du für mich in die Zukunft siehst – oder besser, nicht für mich, sondern für Makeda."

Seine blicklosen Augen waren immer noch in der Lage, Verblüffung auszudrücken, und das taten sie jetzt, zweifellos über die Dringlichkeit sowie über den Inhalt meiner Bitte. Er erwiderte: „Aber bisher wusstest du doch nie, ob du meinen Vorhersagen für dich Glauben schenken solltest, Tamrin. Warum solltest du ihnen jetzt plötzlich vertrauen?"

„Lass mich das entscheiden, sobald ich gehört habe, was du zu sagen hast", entgegnete ich ihm.

„Aber solche Dinge lassen sich nicht überstürzen. Bestimmt weißt du doch mittlerweile, dass du dich einem Reinigungsritual unterziehen musst und dass der Gott dir deine Zukunft in einem Traum offenbaren könnte, wenn du heute Nacht im geheiligten Bereich schläfst, ohne dass ich dir irgendetwas zu sagen brauche."

„Aber ich möchte nicht über meine eigene Zukunft etwas erfahren. Komm schon, alter Freund, ich kenne dich mittlerweile gut genug, um mich nicht mit deinen Ausflüchten abspeisen zu lassen. Verbrenn einfach deine Kräuter und sing dich in Trance, und dann sag mir, was ich wissen möchte."

„Was genau in Bezug auf Makedas Zukunft hat dein Interesse geweckt? Möchtest du wissen, wen sie heiraten wird oder wie viele Söhne sie zur Welt bringen wird?"

„Lies einfach ihre Zukunft, Fasiladasch. Gott soll dir Gedanken eingeben, nicht ich."

„Also gut. Komm mit mir." Und er führte mich in den Tempel – nicht ins Heiligtum des Gottes, sondern in seine private fensterlose Kammer, wo ein Junge saß und ein Feuer schürte. Die abgestandene Luft war schwer vom Weihrauchgestank und was er sonst noch verbrannte, um die Geister herbeizurufen.

Fasiladasch bat den Jungen, noch mehr dieser wirksamen Mischung in die Schale zu werfen, die über den Flammen hing. Dann setzte er sich auf einen Hocker so dicht ans Feuer, dass seine Füße die Asche berührten, und der Rauch, der von der Schale aufstieg, verbarg sein Gesicht vor meinen Blicken. Er und der Junge stimmten einen Singsang an in einer Sprache, die ganz anders war als alle, die ich beherrschte. Und während der Junge mit der Beschwörung fortfuhr, veränderte sich die Stimme des alten Sehers. Sie wurde zu einer unmenschlichen Mischung aus tiefem Brummen und hoher Klage, sodass ich die Kammer am liebsten fluchtartig verlassen hätte. Doch das durfte ich nicht, denn ich hatte Sorge, dass Fasiladasch etwas Schlimmes zustoßen könnte, wenn seine Zwiesprache mit den Geistern gestört würde.

Und dann begann der alte Mann ganz unerwartet zu lachen. Es war ein seltsames Gelächter, kehlig und verzerrt, sodass ich nicht erkennen konnte, ob er immer noch in Trance war oder nicht. Ich duckte mich ängstlich, und plötzlich sprang er auf mich zu, als wäre er selbst ein übernatürliches Wesen, das sich in den Flammen verkörperlicht hatte. Er packte mich mit seinen klauenartigen Händen an den Schultern und rief: „Tamrin? Ich hätte nie gedacht, dass du es in dir hast."

„Dass ich es in mir habe? Was denn?" Dachte er vielleicht, dass ich besessen war?

„Dass du die Geister beeinflusst, damit du nach allen das letzte Wort hast."

„Ich soll die Geister beeinflussen? Ich weiß nicht, wovon du redest. Fasiladasch? Was hast du gesehen?"

Auf einmal fiel er in sich zusammen, und die Hände, die sich in meine Schultern krallten, zitterten so heftig, dass auch mein ganzer Körper von diesem Zittern ergriffen wurde. Plötzlich ließ er mich los, wich an die Wand zurück und starrte mich ungläubig an, als wäre er genauso wenig blind wie ich.

Ich sagte: „Fasiladasch, du solltest mir besser sagen, was du gesehen hast, bevor ich versucht bin, es aus dir herauszuprügeln."

„Nein, Tamrin, du sagst mir, was *du* gesehen hast, da du es genauso gut weißt wie ich."

„Wie kommst du darauf?"

„Ich habe keine Ahnung, mein Freund; ich weiß nur, dass ich es dir nicht zu sagen brauche, und ich sollte es auch nicht, denn Schamasch hat mir das nicht aufgetragen. Wir beide müssen abwarten, was die Zukunft Makeda bringen wird, und auch dir. Und je nachdem, wie sich die Dinge entwickeln, werde ich dich vielleicht eines Tages erneut bitten, mir zu sagen, was ich gesehen habe, und dann werden wir wissen, wer von uns den Geistern tatsächlich befehlen kann."

Wie betäubt tastete ich mich nach draußen. Hami fand mich, als ich ziellos durch den Tempelhof irrte wie ein Mann, der schlafwandelt. Das zappelnde Opferlamm unter einen Arm geklemmt, gelang es ihm irgendwie, mich mit der anderen Hand zu einer Bank zu führen. Er machte ein großes Aufhebens um mich, wie es seine Art war, und fragte mich immer wieder, was denn geschehen sei, doch ich konnte ihm nicht antworten.

Was Fasiladasch für Makeda vorausgesehen hatte, konnte ich mir vorstellen. Doch er fand es so unwahrscheinlich, dass er glaubte, jemand, vielleicht sogar ich, hätte die Finger im Spiel gehabt. Niedergeschlagen saß ich auf meiner Bank, den Kopf in den Händen vergraben, während Hami mahnte: „Herr, wir sollten unser Opfer darbringen, bevor dieses Lamm mir entwischt und durch den Tempel rennt."

Ich ließ mich von ihm zu einem der Altäre im Freien führen, wo die Priester mir bei den Dankopferritualen halfen. Aber es waren leere Handlungen, denn ich wollte Schamasch gar nicht mehr danken, für was auch immer.

Ich zog in Erwägung, meinen Besuch bei Makeda noch weiter hinauszuzögern, um im Tempel Almaqahs eine zweite Meinung einzuholen. Aber was würde das bringen? Wenn die

Priester Almaqahs etwas anderes sahen, so würde mich das wohl kaum beruhigen, sondern noch mehr verwirren. Außerdem sank die Sonne am Horizont mittlerweile immer tiefer. Und so lenkte ich widerwillig meine Schritte zum Palast.

Rafaschs Residenz hielt zwar einem Vergleich mit dem legendären Palast von Marib nicht stand, war aber trotzdem beeindruckend und auf ihre eigene Art schön. Aus rosafarbenen Steinen gebaut, die im Abendlicht golden schimmerten, ragte das zweite Stockwerk weit über die anderen Häuser in die Höhe, umgeben von rechteckigen Säulen.

Sobald mich die wachhabenden Soldaten erkannt hatten, ließen sie mich durch, und die aufgeregten Dienstboten wetteiferten miteinander, mich in die Gegenwart der Tochter ihres Herrn zu bringen, weil alle wussten, wie sehr sie mich liebte. Hami wurde in die Küche geführt, wo für seine Unterhaltung gesorgt würde, und mich geleitete man zu Makedas Räumen.

Sie bemerkte mich nicht sofort, weil sie an einem Fenster stand und den Sonnenuntergang beobachtete. Sie hatte mir den Rücken zugewandt, und ihre dichten schwarzen Haare reichten bis zu ihrer Taille, in kleine Zöpfe geflochten und mit Perlen geschmückt. Sie trug eine einfache Tunika aus Leinen, rein und weiß nach der Mode der Ägypter, und ich musste kurz meine Augen abwenden, als mir bewusst wurde, wie viel fraulicher sie geworden war, seit ich sie zuletzt gesehen hatte. Ihre Zofe Sabla stand neben ihr und bemerkte mich als Erste. Sie tippte ihrer Herrin auf die Schulter und sofort war Makeda wieder ein kleines Mädchen.

Sie stieß einen Schrei reiner kindlicher Freude aus und flog in meine Arme. „Onkel Tamrin! Onkel Tamrin, da bist du ja endlich! Du bist so lange fort gewesen. Ich dachte schon, du kommst nie mehr zurück. Du glaubst gar nicht, wie sehr ich dich vermisst habe, wie *einsam* ich gewesen bin, wo nicht einmal Vater hier ist, um mich zu quälen. Oh, Onkel Tamrin, hast du ihn getroffen?“

„Ja, ich habe ihn getroffen“, versicherte ich ihr, als ich endlich zu Wort kam. Immer wieder fragte ich mich, warum sie das wissen wollte, wo er doch keinen Funken Interesse für sie zeigte.

„Und hast du mir ein Geschenk mitgebracht? Einen kleinen Gott oder eine Göttin für meine Sammlung vielleicht?"

Sie löste ihre Umarmung so weit, dass wir uns ins Gesicht sehen konnten. Ihres strahlte freudige Erwartung aus, und einen Moment fürchtete ich, dass ich vergessen hatte, die kleine Bundeslade mitzubringen. Doch dann fiel mir ein, dass ich sie die ganze Zeit in dem Beutel an meiner Taille bei mir getragen hatte. Ich knotete das Band auf und holte sie heraus. „Das", erklärte ich, „ist der Gegenstand, den das Volk Israel als Abbild seines Gottes hat. Es ist eine Nachbildung des Symbols, das in Jerusalem steht. König Salomo hat es höchstpersönlich für dich anfertigen lassen."

„König Salomo? Für mich?" Einen Augenblick starrte sie das kleine Kästchen staunend an, bevor sie die Hand ausstreckte und es vorsichtig in ihre schlanken Finger nahm. Sie öffnete den Deckel und blickte hinein, aber natürlich war es leer.

„Nun", verkündete sie, „ich nehme nicht an, dass es sich sehr von einem Bätyl unterscheidet, obwohl es das seltsamste Ding ist, das ich je gesehen habe. Aber es ist aus Gold, nicht wahr?"

„Ja, das stimmt, obwohl die echte Bundeslade aus Akazienholz gearbeitet ist, mit einer goldenen Verblendung auf dem Deckel, ansonsten wäre sie viel zu schwer."

„Sie tragen sie bei ihren Festen herum?"

„Nicht mehr, aber ihre Vorfahren haben sie auf dem Weg aus der Sklaverei in Ägypten durch die Wüste getragen."

„Und die echte ist auch leer, genau wie diese?"

„Nein. Man sagt, sie enthalte die zehn heiligen Gebote ihres Gottes, und vielleicht einen Stab, der einem der Führer ihres Volkes gehörte, und einen Krug mit wundersamen Nahrungsmitteln. Aber niemand weiß es genau, weil jeder, der versucht, einen Blick hinein zu tun, auf der Stelle tot umfällt."

Ihre dunklen Augen wurden kugelrund, und zum ersten Mal sah ich, dass sie sie mit Khol geschminkt hatte. Sie wurde tatsächlich erwachsen. Schnell legte sie den Deckel wieder auf den Kasten.

„Onkel Tamrin", sagte sie, „du hättest mich vorwarnen müssen! Na ja, wenigstens wissen wir jetzt, dass mein kleines Modell nicht dieselbe Zauberkraft besitzt. Ich werde meine ganz besonderen Edelsteine darin aufbewahren. Nur die, die Minasch mir geschenkt hat."

Minasch – der Name ihres Verlobten. Mein Herz sank noch tiefer, doch Makeda freute sich so sehr über meinen Besuch, dass sie es nicht bemerkte. Sie gab ihrer Zofe die Bundeslade und klatschte in die Hände. „Weißt du, Onkel, dass es jetzt nur noch knapp zwei Monate bis zu meiner Hochzeit sind? Ich habe geübt, zu laufen, ohne zu hinken, damit Vater sich nicht zu sehr schämt, wenn er mich meinem zukünftigen Ehemann vorstellt. Sabla hat es mir beigebracht. Sieh nur!"

Mit hoch erhobenem Kopf wie die Frauen, die ihre Krüge auf dem Kopf balancierten, schritt sie anmutig zum Fenster, drehte sich um und kam zurück, und es stimmte, das Hinken war kaum noch zu sehen. Jetzt sank mein Herz bis in meine Schuhe hinab, und trotz ihrer übersprudelnden Freude merkte Makeda, dass etwas nicht stimmte.

„Oh, Onkel Tamrin, es tut mir so leid. Wie herzlos von mir, von meiner Hochzeit zu schwärmen, wo du …" Tränen traten ihr in die Augen, und sie umarmte mich noch einmal so fest, dass ich befürchtete, ebenfalls in Tränen auszubrechen. Sie hatte zwei und zwei zusammengezählt und fünf herausbekommen; sie dachte, es sei die Trauer um meine verstorbene Frau, die mich so niedergeschlagen aussehen ließ.

Ich drückte sie an mich und erklärte: „Makeda, sei nicht traurig. Der Schmerz des Verlustes lässt mit der Zeit nach. Schließlich weinst du doch auch nicht mehr um Angabo."

„Ja, ich glaube, ich habe Angabo geliebt. Aber ich war doch noch ein Kind. Wie könnte ein Kind den Helden, der ihm das Leben gerettet hat, nicht lieben?" Stille legte sich über uns, während unsere Gedanken zurückwanderten zu dem schrecklichen Unfall, an den sich keiner von uns erinnern wollte. Schließlich sagte sie: „Du hast natürlich recht, Onkel Tamrin. Die Zeit kann trösten, wenn auch nicht heilen. Aber wenn es nicht meine Tante ist, um die du trauerst, was macht dich dann so traurig?“

„Es ist nichts, Makeda. Oder vielmehr …“ Ich merkte an ihrer gerunzelten Stirn, dass sie diese Angelegenheit nicht auf sich beruhen lassen würde. „Es ist etwas, das dein Vater mir anvertraute, aber er verbot mir ausdrücklich, es dir zu sagen.“

Von allen Erklärungen, die ich ihr hätte geben können, war dies vermutlich die dümmste, doch ihr eindringlicher Blick machte es mir unmöglich, klar zu denken. Ihre Schönheit und ihre Unschuld brachten mich durcheinander, und ich wendete den Blick ab und sah Sabla an, die dabeistand, kein Wort sagte, aber alles in sich aufnahm. Sie diente Makeda seit ihrer Kindheit; sie war die Tochter eines anderen von Rafaschs Cousins, der ihm eine große Geldsumme geschuldet und ihm seine Tochter als Sklavin überlassen hatte, um so seine Schulden zu tilgen. Dieses Mädchen also, das selbst mit einem wohlhabenden Mann hätte verlobt werden sollen, war Makedas Leibeigene, und sie empfand tiefste Eifersucht auf ihre Herrin, war aber gezwungen, ihr zu gehorchen, was sie voller Hochmut tat. Jetzt ruhte ihr lodernder Blick auf mir, und ich bemerkte, dass auch sie erwachsen geworden war. Aber sie hatte sich nicht zu einem Menschen entwickelt, dem ich vertrauen oder den ich respektieren könnte oder der mir jetzt helfen würde.

„Ist Vater in Schwierigkeiten?“, fragte Makeda. „Haben sich die anderen Stammesfürsten Sabas gegen ihn verbündet? Ich habe ihm gesagt, dass es gefährlich sein könnte, nach Arabien zu reisen, wo er doch noch nie dem Kronrat beigewohnt hat.“

„Dann hat er dir also erzählt, wohin seine Reise ging?“

„Natürlich hat er das. Ich kann ihm immer die Wahrheit entlocken, wenn ich es ernsthaft versuche. Genau, wie ich es auch bei dir schaffen werde.“ Ganz kurz war der Schimmer in ihren Augen alles andere als unschuldig, doch dann verdrängte die Sorge um ihren Vater alles Übrige, und sie sagte: „Aber ich wünschte, du würdest nicht versuchen, mir etwas zu verheimlichen. Ausgerechnet du. Ich glaube, dass du mich immer noch für ein kleines Mädchen hältst. Aber das bin ich nicht. Wenn Vater in Gefahr ist oder krank oder irgendwie in Not, dann musst du mir das sagen, Onkel Tamrin. Wenn du mich liebst.“

Ihre geschminkten Augen blickten betrübt, und ihre Lippen, mit Beerensaft angemalt, waren geteilt und feucht. Ich schloss die Augen und legte meine Hände beruhigend über ihre zitternden Finger und sagte: „Ich liebe dich sehr, Makeda, und dein Vater ist nicht in Not. Du musst mir glauben.“

„Ich glaube dir.“ Als ich die Augen öffnete, sah ich, dass sie ernsthaft nickte. Und mit derselben ernsthaften Eindringlichkeit erklärte sie: „Eigentlich weiß ich, warum Vater so versessen darauf war, nach Arabien zu reisen. Er will den Kronrat dazu bringen, mich zur Königin von Saba zu machen. Aber diese Idee ist absurd, und wenn es das ist, was dich so beunruhigt, Onkel Tamrin, dann kannst du jetzt aufhören, dir Sorgen zu machen. Du weißt genauso gut wie ich, wie dumm mein Vater sein kann. Wie könnte ein hässliches, verkrüppeltes schwarzes Mädchen aus dem Dschungel Königin der Araber werden?“

Mir fehlten buchstäblich die Worte. Wie hätte ich ahnen können, dass sie von Anfang an durchschaut hatte, was ihr Vater plante, wo ich selbst vollkommen ahnungslos gewesen war?

Während ich noch verwirrt vor ihr stand, küsste sie mich fröhlich auf beide Wangen und rief: „Siehst du! Du hast keinen Grund mehr, traurig zu sein, Onkel Tamrin. Ich *befehle* dir, glücklich zu sein! Weil deine Träume in Erfüllung gehen: Wenn du nach Arabien zurückkehrst, werde ich dich endlich begleiten! Ich werde die Seen und Wälder, die Elefanten, Leoparden und Antilopen sehen! Ich werde das *Meer* sehen,

Onkel Tamrin, und die Wüsten, in denen es so heiß ist, dass man nicht einmal die Füße auf den Boden stellen kann! Ich werde Jägern begegnen und Seeleuten und Nomaden …"

Ich öffnete den Mund, doch sie hob die Hand: „Selbstverständlich werde ich mitkommen; die Stammesfürsten werden mich sehen wollen, bevor sie sich entschließen, mich abzulehnen. Wenn wir bald aufbrechen, kann ich noch rechtzeitig zu meiner Hochzeit wieder hier sein. Ich muss sofort packen. Was soll ich denn mitnehmen?"

Wie konnte ich ihr sagen, dass sie besser alles mitnahm, was ihr wichtig war oder was sie jemals bei sich haben wollte? Wie konnte ich ihr erklären, dass sie, wenn sie Königin wurde, nie mehr reisen würde, außer in einer Sänfte mit so dichten Vorhängen, dass sie nicht einmal das Tageslicht sehen würde, geschweige denn eines der Wunder der Schöpfung? Dass sie niemals wieder in einem Garten spazieren gehen und den Duft der Blumen riechen oder die Regentropfen auf ihrem Gesicht spüren würde, sondern dass sie wie eine Gefangene in einem einsamen Turm leben müsste, bis sie in tiefster Verzweiflung sterben würde?

Doch als sie durch ihre Räume hüpfte und Kleider, Sandalen und Pantoffeln mitten ins Zimmer auf einen Haufen warf und dabei vollkommen vergaß, ihr verkrüppeltes Bein nicht nachzuziehen, regte sich in mir die Hoffnung, dass doch noch alles gut werden würde.

Kapitel 5

Auf dem Weg von Arabien nach Äthiopien hatte ich meine Umgebung kaum wahrgenommen. Als ich mit Makeda zurückreiste, gewahrte ich alles, weil ich es durch ihre Augen sah, wie zum allerersten Mal.

Die grünen Wälder und die Flüsse, die durch den Regen, der gerade gefallen war, angeschwollen waren, das bunte Gefieder der Papageien, Häher und Finken, die Anmut der davonspringenden Antilopen, den Mut der Steinböcke, die auf schmalen Felsvorsprüngen balancierten ... so viel Schönheit, so viele Wunder, die noch eindrucksvoller waren, als meine Reiseberichte es hatten erahnen lassen.

Und doch gab es auch so viel Armut und Elend: Die halb verhungerten Bauern, die auf Feldern schufteten, die ihnen nicht gehörten. Kleine Jungen, die Futter suchten für abgemagerte Ziegen, denen die Überweidung nichts gelassen hatte als Staub und Dornen. Rivalisierende Gruppen räudiger Jugendlicher, die sich wegen einer sinnlosen Familienfehde gegenseitig bis aufs Blut bekämpften. Jetzt sah ich das alles viel klarer als jemals zuvor, und Makeda ebenfalls, fasziniert, gleichzeitig aber auch zutiefst abgestoßen.

Denn obwohl dies das Herrschaftsgebiet und das Volk ihres Vaters waren, hatte sie nicht die leiseste Ahnung gehabt, wie es außerhalb des stillen Tales zuging, in dem sie aufgewachsen war. Für sie hatte die Natur aus den Palastgärten bestanden, bei deren Pflege sie selbst Hand anlegte, und den ordentlich bestellten Feldern unmittelbar vor den Toren der Stadt, die größtenteils mir gehörten und von Pächtern bearbeitet wurden, die nicht ausgebeutet wurden. Doch je weiter wir uns von Yeha entfernten, desto rauer wurde die Landschaft, und desto schlimmer wurden die Lebensumstände der Menschen. Rafasch interessierte sich nicht dafür, solange sie ihre Steuern zahlten und ihm keinen Ärger machten. Und es gab genügend gierige Beamte und Soldaten und Landbesitzer und Verwalter, denen sehr daran gelegen war, dass alles so blieb, wie es war.

Ich hätte natürlich versuchen können, Makeda noch ein wenig länger vor den harten Realitäten des Lebens zu schützen, indem ich darauf bestand, dass sie in einer mit Vorhängen versehenen Sänfte reiste, als Vorgeschmack auf ihr Dasein als Königin sozusagen. Aber sie hatte von Anfang an um ein eigenes Maultier gebettelt und auch um eins für Sabla.

Wenn es nach mir gegangen wäre, hätte ich ihr hochmütiges Sklavenmädchen wie Hami zu Fuß laufen lassen. Doch aus irgendeinem Grund war Makeda diesem missmutigen kleinen Biest gegenüber genauso nachsichtig wie gegenüber ihrem Vater, der sie so sträflich vernachlässigte.

In den ersten Tagen unserer Reise führte uns unser Weg über Berge und durch Wälder. Tagsüber war es nicht zu heiß, und die Nächte waren sogar ausgesprochen kühl, sodass an jedem Abend die Zelte errichtet und Lagerfeuer angezündet werden mussten. Makeda teilte sich mit ihrer Zofe ein Zelt, ich mit Hami. Außerdem hatte ich Wachen vor ihrem Zelteingang postiert, und nicht nur aus Angst vor Entführern. Denn ich hatte die Blicke bemerkt, die einige der Maultiertreiber Makeda und ihrer Zofe zuwarfen. Makeda schien das nicht zu bemerken, Sabla sehr wohl.

Jeden Morgen holte ich, während Hami das Frühstück für uns vier vorbereitete, den kleinen tragbaren Altar hervor, der mich auf meinen Reisen immer begleitete, und stellte ihn in Richtung der aufgehenden Sonne auf. Dann goss ich ein Trankopfer für Schamasch aus und bat ihn um seinen Segen für unsere Reise. An den meisten Tagen gesellte sich Makeda zu mir.

Denn es gab viele Gefahren, die uns unterwegs bedrohen könnten, von wilden Elefanten bis hin zu marodierenden

Pavianen, Hyänen, Wölfen und giftigen Schlangen, und natürlich die feindlichen Stämme. Zum Glück war meine Karawane groß genug und ausreichend geschützt, sodass die meisten Räuberbanden davon Abstand nahmen, uns anzugreifen, doch Paviane sind nicht so umsichtig wie Menschen. Ich habe gehört, dass Paviane sogar schon Säuglinge aus ihren Wiegen gestohlen und erwachsene Menschen über Klippen gestoßen haben.

Ein weiteres Ritual, das jeden Morgen durchgeführt werden musste, war das Baden und Verbinden von Makedas Bein. Das übernahm Sabla – so, wie sie es fast ihr halbes Leben lang täglich hatte tun müssen – in der Abgeschiedenheit ihres Zeltes, denn Makeda war sehr daran gelegen, ihre Behinderung nicht öffentlich werden zu lassen. Sabla beschwerte sich genauso wenig über diese unangenehme Pflicht wie ihre Herrin. Eigentlich war ich sicher, dass sie eine perverse Befriedigung aus der Tatsache zog, dass sie, die Sklavin, wenigstens unversehrt war, ganz im Gegensatz zu ihrer Herrin. Wenn Sabla ein freier Mensch gewesen wäre, würde sie jetzt vielleicht statt der armen Makeda nach Arabien reisen, um zur Königin gekrönt zu werden. Doch wenn ich an die Kälte in ihren Augen und die harten Linien um ihren Mund dachte, war ich sicher, dass sie keine bessere Wahl wäre als Ghalilat.

Nach fast einer Woche im Hochland führte unsere Straße endlich bergab zur Küste. Doch bevor wir den Hafen von Aduli und das Meer erreichten, war die glühend heiße Wüste zu durchqueren. Alles Wasser, das vom Hochland in diesen Talkessel fließt, versickert sofort, und was aus der Ferne wie Seen erscheint, sind in Wirklichkeit große Flächen getrockneten Salzes.

Für Rafasch bedeutete dies Reichtum, denn Salz ist eine beinahe so kostbare Ware wie Weihrauch. Doch für die bedauernswerten Salzschneider, vorwiegend Sklaven und verurteilte Verbrecher, bedeutete das Salz den Tod. Die endlose Arbeit in der glühenden Sonne, der Umgang mit dem Salz und das wenige Trinkwasser bewirkten, dass ihre Leichen, wenn sie ihr Leben ausgehaucht hatten, aussahen wie riesige verschrumpelte Heuschrecken. Das ist der Grund, warum ich selbst nie mit Salz gehandelt habe.

Wenn alles nach Plan lief, dann sollten wir diese todbringende Ebene innerhalb weniger Tage durchquert haben.

„So, jetzt wollen Sabla und ich unsere Maultiere gegen Kamele eintauschen", verkündete Makeda voller Zufriedenheit. Und tatsächlich würden die meisten der Maultiere, die wir mitgeführt hatten, hier zurückbleiben. Die Nahrungsmittel, die sie getragen hatten, waren bereits aufgebraucht. Die anderen Lasten wurden jetzt noch zusätzlich den Kamelen aufgelegt.

Ich ließ zwei umgängliche Kamele bringen und verteilte ihre Lasten auf die restlichen Tiere. Dann wählte ich zwei nicht ganz so ungehobelte Treiber aus, die sie führen sollten. Die ließen die Tiere niederknien, damit die Mädchen aufsteigen konnten. Makeda, deren Treiber ein alter und wortkarger Mann war, stieg trotz ihrer Behinderung ohne Probleme auf. Sabla, deren Treiber jung und, wie ich zu spät erkannte, recht gut aussehend war, mühte sich ab und kicherte und bekam ein unangemessenes Maß an Hilfe. Schnell schickte ich den Kerl zu seinen Gefährten zurück und wählte einen anderen Mann aus.

Wegen der Hitze war es erforderlich, dass wir früh am Morgen das Lager abbrachen und es erst spät am Abend wieder errichteten. Während des heißesten Teils des Tages würden wir im Schatten von Zeltplanen abwarten, bis die Hitze etwas nachließ. Denn im Umkreis von vielen Meilen gab es weder Bäume noch Büsche. Doch trotz aller Vorsichtsmaßnahmen machte ich mir zum ersten Mal, seit wir in Yeha aufgebrochen waren, Sorgen um Makedas Wohlergehen. Ihr Interesse an ihrer Umgebung hatte deutlich nachgelassen, und häufig ritt sie mit gesenktem Kopf und geschlossenen Augen, um sie vor dem grellen Licht der Sonne zu schützen. Ihr Hinken verstärkte sich. Doch als ich vorschlug, eine Sänfte zu verwenden, versteifte sie sich vor Empörung.

Eines Tages, kurz bevor wir Mittagspause machen wollten, stießen wir auf einen Trupp Salzschneider, die in der Hitze bei der Arbeit waren. Unter ihnen befanden sich auch Frauen und kleine Kinder, doch die Aufseher setzten ihre Peitschen gnadenlos gegen jeden ein, der Anzeichen von Erschöpfung zeigte. Als ein kleiner Junge zu Boden sank, konnte Makeda es nicht mehr ertragen.

„Anhalten!“, befahl sie ihrem Treiber, und als der schweigsame alte Mann so tat, als hätte er sie nicht gehört, schrie sie: „Bleib stehen, ich bitte dich!“, mit solcher Qual in der Stimme, dass er das Kamel sofort anhalten und niederknien ließ. Makeda rutschte vom Sattel herunter und marschierte geradewegs auf den Jungen zu, der reglos am Straßenrand lag.

Uns allen blieb nichts anderes übrig, als ebenfalls anzuhalten; unsere große Karawane kam zum Stehen, und kurze Zeit waren die Aufseher so verblüfft, dass sie von den Sklaven abließen und Makeda anstarrten, die kostbar gekleidete Tochter eines reichen Mannes, die im Staub kniete und behutsam den Kopf eines salzverkrusteten Bengels in ihren Schoß legte.

„Wasser! Sabla, bring mir Wasser!“, rief Makeda, doch zum ersten Mal machte Sabla keine Anstalten, ihr zu gehorchen. Schweigend gab ich Hami ein Zeichen und er holte einen der Wasserschläuche und reichte ihn mit herausgezogenem Stöpsel an Makeda weiter.

Sanft befeuchtete sie die Lippen des Jungen. Ich sah, wie sich seine Augen öffneten und sich beim Anblick des geschminkten Gesichtes, das auf ihn herabblickte, ängstlich weiteten. Dann wurde sein Blick starr, sein Gesicht schlaff, und sein Kopf rollte zur Seite.

Anfangs begriff sie nicht, dass er tot war, da sie noch nie miterlebt hatte, wie ein Mensch vor ihren Augen starb. Sie flehte Hami an, ihr zu helfen, dem armen Kind Wasser einzuflößen, doch natürlich hatte Hami bereits gemerkt, dass es keinen Sinn hatte, und wir hatten kein Wasser zu vergeuden. Als er ihr den Wasserschlauch abnehmen wollte, wehrte sie sich heftig. Der Kopf des toten Jungen ruhte nach wie vor in ihrem Schoß.

Am Ende stieg ich selbst ab und nahm den Wasserschlauch an mich. Dann legte ich den Köper des Jungen auf den Boden, schloss seine Augen und verschränkte seine Arme auf seiner Brust. Ich befahl seinen Geist den Göttern an. Dann führte ich Makeda zu meinem Kamel und setzte sie vor mich in den Sattel. Sie würde mit mir weiterreiten.

Ich wusste, dass sie weinte, doch sie weinte stumm, ohne dass ihre Schultern bebten. Sabla warf ihr verstohlene Seitenblicke zu, die Nasenflügel angewidert gebläht, als könnte sie den Gestank der Verunreinigung durch den Leichnam riechen.

Erst, als wir zur Mittagszeit Rast einlegten und Makeda und ich uns nebeneinander in den Schatten setzten, legte sie ihren Kopf an meine Schulter und sagte: „Wenn wir nur früher vorbeigekommen wären, Onkel Tamrin. Dann hätten wir das Leben des Jungen retten können."

„Ja, vielleicht", stimmte ich ihr zu. „Doch nur für einen Tag oder zwei oder sogar noch weniger."

„Nein! Wir hätten ihn mitnehmen können. Wenn er sich erholt hätte, hätte er Hami helfen können."

„Aber er gehörte uns nicht, Makeda. Er war der Sklave eines anderen."

„Dann hätten wir ihn zumindest angemessen begraben müssen! Wir hätten ihn nicht einfach für die Krähen am Wegrand liegen lassen dürfen! Ein Kind sollte nicht auf eine solche Art sterben oder so arbeiten müssen! Nicht einmal ein erwachsener Mann sollte das erleiden müssen."

„Nicht einmal ein Verbrecher oder Mörder? Ein Mann, der andere gequält hat? Die meisten Salzgräber sind verurteilte Verbrecher oder Sklaven, die ihren Herren davongelaufen sind."

„Nein, ich meine, ja, vielleicht, aber ... ach Onkel Tamrin, wenn es überall so viel Böses und Leid gibt und so viele arme Menschen, denkst du nicht, dass du etwas *tun* solltest? Hast du keine Schuldgefühle, weil du reich bist?"

„Ich tue, was ich kann, wenn ich es kann, Makeda. Ich achte darauf, dass meine eigenen Arbeiter und Diener gut behandelt werden. Und ich trete vor deinem Vater für die Sache der armen Menschen ein."

Sie seufzte und drückte ihren Kopf noch fester an meinen Hals. „Ich denke, das tust du, Onkel Tamrin. Und du hast Hami aufgefordert, mir Wasser zu bringen, als Sabla Angst hatte, es zu tun. Danke wenigstens dafür."

Ich war sicher, dass es nicht Angst gewesen war, die Sabla zurückgehalten hatte, aber das behielt ich für mich. Vielmehr bemerkte ich leise: „Du warst heute sehr tapfer, Makeda. Und nicht nur bei der Sache mit dem Jungen." Denn ich hatte beobachtet, dass sie sich immer wieder ihr Bein gerieben hatte. Wenn sie merkte, dass ich es gesehen hatte, hörte sie sofort auf.

„Das ist nichts im Vergleich zu dem, wie andere Menschen leiden. Das weiß ich jetzt. Ich schäme mich, wenn ich daran denke, wie sehr ich mich davon habe beeinflussen lassen."

„Ich habe nicht gehört, dass du dich auch nur einmal darüber beklagt hättest."

„Vielleicht nicht, aber wenn ich allein bin, klage ich den Göttern mein Leid. Ich sollte nicht so undankbar sein." Plötzlich zog sie ihre Röcke hoch und zeigte mir den Verband um ihren Oberschenkel und die Narben, die oberhalb und unterhalb zu sehen waren. Das hatte sie noch nie zuvor in meiner Anwesenheit getan. „Denkst du, diese Narben werden jemals verblassen, Onkel Tamrin? Denkst du, die Haut wird jemals nicht mehr an der Stelle aufbrechen, an der Knochen durchkam?"

Was sollte ich sagen? Mir war nicht wohl bei dem Thema. Ich wünschte, sie würde über etwas anderes reden, trotzdem war ich gerührt, dass sie ihren geheimen Schmerz mit mir teilte.

Als ich nichts erwiderte, sagte sie: „Manchmal denke ich, dass es besser wird, doch heute, nach dem langen Ritt ... Weißt du, Onkel Tamrin, als mir dies zustieß, war es das zweite Mal in einem Jahr, dass ich hätte sterben können. Angabo war so mutig, mich aus Sandos Tempel zu retten, als Vater mich dem Gott opfern wollte. Ich weiß, er hätte mir nicht helfen dürfen, aber nach dem, was heute Morgen geschehen ist, glaube ich zu wissen, warum er es getan hat."

Jetzt waren wir von der Glut ins offene Feuer geraten. Denn das war das einzige Thema, über das ich noch weniger reden wollte als über den Unfall, der sie zum Krüppel gemacht hatte. Aber ich konnte mich nicht zurückhalten und rief: „Er hätte dir nicht helfen dürfen? Was meinst du damit?"

Sie bedeckte ihre Beine wieder mit ihren Gewändern, drehte sich um und starrte mich an. „Onkel Tamrin, was Angabo getan hat, war nicht richtig. Er hat in einen Opfervorgang eingegriffen, hat ein heiliges Ritual im Tempel eines Gottes gestört! Es war der Wille Sandos, dass ich ihm gegeben würde; Vater hat das sehr deutlich gesagt."

„Es soll der Wille eines Gottes gewesen sein, dass du in eine Grube voller giftiger Schlangen geworfen wirst, um einen entsetzlichen und sehr schmerzhaften Tod zu erleiden? Es soll der Wille eines Gottes gewesen sein, dass ein wunderschönes, unschuldiges Mädchen stirbt, nur weil sein niederträchtiger Vater Söhne statt einer Tochter wollte? Es soll der Wille eines Gottes gewesen sein, dass-"

„Onkel Tamrin, bitte werde nicht böse! Und rede nicht so über Vater ..."

Sie war kurz davor, in Tränen auszubrechen, aber ich hatte den Zorn schon genauso lange unterdrückt wie sie ihren Schmerz. Selbst jetzt noch sah ich den ganzen Albtraum vor mir; ich hörte die Schreie von Makedas Mutter, als Rafasch sie grün und blau schlug, weil sie nach Makeda ein totes Kind zur Welt gebracht hatte und dann gar keines mehr. Ich konnte die Geilheit in seinem Atem riechen, als er sich sinnlos betrunken hatte, nachdem die Priester seines böswilligen Schlangengottes Sando ihm erklärt hatten, der einzige Weg, Söhne zu bekommen, sei, seine Tochter zu opfern. Ich sah, wie er sie zum Tempel schleppte; ich hörte sein fanatisches

Gelächter, das im Heiligtum nachhallte, nachdem er sie in die Schlangengrube geworfen und gerufen hatte: „Söhne, Sando! Schenk mir Söhne! Nimm diese nutzlose Schlangenbrut und schenk mir Söhne!“ Aber Angabo, der mit Makeda aufgewachsen war, war zum Tempel gerannt und hatte sie irgendwie aus der Schlangengrube herausgezogen, während die Priester in Trance waren und Rafasch seinen Rausch ausschlief. Nachdem ihr Verschwinden bemerkt worden war, hatten die Priester es zu einem Omen erklärt und sich geweigert, das Ritual ein zweites Mal zu vollziehen.

„Ich weiß nicht, warum dir das etwas ausmachen sollte, Makeda!“, hörte ich mich rufen. „Dein eigener Vater hat dich dem Tod preisgegeben.“

„Es war der Wille der Götter, er hatte keine Wahl –“

„Und dann hat er deine arme Mutter aus dem Haus getrieben, damit auch sie den Tod fand, und eine Frau geheiratet, die ebenso giftig war wie Sandos Schlangen. Sie schenkte ihm genauso wenige Söhne wie deine Mutter und machte nicht den geringsten Versuch, dir eine Mutter zu sein! Er hätte auch Angabo ermordet, wenn der Junge nicht in den Dschungel geflohen wäre. Bei jedem Gott, der im Himmel sein mag, Makeda, dein Vater hat keine fromme Pflicht erfüllt, als er dich in Sandos Tempel zerrte. Er hat dich auf dem Altar seines eigenen Ehrgeizes geopfert – und jetzt tut er es wieder!“

Lange, nachdem ich das gesagt hatte, blieb sie stumm. Noch nie hatte sie erlebt, dass ich einen Wutausbruch bekam. Ich kniete nieder, barg den Kopf in meinen Händen und fühlte mich trotz all meines Reichtums und meines Ansehens wie ein Wurm. Es war mir in der Vergangenheit nicht gelungen, Makeda vor den Launen ihres Vaters zu schützen. Und nun nahm ich ihm schon wieder die Drecksarbeit ab. Die Welt, in der ich lebte, war voller Schlechtigkeit, und ich tat nicht nur herzlich wenig, um das zu ändern, sondern trug selbst noch dazu bei.

Schließlich sagte Makeda sehr sanft: „Mach dir keine Vorwürfe, Onkel Tamrin. Ich weiß, du denkst, sie wollen mich zur Königin machen, und du befürchtest, dass ich dann nie wieder glücklich sein werde. Aber das werden sie nicht; sie können es gar nicht, wenn sie mich erst einmal gesehen haben. Was zählt, ist nur, dass ich dem Willen meines Vaters gehorche, um den Kummer wiedergutzumachen, den ich ihm in den ganzen Jahren bereitet habe. Wenn ich ihm sage, dass ich bereit bin zu tun, was er von mir verlangt, dann wird er mich vielleicht doch lieben. Und vielleicht werden die Götter ihm sogar Söhne schenken."

Und vielleicht werden Elefanten fliegen, dachte ich verbittert, *und goldener Regen wird vom Himmel fallen*. Aber ich glaubte schon lange nicht mehr an Wunder. Ich glaubte auch nicht mehr an unberechenbare Götter, die den Geruch von menschlichem Blut mögen. Zumindest die Sonne und der Mond schwebten weit über dem verkommenen Durcheinander der Welt. Aber ob sie die Gebete derjenigen, die sie verehrten, tatsächlich hörten, wusste ich nicht wirklich. Wie sehr wünschte ich, ich könnte mit Salomo reden. Vielleicht hätte sein weiser Rat meine aufgewühlte Seele zur Ruhe bringen können.

Nicht, dass Makeda es nicht unablässig versucht hätte. Obwohl ich es war, der sie hätte trösten sollen, bemühte sie sich, mich aufzuheitern, wie es ihr schon so oft gelungen war. So kam sie wieder auf ihre Hochzeit zu sprechen, wiederholte, wie zuversichtlich sie sei, dass diese wie geplant stattfinden würde, bis ich sie am liebsten gepackt und geschüttelt und ihr gesagt hätte, sie solle endlich der Realität ins Auge sehen.

Doch je mehr sie redete, desto mehr wuchs in mir die Überzeugung, dass sie ihren Verlobten Minasch tatsächlich liebte, denn sie redete unablässig über ihn. Oder sie war verliebt in die Tatsache, dass sich ein Mann gefunden hatte, der bereit war, ihr trotz ihrer Behinderung Status und Kinder zu verschaffen und einen Haushalt, den sie zu führen hatte, damit andere Frauen sie nicht verachteten. Eigentlich war ihre Erwartung an die Ehe nur die, dass sie selbst keine Verachtung mehr für sich empfand. Aber die Wahrscheinlichkeit, dass sich das erfüllte, war noch höher, wenn sie Königin wurde. Doch diesen Gedanken fand ich nicht besonders beruhigend.

Schließlich wurde sie es müde, mich abzulenken, und akzeptierte, dass die Wolke meiner Niedergeschlagenheit zu dicht war, um sich zerstreuen zu lassen. Sie drückte mir einen Kuss auf die Stirn und begab sich zu der Zeltplane, unter der sie ihre Zofe schlafend zurückgelassen hatte.

Einen Augenblick später war sie wieder da, atemlos und in höchster Erregung. „Onkel Tamrin, Onkel Tamrin, komm schnell. Sabla. Sie ist fort."

Und sie war tatsächlich fort. Als Makeda mich zu ihrem Sonnenschutz zerrte, war von ihrer Zofe keine Spur zu sehen. Aber es gab auch keine Anzeichen für einen Kampf und niemand hatte verdächtige Geräusche gehört. Sie war also nicht entführt oder von Raubtieren verschleppt worden.

Es dauerte nicht lange, bis ich den Grund ihres Verschwindens erriet, aber sie aufzuspüren brauchte viel mehr Zeit. Wie ich bereits angedeutet habe, war unsere Karawane von einer beträchtlichen Größe; sie bestand aus nahezu unzähligen Packtieren und Hunderten von Männern. Am Ende wurden sie auf frischer Tat ertappt: Sabla und der hübsche junge Kameltreiber, den ich leider nicht früh genug ersetzt hatte. Sie waren so in ihr Vergnügen vertieft, dass es ihnen nicht einmal auffiel, als Hami und ich ihr Sonnensegel fortzogen.

Ich ließ den jungen Mann auspeitschen und setzte ihn bis Aduli auf Wasser und Brot. Doch was sollte ich mit der widerspenstigen Sabla machen? Sie sah ihr Unrecht nicht ein, so viel war klar, und der selbstgefällige Trotz in ihren Augen zeigte mir, dass sie nicht zum ersten Mal mit einem Mann zusammen gewesen war. Aber sie war Makedas Dienerin, nicht meine, und Makeda hatte über ihre Bestrafung zu entscheiden.

Doch wie üblich beschloss Makeda, sie ungeschoren davonkommen zu lassen. „Die arme Sabla wird *nie* heiraten können", erklärte sie mir traurig, als ich es wagte, ihr Urteilsvermögen infrage zu stellen. „Es wäre grausam von mir, ihr auch noch das bisschen Liebe zu versagen, das sie bekommen kann."

Ich dachte: *Mit Liebe hatte Sablas letzte Eskapade genauso wenig zu tun, wie sie Angst gehabt hatte, dir Wasser für den sterbenden Sklavenjungen zu bringen.* Aber ich sagte nur: „Denkst du, dass sie so etwas schon einmal getan hat?"

Makeda antwortete mit einem Seufzen. „Ich bin mir nicht sicher, aber ich habe sie auch früher schon vermisst, zu Hause in Yeha, und zwar mehr als einmal. Jetzt verstehe ich das."

Drei Tage später erreichten wir den Hafen von Aduli. Mittlerweile ist dort eine ansehnliche Stadt entstanden, doch damals war die Ansiedlung kaum mehr als ein Fischerdorf mit einem Hafen, in dem eine Flotte meiner Schiffe vor Anker lag und darauf wartete, uns nach Arabien zu bringen. Doch es wütete ein heftiger Sturm und das Meer war aufgewühlt. Wir mussten abwarten, bis sich das Wetter ein wenig beruhigt hatte, wenn wir nicht riskieren wollten, die Hälfte unserer Ladung an das Meer zu verlieren, von meinem Magen gar nicht zu reden.

Wir waren also gezwungen, erneut unser Lager aufzuschlagen, obwohl ich es mir anders gewünscht hätte. Denn Seeleute sind genauso lüstern wie Kameltreiber, und Makeda würde sie bei jeder Gelegenheit ins Gespräch verwickeln, sie nach ihren Lebensumständen fragen und danach, wo sie schon gewesen waren. Sabla machte allen Männern unter dreißig schöne Augen, aber zum Glück hatten sie Verstand genug zu erkennen, dass sie sich Makeda gegenüber anders zu verhalten hatten.

Ich hatte mit Mahiko die Ladung für Salomo begutachtet, und als ich zurückkam, saß Makeda bei einer Gruppe muskelbepackter Seeleute. Sie spielte ihre Leier und die rauen Genossen lauschten verzückt ihrem Spiel. Zum ersten Mal schenkten sie Sabla keinerlei Beachtung.

Die Schicksale der Seeleute rührten Makeda genauso an wie die Not der Salzschneider. Viele waren als kleine Jungen an die Schiffskapitäne verkauft worden, während einer Hungersnot oder um eine Schuld zu bezahlen. Einige hatten Frauen und Kinder zurückgelassen, und als sie nach Hause kamen, mussten sie feststellen, dass ihre Familie von Räubern ermordet worden war oder ihre Frauen sich anderen Männern zugewandt hatten. Verlassene Kinder stromerten durch die Hafengegend und bettelten um Brot. Ich stellte Makeda Nahrung und Kleidung zur Verfügung, die sie unter ihnen verteilte, und die Folge war, dass sie ihr auf Schritt und Tritt folgten wie ein Rudel Straßenhunde.

Makeda war jedoch vernünftig genug, ihnen nicht zu verraten, wer sie war. Nachdem sie mitbekommen hatte, wie ein paar Betrunkene ihren Vater verfluchten, weil er ihnen so hohe Steuern auferlegt hatte, dass sie ins Elend gesunken waren, hielt sie ihre Identität geheim.

Als wir endlich Segel setzen konnten, versammelte sich eine große Menschenmenge im Hafen, um uns zu verabschieden – oder vielmehr, um Makeda zu verabschieden. Wie viele gute Eigenschaften meine junge Verwandte doch besaß, viel mehr als die Freundlichkeit und Echtheit, für die ich sie schon lange bewunderte. Sehr bald stellte ich fest, dass sie auch auf See viel besser zurechtkam als ich. Während ich den größten Teil der Überfahrt mit dem Kopf über einem Eimer verbrachte, half sie der Mannschaft, Seile zusammenzurollen und Segel zu hissen, und sie kletterte wie ein kleiner Affe in der Takelage herum. Da keiner der Männer besonders jung oder gut aussehend war, hockte Sabla mit missmutigem Gesicht auf dem Achterdeck, bis Hami ihr aus einem verknoteten Seil eine Puppe machte. Ich hatte gedacht, dass sie viel zu hochmütig wäre, um ein solch kindliches Geschenk anzunehmen, aber sie warf ihm ein so umwerfendes Lächeln zu, dass ich ihn warnen musste, ihr keinen Ankerplatz einzuräumen.

Obwohl der Sturm nachgelassen hatte, war das blaugrüne Meer noch aufgewühlt. Schaumkronen tanzten auf den hohen Wellen. Seevögel kreisten über uns und gaben laute

Schreie von sich, springende Delfine begleiteten uns, und die Luft roch nach Salz und den Fischen, die die Mannschaft für uns fing. Makeda fand diese Erfahrung sehr spannend, verschloss aber auch keinesfalls die Augen vor den Gefahren, mit denen unser Kapitän und sein Steuermann zu kämpfen hatten. Auf dem Roten Meer muss man jederzeit mit unvorhergesehenen Strömungen und verborgenen Riffen rechnen und höllisch aufpassen, sonst bereut man es.

Und Makeda mit ihren scharfen Augen war auch die Erste, die es sah, als die arabische Küste im Dunst am Horizont im Osten auftauchte. „Seht nur! Onkel Tamrin, Sabla, kommt schnell! Wir sind bald da!“, rief sie, und ihr aufgeregtes Rufen wurde zurückgeworfen von den Schreien der Seemöwen über ihrem Kopf.

Sabla kam angerannt und lehnte sich neben ihr über die Reling, und ganz plötzlich fiel mir auf, wie groß die Ähnlichkeit zwischen ihnen war, mit ihren schwarzen, geflochtenen Haaren, ihrer schlanken Gestalt und gleichen Größe. Auch von vorn hätten sie ähnlich aussehen können, wenn Sabla weniger missmutig dreingeschaut und sich weniger stark geschminkt hätte. Sie war es gewesen, die Makeda beigebracht hatte, Khol aufzulegen, obwohl Makeda eigentlich ein schlichter Typ war.

Nicht, dass das Sabla davon abgehalten hätte, ihre Herrin in der Überzeugung zu bestärken, dass sie hässlich sei. Eines Tages hatte ich mitbekommen, wie sie zu ihr gesagt hatte: „Ich weiß, du kannst nichts dagegen tun. Aber du kannst wenigstens versuchen, deine besonderen Eigenschaften zu unterstreichen.“

Obwohl ich mir gewünscht hätte, dass Makeda der kleinen Giftschlange einen Schlag in ihr bunt bemaltes Gesicht versetzte, hatte sie sich nur traurig abgewandt.

Doch jetzt war keine Zeit für solche unnützen Gedanken, denn die arabische Küste kam immer näher; wir konnten bereits die Balsamtannen und Gewürzrindenbäume erkennen, die an der Küste wuchsen, und die Lehmziegelhäuser, die den Hafen von Muza einrahmten. Denn dies war kein Fischerdorf. Muza war eine Stadt, die durch den Handel unbeschreiblich reich geworden war, genau wie ich. Und jeden Augenblick würde Makeda, das afrikanische Mädchen mit den großen Augen, ihren Fuß in das sagenumwobene Land ihrer Vorväter setzen.

Kapitel 6

Als wir endlich in Marib ankamen, sah man meinem großäugigen Mädchen die Erschöpfung deutlich an. Es waren einige Berge zu überqueren gewesen, große Temperaturunterschiede zu erdulden und weitere traurige Szenen zu verkraften gewesen, die einem zarten Gemüt sehr zusetzen konnten. Wir trafen verzweifelte Bauern, die vor ihren vertrockneten Feldfrüchten standen. Das Wasser, das ihnen Gedeihen hätte schenken sollen, war von anderen Bauern, die weiter bergauf siedelten, mit Dämmen aufgehalten worden. Hungernde Kinder mit aufgequollenen Bäuchen hockten am Straßenrand, von ganzen Insektenschwärmen geplagt, zu kraftlos, um zu betteln oder auch nur zu weinen. Und in Marib selbst begegneten wir den älteren Schwestern dieser Kinder, die versuchten, mit ihren ausgemergelten Körpern ein paar Münzen zu verdienen. Die Ankunft unserer Karawane in der Stadt brachte sie auf die Beine, und sie buhlten wie streunende Katzen um die Aufmerksamkeit der vielen Männer, die seit Wochen keine weibliche Haut mehr berührt hatten.

Für Makeda waren sie gefallene Engel, die gerettet werden mussten, denen sie jedoch nicht helfen konnte. Jeder Almosenempfänger und jede Hure, an denen sie vorbeikam, vergrößerten die Last der Schuldgefühle und des Kummers, die Makeda schleppte, und sie sah aus wie ein Häuflein Elend. Im Augenblick fiel es schwer, sich vorzustellen, dass dieses Mädchen eine arabische Königin werden sollte – umso besser für uns.

Doch dann fiel mir ein, dass ich diese unattraktive Version von Makeda nicht sofort dem Kronrat präsentieren konnte.

Nein, die Palastdamen würden sie zuerst herrichten, ob es mir nun gefiel oder nicht. Bestimmt würden die Frauen feststellen, dass sie kein fehlerloses Lamm war. Doch wenn der Kronrat bereits so gut wie entschlossen war … Makedas Erscheinen vor ihm war für den folgenden Tag angesetzt, und erst dann würde ich sie wiedersehen, wenn ich bei den Fürsten von Saba saß, die lange gewartet hatten, um zu sehen, ob Rafaschs Behauptungen in Bezug auf die Anmut und Reinheit seiner Tochter der Wahrheit entsprachen.

Ich verbrachte die Zwischenzeit nicht mit Untätigkeit. Zuerst sprach ich mit Bijo, den ich in Marib zurückgelassen hatte, um mich über die neuesten Entwicklungen zu informieren.

„Also“, sagte ich, „ist es Rafasch gelungen, in meiner Abwesenheit alle anderen vor den Kopf zu stoßen?“

„Leider nicht, Herr“, sagte Bijo, der wusste, welchen Ausgang ich mir wünschte. „Auch ist während deiner Abwesenheit keine andere Anwärterin auf den Thron erschienen. Im Augenblick ist Makeda Sabas einzige Hoffnung.“

„Aber wenn die Frauen sie herrichten“, wandte ich ein, „werden sie bemerken … Bijo, Makeda ist nicht … ohne Makel. Es hat einen Unfall gegeben, als sie klein war.“

„Das mag sein“, erwiderte Bijo. „Aber falls Makeda tatsächlich als ungeeignet verworfen wird, dann bleibt uns nur noch Ghalilat.“

„Ghalilat? Sie hat doch ihre Ambitionen auf den Königsthron bestimmt schon lange aufgegeben.“

„Allerdings, das hat sie. Doch nachdem so viel Zeit vergangen und keine ernsthafte Rivalin aufgetaucht ist, ist ihre Hoffnung neu aufgelodert. Man erzählt sich, sie bezweifle, dass du jemals zurückkehren würdest. Ihr Vater Mafaddat hat den Kronrat gebeten, ihre Wahl noch einmal zu bedenken aufgrund der Tatsache, dass Saba noch nie so lange ohne Königin gewesen sei und dass die Fürsten unseres Vasallenstaats Hadramaut die Situation vielleicht zu einem Aufstand nutzen könnten.“

„Dann wird sie nicht gerade begeistert davon sein, dass ich jetzt doch mit Rafaschs Tochter eingetroffen bin. Trotzdem, falls sie bei unserer Ankunft einen Blick auf Makeda geworfen hat, hat sie das vielleicht beruhigt."

„Möglicherweise", räumte Bijo ein, aber ich habe nie jemanden gesehen, der weniger überzeugt wirkte.

Danach suchte ich mein Lager auf, wie es meine Sitte war, und redete mit den Männern. Aber ich vermisste bereits Makedas Begleitung, auch wenn ich nun nicht ständig das Gefühl hatte, persönlich für alle Probleme dieser Welt verantwortlich zu sein.

An diesem Abend machte ich mir gar nicht erst die Mühe, zu Bett zu gehen, da ich wusste, dass ich keinen Schlaf finden würde. Stattdessen las ich in meinen Büchern der Weisheit und wünschte, dass mehr davon auf mich abfärben würde.

Beim Morgengrauen wurde ich erneut zum Palast geleitet und wieder nahm ich meinen Platz zwischen den Stammesfürsten ein. Doch dieses Mal herrschte kein skeptisches Schweigen. Vielmehr vibrierte die abgestandene Luft vor Erwartung, und bis seine Tochter ihren großen Auftritt hatte, hingen aller Augen wie gebannt an Rafasch.

Als sie dann tatsächlich erschien, war ich sprachlos, denn in ihrem glänzenden goldenen Gewand hätte sie selbst die Muttergöttin noch übertroffen. Ihre geölte Haut schimmerte wie Ebenholz, ihr Haar, befreit von seinen vielen Zöpfen, fiel wie ein Umhang aus schwarzer Seide über ihren Rücken. Ihr Gesicht, stolz und lieblich zugleich, zog jeden Blick im Raum auf sich, und ihre Augen waren gänzlich ohne Furcht oder Tücke. Eine Zeit lang blieb sie einfach im Türrahmen stehen, nahm alles in sich auf, wartete auf die Einladung vorzutreten. Und als der alte Yuhafri, der Vater der verstorbenen Königin, sie aufforderte, vor ihn zu treten, schritt sie durch unsere Mitte, und nicht einmal ich, der ich von ihrer Behinderung wusste, konnte eine Spur von Hinken erkennen. Alles war verloren, dessen war ich sicher, doch als Makeda sich kurz umwandte, um meinen Blick zu suchen, lächelte sie.

„Du weißt, warum du hier bist, meine Liebe, nicht?“, fragte Yuhafri mit zitternder Stimme und nahm ihre Hand in seine.

„Natürlich, mein Herr“, antwortete sie, doch als sich seine eingesunkenen Augen zusammenzogen, fügte sie schnell hinzu: „Tamrin, der Kaufmann, hat es mir nicht verraten. Das war nicht nötig.“ Also würde ich meinen Kopf doch nicht verlieren, wie es schien, aber eigentlich war mir das auch ziemlich egal.

Spürte sie, dass Sabas Fürsten ihre Entscheidung bereits getroffen hatten? Oder kam ihre Zuversicht aus ihrer eigenen Überzeugung, dass sie keinesfalls erwählt werden würde? Vielleicht rechnete sie damit, einer Befragung unterzogen zu werden, während der sie erklären konnte, warum sie nicht gewählt werden durfte, auch wenn die Frauen, die sie hergerichtet hatten, offensichtlich dafür gesorgt hatten, dass ihr Makel nicht zu sehen war. Ganz gewiss rechnete *ich* mit einer ausführlichen Diskussion und dass wir alle hier mindestens für den Rest des Tages sitzen würden, weil die Ratsmitglieder nicht zu einer einstimmigen Entscheidung kommen konnten.

Doch die Stammesfürsten hatten in meiner Abwesenheit wenig anderes zu tun gehabt, als Rafasch alle Fragen zu stellen, die sie bewegten. Es blieb nur noch, sich seine Tochter persönlich anzusehen; das hatten sie hiermit getan, zu ihrer offensichtlichen Zufriedenheit. Ja, sicher, sie war von dunkler Hautfarbe, aber ihre Gesichtszüge waren makellos. Sicher, sie entstammte einer Familie, die gerade erst in den Adelsstand erhoben worden war, aber dies konnte auch Vorteile haben, und außerdem war ihre Haltung bereits die einer Königin. Rafasch mochte es an politischer Erfahrung fehlen, aber dann konnte er die anderen Stammesfürsten auch nicht so schikanieren, wie Mafaddat es zweifellos getan hätte. Tatsächlich war Mafaddat jetzt der einzige Mann, der Rafasch noch im Weg stand.

So saß ich da und wünschte mir, Mafaddat würde es versuchen. Und er enttäuschte mich nicht. Als er, wie ich, erkannte, wie die Entscheidung ausfallen würde und dass dies seine letzte Chance war, erhob er sich und begann zu sprechen, ohne nach Yuhafris Meinung zu fragen, da er vermutete, dass dieser sie nicht preisgeben würde.

„Edle Fürsten von Saba", begann er mit seiner tiefen, dröhnenden Froschstimme, „ich bitte euch zurückzutreten, bevor ihr kopfüber ins Unglück stürzt wie Wild, das über einen Felsvorsprung getrieben wird. Vertraut unser altes und angesehenes Volk nicht Emporkömmlingen an, die nichts über unsere Geschichte wissen und auch nichts von Diplomatie verstehen! Wollt ihr wirklich dieses schwarze Geschöpf zu eurer Königin machen, obwohl ihr ihren Charakter gar nicht kennt und auch keine Ahnung habt, ob sie überhaupt keusch ist? Ich fordere, dass sie zumindest untersucht wird, um sicherzustellen, dass ihre Jungfräulichkeit intakt ist. Haben nicht unsere Vorfahren bestimmt, dass unsere Königin vor allem anderen eine Jungfrau sein muss? Doch wir haben nur das Wort dieses Provinzlers Rafasch, dass seine Tochter nicht mit jedem Mann in Afrika geschlafen hat!"

Ich befürchtete, dass jeden Augenblick ein weiterer Streit ausbrechen könnte, doch offensichtlich hatte Rafasch beschlossen, sich des Respekts seiner Mitfürsten würdig zu erweisen. Mit bemerkenswerter Selbstbeherrschung erwiderte er: „Nur zu, Mafaddat. Lass sie untersuchen. Aber ich würde mein Leben auf ihre Jungfräulichkeit verwetten; das tue ich sogar. Wenn festgestellt wird, dass ihre Jungfräulichkeit beschädigt ist, dann darfst du meinen Kopf an deine Stadtmauer nageln und dir *meine* privaten Teile zum Abendessen servieren lassen." Nur, dass er nicht „private Teile" sagte; der Anstand verbietet es mir, seine genauen Worte zu wiederholen.

Doch sie zeigten die erwünschte Wirkung. Die anderen Fürsten brüllten vor Lachen; ein besonders gut gelaunter Mann schlug ihm fest auf den Rücken und rief: „Gut gesagt, mein Freund, gut gesagt! Ich schlage vor, dass wir diese hübsche junge Dame und ihren Vater keiner weiteren Prüfung unterziehen, sondern direkt zur Wahl kommen, da ich zumindest bereits weiß, auf wen meine Wahl fallen wird. Was sagen die anderen?"

Ein zustimmendes Gemurmel erhob sich im Raum; Yuhafri hob die Hand, bat um Ruhe und sagte: „Also? Gibt es Einwände dagegen, dass die Abstimmung sofort durchgeführt wird?"

Ich spielte mit dem Gedanken einzugreifen. Wenn Makeda mir auch nur einen einzigen flehenden Blick zugeworfen hätte, hätte ich es getan, ungeachtet der Konsequenzen. Doch noch immer lächelte sie mich nur an, sodass ich mich wieder fragte, ob sie den Ausgang dieser Sache die ganze Zeit vermutet hatte.

„Sehr gut", verkündete Yuhafri. „Da niemand Einwände erhoben hat, werden wir weitermachen. Doch zuerst möchte ich die Dame Makeda und ihren Vater bitten, den Raum zu verlassen, sowie alle Mitglieder des Kronrats, die nicht berechtigt sind, an der Abstimmung teilzunehmen."

Das überraschte mich; mir war nicht klar gewesen, dass die Mitglieder, die nicht stimmberechtigt waren, den Raum verlassen mussten. Kurz wagte ich zu hoffen, dass ich während der Wahl vielleicht ein persönliches Wort mit Makeda wechseln könnte, doch sie und ihr Vater würden in einem anderen Raum warten.

Die Frau, der ich auf meinem Weg nach draußen allerdings begegnete, war Ghalilat. Sie hatte mit einer Zofe im hinteren Teil des Vorraums gelauert, wo die Diener der Kronratsmitglieder auf ihre Herren warteten und sich die Zeit mit Würfelspielen oder Dösen vertrieben. Und ganz offensichtlich hatte sie nicht damit gerechnet, dass so schnell jemand aus dem Sitzungssaal kam. Doch da ich den Saal als Erster verließ, war ich vermutlich auch der Einzige, der sie bemerkte, bevor sie sich eilends davonmachte. Bei ihrem Anblick lief mir ein Schauer über den Rücken.

Ich fand Hami bei den Dienstboten und forderte ihn auf, mir nach draußen zu folgen, denn im Raum war es stickig, und ich hatte keine Lust, noch länger dortzubleiben. Als wir das Erdgeschoss mit seiner geräumigen, kühlen Halle erreichten, bat ich Hami, sich neben mich auf die Bank zu setzen, die sich an der ganzen Wand entlangzog, und trug einer der Wachen auf, mich zu informieren, sobald die bedeutungsschwere Entscheidung gefallen war. Ich hatte vielleicht kein Stimmrecht, aber ich war Tamrin, der Kaufmann, einer der angesehensten Männer Sabas, und ein Beamter musste schon außerordentlich begriffsstutzig sein, wenn er sich nicht selbst überbot, um meinen Wünschen nachzukommen.

Hami wagte nicht zu fragen, was geschehen war, doch mein Gesichtsausdruck schien für sich zu sprechen. Als die Wache pflichtschuldig die Nachricht überbrachte, dass Makeda einstimmig gewählt worden sei, reagierte ich kaum. Ihre Krönung würde morgen stattfinden; heute Abend würde sie ein Reinigungsritual vollziehen und dann ganz allein in einem separierten Raum schlafen. Zwei königliche Wachen würden vor ihrer Tür stehen. Nicht einmal Sabla wäre es gestattet, mit ihr das Zimmer zu teilen.

Doch ich hatte das Gefühl, dass Hami und ich nicht ins Lager zurückkehren, sondern im Palast bleiben sollten. Ich erbat mir ein Gästezimmer, das mir auch sofort zugeteilt wurde, und schickte Hami los, um Sabla zu suchen und zu mir zu bringen.

Nur widerwillig folgte sie meiner Aufforderung. Sie hatte mit den Zofen der vorherigen Königin zusammengesessen, die jetzt Makedas Zofen werden würden. Sabla würde zu ihnen gehören, ein Vorrecht, mit dem sie mehr als glücklich war.

„Sabla“, sagte ich so freundlich, wie ich es über mich bringen konnte, „du musst für mich herausfinden, wo genau Makeda heute Nacht schlafen wird. Ich fürchte, ihr Leben könnte in Gefahr sein.“

„Was? Wer würde es wagen, die erwählte Königin zu bedrohen?“

„Widersprich mir nicht, Sabla. Nach der Krönung wird es *niemand* mehr wagen, sie zu bedrohen, da sie unter Almaqahs besonderem Schutz stehen wird. Bis dahin … sagen wir, wir können gar nicht vorsichtig genug sein."

„Sehr wohl, Herr. Ich werde es in Erfahrung bringen." Und mit diesen Worten eilte sie davon.

Als sie kurz darauf mit der gewünschten Information wieder zurückkam, erklärte ich Hami: „Wir werden warten, bis es dunkel ist und alle schlafen. Dann suchen wir uns ein Versteck in der Nähe von Makedas Schlafkammer. Wenn ihr irgendetwas zustoßen sollte, würde ich es mir nie verzeihen."

„Aber Herr, wir können doch nicht ewig auf sie aufpassen! Sie wird ihre eigenen Wachen haben, die sie schützen, und außerdem … müssen wir nicht sofort nach Israel aufbrechen?"

„Es ist, wie ich zu Sabla gesagt habe, Hami. Sobald sie Königin ist, wird ihr Leben unantastbar sein, und nur ein Dummkopf, der keine Furcht vor den Göttern oder vor Menschen hat, würde es wagen, einen Finger gegen sie zu erheben. Doch bis es so weit ist – das ist eine andere Sache."

Als die Nacht anbrach und Ruhe im Palast eingekehrt war, schlüpften Hami und ich aus unserer Kammer und folgten der Wegbeschreibung, die Sabla uns gegeben hatte. Den wenigen Wachen, die durch die Flure patrouillierten, gingen wir natürlich sorgsam aus dem Weg. Obwohl der Palast sehr gut vor Eindringlingen geschützt war, wurden strenge Sicherheitsvorkehrungen innerhalb seiner Mauern nicht für nötig erachtet. Die Hauptwege und Treppen waren vernünftigerweise von Fackeln an den Wänden gut beleuchtet. So konnten wir unseren Weg finden, aber ein oder zwei Mal mussten wir auch stockdunkle Seitengänge wählen, um verräterische Schatten an den Wänden zu vermeiden.

Schließlich kamen wir in Sichtweite des Zimmers, in dem Makeda untergebracht worden war. Wie Sabla angedeutet hatte, standen zwei Wachposten mit aufgestellten Speeren zu beiden Seiten ihrer Tür. Hier waren wir richtig. Hami und ich kauerten uns in eine unbeleuchtete Nische und stellten uns darauf ein, eine unbequeme Nacht auf dem Fußboden zu verbringen.

Nach einer Weile kam ich mir ziemlich albern vor. Glaubte ich tatsächlich, dass Ghalilat hier auftauchen, zwei voll bewaffnete Soldaten niederstechen und dann Makeda im Schlaf ermorden würde? Nicht einmal mithilfe ihres starken Vaters hätte sie die kleinste Aussicht auf Erfolg. Trotzdem bemühte ich mich, so gut ich konnte, wach zu bleiben, aber da ich schon in der Nacht zuvor keinen Schlaf gefunden hatte, wurden meine Augenlider schwer.

Durchdringende Schreie rissen mich aus meinem Schlaf. Sofort hellwach, rannten Hami und ich zu Makedas Zimmer, auf dessen Schwelle wir über den niedergestreckten Körper eines der beiden Wachposten beinahe gestolpert wären. Der andere, der jetzt Makeda bedrohte, hatte ihm offensichtlich die Kehle durchgeschnitten. Ganz eindeutig war die Sache nicht so gelaufen, wie er es geplant hatte, denn er war nicht schnell genug gewesen, um sie in ihrem Bett zu ermorden. Anscheinend hatte sie ihn hereinkommen hören und war aufgesprungen, bevor er sie packen konnte; jetzt war ein langer Tisch zwischen ihnen.

„Lass deine Waffe fallen!“, schrie ich in der Hoffnung, ihn so lange ablenken zu können, dass Makeda aus dem Raum fliehen konnte. Da er befürchtete, von einer Gruppe Soldaten ertappt worden zu sein anstatt von einem unbewaffneten Kaufmann, der das Ende eines Schwertes kaum von seinem Griff unterscheiden konnte, wirbelte er zu mir herum, und mein letztes Stündlein hätte geschlagen gehabt, wenn nicht Makedas Schreie die Wachen auf ihrem Rundgang herbeigerufen hätten, genau zum richtigen Zeitpunkt.

Sie packten den Verräter, entwaffneten ihn und wollten ihn an Ort und Stelle töten, doch ich rief: „Lasst ihn am Leben! Er muss uns sagen, wer ihm den Auftrag gegeben hat.“ Denn es war unwahrscheinlich, dass er aus eigenem Antrieb gehandelt hatte.

Sie zerrten ihn auf die Füße und führten ihn zur Befragung ab. Makeda stürzte in meine Arme und barg ihr Gesicht an meiner Schulter.

„Oh, Onkel Tamrin, wo wäre ich ohne dich? Du musst immer bei mir bleiben und mein erster Ratgeber werden oder mein Hohepriester oder was auch immer dich hier bei mir hält."

„Makeda, du weißt sehr gut, dass ich König Salomo versprochen habe, zu ihm zurückzukehren. Verlange nicht von mir, dass ich mein Wort breche."

„Aber wenn du nicht da gewesen wärst, wenn du mich nicht gehört hättest ..."

„Sobald du Königin bist, wird Ghalilat es nicht mehr wagen, Hand an dich zu legen. Oder vielleicht wagt sie es, doch kein Mann würde sich bereit erklären, ihren Wünschen nachzukommen."

„Ghalilat? Du denkst, *sie* steckt hinter diesem Anschlag?"

„Ich bin sogar sicher, obwohl wir das vermutlich nie beweisen können."

Und so kam es auch. Wir erfuhren zumindest damals nicht, wer hinter dem Anschlag steckte, denn der Mann, der verhaftet worden war, hatte eine Phiole mit Gift in seiner Kleidung versteckt, die er trank, bevor er befragt werden konnte. Er wusste, dass er sowieso dem Tode preisgegeben war, und Gift war besser als Folter.

Als der Tag von Makedas Krönung anbrach, waren sowohl Ghalilat als auch ihr Vater spurlos verschwunden.

Die Krönung fand trotz der Vorfälle statt wie geplant, obwohl einige der Reinigungsrituale wiederholt werden mussten. In Saba war es Sitte, die Krönung so bald wie möglich nach der Wahl der Königin durchzuführen, und da die Fürsten aller Stämme außer einem bereits anwesend waren, gab es keinen Grund, sie aufzuschieben. Die Zeremonie wurde in Almaqahs Tempel gefeiert. Die Prozession sollte vom Palast durch die Stadt dorthin ziehen.

Die Bürger drängten sich auf den Straßen, denn dies war ihre einzige Gelegenheit, einen Blick auf ihre neue Monarchin zu erhaschen, bevor sie in ihren in den Himmel aufragenden Turm geführt werden würde. Natürlich hatte Tamrin, der Kaufmann, es nicht nötig, sich unter diese brodelnde Menge zu mischen; für mich war ein Platz im Tempelhof reserviert. Hami stand hinter mir und konnte von dort aus genauso gut sehen wie ich. Makeda wurde in einer offenen Sänfte durch die Straßen getragen, für alle sichtbar, denn erst nach der Krönung trat das Gesetz in Kraft, dass niemand ihr Gesicht sehen durfte. Und als sie aus ihrer Sänfte stieg, war ihr von den schlimmen Ereignissen der vergangenen Nacht nichts anzumerken. Allerdings wollte ich mir gar nicht vorstellen, was in ihr vorging.

Sie trug ein in schmale Falten gelegtes weißes Gewand; ihre Haare fielen ihr größtenteils offen über den Rücken, nur einige Strähnen waren zu einem kunstvollen Knoten auf ihrem Kopf gedreht worden. Darauf würde die königliche Krone sitzen. Ihre Augen und ihr Mund waren stärker geschminkt, als sie selbst es je gewagt hätte, doch es wirkte majestätisch, nicht geschmacklos. Sie wurde geleitet von Yuhafri (der selbst gestützt werden musste) und von Luqman, dem Großwesir ihrer Vorgängerin, der jetzt ihr Großwesir sein würde. Unwillkürlich empfand ich einen Stich der Eifersucht, denn es war ein Posten, den ich tatsächlich gern übernommen hätte, wenn es mir möglich gewesen wäre. Luqman war ein ernster, kluger Mann, nicht spürbar durchtrieben. Ich musste darauf vertrauen, dass ich Makeda in verantwortlichen Händen zurücklassen würde.

Hinter ihr schritten ihre Hofdamen, angeführt von Sabla. Sie wendete sich hierhin und dorthin und genoss die Aufmerksamkeit der Menschenmassen, als würde sie ihr gelten. Vielleicht dachte sie, das sei so; immerhin war sie ein hübsches Mädchen, und vielleicht hielt sie ihre Herrin tatsächlich für hässlich, obwohl ich das bezweifelte.

Vor dem großen, nach oben offenen Altar im Tempelhof sprachen die Priester die vorgeschriebenen Worte, brachten die Opfer dar und salbten Makedas Stirn mit Weihrauch und Myrrhe. Dann überreichten sie ihr die königlichen Insignien: nicht nur die Krone, sondern auch eine schwere Amtskette mit dem königlichen Geheimcode, die auf ihrer Brust hing, das Gegengewicht auf ihrem Rücken. Außerdem bekam sie Reife für jeden Arm und Fußketten für jeden Knöchel, dazu schwere Ohrringe aus Gold, die sicherlich ihre Ohrläppchen nach unten gezogen hätten, wenn sie nicht noch zusätzlich an der Ohrmuschel befestigt gewesen wären.

Nachdem die Insignien ihren Platz gefunden hatten und Makeda, die Tochter des Rafasch, zur rechtmäßigen Königin von Saba erklärt worden war, warfen die Priester eine Substanz auf den Altar, die eine große Rauchwolke entstehen ließ und die gesalbte Königin vor aller Blicke verbarg. Als der Rauch sich hob, war Makeda verschwunden; zu sehen war nur noch ihre Sänfte mit den zugezogenen Vorhängen. Ich musste damit rechnen, dass sogar mir verboten wurde, sie jemals wiederzusehen.

Doch ich stand ihr noch am gleichen Abend gegenüber, denn sie schickte nach mir. Sie schien nicht vorzuhaben, sich an die Regeln zu halten.

Die Privatgemächer der Königin lagen viele Stockwerke hoch im Palastturm, doch es gab eine Audienzkammer weiter unten, zu der nur einige wenige Privilegierte Zutritt hatten. Ich schien einer von ihnen zu sein. Als ich hineingeführt wurde, saß Makeda auf dem Thron von Saba, der auf einem Podest stand; er war aus Gold gefertigt und mit Edelsteinen besetzt, doch in diesem Augenblick sah ich das nicht, denn ich hatte nur Augen für Makeda. Allerdings konnte mir kaum entgehen, dass Luqman und Rafasch zu ihrer Rechten und Linken standen, doch nicht lange.

„Lasst uns allein“, forderte sie, und als Luqmans Augenbrauen in die Höhe schossen, erklärte sie: „Ich habe bisher kein Gesetz gefunden, das der Königin von Saba verbietet, sich zurückzuziehen, wenn sie das möchte, oder mit den Mitgliedern ihrer Familie zu reden. Lasst uns also bitte allein, meine Herren. Ihr könnt zurückkehren, wenn Tamrin entlassen ist.“

Beide verneigten sich und zogen sich zurück; nach dem Protokoll musste sich sogar ihr Vater vor ihr verbeugen, obwohl er und Luqman diejenigen waren, die die Macht in Händen hielten, davon gingen sie zumindest aus. Sobald sie den Raum verlassen hatten, sprang Makeda vom Thron und zog mich von den Knien hoch. Denn selbstverständlich war ich vor ihr niedergesunken, wie es sich gehörte. Sie umarmte mich und führte mich zu dem Podest, wo wir uns Seite an Seite auf die Stufen setzten wie auf unserer Reise.

„Majestät", begann ich, doch sie unterbrach mich: „Makeda, Onkel Tamrin. Sei nicht dumm."

„Makeda, es tut mir so leid. Ich hätte dich niemals hierher bringen dürfen. Das ist alles meine Schuld."

„Nein, Onkel Tamrin. Nichts davon ist deine Schuld. Es ist der Wille meines Vaters, dem ich entspreche. Es ist mein Schicksal, und du wusstest das bereits, bevor wir Äthiopien verlassen haben."

„Aber wie …?"

„Ich kann in dir lesen wie in einem Buch, und ich wusste, dass du das Orakel befragt hast, noch bevor du zu mir gekommen bist."

„Aber deine Hochzeit, Makeda, und der arme Minasch …"

„Er liebt mich nicht, nicht … so. Wegen meines Vaters wollte er mich heiraten, nicht um meinetwillen."

„Aber du wirst nie einen Mann haben, nie Kinder …"

„Die Bewohner Sabas werden meine Kinder sein, Onkel. Bestimmt brauche ich nicht noch mehr."

Ich wusste nicht, ob ich staunen oder Angst empfinden sollte. Impulsiv ergriff sie meine Hände und drückte sie, so fest sie konnte.

„Versprich mir nur, dass du so schnell wie möglich von Salomos Hof zurückkehren wirst", bat sie mich. „Solange ich weiß, dass jeder Tag, der vergeht, mich dem Tag des Wiedersehens mit dir näher bringt, will ich zufrieden sein."

„Ich werde so schnell es geht zurückkommen, das verspreche ich dir. Aber die Reise nach Israel ist lang und beschwerlich, viel länger als die Reise hierher. Es wird mindestens achtzehn Monate dauern, bis ich zurück bin."

„Und bestimmt befürchtest du, dass mir bis dahin Schreckliches widerfährt." Und als ich zögerte, fügte sie hinzu: „Ich hoffe, du denkst daran, mir auch dieses Mal ein Geschenk mitzubringen."

Ich wusste immer noch nicht, was ich sagen sollte, woraufhin sie zu lachen begann und meine Hände noch fester drückte. „Ach, Onkel Tamrin, was für ein Elend. Du befürchtest immer das Schlimmste. Ich bin davon überzeugt, wenn ein Flaschengeist dir drei Wünsche anbieten würde wie in den Geschichten, würdest du dich weigern, sie einzusetzen, aus Angst, alles könnte schiefgehen."

Stimmte das? So sah ich mich eigentlich nicht. Ich hätte mein Vermögen nie verdienen können, wenn ich nicht darauf vertraut hätte, dass zumindest einige meiner Unternehmungen von Erfolg gekrönt sein würden. Vielleicht war die Tatsache, dass die Reichtümer mich nicht für mein verlorenes Glück entschädigen konnten, der Grund dafür, dass ich aufgehört hatte, an das Glück zu glauben. Makeda war noch jung und töricht genug anzunehmen, dass alles, was geschah, gut ausgehen würde, und es wäre grausam von mir gewesen, ihr diese Illusion zu nehmen.

Darum lächelte ich nur und nickte, als sie sagte: „Denk doch nur an all diese armen Menschen, denen wir auf unserer Reise begegnet sind. Nun, da ich Königin bin, kann ich ihnen helfen."

Ich stimmte ihr zu, als sie behauptete, es gäbe doch bestimmt genügend Wasser für alle Bauern Maribs, wenn nicht einige von ihnen so gierig wären. Ich ließ sie davon schwärmen, welche Genugtuung es für sie sein würde, für eine gerechte Verteilung zu sorgen, damit es bald keine Bettler und Huren mehr in Maribs Straßen geben würde. Tatsächlich biss ich mir so erfolgreich auf die Zunge, dass sie am Ende erklärte: „Siehst du; selbst du denkst, dass meine Wahl kein Zufall war."

Und sie war immer noch fröhlich, als ich mich endlich von ihr verabschiedete, entschlossen, eine ganze Nacht zu schlafen, bevor ich mit den Vorbereitungen für die lange Reise begann. Ich ließ mir von Hami in meine Nachtgewänder helfen, und bevor ich mich niederlegte, massierte er mir den Nacken und die Schultern, damit der Schlaf leichter käme – eine Fertigkeit, in der er sehr viel Übung hatte.

„Hami, du bist wahrhaftig ein Geschenk der Götter", sagte ich, als ich spürte, wie sich die Verspannungen unter seinen geübten Griffen langsam lösten.

„Herr, du weißt, dass es mir immer ein Vergnügen ist, dir zu dienen", erwiderte er und fügte noch hinzu: „Mach dir keine Sorgen um Makeda, Herr. Sie hat Sabla und so viele Dienstboten, wie man sich nur wünschen kann. Sie hat ihren Vater, der dafür sorgt, dass sie demütig bleibt, und Luqman, der ihr bei den Staatsgeschäften beisteht. Und sie wird wohl nicht viel arbeiten müssen, schätze ich."

„Nein, das wird wohl nicht von ihr erwartet", stimmte ich zu. „Aber sie wird sich nicht damit zufriedengeben, bei religiösen Ritualen den Vorsitz zu führen und Urteile zu fällen bei Streitigkeiten, bei denen ihre eigene Meinung nicht von Bedeutung ist. Sie wird *Veränderung* herbeiführen wollen, Hami, und das wird ihr nicht gelingen."

„Nun, als sie noch im Haus ihres Vaters in Yeha lebte, war ihr das ebenfalls unmöglich. Sie sollte es gewohnt sein."

„Aber damals hatte sie noch nicht so viel gesehen. Sie hatte weder Ungerechtigkeit noch Armut oder andere Übel kennengelernt, die entstehen, wenn Herrscher nur ihren eigenen Hunger nach Macht und Reichtum befriedigen. Auch wurden die Abscheulichkeiten, deren Zeugin sie wurde, nicht in ihrem Namen begangen. Jedes Mal, wenn eine neue Königin den Thron besteigt, wagen die Armen und Geknechteten zu hoffen, dass sich ihre Situation ändern wird, doch das kann nicht geschehen, weil die Männer, die Sabas eigentliche Herrscher sind, von der Herrschaft einer Königin zur nächsten auf ihren Posten bleiben."

„Wenigstens ist Rafasch körperlich stark und er besitzt viel Willenskraft. Er wird in der Lage sein, die Fürsten Hadramauts unter seine Knute zu zwingen und Saba das Einkommen aus dem Weihrauch und der Myrrhe ihres Landes zu sichern. Und er kann unter den anderen sabäischen Fürsten Frieden schaffen und die Blutfehden, an deren Ursache sich niemand mehr erinnern kann, beilegen. Das allein wird die Situation verbessern."

„Er mag eine gewisse Ordnung schaffen, aber die Situation wird sich nicht notwendigerweise verbessern. Und ganz bestimmt nicht für Makeda. Oh, Hami, kannst du dir vorstellen, dass sie glücklich ist, wenn sie wie eine Gefangene in diesem Turm festgehalten wird, durch dessen Fenster sie nur Häuser und Sand sehen kann? Sie wird keinen Garten haben, in dem sie spazieren gehen kann, keine Berge, deren Anblick sie über die Langeweile ihrer stumpfsinnigen Existenz erhebt. Sie wird sich nach Äthiopien und ihrem Zuhause in den Bergen sehnen, und es mag zwei Jahre dauern, bis wir irgendetwas tun können, um ihr zu helfen."

„Mit Respekt, Herr, ihr Vater ist für Makeda verantwortlich, nicht du. Kann es nicht sein, dass du dir mehr Gedanken um sie machst, als gut für dich ist?"

„Vielleicht, Hami, vielleicht ist das so. Es stimmt, dass sie für mich das Kind gewesen ist, das ich selbst nie hatte. Wenn nur meine Zauditu länger gelebt hätte, wie anders hätte mein Leben ausgesehen!"

„Du wärst ein guter Vater gewesen, Herr, wenn die Götter dir Kinder gewährt hätten."

Ich lächelte und tätschelte Hamis Hände. „Das werden wir nie wissen", erwiderte ich. „Aber ich weiß, dass es mir guttun wird, wieder unterwegs zu sein, und ganz besonders nach Israel. Wer weiß, welche Gelegenheiten zum Handel sich uns unterwegs bieten werden? Dann kann ich wieder das tun, was ich *wirklich* gut kann."

Kapitel 7

Die Reise nach Israel dauerte beinahe auf den Tag genau neun Monate. Im Großen und Ganzen genoss ich sie, wie ich es gehofft hatte, doch dieses Mal freute ich mich genauso darauf, mein Ziel zu erreichen, und je näher wir den Grenzen von Salomos Königreich kamen, desto leichter wurde mein Herz.

Es war nicht so, dass das Land sonderlich einladend gewesen wäre. Vom Süden nähert man sich Jerusalem durch die Negev-Wüste, und eine Gegend, die öder oder unwirtlicher ist, kann man sich kaum vorstellen. Doch es war auch nicht die Sehnsucht nach den Annehmlichkeiten der Zivilisation nach neun Monaten der Entbehrungen, die mich erfüllte, oder auch nur die Vorfreude darauf, meine Waren vorzuzeigen. Vielmehr freute sich mein Herz, weil es in Salomo ein Gegenüber gefunden hatte, das mit ihm im Einklang schlug. Ich sehnte das Wiedersehen mit ihm herbei.

Ausnahmslos jeden Morgen brachte ich Schamasch mein Trankopfer dar und bat ihn um Schutz vor den Gefahren der Reise, aber unwillkürlich verglich ich die Distanziertheit dieser Handlung mit der intimen Beziehung, die Salomo mit dem Gott Israels pflegte, wie er behauptete. In den sich überstürzenden Ereignissen, die Makedas Krönung vorausgegangen waren, hatte ich vorübergehend vergessen, wie sehr ich mich danach gesehnt hatte, wieder mit Salomo über diese Dinge zu reden. Seit dem Tod meiner geliebten Zauditu hatte ich keinen Menschen mehr getroffen, dem ich mich so nah gefühlt hatte.

Und noch erstaunlicher war, dass Salomo in all seiner Pracht genauso daran interessiert zu sein schien, unsere

Bekanntschaft zu erneuern, wie ich, und nicht allein wegen der Schätze, die ich ihm aus Afrika brachte. Lange bevor meine Karawane sein Herrschaftsgebiet erreichte, war sie bereits von den Spähern des Königs entdeckt worden, und eine Ehrengarde auf schnellen Pferden war losgeschickt worden, um seine Gäste zur Hauptstadt zu geleiten. Dort sollten meine engsten Gefährten und ich opulent bewirtet werden. Später würden wir den prächtigen Tempel in Jerusalem besichtigen. Als persönlicher Freund des Königs würde ich für die Dauer meines Aufenthalts, der sich so lange hinziehen konnte, wie ich wollte, im Palast untergebracht sein und am Tisch des Königs speisen.

Das Fest zu unseren Ehren war keine steife, formelle Angelegenheit. Die Liege des Königs wurde so an den Tisch gestellt, dass er mit allen anderen zu Tisch liegen konnte – und nicht nur der König, sondern auch seine Ehefrau, bis der Wein später am Abend stärker fließen würde. Dann würden sie und ihre Damen sich in ihre Gemächer zurückziehen.

„Tamrin, mein Freund, wie schön, dich endlich wieder begrüßen zu können! Ich glaube nicht, dass du bei deinem letzten Besuch die Gelegenheit hattest, meine hübsche ägyptische Gemahlin kennenzulernen“, rief Salomo auf Sabäisch, als er in die Halle stürmte, in der das Festmahl stattfinden sollte. In einer einzigen fließenden Bewegung umarmte er mich und küsste mich auf beide Wangen. Mir fiel auf, wie jugendlich und beschwingt er für einen König und Mann von über dreißig wirkte. „Makshara, meine Liebe“, – nun wechselte er mühelos ins Ägyptische –, „erlaube mir, dich dem Kaufmann Tamrin vorzustellen, dem bei Weitem reichsten und weisesten Mann ganz Afrikas. Tamrin, das ist die Dame Makshara, Tochter des Pharao Siamun von Ägypten.“

„Königin Makshara“, murmelte ich. Salomos übertriebene Beschreibung meiner Person hatte mich in Verlegenheit gebracht, und die mit Schmuck behängte junge Dame, der ich vorgestellt wurde, war das atemberaubendste Wesen, das ich in meinem ganzen Leben je gesehen hatte.

Aber Salomo lachte. „Dame, nicht Königin, Tamrin. In Saba gibt es Königinnen; bei uns Hebräern wird nicht einmal die Gemahlin des Königs mit diesem Titel angesprochen. Doch die Frauen wissen genau, wie sie ihre Wünsche bei uns Männern durchsetzen können. Dazu brauchen sie keine Titel."

Maksharas freundliches Lächeln verschwand nicht, aber ich wunderte mich darüber, dass der Pharao seine Tochter in eine Dynastie verheiratet hatte, in der sie nicht als Mitglied des Königshauses angesprochen wurde. Das zeigte, welchen überragenden Ruf sich Salomo erworben hatte, oder andererseits, wie weit Ägypten von seinem früheren Glanz entfernt war – oder vielleicht auch beides. In seiner Blütezeit hatten die ägyptischen Könige über ein mächtiges Weltreich geherrscht und hätten ihre Töchter niemals an Ausländer verheiratet; heutzutage wäre Pharao Siamun froh gewesen, wenn er hätte behaupten können, auch nur das Niltal zu regieren, doch die Hälfte dieses Gebietes stand unter der Kontrolle der Priester Amuns in Theben.

Nachdem der König und seine kostbar gekleidete Gemahlin ihre Plätze an dem niedrigen Tisch in der Mitte eingenommen hatten, wurde das Mahl aufgetragen. Es gab eine verwirrende Auswahl der seltsam köstlichen, blutlosen Fleischsorten, für die die israelitische Küche berühmt war. Auf den Platten lag eine unendliche Fülle an Fischsorten. Dazu wurden alle möglichen Arten von Gemüse und Früchten gereicht, denn obwohl die Negev-Wüste karg und unwirtlich war, waren die Jerusalem umgebenden Berge und das Land im Norden gut bewässert. Dort wuchs alles.

Viele der Speisen waren sehr stark gewürzt, offensichtlich mir zu Ehren, denn Salomo hatte gehört, dass die Sabäer scharfes Essen mögen. Er erklärte mir, auch die Einwohner von Tyrus liebten Gewürze, vor allem Ingwer, der, wie man sich erzählte, auch Seekrankheit verhindere. Aber es wurde kein Schweinefleisch aufgetischt, kein Schellfisch, und zusammen mit dem Fleisch wurde kein Käse angeboten, weil der israelitische Gott es sehr genau nahm mit dem, was sein Volk und natürlich auch dessen Gäste essen durften.

Doch er hat nichts dagegen, dass sie Wein trinken, und davon gab es große Mengen, aber er wurde erst serviert, nachdem das Essen abgeräumt war und die Damen den Saal verlassen hatten. An anderen Königshöfen wäre zu dem Trinkgelage eine spektakuläre Unterhaltung geboten worden: spärlich bekleidete Tänzerinnen, Akrobaten, Feuerschlucker und Ähnliches, um den Gästen eine unvergessliche Nacht zu bereiten. Aber Salomo hatte nur einen unscheinbaren Jungen in bescheidener Aufmachung kommen lassen, der in einer Ecke saß, die Leier spielte und leise dazu sang, damit die Gespräche nicht gestört wurden. Bijo, Mahiko und ihre Gefährten hätten sicherlich dem Gewohnten den Vorzug gegeben, aber mir war das sehr recht.

„Und war deine Reise so aufschlussreich, wie sie erfolgreich war?", fragte Salomo, nachdem ich ihm versichert hatte, dass ich alles, was er angefordert hatte, mitgebracht hatte.

„Ich weiß nicht, ob ‚aufschlussreich' das richtige Wort ist", erwiderte ich. „Ganz bestimmt war sie interessant, aber nicht ganz so, wie ich dachte."

„Das macht mich neugierig." Salomo griff nach einem Büschel Weintrauben, die er fröhlich verzehrte. Und so kam es, dass ich ihm die ganze Geschichte von Makeda und ihrer Krönung erzählte und ihm gestand, wie sehr mich die Schuldgefühle plagten, weil ich sie ihrem trostlosen Schicksal überlassen hatte.

„Deine Nichte scheint eine außergewöhnliche junge Frau zu sein, wenn sie so betroffen ist über das Unrecht und wenn ihr Gerechtigkeit wichtiger ist als Kleider und Schmuck", bemerkte Salomo mit einem Funkeln in den Augen.

„Ja, aber ich wünschte, es wäre anders, denn sie wird alle Kleider und allen Schmuck besitzen, die eine Frau sich nur wünschen kann, doch nicht die Freiheit, den Wünschen ihres Herzens zu folgen." Ich verschwieg, dass streng genommen Makeda meine Cousine und nicht meine Nichte war.

„Dann ist es vielleicht an der Zeit, dass sie von ihren Rechten Gebrauch macht und wahrhaftig Königin wird, nicht nur dem Namen nach", schlug Salomo vor, aber ich verzog nur das Gesicht, weil ich befürchtete, dass sie genau das vorhatte.

„Nun, ich selbst habe seit unserer letzten Begegnung sehr viel studiert und nachgedacht", erklärte Salomo, als ich schweigend meinen Gedanken nachhing. „Und ich habe sehr intensiv an meinem Buch der Weisheit gearbeitet. Ich habe dir eine Abschrift versprochen, wenn es fertig ist, erinnerst du dich? Zu Studienzwecken habe ich das Gesetzbuch des Hammurabi von Babylon gelesen. Ich denke, du kennst es?"

„Es ist eines meiner Lieblingsbücher", stimmte ich zu. „Wenn ein Volk wahrhaftig nach seinen Regeln regiert würde, könnte es sich glücklich schätzen."

„Ja, aber es ist erstaunlich, wie viele dieser Regeln an die Gesetze Moses angelehnt sind, an denen sich meine Regierung orientiert. Manchmal frage ich mich, ob es möglich ist, dass Hammurabi seine Weisheit direkt von Gott erhalten hat, genau wie Mose."

„Er hätte sie doch nicht von demselben Gott bekommen können! Hammurabi verehrte den Sonnengott Schamasch, so wie ich."

„Weißt du, Tamrin, je älter ich werde und je mehr ich lerne, desto mehr denke ich, dass der Gott Israels der Gott ist, der sich *jedem* Menschen offenbart, der ihn wahrhaftig sucht, egal, woher er kommt und mit welchem Namen Gott seiner Meinung nach angesprochen werden sollte."

„Aber wie kann das sein? Es gibt so viele Götter, wie es Völker gibt – eigentlich sogar mehr, denn an manchen Orten werden viele Götter angebetet."

„Aber sind sich die Götter der verschiedenen Völker nicht sehr ähnlich? Sie tragen nur unterschiedliche Namen. Ägypter, Babylonier, Sabäer ... verehren nicht alle Götter des Krieges, der Stürme und Erdbeben und ähnliche? Verehren sie nicht die Göttinnen der Liebe und der Geburt und sind nicht alle ihre Attribute ähnlich? Und könnten nicht am Ende alle diese Attribute unterschiedliche Aspekte eines allmächtigen Gottes sein, der mehr ist als männlich oder weiblich und der alle anderen überragt? Immerhin erzählen mir die Annalen meiner Vorfahren, dass der Gott Israels einmal die Sonne hat stillstehen lassen auf ihrem Weg über den Himmel, damit sein Volk Zeit hatte, den Sieg in einer Schlacht gegen seine Feinde zu erringen. Wie hätte dies geschehen können, wenn nicht die Sonne selbst Adonais Macht unterläge?"

„Adonai?"

„Das Wort bedeutet ‚der Herr'. Es ist einer der Namen, die wir für diesen Gott haben, dessen eigentlicher Name zu heilig ist, um laut ausgesprochen zu werden."

„Und der sowohl in eurer Geschichte als auch in euren Ritualen eine große Rolle spielt." Ich erinnerte mich, wie sehr ich bei meinem letzten Besuch in Israel darüber gestaunt hatte, dass die Israeliten glaubten, ihr Gott hätte sie tatsächlich aus der Sklaverei in Ägypten befreit und sodann in die Lage versetzt, das Land für sich einzunehmen, das er ihnen als ihre Heimat versprochen hatte.

„Aber die Götter stellen doch jeden Tag so viele widersprüchliche Ansprüche an uns; sie alle haben unterschiedliche Wünsche und Erwartungen, genau wie wir Menschen. Wie kann dein allmächtiger Gott gegen sich selbst aufgeteilt werden?", fragte ich Salomo.

„Vielleicht haben wir ihn nicht richtig verstanden. Immerhin spricht er nicht immer so geradeheraus, wie wir uns jetzt unterhalten. In der ganzen Zeit meiner Herrschaft als König hat er mich nur einmal mit hörbaren Worten angesprochen."

„Salomo, du bist einzigartig begünstigt, wenn er dich, auf welche Weise auch immer, persönlich angesprochen hat! Aber was meinst du damit? Hattest du eine Vision? Ist Gott dir in einem Traum erschienen?"

„Es mag ein Traum gewesen sein, denn es geschah des Nachts, aber es war viel echter als jeder Traum, den ich je gehabt habe, vorher oder seither."

„Aber was hat er gesagt, um Himmels willen? Hast du anderen von deinem Erlebnis erzählt?“

Salomo lächelte und goss mir höchstpersönlich Wein in meinen halb geleerten Becher, ohne einen Sklaven an den Tisch zu winken. „Alle meine Untertanen wissen von meinem Erlebnis, denn sie mussten es erfahren, um zu verstehen, woher die Weisheit kommt, mit der ich sie zu regieren versuche. Hör zu: Adonai erschien mir, nachdem ich Opfer für mein Volk dargebracht hatte; er forderte mich auf, von ihm zu erbitten, was immer ich wolle, und er versprach mir, mir meine Bitte zu gewähren.“

„Tatsächlich? Das klingt wie ein Märchen. Worum hast du denn gebeten?“

„Wird das nicht offensichtlich aus dem, was wir bereits gesprochen haben? Ich bat ihn um Weisheit, Tamrin, um Weisheit, sein Volk in Gerechtigkeit zu regieren, denn zu Beginn meiner Herrschaft war ich noch jung und fühlte mich der Aufgabe nicht gewachsen. Und er sagte mir, da ich nicht um Reichtümer oder die Vernichtung meiner Feinde gebeten hätte, würde er mir Weisheit schenken und dazu alles andere, was ein König brauchte.“

Eine ganze Weile brachte ich kein Wort heraus, so verblüfft war ich. Ich schüttelte nur den Kopf. Vielleicht dachte Salomo, ich würde ihm nicht glauben. Darum fügte er hinzu: „Und bisher hat er sein Wort gehalten, Tamrin, in jeder Hinsicht. Nur ein Wunsch ist mir versagt geblieben.“

Ich zog die Augenbrauen in die Höhe, um ihn aufzufordern fortzufahren. Ich traute mich immer noch nicht, das Wort zu ergreifen.

„Ich habe ihn um viele Söhne gebeten, unter denen ich einen würdigen Nachfolger wählen könnte, aber obwohl meine Frau und ich jetzt seit acht Jahren verheiratet sind – fast so lange, wie ich König bin –, haben wir bisher nicht einen einzigen Sohn bekommen.“

„Nun, während meiner Reisen habe ich viele Männer getroffen, die länger als acht Jahre auf die Geburt ihres ersten

Kindes gewartet haben", versicherte ich ihm, dankbar, dass ich endlich etwas Hilfreiches zu sagen hatte. „Außerdem können für einen König zu viele Söhne ebenso ein Fluch sein wie zu wenige, denn die Rivalität unter den Prinzen – oder bei den Sabäern auch unter den Prinzessinnen – ist ein sicherer Vorbote von blutigen Auseinandersetzungen."

„Das stimmt allerdings", räumte Salomo ein. „Und das weiß ich nur zu gut, denn es bestand eine erbitterte Rivalität zwischen fast allen meiner Brüder. Auch zwischen mir und meinem Bruder Adonia, als mein Vater David im Sterben lag. Und sogar nach Davids Tod, als ich bereits auf dem Thron saß, gab mein Bruder nicht auf. Am Ende blieb mir keine Wahl, als ihn für immer zum Schweigen zu bringen." Er hielt kurz inne, führte seinen Becher auf halben Weg zum Mund, und selbst jetzt noch wurde deutlich, wie bekümmert er war über das, was er hatte tun müssen. „Acht Jahre, und immer noch kein Kind … ich bin besorgt, Tamrin. Viele Männer in meiner Position hätten ihre Ehefrau verstoßen und eine andere geheiratet oder neben der ersten noch eine andere Frau genommen. Aber das Gesetz des Mose befürwortet dieses Verhalten nicht; und außerdem, wenn man mit der Tochter des Pharao von Ägypten verheiratet ist, dann ist es nicht ratsam, sie wegzuschicken."

Auch dazu wusste ich nichts zu sagen, darum lenkte ich unser Gespräch wieder auf Gott und die Götter, und wir verbrachten den Rest des Abends damit, angeregt darüber zu diskutieren, ob die Zukunft bereits festgelegt sei oder ob wir Einfluss auf den Lauf des Schicksals nehmen konnten – oder die Hand Gottes, je nachdem, welche Einstellung man zu ihm hatte.

Am folgenden Morgen führte Salomo höchstpersönlich Bijo, Mahiko und mich, jeder von uns begleitet von einem Diener, durch die im Bau befindliche Tempelanlage. Bijo und Mahiko hatten bei dem Festmahl wenig zum Gespräch beizutragen gehabt, da es ihr Begriffsvermögen überstieg. An diesem

Morgen jedoch befanden sie sich auf bekanntem Terrain. Eigentlich war es so, dass uns allen die Vorstellung von einem Gott, der in einem Tempel lebte, viel eher behagte als die von einem Gott, der die Geschichte lenkte.

Tatsächlich fand sich sehr viel Vertrautes an Salomos prächtigem Bau aus Kalkstein, nicht zuletzt deshalb, weil sein Architekt ein Tyrer gewesen war und tyrische Tempel ganz ähnlich waren wie die anderer heidnischer Völker. Es gab einen großen offenen Hof mit einem Altar und einem riesigen Kessel, der von zwölf bronzenen Ochsen getragen wurde. Für die Reinigungsrituale wurde dieser Kessel mit Wasser gefüllt. Es gab ein Heiligtum mit frei stehenden Säulen zu beiden Seiten des Eingangs. Darin verbarg sich das Allerheiligste, in dem statt eines Bildes oder eines Bätyls die geheimnisvolle Bundeslade stehen würde.

Im Augenblick durften wir uns all dies noch ansehen, denn bisher war noch nichts geweiht worden, und überall wimmelte es von Handwerkern, sowohl tyrischen als auch israelitischen, und Arbeitern, vorwiegend israelitischen. Einige legten den Boden des Heiligtums mit langen Zypressenbohlen aus, während andere an der Wandverkleidung aus Zedernholz arbeiteten und wieder andere damit beschäftigt waren, Werkzeug und Materialien herbeizuschaffen. Während unserer Besichtigung erklärte Salomo, wie die Schätze, die wir selbst aus Äthiopien mitgebracht hatten, für die Ausstattung und Einrichtung verwendet werden würden. Mit dem Gold sollten die Wände des Allerheiligsten ausgekleidet und die Cherubim aus Olivenholz, die über der Bundeslade wachten, überzogen werden; ihre Augen sollten aus unseren Saphiren gearbeitet werden.

Immer wieder blieb Salomo stehen, um mit den Arbeitern zu plaudern, genau wie ich es mit meinen eigenen Arbeitern tat, und ich war beeindruckt davon, wie viele Namen er kannte und wie viel Interesse er am Leben dieser Männer zeigte. Er sprach die tyrische Sprache genauso fließend wie Hebräisch, Sabäisch und Ägyptisch, und ohne nennenswerten

Akzent. Mich beeindruckte auch, wie ruhig und geordnet die Arbeiten vonstattenzugehen schienen; es war kein Hämmern und Klopfen zu hören, keine Flüche. Jede Arbeit, die Lärm verursachte, wurde woanders verrichtet, und es war jede erdenkliche Vorsorge getroffen worden, um eine ehrfurchtsvolle Atmosphäre zu erhalten, obwohl der Gott noch keine Wohnstatt in seinem irdischen Heim genommen hatte.

„Und wo steht die Bundeslade im Augenblick, Majestät?", wollte Bijo wissen. Den ganzen Morgen schon waren seine kleinen Augen hierher und dorthin geflitzt in dem Bestreben, so viele Informationen wie möglich aufzunehmen.

„Als meine Vorfahren aus der Sklaverei in Ägypten zurückkehrten, gab es für die Bundeslade ein besonderes Zelt, die sogenannte Stiftshütte", erklärte Salomo. „Danach stand sie eine Zeit lang im Haus eines frommen Mannes mit Namen Abinadab, der so ziemlich der einzige Mensch war, der es in der ganzen Zeit geschafft hat, sie nicht zu berühren."

„Ist es verboten, sie auch nur zu berühren?", rief ich. „Ich dachte, es sei nur bei göttlicher Strafe verboten, den Deckel abzunehmen."

„Das dachte auch Abinadabs Sohn Usa. Er streckte seine Hand aus, um die Bundeslade festzuhalten, als sie auf Anweisung meines Vaters aus dem Haus seines Vaters zu ihrer gegenwärtigen Behausung in Jerusalem gebracht wurde – und er stürzte tot zu Boden."

„Aber das war doch ungerecht!", wandte Mahiko ein, der als mein erster Unterhändler ein stark ausgeprägtes Gerechtigkeitsempfinden besaß. Doch Salomo zuckte nur die Achseln, als wollte er sagen: *Gott ist Gott. Wer sind wir, dass wir ihn beurteilen könnten?*

Doch auch Salomo war sehr darauf erpicht, Gerechtigkeit zu üben, wie ich bereits wenige Tage nach meiner Ankunft in seiner Hauptstadt erkannte. Einen großen Teil seiner Zeit verbrachte er damit, sich Streitfälle unter seinen Untertanen anzuhören und eine gerechte Lösung selbst für den niedrigsten seiner Leute zu finden. Denn jeder hatte das Recht, sich mit seinem Anliegen an den König zu wenden. Er zeigte großes Talent darin, Lösungen vorzuschlagen, auf die kein anderer gekommen wäre, und nicht selten entschied er zugunsten eines Bauern, einer Frau oder sogar eines Sklaven und gegen einen wohlhabenden Landbesitzer, selbst wenn Letzterer ihm ein Bestechungsgeld bot.

Ein reicher Bauer beschuldigte einen landlosen Nachbarn, ihm Feldfrüchte gestohlen zu haben. Salomo tadelte den Bauern, weil er dem Armen nicht, wie im Gesetz des Mose vorgeschrieben, etwas zur Nachlese übrig gelassen hatte. Ein Herr beklagte sich darüber, dass sein Sklave davongerannt sei; Salomo fragte, wie lange der Mann ihm gedient hätte und ob er von Geburt Israelit sei. „Ja, er ist ein Hebräer", erwiderte der Herr. „Er hat mir mehr als zehn Jahre gedient und vorher ist nichts geschehen."

„In diesem Fall kannst du dich glücklich schätzen", teilte Salomo ihm mit. „Denn heißt es nicht im Gesetz, dass ein hebräischer Sklave nach sieben Jahren freigelassen werden muss? Er hat dir bereits drei zusätzliche Jahre geschenkt, also lass ihn jetzt gehen."

Je länger ich ihn beobachtete, desto deutlicher wurde mir bewusst, dass das wichtigste Geschenk, das ich Makeda mitbringen könnte, ein Stück von Salomos Weisheit war. Ich begann, möglichst viele Beispiele niederzuschreiben.

Nicht, dass ich Salomo auf Schritt und Tritt folgte, obwohl er bestimmt nichts dagegen einzuwenden gehabt hätte. Denn da sich mein Hebräisch stetig verbesserte (ein Kaufmann sollte immer auch eine Begabung für Sprachen besitzen), schloss ich noch andere Kontakte unter den Männern, die ihm dienten. Trotz meines Versprechens an Makeda, so schnell wie möglich zurückzukehren, mussten sich meine Männer und Tiere von der anstrengenden Reise erholen, und Mahiko nutzte die Zeit, um mit seinen israelitischen Partnern in meinen Angelegenheiten zu verhandeln. Ich verbrachte viel Zeit mit Zadok, dem Hohepriester Salomos, ein herber Mann, der älter wirkte, als er war, wenig sagte, aber sehr viel wusste.

Und dann waren da noch Zabud, der Ratgeber des Königs, und Ahischar, der Haushofmeister des Palastes, die gern bereit waren, mir zu erklären, was Salomo ihrer Meinung nach zu einem so außergewöhnlichen Herrscher machte. Besonders enge Freundschaft schloss ich mit einem gewissen Joschafat, der Salomos Hofschreiber war und die Aufzeichnungen über Salomos Herrschaft und die seines Vaters verwaltete. Von ihm erfuhr ich genauso viel über Salomo wie vom König selbst, denn Joschafat bewunderte ihn und sprach unablässig von ihm.

„Salomo kann sich tatsächlich glücklich schätzen, wenn alle seine Untertanen ihn so leidenschaftlich bewundern wie du", meinte ich lächelnd, als Joschafat wieder einmal von den Tugenden seines königlichen Herrn geschwärmt hatte.

Wir saßen im Garten hinter Joschafats Haus im Schatten eines um ein Gerüst rankenden Weinstocks. Joschafats Söhne spielten zufrieden zu unseren Füßen; Hami schnitt ihnen Grimassen und brachte sie zum Lachen.

„Nun, dass *alle* ihn verehren, wäre zu viel gesagt", gestand mein neuer Freund. Er war ein freundlicher und rundlicher kleiner Mann, der Essen und Wein genauso liebte wie seinen König. „Die Männer, die es als ihr Recht ansehen, Geld zu verdienen, indem sie ihre Arbeiter unterdrücken, ihre Kunden betrügen und ihre Rivalen mit allen Mitteln bekämpfen, halten nicht viel von Salomo."

„Nein, das kann ich mir vorstellen. Er hat bestimmt viele Feinde, denn die Art von Männern, die die meisten Könige hätscheln würden, verabscheut er, und ich kann mir nicht vorstellen, dass sie das einfach so hinnehmen."

„Er hat in der Tat auch Feinde, aber in jedem Land sind der Reichen wenige und der Armen viele, darum sind seine Freunde seinen Feinden zahlenmäßig weit überlegen."

„Aber mächtige Feinde können sich Verbindungen im Ausland schaffen, mit Königen und Fürsten, die mehr nachdenken als sie. Hat Salomo nicht Angst, dass aus dieser Richtung Ärger kommen könnte?"

„Natürlich gibt es Männer, die wir im Auge behalten müssen. Einer zum Beispiel, Hadad, der Edomiter, glaubt Anspruch erheben zu können auf den Thron von Edom. Edom ist einer unserer Vasallenstaaten. Falls Hadad dort Einfluss gewänne, gäbe es zweifellos eine Rebellion gegen Salomos Oberhoheit."

„Und, wird er es schaffen?"

„Das könnte durchaus sein, da Pharao Siamun ihm Asyl gewährt hat, als er aus Edom vertrieben wurde. Jetzt lebt er an seinem Hof. Siamun gab ihm sogar seine Schwägerin zur Frau und die beiden haben einen Sohn."

„Aber Siamuns Tochter ist doch Salomos Ehefrau!"

„Siamun ist gerissen genug, nicht alle seine Eier in einen Korb zu legen, und wer kann ihm das verübeln, wenn man bedenkt, wie geschwächt das Königreich ist, das *er* geerbt hat."

„Ich verstehe. Und ist Hadad die einzige Gefahr?"

„Nein, ganz und gar nicht. Da ist noch Rezon von Aram, ein Kriegstreiber, der sich in der Nähe von Damaskus eine Festung gebaut hat und sich mit einer Bande rebellischer Schurken umgibt, die genauso gewalttätig und skrupellos sind wie er. Er würde alles tun, um Salomo von seinem Thron zu stoßen, wenn er nur die kleinste Gelegenheit dazu bekäme. Doch im Augenblick ist Salomo sehr viel stärker als er. Salomo hat Tausende Pferde und Streitwagen in seinen Garnisonsstädten stationiert. Im Gegensatz zu seinem Vater David ist er der Kriegsführung nicht zugetan, und er würde nie versuchen, einen Nachbarstaat anzugreifen oder Land zu annektieren. Dennoch wäre er darauf vorbereitet, seine Grenzen zu verteidigen, wenn er dazu gezwungen wäre, und natürlich besitzt er die Mittel dazu."

„Nun, da er glaubt, dass dieses Land seinem Volk von Gott anvertraut wurde, wird es ihm eine heilige und politische Pflicht sein, es unversehrt zu erhalten."

„Er ist es Gott und seinem Volk schuldig, sein Erbe nicht nur unversehrt zu erhalten, sondern auch für Frieden und

Sicherheit zu sorgen. Salomo selbst betrachtet sich als Hirte seines Volkes, Tamrin, und ein Hirte ist nicht nur zuständig für die ihm anvertrauten Schafe, sondern hat sich auch vor dem Besitzer der Herde zu verantworten. Das Volk gehört nicht Salomo, sondern Gott, genau wie das Land. Salomo ist Gott Rechenschaft schuldig. Er ist nicht sein eigener Herr, und steht nicht über dem Gesetz des Mose, genauso wenig wie seine Untertanen."

Ich dachte: *Sobald ich an diesem Abend in meine Gemächer zurückkehre, werde ich diese Erkenntnisse meinem Bericht anfügen.* Doch Joschafat dozierte schon weiter, denn Salomos einzigartiges Verständnis seines Königtums war sein Lieblingsthema.

„Und es ist auch so, dass er seine Untertanen um Rat fragt, Tamrin, was viele weise Männer als das Merkmal eines wahrhaft großen Königs sehen. Salomo hat keine Angst, andere Meinungen zuzulassen und sie sorgfältig abzuwägen, bevor er eine Entscheidung trifft. Deswegen fühlen wir als seine Ratgeber uns frei, offen unsere Meinung zu äußern und nicht nur das zu sagen, was er hören will. Zum Beispiel herrschte zwischen uns eine ernste Unstimmigkeit darüber, ob es klug sei, einen Hafen in Ezion-Geber am Roten Meer zu bauen. Ich zum Beispiel war der Meinung, wir könnten übervorteilt werden. Am Ende wurde das Projekt verwirklicht, doch es gab keine Probleme zwischen dem König und denen, die dagegen gesprochen hatten."

„Ezion-Geber?" Mit neu erwachtem Interesse beugte ich mich vor, denn von dieser Entwicklung, die Auswirkungen auf Saba und auch auf die Beziehungen zwischen Salomos und meinem Volk haben könnte, hatte ich noch nichts gehört.

„Aber ja. Salomo baut dort einen befestigten Hafen und eine Stadt, direkt an der Spitze des Roten Meeres. So können er und sein Verbündeter Hiram von Tyros Handelsschiffe an die Küsten Afrikas und Arabien senden. Bisher haben ihre Schiffe nur Zugang zu den Märkten des Mittelmeers. Aber du weißt ja, dass Salomo Kupferminen in Timna besitzt, weniger als einen Tagesmarsch von Ezion-Geber entfernt. Wenn er Kupfer und andere Handelswaren in den Süden wie auch in den Norden exportieren könnte …"

„Natürlich." Das war nur zu offensichtlich. Doch es behagte mir nicht und Rafasch und seinen Steuereinnehmern würde es noch viel weniger behagen. Ezion-Geber lag an der südlichsten Spitze von Salomos Gebiet, schon fast in Arabien. Wenn Salomo und Hiram Schiffe über das Rote Meer fahren ließen, brauchten sie keine Kamelkarawanen mehr, die die arabische Halbinsel durchquerten, immer in Gefahr, von Räubern überfallen zu werden – und entgingen den Steuereintreibern, die an jeder Oase, die sie zwangsläufig passierten, Abgaben von ihnen forderten. Sie könnten Weihrauch und Myrrhe sogar direkt aus Hadramaut beziehen und andere Handelswaren aus Indien oder dem südlichen Afrika und Saba als Handelspartner gänzlich übergehen. Dies war eine sehr ernste Angelegenheit, und ich fand, dass Salomo das mir gegenüber hätte erwähnen müssen.

Sobald es möglich war, ohne unhöflich zu erscheinen, suchte ich einen Vorwand und verabschiedete mich von Joschafat. Hami eilte hinter mir her. Doch ich kehrte nicht in meine Gemächer zurück, vielmehr begab ich mich direkt zum Palast und bat um eine Unterredung mit dem König.

„Aber du bist der Freund des Königs, Herr Tamrin", wurde mir beschieden. „Du brauchst nicht um eine Unterredung zu ersuchen. Seine Majestät wird dich empfangen, sobald er die Angelegenheit abgeschlossen hat, die ihn gerade beschäftigt. Bitte nimm doch Platz, mach es dir bequem." Die Diener kamen eilfertig angelaufen, boten an, mir die Füße zu waschen oder eine Erfrischung zu reichen, sodass ich beinahe Schuldgefühle bekam, weil ich die Bitte um eine Unterredung mit solcher Dringlichkeit vorgebracht hatte.

Bevor ich noch Zeit hatte, mir auch nur ein Stück von dem Zuckerwerk schmecken zu lassen, mit dem man mich verwöhnte, führte man mich zum König. Salomo sprang von seinem Thron auf, umarmte mich und setzte sich mit mir auf die mit Kissen belegte Bank, die sich an einer der Wände seines Thronsaals entlangzog. Der Thronsaal war nicht besonders groß. Salomo hatte sich noch keinen eigenen Palast erbaut, sondern lebte in dem seines Vaters David.

„Tamrin, mein Freund. Ich hatte nicht erwartet, dich vor heute Abend zu sehen", begrüßte er mich. „Ist alles in Ordnung? Brauchst du etwas? Du musst es nur sagen und es wird für dich getan."

Meine Schuldgefühle verstärkten sich. „Ich bitte um Vergebung. Ich hatte nicht damit gerechnet, dass du meinetwegen alle deine Geschäfte unterbrichst. Aber da es nun so ist, werde ich dir auch sofort sagen, was mir auf dem Herzen liegt. Ich habe gehört, dass du in Ezion-Geber einen Hafen baust, und war betrübt, dass du es nicht für nötig befunden hast, mich darüber zu informieren. Stimmt das?"

Salomo blickte mich etwas bestürzt an. Dann erwiderte er: „Ja, das stimmt und es ist kein Geheimnis. Aber du bist erst seit wenigen Tagen mein Gast, Tamrin. Später wird noch genügend Zeit für politische Themen sein. Zuerst wollte ich, dass du meine Gastfreundschaft genießt und Gelegenheit hast, dir meine wunderschöne Stadt ausgiebig anzusehen. Hat man sich nicht gut um dich gekümmert? Wurde dir nicht alles gezeigt, was du sehen wolltest?"

„Salomo, mein Herr, ich wollte mich nicht beklagen! Ich wurde von allen deinen Ministern und Beamten aufs Höflichste willkommen geheißen, und man hat mich unterhalten, als wäre ich selbst ein König."

„Dann bin ich beruhigt. Alles ist, wie es sein sollte. Aber möchtest du Ezion-Geber immer noch hier und jetzt erörtern?"

„Nicht, wenn es auf Kosten anderer geht, mein Herr, nein. Ich will nicht, dass andere meinetwegen noch länger auf ihre Audienz warten müssen."

„Tamrin, du bist ihr Gast so gut wie meiner und darum stehen deine Bedürfnisse über ihren eigenen. Und hör bitte auf, mich Herr zu nennen, und erkläre mir den Grund für deine Sorge."

Also sagte ich ihm, was mich beunruhigte, und warnte ihn vor den Auseinandersetzungen, die ich voraussah. Am Schluss meiner Ausführungen betonte ich, wie traurig es wäre, wenn dieses Unternehmen einen Keil zwischen unsere Völker treiben würde, die erst vor so kurzer Zeit Freunde geworden seien, so wie Salomo und ich.

„Aber Tamrin, dies ist doch eine *große Chance* für Saba, keine Bedrohung. Es ist eine Möglichkeit für unsere beiden Völker, miteinander zusammenzuarbeiten wie nie zuvor! Jedes Schiff, das über das Rote Meer nach Indien oder Afrika segelt, wird durch die Wasserstraße fahren müssen, die das Rote Meer vom Meer im Süden trennt. An dieser Stelle können Steuern und Wegzoll erhoben werden, sodass die gesamte Summe in Sabas Staatskasse fließt und nicht von Räubern gestohlen wird! Und als Gegenleistung dafür, dass Saba meinen Schiffen Schutz gewährt, sichere ich allen Karawanen, die du, deine Königin oder deine Landsleute durch mein Gebiet senden, meinen Schutz zu, sodass ihr Zugang zu den Märkten von Tyrus und Sidon, Damaskus, sogar Griechenland, Troja und darüber hinaus bekommt! Ein sicherer Hafen und eine Stadt am Kopf des Roten Meeres bedeuten, dass Waren problemlos vom Schiff auf Kamele verladen werden können und umgekehrt. Ezion-Geber wird eine Zwischenstation für *alle* sein, für Israeliten, Tyrer und Sabäer gleichermaßen."

Seine Begeisterung war ansteckend. Einen kurzen Augenblick erfasste ich seine Vision in all ihrem Potenzial und verstand ein wenig mehr von dem, was Salomos Größe ausmachte. Doch dann gewann wieder meine Fähigkeit, Gruben zu erkennen, bevor ich in sie hineinstürzte, die Oberhand, und ich sagte: „Das alles klingt sehr gut, doch die Herrscher Sabas werden es nicht so sehen."

„Ich dachte, deine kluge Herrin Makeda würde in Saba herrschen. Bestimmt kannst du ihr das doch begreiflich machen."

„Makeda ist nicht die Herrscherin von Saba, Salomo! Ich dachte, ich hätte dir bereits erklärt, dass ihr Vater Rafasch und seine Brüder und Cousins diejenigen sind, die die Macht haben. Und mögen mir die Götter vergeben, dass ich das ausspreche, aber es ist nahezu unmöglich, sie dazu zu bringen, *irgendetwas* zu begreifen.“

Einen Augenblick lang wog Salomo meine Worte ab und strich dabei über seinen ordentlich frisierten Bart. „Aber du bist doch ein Cousin von diesem Rafasch, oder nicht?“, wandte er schließlich ein. „Mir scheint, es ist höchste Zeit für eine Veränderung der Machtverhältnisse in deinem Königreich, sowohl um seiner selbst als auch um der Königin willen. Die Zeiten ändern sich, Tamrin. In einem modernen Volk ist die Herrschaft durch Stammesfürsten nicht mehr tragbar. Wenn Saba sich den Respekt seiner Nachbarn und seine Vorherrschaft in internationalen Angelegenheiten erhalten will, muss es sich anpassen und vorwärtsgehen. Ein Konflikt zwischen Saba und Israel wäre für beide Seiten nicht gut. Durch die Zusammenarbeit hingegen könnten unsere beiden Völker die reichste und größte Macht auf Erden werden. Ägypten und Babylon besitzen doch nur noch einen Abglanz ihrer früheren Macht. Dies ist *unsere* Chance, die Welt zu erobern – und nicht mit Waffen und Krieg, nicht durch Unterdrückung und Grausamkeit, sondern indem wir Wohlstand und Verdienstmöglichkeiten für alle schaffen! Stell dir das doch nur einmal vor: Saba und Israel Hand in Hand. Gemeinsam bekämpfen wir die Ungerechtigkeit und machen Gott in der Welt bekannt … Ich könnte sogar deine Makeda heiraten, um die Verbindung zu besiegeln. Dann wäre *alles* vollkommen!“

Ganz offensichtlich war mir die Kinnlade heruntergeklappt, während ich herauszufinden suchte, ob er scherzte oder es ernst meinte. Mittlerweile wusste er genauso gut wie ich, dass die Königin von Saba eine Jungfrau sein musste, und ich kannte genauso gut wie er die Forderung im Gesetz des Mose, dass ein Mann nur mit einer Frau verheiratet sein darf. Und hatte nicht Joschafat, sein königlicher Schreiber, mir eben noch in aller Ausführlichkeit erklärt, dass in Israel nicht einmal der König über dem Gesetz steht? Doch Salomos Vater David hatte viele Frauen gehabt, und ich wusste, dass Salomo untröstlich darüber war, dass es ihm bisher nicht gelungen war, mit der Tochter des Pharao einen Sohn und Erben zu zeugen.

Während ich noch perplex dasaß und nach Worte suchte, begann Salomo, laut zu lachen, und ich schloss daraus, dass er doch im Scherz gesprochen hatte. „Tamrin", sagte er, „du machst dir zu viele Gedanken. Sorge tut dem Körper und dem Geist nicht gut und lässt uns vor unserer Zeit alt werden. Du musst dich für den Rest deines Besuchs, von dem ich wünschte, er würde ewig dauern, ausschließlich amüsieren. Das ist ein Befehl! Aber zur Einweihung meines Tempels musst du unbedingt kommen, und wenn du in der Zwischenzeit nach Saba zurückkehren willst, dann musst du dich eben sofort wieder auf den Weg machen."

„Du willst mich, einen Heiden, ernsthaft zur Weihung von Adonais Haus einladen?"

„Aber natürlich! Wie könnte ich nicht wollen, dass du, mein liebster Freund, dabei bist? Zudem hast du mir die Mittel gebracht, den Tempel so prächtig auszustatten, wie es für ein irdisches Haus nur möglich ist. Außerdem bist du kein Heide, Tamrin. Gott sieht das Herz an, und es macht ihm nicht das Mindeste aus, dass du nicht als Hebräer geboren bist. Es ist die Aufgabe Israels, das Licht der Liebe und Wahrheit Gottes unter den Völkern auszubreiten. Welche bessere Möglichkeit gäbe es, als dass Menschen, die nach der Wahrheit suchen, so wie du, miterleben, wie Adonai Wohnung nimmt auf seinem heiligen Berg?"

„Ich fühle mich sehr geehrt", murmelte ich, und das meinte ich ernst. „Ich werde alles versuchen, um hier sein zu können. Und wenn ich zurückkehre, werde ich Vertreter meiner Regierung mitbringen, die bevollmächtigt sind, im Namen meiner Königin und ihres Kronrats über Handelsabkommen und alle anderen Unternehmungen zu verhandeln, in denen unsere Völker eine Zusammenarbeit suchen. Wer weiß, vielleicht könnte eine formale Bündnisvereinbarung aufgesetzt werden, in der festgeschrieben wird, dass Israel und Saba einander in jedem Bereich helfen werden."

„Nur eines würde mir mehr gefallen, Tamrin, und das wäre, wenn du einer der Männer wärst, die eine solche Vollmacht besäßen. Du bist ehrlich und klug, du hast die Fähigkeit, über deine Nasenspitze hinauszusehen, und du bist mit deiner Königin verwandt. Es ist an der Zeit, dass du dein Geburtsrecht einforderst, mein Freund, denn für Makeda und dein Volk und mich ist es wichtig, dass du das tust."

Kapitel 8

Auf der Heimreise nach Marib verbrachte ich noch mehr Zeit als gewöhnlich mit Studieren, Sinnieren und Beten, denn Salomo hatte mir eine Menge Stoff zum Nachdenken gegeben. Es war nicht nur seine legendäre Weisheit, die mich herausgefordert hatte, oder all das, was ich über seinen Gott erfahren hatte, über das Gesetz des Mose und die Prinzipien, nach denen er sein Volk regierte. Nein, Salomo hatte mich persönlich angesprochen und behauptet, dass ich mehr sein könnte und sollte als ein Kaufmann, dass ich mehr tun könnte und sollte, um Makeda in ihrem Entschluss, Saba zum Besseren zu verändern, zu unterstützen. Anstatt ihren jugendlichen Idealismus zu belächeln und ihr zu raten, ihre kindischen Träume aufzugeben, sollte ich lieber nach Wegen suchen, ihr zu helfen.

Aber so, wie mein Herz leichter geworden war, je mehr wir uns Jerusalem genähert hatten, wurde es von Tag zu Tag schwerer und niedergeschlagener, je mehr sich meine Karawane dem Sitz von Sabas Regierung näherte. Nicht einmal die Aussicht, Makeda wiederzusehen, konnte mich aufheitern, weil ich große Angst davor hatte zu erfahren, wie es ihr in meiner Abwesenheit ergangen war. Täglich brachte ich Schamasch Opfer für sie dar, gleichzeitig flehte ich ihn an, meine Karawane unterwegs zu beschützen. Doch meine Gebete schienen sich wie Weihrauch in der dünnen Wüstenluft aufzulösen, und ich versuchte sogar, den Gott Salomos anzurufen. Ich redete ihn als Adonai an und wollte glauben, dass die ganze Welt in der Hand dieses einen allmächtigen Wesens lag. Aber es schien nichts zu nützen.

Und war es nur Einbildung oder hatte sich das Leben für die Armen Sabas in der Zeit meiner Abwesenheit tatsächlich noch verschlimmert? Ich hatte den Eindruck, als würden noch mehr verlassene Kinder am Wegrand betteln, als wären noch mehr Männer mit wilden Blicken gezwungen, Überfälle zu begehen, und Frauen, sich zu prostituieren. Ganze Dörfer waren verlassen und dem sich ausbreitenden Sand preisgegeben. Die Familien, die einst dort gelebt hatten, trafen wir unterwegs an, ihre wenigen Besitztümer auf dem Rücken, in der vergeblichen Hoffnung, Arbeit zu finden oder Wasser oder irgendetwas, das ihr erbärmliches Leben erhalten möge. Und wir stießen auf die weißen Knochen derer, die ihr Leben bereits ausgehaucht hatten. Ich fürchtete, dass jeder Funke der Freude oder Hoffnung, den Salomo in Jerusalem in mir entfacht hatte, erstickt sein würde, bis wir Marib erreichten. Dann wäre mir nichts mehr geblieben, das ich mit Makeda teilen könnte.

Doch nicht einmal in meinen dunkelsten Stunden hätte ich voraussehen können, was mich bei meiner Ankunft in Makedas Palast erwartete. Denn man teilte mir mit, sie sei gar nicht anwesend. Aus gesundheitlichen Gründen sei sie nach Äthiopien zurückgeschickt worden und auf Sabas Thron säße nun ihr Vater Rafasch.

„Aus gesundheitlichen Gründen?“, wiederholte ich schwach dem Diener gegenüber, der mir die Neuigkeit mitgeteilt hatte. „Aber was ist denn mit ihr? Ist sie sehr krank? Gibt es in Marib keine Ärzte, die sie behandeln können?“

„Oh doch, aber sie sagen, die Wüstenhitze sei nicht gut für sie; sie brauche die frische Bergluft Yehas, um wieder den Weg der Besserung zu beschreiten. Niemand weiß, wann sie in der Lage sein wird, ihre königlichen Pflichten wieder zu übernehmen.“

Ich war zutiefst betrübt. Makeda war schwer krank und ich war nicht da gewesen. Ich hatte in Israel verweilt und meiner Leidenschaft für Philosophie gefrönt, während meine geliebte Cousine an der Pforte des Todes stand und niemand ihre Hand gehalten hatte.

„Herr, du darfst dich nicht so quälen!“, riet Hami mir, als er mich am Abend massierte. Wir waren in meinem Zelt, denn ich hatte mich nicht überwinden können, als Rafaschs Gast im Palast zu wohnen. „Es ist doch nicht deine Schuld, dass Makeda krank geworden ist. Du bist kein Arzt. Du hättest nichts tun können, um ihr zu helfen, selbst wenn du hier gewesen wärst. Wenn die besten Ärzte Maribs nicht wussten, was zu tun ist, dann hättest auch du nichts tun können.“

„Das wissen wir nicht, Hami. Körper und Geist sind eng miteinander verbunden, aber das brauche ich dir doch nicht zu sagen, denn du merkst jeden Tag selbst, wie sehr sich die Sorge meines Geistes in der Anspannung meiner Muskeln zeigt. Wenn ich hier gewesen wäre, um Makeda zu beschützen …“

Hami seufzte nur und knetete meine Schultern noch fester als zuvor. Währenddessen beschloss ich, dass ich morgen in der Frühe Bijo und seine Agenten zu mir rufen und sie fragen würde, warum sie davon nicht im Voraus erfahren hatten. Ich würde auch Rafasch zur Rede stellen und ihn fragen, mit welchem Recht er sich zum Regenten erhoben hatte, denn eine solche Entscheidung hätte vom Kronrat getroffen werden müssen, und offensichtlich war der nicht einberufen worden.

Ich bekam tatsächlich die Erlaubnis, Rafasch zu sehen, aber für mich war diese Unterredung genauso nutzlos wie demütigend. In Gold und Purpur gehüllt lümmelte sich Rafasch auf dem Thron seiner Tochter, ein Bein über die Armlehne gehängt, und sein dicker Bauch wölbte sich über seinem mit Juwelen besetzten Gürtel. Während unseres Gesprächs aß und trank er ununterbrochen, ohne mir auch nur eine Erfrischung anzubieten. Sehr deutlich gab er mir zu verstehen, dass ich nun vollkommen überflüssig war – wie natürlich auch Makeda.

„Aber auch hier in Arabien gibt es Berge“, protestierte ich hartnäckig, entschlossen zu verhindern, dass er mich wegschickte, bevor ich meinen Standpunkt deutlich gemacht hatte. „Ihre Karawane muss sie doch überquert haben, um nach Äthiopien zu gelangen. Hätte sie sich nicht *dort* erholen können? Dann hättest du sie regelmäßig besuchen können, anstatt sie aus deiner Gegenwart zu verbannen, und sie hätte die Staatsgeschäfte wieder übernehmen können, sobald sie sich dazu in der Lage sah."

„Ach, komm schon, Tamrin, hätte die Königin von Saba etwa bei Ziegenherden untergebracht werden sollen? Außerdem weißt du genauso gut wie ich, dass sie und ich uns nie viel zu sagen hatten. Es ist gar nicht nötig, dass ich sie ständig besuche, und es ist auch nicht nötig, dass sie sich ihren hübschen Kopf über politische Angelegenheiten zerbricht. Da, wo sie jetzt ist, an dem Ort, an dem sie aufgewachsen ist, fern von den Anstrengungen und Härten des Palastlebens, geht es ihr viel besser. Ich kann hier alles für sie regeln."

„Aber genau darum geht es doch, Rafasch. Makeda ist die Königin. Du solltest nicht ihre Pflichten übernehmen."

„Ach, tatsächlich? Und seit wann betrachtet der Vater der Königin von Saba es nicht als seine Pflicht und sein Recht, seiner Tochter die Last der Regentschaft abzunehmen? Bist du ernsthaft der Meinung, dass Makeda eingesperrt in diesem stickigen Palastturm glücklicher wäre als in den Gärten von Yeha?"

Natürlich wollte ich nichts dergleichen andeuten, doch in Anbetracht der Tatsache, dass Rafasch triumphierend auf mich herabblickte, dazu seine widerwärtigen Brüder, die sich hinter ihm aufgestellt hatten, wurde mir klar, dass ich wenig zu gewinnen, aber sehr viel zu verlieren hatte, wenn ich versuchte, unsere fruchtlose Diskussion zu verlängern. Und so musste ich zustimmen, dass ihr Vater es am besten wüsste.

Als Bijo später am Morgen vor mich trat, duckte und wand sich der drahtige kleine Spion nervöser als gewöhnlich, denn er war sich seines Versagens nur zu deutlich bewusst. Sicher, er war zusammen mit mir in Israel gewesen, und ich konnte nicht von ihm erwarten, dass er mich aus erster Hand über Makedas Krankheit informierte. Aber seine Männer in Marib und in Yeha hätten ihm eine Nachricht zukommen lassen müssen, damit wir bei unserer Rückkehr nicht so unvorbereitet gewesen wären.

„Herr, ich flehe dich um Vergebung an“, bat er unterwürfig. „Aber wie es scheint, wurde Königin Makedas Abreise nach Yeha streng geheim gehalten. Niemand hier weiß davon, außer Rafasch und seinen Verwandten im Palast, Luqman, der Großwesir, und ein paar wenige der dienstälteren Minister der Regierung. Keiner meiner Agenten oder deren Kontaktleute war darüber informiert, dass sie nicht mehr in ihren Gemächern weilt.“

„Und in Yeha? Deine Kontaktleute vor Ort müssen doch wissen, dass sie wieder dort ist.“

„Ganz und gar nicht, Herr. Sie wurde in aller Heimlichkeit dorthin gebracht und scheint seither unter Hausarrest zu stehen.“

Das erklärte, wie es Rafasch gelungen war, die absolute Kontrolle an sich zu ziehen, ohne den Kronrat einzuberufen. Keiner der anderen Stammesfürsten hatte überhaupt eine Ahnung davon, dass Makeda fort war!

Ich sah davon ab, Bijo zu bestrafen, denn obwohl seine Männer unleugbar wachsamer hätten sein müssen, konnte man ihm das nicht unbedingt zum Vorwurf machen.

Was war nun zu tun? Während ich unruhig in meinem Zelt auf und ab lief und fieberhaft überlegte, ob ich geradewegs nach Äthiopien reisen sollte und mit welcher Art von Eskorte, wurde mir ein bedeutender Besucher gemeldet.

Er war allein gekommen, inkognito, und hatte einen großen Schal um seinen Kopf gewunden wie ein Wüstenkrieger. Obwohl er versucht hatte, seine Größe zu verschleiern, indem er gebückt ging, zweifelte ich keinen Augenblick an seiner Identität, als Hami ihn in mein Zelt führte.

„Herr Luqman.“ Ich verbeugte mich tief vor ihm, denn als Großwesir von Saba stand er im Rang weit über mir. Auch er verneigte sich, dann trat er näher und küsste mich auf beide Wangen, als wären wir gleichgestellt. Er war gekommen, um meine Hilfe zu suchen.

Nachdem wir Platz genommen hatten und Hami uns mit Getränken versorgt hatte, bat Luqman mich, den Austausch von Höflichkeiten zu übergehen und sofort zur Sache zu kommen, denn er wollte dem Palast nicht so lange fernbleiben und Gefahr laufen, dass jemand herausfand, wo er sich aufhielt.

„Du musst wissen, Herr Tamrin“, sagte er und erwies mir die Ehre, mich mit einem Titel anzusprechen, der mir gar nicht zustand, „Königin Makeda wurde nicht nach Yeha gebracht, weil sie krank war. Es stimmt, dass es mit ihrer Gesundheit nicht zum Besten stand, aber das war nicht der Grund, warum sie nach Hause geschickt wurde. Sie wurde aus Marib entfernt, weil sie ihrem Vater im Weg war. Wenn seine Macht nicht an ihrem Leben hinge, wäre ihr Schicksal nicht Verbannung gewesen, sondern die Hinrichtung.“

Ich stieß den Atem zwischen den Zähnen aus und versuchte, diese nur zu plausible Erklärung zu verarbeiten. Luqmans Blick ruhte in der Zwischenzeit mit melancholischer Feierlichkeit auf mir, aber in seinen Augen lag auch eine unausgesprochene Frage, und erst in diesem Augenblick wurde mir klar, dass er hoffte, ich könnte ihm irgendwie helfen, die Sache wieder in Ordnung zu bringen.

„Ich nehme an, die Königin Makeda war nicht damit einverstanden, dass Saba weiterhin so regiert wurde wie in der Vergangenheit“, sagte ich. „Sie wollte etwas verändern, gegen die Wünsche ihres Vaters?“

„Sie wollte *alles* verändern, Herr Tamrin! Sie wollte verhindern, dass reiche Landwirte ihre ärmeren Nachbarn versklaven und deren Land an sich reißen. Sie wollte Architekten und Baumeister anheuern, um zu prüfen, ob es möglich ist, öffentliche Dämme und Zisternen zu bauen, um den Abfluss des Wassers aus den Bergen zu kontrollieren. Sie wollte die Rechtsprechung reformieren und bestand sogar darauf, einige der schweren Fälle selbst anzuhören. Sie wollte, dass ihr ganzes Volk glücklich, gesund und frei ist, und deswegen wurde sie von ihrem eigenen Vater aus ihrem Palast entfernt.“

Als Luqman mit seinen Erklärungen begonnen hatte, hatte ich nicht erkennen können, ob er Makedas Vorhaben billigte oder nicht. Doch als er geendet hatte, bestand für mich kein Zweifel mehr: Er betete den Boden an, auf dem sie schritt, und sein größter Wunsch war es zu erleben, dass sich ihre Ideen verwirklichen ließen. Doch trotz seines hohen Ranges war er selbst nicht in der Lage, dies zu bewirken, denn Rafasch hatte das Oberkommando über Sabas Armee und die Kontrolle über die Staatskasse. Außerdem war es Luqman unmöglich zu sagen, wer es wagen würde, sich an seine Seite zu stellen, falls er es auf eine Kraftprobe ankommen lassen würde, und ob überhaupt jemand für ihn wäre.

„Herr Luqman", erwiderte ich. „Du kannst versichert sein, dass ich nicht zögern würde, wenn ich wüsste, wie ich Rafasch von seinem Platz vertreiben und Königin Makeda im Triumph zurückbringen könnte. Aber ich bin ein Kaufmann, kein Staatsmann und ganz gewiss kein Soldat. Und es besteht kein Zweifel, dass es zu einem Bürgerkrieg kommen könnte."

„Aber Rafasch ist verhasst im Volk. Wenn wir die Opposition irgendwie auf unsere Seite bringen könnten … Nicht einmal die Generäle seiner eigenen Armee respektieren ihn. Und die Fürsten der anderen Stämme – Rafasch entspricht wahrlich nicht dem, was sie erwartet hatten, als sie ihm die Macht auf einem goldenen Teller servierten. Sie würden ihn morgen hier vertreiben, wenn sie es könnten, aber nur Rafasch hat das Recht, den Kronrat zusammenzurufen."

„Rafasch oder Ihre Majestät."

„Ihre Majestät? Was willst du damit sagen?" Luqman hatte vermutlich gesehen, wie meine Augen aufleuchteten, als die Idee in meinem Kopf Gestalt annahm, denn er beugte sich mit so viel Begeisterung vor, dass es seiner Position unangemessen schien.

„Herr Luqman, ich glaube, ich habe tatsächlich einen Weg gefunden. Du musst mit mir nach Äthiopien kommen, und mit Makedas Hilfe werden wir die Nachricht verbreiten, dass der Sitz der Regierung von Saba nach Yeha verlegt wurde.

Dann rufen wir den Kronrat zusammen und lassen von ihm ein Edikt erstellen, durch das Rafasch aus dem Königreich verbannt wird, weil er es gewagt hat, der Königin nicht die nötige Ehrerbietung zu erweisen. Wenn die Generäle tatsächlich eine solche Verachtung für ihn empfinden, wie du sagst, werden sie ihn und seine Brüder nur zu gern verhaften und aus dem Palast entfernen, sobald sie vom Kronrat dazu ermächtigt wurden."

Eine ganze Weile schwieg Luqman dazu. Mit beunruhigender Intensität musterte er mein Gesicht. Dann ergriff er das Wort. „Tamrin, für einen Kaufmann bist du ein bemerkenswert gerissener Denker. Vielleicht hättest du doch Politiker werden sollen."

„Vielleicht werde ich ja noch einer", erwiderte ich kleinlaut. „Allerdings hat man auch im Geschäftsleben ohne einen scharfen Verstand keinen Erfolg."

Und so kam es, dass ich, als ich wenige Tage später nach Äthiopien aufbrach, nicht nur meine gesamte Karawane mitnahm, sondern auch Luqman, den Großwesir von Saba, und einige andere Minister, die zutiefst unzufrieden waren mit der gegenwärtigen Situation. Auch zwei erfahrene Generäle begleiteten uns mit ihren Regimentern, und es wären noch mehr mitgekommen, doch wir brauchten sie in Marib, um Rafasch und seine Brüder festzusetzen, sobald der Kronrat den Befehl dazu gegeben hatte.

Noch inmitten der Hektik des Packens und Beladens und der Schreie der Kameltreiber fiel es mir schwer zu glauben, dass ich in der Lage gewesen war, so entschieden zu handeln, und dass so vieles in so kurzer Zeit geschehen war. Doch der Staatsstreich, den Luqman und ich planten, verbot jegliche Verzögerung, denn sonst war unsere Sache verloren, bevor wir auch nur den ersten Zug getan hatten.

Trotzdem schien Rafasch, lange bevor wir die arabische Küste erreichten, von dem Verschwinden Luqmans und seiner Gefährten erfahren zu haben. Da dies mit dem reichlich überstürzten Aufbruch meiner eigenen Karawane zusammenfiel, war sicherlich selbst ihm klar, dass wir gemeinsam unterwegs waren. Doch wir erhielten keinerlei Hinweise darauf, dass wir verfolgt wurden; vielleicht war Rafasch einfach nur erleichtert, diese lästigen Relikte des alten Regimes endlich losgeworden zu sein. Vielleicht redete er sich ein, dass sie mit mir nach Afrika geflohen seien und die Absicht hätten, weit entfernt von Sabas Hauptstadt ein Leben in harmloser Zurückgezogenheit zu führen, und dass er ohne sie besser dran sei.

Als wir das Rote Meer überquerten, erinnerte ich mich wieder daran, dass Salomo gesagt hatte, dass die Tyrer Ingwer als Mittel gegen die Seekrankheit nehmen. Da sich unter den Waren, die wir mitführten, auch Ingwer befand, nahm ich in regelmäßigen Abständen einige Stücke zu mir, und tatsächlich war es so, dass mich während der gesamten Überfahrt kaum einmal die Übelkeit quälte.

Was sich allerdings änderte, als Yeha in Sicht kam. Denn ich machte mir große Sorgen um Makeda und fragte mich, in welchem Zustand ich sie wohl vorfinden würde. Wie man mir sagte, war sie nicht bei bester Gesundheit gewesen, als ihr Vater sie aus Marib verbannt hatte, und wer konnte sagen, wie sehr sich ihr Zustand in der Zwischenzeit verschlechtert hatte, da ihr so wenig Achtung erwiesen wurde? Wenn ihr Aufenthalt im Palast von Yeha geheim gehalten wurde, dann war nicht davon auszugehen, dass sie wie eine Königin behandelt wurde. Vielleicht war sie in einem kleinen Zimmer eingeschlossen oder sogar in einem Verlies, und ohne einen Menschen, der mehr für sie tat, als ihre grundlegendsten Bedürfnisse zu erfüllen. Rafasch reichte es aus, wenn sie am Leben blieb.

Wäre ich ohne Luqman oder ohne unsere beträchtliche militärische Eskorte im Palast erschienen, wäre mir sicherlich der Zutritt verwehrt worden. Der Burghof wurde streng bewacht, und ich kannte keinen der Männer, deren Aufgabe es war, die Besucher zu überprüfen. Am Ende wurde ich eingelassen, und ich machte sehr deutlich, dass die Soldaten den

Palast stürmen und alle töten würden, sollte ich nicht innerhalb von einer Stunde zu meinen Gefährten zurückkehren.

Im Palast sah ich hier und dort Diener, die ich kannte. Sie freuten sich, mich zu sehen, wirkten jedoch eingeschüchtert, und sie überschlugen sich auch nicht in ihrem Eifer, mich zu Makeda zu bringen.

Zumindest war ihr gestattet worden, in ihren früheren Räumen zu wohnen, mit dem Fenster zu ihrem Garten hin, und dort stand sie auch, als ich hineingeführt wurde, in derselben Position, in der ich sie vorgefunden hatte, als ich sie nach meiner ersten Expedition nach Israel aufgesucht hatte. Und wie damals stand Sabla neben ihr. Aber Makedas Schultern waren herabgesunken und ihre Haare ungekämmt, als hätte sie soeben das Bett verlassen. In ihrem weiten Nachtgewand wirkte sie eher dünn als schlank, und mir fiel auf, dass Sablas Hand am Ellbogen ihrer Herrin lag, um sie zu stützen. Als die beiden sich zu mir umwandten, bemerkte ich die Ringe unter Makedas Augen, und nicht einmal Sabla hatte Schminke aufgelegt. Ganz offensichtlich waren sie nicht mehr daran gewöhnt, Besucher zu empfangen.

Da ich wusste, wie eitel und kokett Sabla war, hätte ich erwartet, dass sie sich beschämt von mir abwandte, weil ich sie in so nachlässiger Aufmachung antraf. Doch zum ersten Mal schien sie beinahe genauso erleichtert zu sein, mich zu sehen, wie Makeda. Ich ging auf die beiden zu, und einen Augenblick später, so bizarr und unangemessen das auch sein mochte, stellte ich fest, dass ich beide umarmte und wir alle drei weinten.

„Oh, Onkel Tamrin“, schluchzte Makeda an meiner Schulter, „es ist so schrecklich gewesen. Das kannst du dir gar nicht vorstellen. Ich habe niemanden außer Sabla gesehen, seit sie mich hergebracht haben; sie behaupteten, die Bergluft würde mir guttun, aber mir wurde nicht gestattet, diesen Raum zu verlassen! Mein Vater regiert mein Königreich, seine Diener hier sind sogar für die Pflege des Gartens verantwortlich, der mir immer so am Herzen lag, während ich selbst nichts tue als dahinzuschwinden wie ein Geist. Nicht einmal du kannst mich dieses Mal retten.“

„Um ehrlich zu sein“, tröstete ich sie, „ich glaube schon.“

Als sie den Kopf hob und mich ungläubig anstarrte, erklärte ich ihr den Plan, den Luqman und ich ausgeheckt hatten. Und während ich dies tat, war es, als würde ich ein Wunder miterleben: Das Licht kehrte in ihre Augen zurück, ihre Schultern strafften sich, und eine gesunde Farbe überzog ihre Wangen, die trotz ihres dunklen Teints bleich gewirkt hatte.

„Also“, kam ich zum Ende, „kann ich davon ausgehen, dass unsere Pläne Eure königliche Billigung gefunden haben, Euer Majestät? Und dass Ihr nicht davor zurückschrecken werdet, den Befehl zu geben, der Euren Vaters ins Exil führen wird, falls der Kronrat ihn sanktioniert? Denn es muss einmal gesagt werden, dass Ihr ihm immer viel mehr Respekt erwiesen habt, als er je verdient hat.“

„Nein, Onkel Tamrin. Ich werde nicht vor dem zurückschrecken, was getan werden muss, denn hier geht es nicht um mich, sondern um mein Volk. Mein Vater hat es viel grausamer unterdrückt als je zuvor. Für mich ist jetzt die Zeit gekommen, mich für mein Volk einzusetzen, und mit deiner Hilfe und der des Herrn Luqman werde ich es tun.“

„Dann werde ich also zu Luqman und den Männern zurückkehren, die er mitgebracht hat, und ihnen versichern, dass unsere Pläne deine Billigung finden. Denn wir müssen schnell handeln, bevor dein Vater uns zuvorkommen kann.“ Während ich Makeda noch einmal zum Abschied umarmte, kam mir der Gedanke, dass Salomo stolz auf uns beide wäre.

Nachdem wir begonnen hatten, unsere Pläne in die Tat umzusetzen, gab es kein Zurück mehr. Luqman und seine Minister schlugen ihr Hauptquartier in dem Raum auf, der früher Rafaschs Festsaal gewesen war, und für den Augenblick diente der Sessel des alten Stammesfürsten Makeda als Thron, bis der mächtige Sitz ihrer Vorgängerinnen von dem Thronräuber befreit werden konnte. Eine Proklamation wurde im Königreich Saba verbreitet, die besagte, die Königin würde nun von Yeha aus regieren, weswegen alle Mitglieder des Kronrats gebeten würden, sich nach Yeha zu bemühen, um die politische Krise beizulegen, die das Volk erschütterte.

Noch bevor der Kronrat zusammentreten konnte, trafen unzufriedene Beamte und Palastdiener aus Marib ein, die von dort geflohen waren. Die Zofen, die der vorherigen Königin gedient hatten, kamen ebenfalls, als eine Aufmerksamkeit des Palastverwalters und seiner Leute, die sie nach Äthiopien begleiteten; sie waren genauso glücklich, die Königin zu sehen, wie Makeda sich über ihr Eintreffen freute, denn in der kurzen Zeit, in der sie ihr dienen konnten, hatte Makeda mit ihrem freundlichen Wesen und ihrer Großzügigkeit ihre ganze Liebe gewonnen.

Als der Kronrat versammelt war, muss der Palast in Marib fast verlassen gewesen sein; Rafasch konnte nicht ignorieren, dass sich die Ringe um ihn enger zusammenzogen, doch wir hörten nichts von ihm – vermutlich wegen der Regimenter, die Luqman in Marib zurückgelassen hatte. Sie hinderten Rafasch daran, Kontakt zu jenen außerhalb seiner eigenen Stadtmauern aufzunehmen. Entgegen seiner Absichten und Ziele wurde er in Marib gefangen gehalten, so, wie er seine Tochter in Yeha gefangen gesetzt hatte. Luqmans erstes Ziel war also schon erreicht.

Der Kronrat mochte viele Monate gebraucht haben, um Makeda zur Königin zu wählen, doch es dauerte nicht lange, bis alle unsere Vorschläge, wie sie von Luqman dargelegt wurden, abgesegnet worden waren. Bevor er jedoch das Wort ergriff, hielt Makeda selbst eine Ansprache vor der Versammlung. Sie war ausgestattet wie bei ihrer Krönung, trug dasselbe Gewand, die Krone von Saba auf dem Haupt und die Amtskette auf ihrer Brust, die Reife an ihren Handgelenken und Knöcheln, und die langen goldenen Ohrgehänge, die für eine Riesenkönigin geschmiedet zu sein schienen, hingen ihr bis fast auf die Brust.

Und sie war offensichtlich überglücklich darüber, dass ihr abwesender Vater als Lügner entlarvt worden war, noch bevor sie überhaupt den Mund aufgetan hatte. Als sie das Wort ergriff und die erwartungsvollen Stammesfürsten ihre feste und wohltönende, wenn auch leise Stimme vernahmen, hatte sie schon fast erreicht, dass sie ihr aus der Hand fraßen.

„Fürsten von Saba", begann sie und ließ ihren klaren Blick über jeden einzelnen der versammelten Männer gleiten, „als ich die Ehre annahm, die ihr mir zuteilwerden ließt, euch als eure Königin zu regieren, ahnte ich nicht, wie schnell mir meine Autorität entrissen werden würde und wie schnell ich daran gehindert werden würde, die Aufgabe zu erfüllen, die ihr mir übertragen hattet. Ihr könnt euch nicht vorstellen, wie ungern ich auch nur ein einziges Wort gegen meinen Vater sage, der mir das Leben geschenkt und mir die Gelegenheit gegeben hat, euch und dem Volk von Saba zu dienen, und wie sehr es mich schmerzt, wenn ich daran denke, wie er nicht nur mich, sondern auch euch missachtet hat, als er versuchte, sich euren Reichtum und eure Privilegien anzueignen. Zweifellos hat ihn die Macht korrumpiert, so traurig das auch ist, und ihr wisst genauso gut wie ich, dass er nicht berechtigt ist, an meiner Stelle zu regieren – als brauchte ich überhaupt einen Regenten! Wenn ihm gestattet wird, sich weiterhin zu verhalten, als sei er und nicht ich das Staatsoberhaupt, wird er euch alle um eure Güter bringen. Mit eurer Zustimmung werde ich ihn unverzüglich entfernen lassen. Für den Augenblick wird Saba von hier aus regiert werden. Der geschätzte Großwesir Luqman wird mein Berater sein. Ich bin sicher, dass die meisten von euch um die Tiefe und Breite seiner Erfahrung in allen politischen Angelegenheiten wissen, und wer könnte mir in wirtschaftlichen Belangen besser raten als mein Onkel Tamrin, der einen unermesslichen Reichtum zusammengetragen hat, ohne einen einzigen Handelspartner zu betrügen. Meine Herren, wenn ihr wollt, dass Saba zum Besten aller Stämme regiert wird und so, dass alle anderen Völker seinen Wert anerkennen, dann bitte ich euch, gebt mir meinen rechtmäßigen Platz zurück, und werft das Joch der Tyrannei meines Vaters ab, bevor er uns alle vernichtet!"

Eine kurze Stille folgte. Ich sah, wie Mafaddat, der Vater von Ghalilat, unruhig wurde, als habe er die Absicht, aufzustehen und dagegen zu sprechen. Vielleicht fand er, die Zeit sei gekommen, Makeda zusammen mit ihrem Vater in die Wüste zu schicken, doch er bemerkte sehr schnell, dass die Stimmung im Saal spürbar umschlug. Kahalum von den Banu Waren erhob sich als Erster und applaudierte Makeda, dicht gefolgt von Salamat, der Kahalum bereits in der Vergangenheit unterstützt hatte. Einer nach dem anderen erhoben sich die Stammesfürsten, und schließlich stand auch Yuhafri, der alte Vater von Makedas Vorgängerin, auf und klatschte Beifall. Nachdem Luqman alles bekräftigt hatte, was Makeda gesagt hatte, war die Abstimmung nichts weiter als eine Formalität.

Bei Einbruch der Dämmerung an jenem Abend erhielt ich eine Einladung von Makeda zu einem Spaziergang in ihrem Garten, von dem sie so lange ferngehalten worden war. Die Abendluft war kühl und weich, eine leichte Brise strich über die Blütenblätter und trug ihren Duft wie Weihrauch mit sich. Obwohl Makeda stöhnte, weil die Gärtner ihres Vaters ihre Pflanzen nicht in ihrem Sinne gepflegt hatten, hatte ich nichts auszusetzen, und während sich ihre Zofen um Hami bemühten, konnten wir beide allein durch den Garten spazieren.

„Onkel Tamrin", sagte sie, „ich kann dir gar nicht genug danken für das, was du in der kurzen Zeit seit deiner Rückkehr aus Israel für mich getan hast. Du siehst selbst, dass meine Gesundheit wiederhergestellt ist und ich wieder einen Sinn in meinem Leben sehe. Aber was ist mit dir und deinem Wohlergehen? Als ich dich das letzte Mal gesehen habe, war dein Herz genauso schwer wie meines. Doch jetzt scheinst du verändert. Ist der Grund der, dass du helfen konntest, oder war es deine Zeit bei Salomo, die dich verändert hat? Du hast mir noch gar nichts von deiner letzten Reise erzählt, und ganz bestimmt hast du es doch nicht versäumt, mir ein Geschenk mitzubringen?“

Ich schaute sie lächelnd an. Für den Augenblick war sie wieder das kleine Mädchen. Sie hatte ihre Insignien abgelegt und trug ein einfaches Gewand aus hellem Leinen, von dem sich ihre dunkle Haut abhob wie das polierte Holz einer Statue.

Wir lauschten im Licht der untergehenden Sonne auf den Gesang der bunt gefiederten Vögel, und ich erzählte ihr von den Erkenntnissen, die Salomo und seine Minister mir vermittelt hatten. Auch erklärte ich ihr so gut ich konnte, nach welchen Prinzipien er sein Land regierte und wie er Gerechtigkeit übte. Ich beschrieb ihr, welche Wertschätzung Salomos Untertanen für ihn empfanden und dass überall in seinem Land Frieden und Fülle herrschten. Zweifellos hätte ein zynischer Kritiker mich unterbrechen und von Beispielen erzählen können, die bewiesen, dass auch in Israel nicht alles perfekt war. Und natürlich wusste ich nur zu gut, dass auf dieser Welt nichts und niemand vollkommen ist. Doch der Kern dessen, was ich erzählte, stimmte, und meine Begeisterung war ansteckend. Makeda lauschte mit funkelnden Augen meinen Worten, aber als ich mit meiner begeisterten Schilderung zum Ende kam, legte sich ein Schleier über ihren Blick. Ich hatte Sorge, sie irgendwie beleidigt zu haben, und fragte, was los sei.

„Was los ist? Zwischen Saba und Israel gibt es so viel Ähnlichkeit wie zwischen der Wüste und dem Meer. Während Salomos Untertanen seine Fürsorge und seinen Schutz genießen, leben die meisten von meinen Untertanen in Armut, jeder Möglichkeit beraubt, auf anständige Weise ihren Lebensunterhalt zu verdienen. Saba ist zerrissen von Korruption, Ausbeutung und Diskriminierung, und es gibt nichts, was ich lieber täte, als in Saba Zustände zu schaffen, wie sie in Israel herrschen. Doch ich weiß nicht, wo ich anfangen soll! Als mein Vater meine Hände band, konnte ich *ihm* die Schuld für alles zuschieben, was in diesem Land nicht gut ist.

Doch jetzt werde ich die Schuld tragen, wenn sich nichts ändert! Salomo kann herrschen, wie er es tut, weil er und sein Volk glauben, dass ihnen die Gesetze, nach denen sie leben, von ihrem Gott gegeben wurden. Wenn nur Almaqah oder Schamasch das auch für uns tun würden! Aber unsere Gesetze sind von den Reichen und Mächtigen geschaffen worden, und zwar mit dem Ziel, die Armen an ihrem Platz zu halten. Und egal, wie sehr ich die Stammesfürsten heute auch beeindruckt haben mag – wenn ich sie nicht mit eiserner Rute führe, werden sie ihre Fehden austragen, wie sie es immer getan haben. Meine Vorgängerinnen und ihre Angehörigen, die an ihrer Stelle die Macht in Händen hielten, haben ein Regime der Angst aufgebaut, um zu verhindern, dass sich die Sabäer gegenseitig zerfleischen. Und wenn es mir nicht gelingt, dass sie mich fürchten, oder wenn ich das nicht will, dann wird alles verloren sein."

„Der Grat zwischen Furcht und Respekt ist sehr schmal, Makeda. Es muss doch möglich sein, das Volk dazu zu bringen, dich zu respektieren, ohne dass du Angst und Schrecken verbreitest, um sie im Zaum zu halten?"

„Ich weiß es nicht; vermutlich schon. Aber ich bin so jung, so unerfahren. Ich weiß, was ich erreichen möchte, aber ich habe Angst, dass Männer, die älter und klüger sind als ich, mir bei jeder Gelegenheit Steine in den Weg legen."

„Du hast doch Luqman. Er wird dir helfen, sie zu überlisten. Er ist weise und gut und er ist dir bereits sehr ergeben."

„Aber er ist nur einer unter vielen. Wenn sich eine Gruppe Stammesfürsten gegen ihn erheben würde, könnte er sich nicht gegen sie behaupten."

„Du könntest ein Bündnis mit Salomo schließen. Er verfügt über Tausende Streitwagen und Reiter."

Ich erklärte ihr, was Salomo für Ezion-Geber plante und mit welcher Begeisterung er von einem möglichen Bündnis mit Saba zum gegenseitigen Vorteil und Wohlstand beider Völker sprach. „Er hat mich eingeladen, zur Einweihung des Tempels, den er für Adonai baut, nach Jerusalem zurückzukehren“, beendete ich meine Ausführungen. „Wenn du Botschafter mitschicken würdest, die die Vollmacht hätten, in deinem Namen zu verhandeln, könnten wir gleich an Ort und Stelle eine Einigung erzielen.“

Kurz dachte sie über meine Worte nach, und ihr Gesicht, das gerade noch das eines jungen Mädchens gewesen war, nahm den ernsten Ausdruck einer Königin an. Und während sie noch tief in Gedanken versunken war, hatte ich eine andere Idee.

„Makeda“, sagte ich. „Es gibt einen noch besseren Plan! Wie wäre es, wenn du Salomo selbst besuchen würdest?“

„Wie bitte?“ Wir bewegten uns langsam weiter vorwärts, während sie nachdachte. Jetzt blieb sie abrupt stehen und starrte mich an, als hätte ich den Vorschlag gemacht, im Roten Meer schwimmen zu gehen.

„Warum nicht?“, forderte ich sie heraus. „Es ist doch nicht ungewöhnlich, dass sich Könige zu genau diesem Zweck gegenseitig besuchen. Wo könntest du mehr über die Staatskunst lernen als bei Salomo? Und du wolltest doch schon immer die Welt sehen ... zumindest wolltest du das, bevor ich dich nach Marib brachte.“

„Aber Onkel Tamrin, ich habe den Thron doch noch gar nicht richtig von meinem Vater zurückgefordert. Wenn er ins Exil geschickt wird, muss ich erst einmal hierbleiben, um meine Position zu sichern.“

„Luqman ist durchaus in der Lage, die Stellung bis zu deiner Rückkehr zu halten, solange er die Rückendeckung der Armee und des Kronrats hat. Wir könnten veranlassen, dass der Kronrat, solange seine Mitglieder noch hier in Yeha weilen, morgen seine stellvertretende Regentschaft absegnet. Du kannst ihnen zusichern, dass du mit einem Gesetzesentwurf zurückkehren wirst, der Saba eine sichere Grundlage als moderner Staat geben wird. Ein Staat, der mit Israel, Ägypten, Assyrien und anderen auf einer Stufe steht und auf Salomos Unterstützung zählen kann. Salomo glaubt, dass sein Gott ihm den Auftrag gegeben hat, seine Ideale in der Welt zu verbreiten, darum wird er sich wohl kaum weigern, sie dir zu erklären."

„Aber die Königin von Saba reist nicht durch die Welt! Sie darf nicht einmal von ihren eigenen Untertanen gesehen werden, geschweige denn von einem ausländischen König."

„Und seit wann beugst du dich Konventionen oder Traditionen, Makeda? Für die Tochter eines Stammesfürsten schickt es sich nicht, mit Seeleuten Umgang zu haben oder tote Salzschneider in den Armen zu halten. Vielleicht ist es an der Zeit, dass die Königin von Saba ihrem Titel gerecht wird. Und wenn du über ein ganzes Volk herrschen willst, musst du damit anfangen, indem du Verantwortung für dich selbst übernimmst."

„Onkel Tamrin, du hast wie immer recht. Morgen werden wir den Kronrat zusammenrufen und ich fange an zu packen."

Kapitel 9

Und so trat Makeda am folgenden Tag erneut vor den Kronrat. Mit eindrücklichen Worten zeichnete sie ein trauriges Bild von Sabas gegenwärtiger Situation, so, wie sie sie sah: Das Volk war nicht wirklich ein Volk, sondern eine ruhelose, unbeständige Ansammlung verfeindeter Stämme, die ihren Hass aufeinander nur deshalb unterdrückten, weil sie die Nicht-Sabäer noch mehr hassten. In der Tat sei Saba eine moralische Jauchegrube, in der Diebstahl und Korruption gediehen, und am Ende würde dieser ungesunde Zustand seine Vernichtung herbeiführen. Wenn Saba in der modernen Welt mächtiger Staaten und Weltreiche überleben und gedeihen wollte, müssten wir die Gelegenheiten ergreifen, die sich uns boten. Saba brauche eine Verfassung und ein Rechtssystem, die seines stolzen Volkes würdig seien – des ganzen Volkes, nicht nur der wenigen Reichen und Begünstigten. Und es brauche mächtige und verlässliche Verbündete.

Makeda hielt kurz inne. Die versammelten Stammesfürsten rutschten unbehaglich auf ihren Plätzen herum und schauten sich gegenseitig mit einer Mischung aus Vorsicht und widerwilliger Zustimmung an. Doch wie sollten die nötigen Veränderungen durchgesetzt werden? Zum Glück hatte Makeda davon schon eine recht genaue Vorstellung.

Das Bild, das sie in ihren anschließenden Worten von Salomos Königreich zeichnete, war noch reizvoller, als ich es hätte darstellen können. Während sie redete, war es, als würde ich auf den Schwingen ihrer Worte nach Israel getragen, und ich wunderte mich darüber, dass sie dieses Land, das sie noch nie gesehen hatte, so überzeugend beschreiben konnte.

„… und kennt ihr das Geheimnis von Salomos Erfolg?“, fragte sie nun ihre Zuhörer, die wie gebannt an ihren Lippen hingen. „Es ist genauso einfach wie tiefgründig: Weisheit. Wirkliche Weisheit, göttliche Weisheit, nicht unaufrichtige Durchtriebenheit, die nur danach strebt, die eigenen Wünsche durchzusetzen. Sie kommt vom höchsten Gott selbst, dem Schöpfer des Universums. Er hat sie Salomo geschenkt, durch eine direkte Offenbarung! Und sie bringt ihm und seinen Untertanen viel mehr ein als alles Gold und Silber unter der Sonne – und noch dazu hat sie ihm auch unschätzbare Reichtümer beschert. Weisheit ist süßer als Honig; sie ist ein Brustharnisch, ein Helm, ein Licht für die Augen. Aber das Bemerkenswerteste an Salomos Weisheit ist, dass er nicht danach trachtet, sie für sich selbst zu behalten oder ihren Einfluss auf sein Herrschaftsgebiet oder seine Untertanen zu beschränken. Nein, es ist sein Ziel, seine Weisheit in der Welt zu verbreiten, und ihr, Fürsten von Saba, könntet unter den Ersten sein, die von seiner Großzügigkeit profitieren! Gebt mir euren Segen, und ich, eure erwählte Königin, werde nach Israel reisen und diese Weisheit höchstpersönlich zu euch bringen. Es ist mein Traum, dass Saba, bevor der Tod mich dazu zwingt, mein Königreich in andere Hände zu legen, so sehr verändert wird, dass man es nicht mehr wiedererkennt. Das Volk von Saba soll sich solcher Sicherheit und solchen Reichtums erfreuen, dass Korruption und Gewalt, die ihm bisher das Leben schwer gemacht haben, keinen Platz mehr finden.“

Nachdem sie gesagt hatte, was zu sagen war, lehnte sich Makeda auf ihrem provisorischen Thron zurück und senkte den Kopf, zweifellos erschöpft von dieser Anstrengung, aber auch als Zeichen der Unterwerfung unter den Willen des Kronrats. Und trotz ihrer Vorurteile und ihrer fest verwurzelten Hingabe an die Tradition erhoben sich die Fürsten Sabas wie ein Mann und gaben ihr den Segen, um den sie gebeten hatte.

Und so begann Makeda mit den Vorbereitungen für ihren Staatsbesuch in Israel, während sich schnelle Boten auf den

Weg nach Marib machten, um die Vertreibung Rafaschs und seiner noch verbliebenen Anhänger in Gang zu setzen. Boten wurden auch nach Israel gesandt, um Salomo über Makedas Absichten zu informieren. Es würde viele Monate dauern, bis sie ihr Ziel erreichten, doch nicht so lange, wie der riesige, schwerfällige Tross brauchen würde, mit dem sie als Königin eines Landes, das Anerkennung und Respekt suchte, zu reisen gezwungen war.

Während der langen Tage der Planung gab es Augenblicke, in denen sie mich fragte, ob sie nicht in Verkleidung mit einer Hand voll Gefolgsleuten reisen und ihre wahre Identität erst offenbaren könne, wenn sie Salomo vorgestellt werden würde. Doch es gelang mir sehr schnell, sie davon zu überzeugen, dass dies nicht möglich sei. Wenn der gefeierte Salomo sie als eine ihm gleichgestellte Herrscherin empfangen sollte, musste sie sich entsprechend verhalten. Sie musste auch Geschenke im Überfluss mitnehmen, um Salomo des Respekts zu versichern, den sie für ihn empfand, was nur angemessen erschien, wenn man bedachte, dass er verpflichtet wäre, sie und ihr Gefolge eine beträchtliche Zeit lang standesgemäß unterzubringen und zu unterhalten.

Während sie und ihre Zofen ihre umfangreiche Garderobe und eine sagenhafte Auswahl an Schmuck und Kosmetikartikeln zusammenstellten, organisierte ich die Geschenke, die sie dem König überreichen sollte. Ich trug viele Ballen der reinsten Seide aus den fernen Ländern des Orients zusammen. Ich erstand zahlreiche Säcke der aromatischen Gewürze, für die Arabien zu Recht berühmt ist, und andere, die ich gewöhnlich aus fernen Ländern importierte: Zimt und Gewürzrinde, Kümmel und Nelken. Natürlich halten wir Kaufleute unsere Quellen für solche exotischen Waren geheim, von denen einige mehr wert waren als ihr Gewicht in Gold. Doch neben den Gewürzen, die bereits getrocknet und gemahlen waren, erstand ich auch lebende Pflanzen, aus denen sie gewonnen wurden, denn ich wusste, dass Salomo in seinen Gärten, um die ihn Makeda glühend beneiden würde, viele Pflanzenarten, Büsche und Bäume hegte und pflegte, die bisher nicht an den Berghängen Jerusalems gewachsen waren. Zu den Gewürzen kamen noch große Mengen Myrrhe und Weihrauch, außerdem Elfenbein, rotes Gold und Edelsteine, wie ich sie bei meiner letzten Reise bereits für ihn mitgebracht hatte. Er besaß Edelmetalle, Steine und Holz für die Ausstattung seines Tempels in ausreichender Menge, aber sobald der Tempel geweiht war, wollte Salomo sich, wie ich wusste, einen Palast errichten, der prächtiger war als die schlichte Residenz, die sein Vater David gebaut hatte und in der er immer noch lebte. Das Haus seines Gottes war ihm wichtiger gewesen als sein eigenes, doch Letzteres lag ihm ebenfalls am Herzen.

In der Zwischenzeit bildete Luqman seine Interimsregierung. Mit Makedas Billigung traf er sich mit einigen der Minister, die von Rafaschs Hof geflohen waren und die bereits in der Regierung von Makedas Vorgängerin einen Ministerposten bekleidet hatten. Er bemühte sich, solche Männer auszuwählen, die zumindest einen Hauch von Integrität besaßen und die begriffen, dass es nicht in Sabas Interesse lag, die althergebrachte Kultur der Bestechung und Begünstigung fortzusetzen. Er schickte auch nach Marib, um den großen Königsthron holen zu lassen, denn erst, wenn dieser in Yeha stand und Makeda ihren Platz darauf eingenommen hatte, würde das Volk von Saba akzeptieren, dass Marib nicht mehr ihre Hauptstadt war, zumindest für die nahe Zukunft.

Und es war wirklich ein außergewöhnlicher Thron, das muss einmal gesagt werden, meisterhaft gearbeitet aus tiefschwarzem Ebenholz, mit Einlegearbeiten aus Elfenbein und Gold. Über seiner hohen Lehne erhob sich ein Baldachin aus poliertem Holz, der wie ein großer Blumenstrauß geformt war. Die Mitte der Blumen bildeten kleine Juwelennester. Am Scheitel des Baldachins prangte das Symbol Almaqahs, ein voller Mond, der auf den Hörnern eines Bullen ritt, und in die Leisten unterhalb des Sitzes waren Bullen- und Steinbockköpfe eingearbeitet.

Der Tag unserer geplanten Abreise rückte näher und Makedas Aufregung wuchs. Sie konnte es kaum noch erwarten aufzubrechen.

„Dir ist bewusst, dass diese Reise genauso lange dauern wird, wie ein Kind braucht, um im Schoß seiner Mutter heranzuwachsen?“, erinnerte ich sie. „Wir werden Salomo nicht schon morgen treffen, oder nächste Woche oder nächsten Monat. Nach Jerusalem ist es viel weiter als bis nach Marib.“

„Onkel Tamrin, du hast mir nicht nur ein Mal gesagt, wie lange diese Reise dauern wird, sondern hundert Mal. Und ich sage dir, dass ich bereit bin, egal, wie lange sie dauert und wie anstrengend sie sein wird. Habe ich mich nicht gänzlich von meiner Krankheit erholt? Bin ich nicht genauso stark und gesund, wie du mich von früher her kennst?“

Das stimmte tatsächlich. In der Zeit, die wir gebraucht hatten, um unsere Expedition vorzubereiten, hatten sich alle Spuren ihrer Krankheit verflüchtigt. Ihre Haut schimmerte und ihre Augen glänzten. Ich hatte sie nie glücklicher oder schöner erlebt.

Sabla dagegen schien den Tag, an dem sie die Bequemlichkeiten des Palastes verlassen musste, eindeutig zu fürchten. Selbstverständlich standen der Königin und ihren Zofen geräumige Zelte zur Verfügung, wenn wir unser Lager aufschlugen, und alles, was sie vielleicht brauchen könnten, würde man jeden Abend für sie auspacken. Aber extreme Temperaturen und Wochen der Langeweile mussten erduldet werden, und unsere Köche würden nur selten Zugang zu der Art von Köstlichkeiten haben, an die der königliche Haushalt gewöhnt war.

Sobald wir Arabien erreicht hatten, würde unser Weg uns nach Norden führen, rechts von uns die Berge im Westen und links von uns die Wüste im Osten. Und selbst wenn die Hafenstadt in Ezion-Geber bereits gebaut gewesen wäre, wäre ich keinesfalls über das Meer nach Israel gefahren. Vielmehr würden wir den Weg über die Handelskolonien nehmen, die sabäische Kaufleute vor langer Zeit angelegt hatten. Jede davon kannte ich so gut wie den Weg, der sie verband. Viele dieser Orte waren kaum mehr als kleine Siedlungen, die dem Wüstenwind trotzten. Ich hoffte nur, dass Makeda und Sabla sich bald daran gewöhnen würden, Kamelmilch zu trinken und Heuschrecken zu essen, denn für einen Wüstenbewohner ist ein Teller knusprig gebackener, in Honig getauchter Heuschrecken wie ein Vorgeschmack auf den Himmel.

Am Morgen unserer Abreise war die gesamte Bevölkerung von Yeha auf den Beinen, um uns gute Wünsche mit auf den Weg zu geben. So viel zu der Tradition, die es den Untertanen der Königin von Saba untersagte, das Gesicht ihrer Königin zu sehen. Makeda hatte beschlossen, meinem Rat zu folgen und alle Konventionen in den Wind zu schlagen. Auf einer Vorrichtung, die halb Sattel, halb Sänfte war, saß sie auf ihrem schneeweißen Kamel, in einen goldenen Umhang gehüllt, der sich von seinem steifen Kragen bis hinunter über die Flanken des Kamels ergoss. Bewunderungsrufe von allen Seiten wurden laut. Und bildete ich mir das nur ein, oder entdeckte ich tatsächlich Tränen in den Augen des mürrischen Wesirs Luqman, als er sie fortreiten sah?

Ich möchte die Leser meines Berichts nicht mit einer Beschreibung unserer Reise nach Arabien langweilen. Es genügt zu sagen, dass Makeda mit Bauern, Seeleuten und Salzschneidern genauso freundlich war wie bei unserer letzten Reise, als sie noch nicht Königin gewesen war, und sie waren genauso bezaubert von ihr wie damals, doch jetzt kam dazu, dass sie zusätzlich noch Ehrfurcht empfanden.

Und Sabla war noch genauso kokett wie damals, mit der Ausnahme, dass sie ein beunruhigendes Interesse für Hami entwickelte, dem sie bisher keine besondere Aufmerksamkeit geschenkt hatte.

Als wir Sirwah hinter uns gelassen hatten und nach Norden weiterreisten, kamen wir zumindest für Makeda in unbekanntes Gebiet. In jenen frühen Tagen war alles für sie eine Quelle der Faszination: die bizarren Formen der erloschenen Vulkane, die ganz unerwartet vor uns auftauchenden grünen Oasen, die Kakteen und die Dornenbüsche ... Ich fing an, mich zu fragen, ob wir Israel überhaupt jemals erreichen würden, nicht wegen der Gefahren unterwegs, sondern weil Ihre Majestät sich jedes einsame Gebäude und jede ungewöhnliche Felsformation ansehen und mit jedem, dem wir unterwegs begegneten, reden wollte.

Mitten im Nichts erspähten wir an einem Tag in einiger Entfernung von der Straße ein großes Beduinenlager mit Zelten aus schwarzen Ziegenfellen, und Makeda bestand darauf, dass wir seinen Bewohnern einen Besuch abstatteten.

„Makeda, wir können nicht unangemeldet einfach bei ihnen auftauchen! Wir sind Hunderte von Menschen. Unsere Gastgeber wären gezwungen, ihre gesamte Herde zu schlachten, um uns allen etwas zu essen vorzusetzen."

„Sei doch nicht dumm, Onkel Tamrin. Natürlich werden wir nicht alle hingehen. Du, Hami, Sabla und ich werden hinreiten, dazu eine Gruppe Soldaten zum Schutz, und alle anderen bleiben hier. Du weißt doch, auch die Beduinen sind meine Untertanen; ich möchte ein Gefühl dafür bekommen, wie mein Volk lebt."

Wenn sie sich etwas in den Kopf gesetzt hatte, war es zwecklos, Einwände dagegen zu erheben. Wider besseres Wissen gaben wir ihren Wünschen nach und folgten ihr. Ich wage zu vermuten, dass Makeda sich allein auf den Weg gemacht hätte, wenn wir ihr nicht eiligst gefolgt wären.

Lange bevor wir das Lager erreichten, hatten Kinder uns bereits erspäht, und wenn nicht die bewaffneten Soldaten an unserer Seite gewesen wären, wären sie wohl auf uns zugerannt, um uns willkommen zu heißen. Makeda sah die Furcht der Kleinen und wies die Soldaten an, stehen zu bleiben. Sie bat Hami, uns drei allein weiterzuführen. Ich hatte kein gutes Gefühl dabei, doch wie ich bereits sagte, wenn Makeda sich etwas in den Kopf gesetzt hatte, war sie nicht mehr davon abzubringen.

Nachdem die Kinder keine Furcht mehr hatten, führten sie uns zum Zelt ihrer Eltern. Sie hatten vermutlich nicht die leiseste Ahnung, wer wir tatsächlich waren, obwohl sie natürlich an unserer Ausstattung erkennen konnten, dass wir wohlhabender waren, als sie sich selbst in ihren Träumen vorstellen konnten.

Als wir von unseren Kamelen stiegen, Makeda wie üblich als Erste, rannten einige der Kinder los, um ihre Eltern zu holen, während sich andere mit dem Sachverstand von Männern, die dreimal so alt waren wie sie, um unsere Tiere kümmerten. Die Jüngsten lutschten an ihren Daumen und starrten uns an, und ein kleines Mädchen wagte es sogar, Makedas goldenes Gewand zu berühren.

Als die Männer aus ihren Zelten kamen, hatten sie wie ihre Kinder keine Ahnung, wer wir waren, denn welche frühere Königin von Saba war jemals in der Wüste herumgeritten, mit unverhülltem Gesicht und einem Gefolge, das aus einer Zofe, einem schon etwas betagteren Kaufmann und seinem Diener bestand? Doch dann erkannte einer von ihnen das königliche Monogramm auf Makedas Brust, und ein anderer entdeckte die königliche Krone unter dem fließenden weißen Tuch, das ihren Kopf vor der Sonne schützte. Und plötzlich warfen sie sich mit dem Gesicht nach unten in den Sand, und ihre Kinder mit ihnen.

Doch Makeda bat sie, sich wieder zu erheben. Sie nahm das kleine Mädchen, das ihr Gewand berührt hatte, an der Hand und kniete nieder, sodass sie dem Kind in die Augen blicken konnte: „Welches ist dein Zelt, kleine Prinzessin? Ich möchte deinen Vater und deine Mutter besuchen."

Sabla, Hami und ich konnten ihr nur wie die Lämmer folgen, als das Mädchen sie zum nächstliegenden Zelt führte. Hami und ich hatten natürlich schon früher Gastfreundschaft in solchen Zelten erlebt, aber Sabla war sichtlich beunruhigt und nahm erst Platz, als Makeda sie dazu aufforderte. Sie setzte sich dicht neben Hami, dem das nicht so unangenehm zu sein schien, wie ich gehofft hätte.

Und Makeda war in ihrem Element. Sie saß mit ihrer neuen kleinen Freundin auf dem Schoß auf dem mit Teppichen ausgelegten Boden, trank die gesäuerte Milch, die uns angeboten wurde, ohne das Gesicht zu verziehen, und verspeiste mit offenkundigem Genuss frische Datteln. Währenddessen plauderte sie freundlich nicht nur mit dem Oberhaupt des Haushalts, sondern auch mit seiner Frau, die uns in pflichtbewusstem Schweigen bediente und sich anschließend zurückgezogen hätte, wenn Makeda sie nicht gedrängt hätte zu bleiben.

Je mehr Makeda über das harte Leben ihrer Gastgeber erfuhr, desto trauriger und zorniger wurde sie. Alle Zelte in dem Lager gehörten einer einzigen Großfamilie, die früher einmal eine wertvolle Ziegenherde besessen hatte. Aber bewaffnete Räuber waren vor einiger Zeit in der Nacht gekommen und hatten die ganze Herde gestohlen. Nur etwa ein Dutzend Tiere waren ihnen geblieben, die die Jungen am Tag zuvor zufällig auf ein anderes Stück Land getrieben hatten, wo sie genug zu grasen fanden. Die Räuber waren eindeutig aus einem Dorf gekommen, das ganz in der Nähe des Beduinenlagers lag, doch als sie die Ziegen vom Ältestenrat des Dorfes zurückforderten, wurde ihre Bitte abgelehnt.

„Auf welcher Grundlage?“, fragte Makeda verärgert.

„Auf der Grundlage, dass ich keinen Beweis hatte, wer die Diebe waren“, erwiderte der Vater von Makedas neuer Freundin. „Doch das war nicht der eigentliche Grund. Es lag daran, dass ich ein Beduine bin und dass die Leute, die in Dörfern wohnen, uns verachten. Sie stehlen nicht nur unsere Tiere, sondern sogar unsere Kinder, um sie als Sklaven zu verkaufen oder zu behalten. Niemals erleben wir Gerechtigkeit. Das haben wir mittlerweile gelernt.“

„Habt ihr auch ein Kind verloren?“, fragte Makeda sanft, als sie bemerkte, dass die Beduinenfrau den Kopf abgewandt hatte und ihr Gesicht mit ihrem Schleier verhüllte.

„Unser erstgeborener Sohn wurde uns genommen“, erwiderte der Mann.

Seine Frau schluchzte leise in ihren Schleier und das kleine Mädchen auf Makedas Schoß brach ebenfalls in Tränen aus und hinterließ feuchte Flecken auf dem goldenen Umhang.

Kurz darauf erhoben wir uns. Makeda ergriff die Hand der Frau und sagte: „Ich kann nicht versprechen, dir deinen Sohn oder deine Ziegen oder dein Glück zurückzugeben. Aber ich kann dir versprechen, dass ich alles in meiner Macht Stehende tun werde, um Saba sicherer und gerechter zu machen, für sein ganzes Volk, Bauern wie Beduinen gleichermaßen."

Den Rest des Tages war Makeda nachdenklich und still; auch brachten die folgenden Tage wenig Grund zur Freude mit sich. Denn jetzt hatten wir Saba hinter uns gelassen und durchquerten das Gebiet seiner feindlichen Nachbarn und nie war unsere ansehnliche militärische Eskorte nötiger gewesen. Ich hatte diesen Weg schon häufiger zurückgelegt und es war immer gefährlich gewesen. Aber früher brauchte ich nur um mich und meine eigenen Waren zu fürchten; jetzt hatte ich Angst um Makedas Leben. Denn welche wertvollere Geisel könnten sich Entführer aneignen, um Lösegeld zu erpressen, als die Königin von Saba?

Auch war die Schönheit der Landschaft nicht mehr unbedingt ein Ausgleich für die Unannehmlichkeiten der Reise. Nach Tagen, Wochen und schließlich sogar Monaten auf der Straße wirkten die zerklüfteten Berge im Westen weniger faszinierend als bedrohlich, und ein roter Sonnenaufgang in der Wüste war wie der andere. Wir ritten viele Tage, ohne einem einzigen anderen Reisenden zu begegnen oder auch nur eine Ziegenherde in der Ferne zu erspähen oder einen einsamen Vogel am Himmel. Unsere Gelenke, Augen und Köpfe schmerzten von der auf uns niederbrennenden Sonne, und sogar Makeda und ich hatten uns nicht mehr viel zu sagen, während ein ereignisloser Tag auf den nächsten folgte.

Eigentlich hätte ich nicht überrascht sein sollen, als Hami Sablas Annäherungsversuchen schließlich erlag. Immerhin war er ein gesunder und leidenschaftlicher junger Mann, auf der Höhe seiner Männlichkeit, noch dazu gut aussehend, obwohl mir das bisher nicht aufgefallen war, weil meine Vorlieben nicht in diese Richtung gehen. Und Sabla hatte

Erfahrung in der Kunst des Verführens. Darum konnte ich es ihm nicht wirklich verübeln, als ich sie zur Mittagszeit unter einer Decke erwischte. Ich wünschte nur, er hätte ein weniger oberflächliches Mädchen gewählt, mit dem er seine Unschuld verlor, denn er hatte ein weiches Herz, und ich wusste, dass Sabla es ihm brechen würde.

Makeda wirkte auch eher sehnsüchtig als zornig, als ich ihr von meiner Entdeckung berichtete. Vielleicht fragte sie sich zum ersten Mal, ob sie die richtige Entscheidung getroffen hatte, als sie die Aussicht auf eine Ehe für die Königswürde geopfert hatte.

Ganz gewiss gab es Tage, an denen sie und ich uns ernsthaft fragten, ob sie die richtige Entscheidung getroffen hatte, als sie sich auf diese törichte Expedition begeben hatte. Auch wenn unsere militärische Eskorte die Banditen abschreckte, konnte sie doch nichts gegen die Sandstürme tun, die an Häufigkeit zunahmen, je weiter wir in den Norden vordrangen. Oft bemerkten wir am späten Vormittag, dass sich die Sonne verschleierte, wenn die ersten Sandwolken von der offenen Wüste ihr Licht trübten. Dann hatten wir keine Wahl, als anzuhalten und so gut es ging Schutz zu suchen vor dem Sturm, der bald über uns hinwegfegen und uns den feinen Sand in Augen, Mund und Nase blasen würde. Dieser Sand brannte wie Nadeln und drang in unsere Kleidung und unweigerlich auch in unser Gepäck und unsere Vorratssäcke. Nur unsere Kamele ließen sich nicht beeindrucken; ihre Nüstern können sich vor dem Sand verschließen. Eigentlich ist es so, dass kaum etwas ein Kamel aus der Ruhe bringen kann. Nur, wenn ein weibliches Tier sein Kalb aus den Augen verliert, gerät es in Panik. Darum wird ein Kalb immer vor der Mutter geführt, nicht an ihrer Seite.

Wenn der Sturm vorbei war, überzog ein unwirklich aussehender grünlicher Nebel das Land, ein unangenehmes Gemisch aus Feuchtigkeit, Sand und Schmutzpartikeln, die der Wind aufgewirbelt hatte. Wir waren dann gezwungen, uns wieder in Bewegung zu setzen, während der Nebel noch über uns hing, und es war, als würden wir über den Meeresgrund laufen.

Gelegentlich war dieser Nebel so dicht und beharrlich, dass wir unvermittelt den nächsten Handelsposten erreichten, bevor wir ihn gesehen hatten. In einem Augenblick sahen wir nichts vor uns als Nebel, im nächsten Augenblick tauchte das gedrungene Torhaus aus Lehmziegeln vor uns auf, an dem wir unsere Steuern an den Stammesfürsten oder Kriegsherrn abführen mussten, der die Wegstrecke kontrollierte. Einige der Ansiedlungen um diese Steuer- und Handelsposten herum hatten sich zu kleinen Städten entwickelt und in den weniger primitiven verbrachten wir manchmal die Nacht. Ich schickte Mahiko und seine Gefährten vor, um sich beim jeweiligen Oberhaupt für Makeda und ihr unmittelbares Gefolge einzusetzen und ihm Geschenke zu bringen, damit sie dann in der Festung als geehrte Gäste empfangen würden.

Auf diese Weise hatte sich Makeda mit dem ihr eigenen Charme unterwegs viele Freunde geschaffen. Meine Karte von der Weihrauchstraße wies schon bald neue Tintenkleckse auf, die die Orte markierten, an denen wir auf der Heimreise mehr als willkommen sein würden.

Doch es gab auch große Flächen auf meiner Karte, wo wir viele Tage lang keinerlei Zivilisation sehen würden. Zumindest bedeutete das eine Erholungspause von den Steuern, dem Wassergeld und anderen Zahlungen. Aber es bedeutete auch, dass es kein frisches Wasser und keine Lebensmittel gab, und obwohl unsere Kamele in der Lage waren, Nahrung für viele Tage zu tragen, schrumpften unsere Lebensmittelvorräte auf manchen Abschnitten gefährlich zusammen, und manchmal blieb uns nichts anderes übrig, als uns ausschließlich von Kamelmilch zu ernähren. Sie ist sehr nahrhaft, und ein Mensch kann notfalls lange Zeit davon leben, aber sie war kaum die passende Ernährung für eine Königin.

Am Ende war es Sabla, die krank wurde. Makeda hielt das Wissen aufrecht, dass ihre Begegnung mit Salomo nun bald bevorstand. Doch Sabla bekam ein gefährliches Fieber und musste mehrere Tage lang getragen werden, da sie nicht mehr in der Lage war zu reiten. Der arme Hami war am Boden zerstört, denn er war zu der Überzeugung gelangt, dass Sabla die Liebe seines Lebens war. Ich brachte es nicht übers Herz, ihm zu sagen, dass sie, seit ich sie mit ihm zusammen erwischt hatte, mindestens noch zwei anderen Kameltreibern ihre Gunst geschenkt hatte. Nun, da sie vor Fieber brannte, konnte sie keinen anderen Mann verführen. Dank Hamis gewissenhafter Pflege erholte sie sich schließlich, denn bei all ihrem Jammern und Klagen besaß sie die Konstitution eines Kamels, und etwa eine Woche lang blieb sie ihrem ergebenen Pfleger auch rührend treu.

Auf dem letzten Abschnitt unserer Reise mussten wir das Plateau und das Gebirge von Moab überqueren und schließlich den Jordan an einer der vielen Furten. Das einst unabhängige Königreich Moab war von Salomos Vater David erobert worden und jetzt Teil von seinem Reich. Als wir uns seinen Grenzen näherten, wurden zweifellos Boten nach Jerusalem ausgesandt, um dem König der Israeliten unsere Ankunft anzukündigen.

Und während sich unser Weg stetig bergauf wand, wich die Öde der Wüste satten Wiesen und Weizen- und Gerstenfeldern. Die tiefen Felsschluchten, die sich durch das Plateau zogen und an denen die Straße vorbeiführte, erinnerten uns an Äthiopien. Ich beobachtete, wie sich nicht nur Makeda und Sabla, sondern auch Hami Tränen des Heimwehs aus den Augen wischten.

Doch jetzt war keine Zeit mehr für sehnsüchtige Rückschau. Unsere neunmonatige Quälerei näherte sich ihrem Ende. In wenigen Tagen würden wir innerhalb der Stadtmauern Jerusalems unser Lager aufschlagen.

Kapitel 10

Der Besuch der Königin von Saba am Hof von König Salomo war die größte Staatsangelegenheit seit Salomos Hochzeit mit der Tochter des Pharao. Unsere Karawane zog durch die Straßen der Stadt zum Palast, und so, wie sich alle Einwohner Yehas auf den Weg gemacht hatten, um uns zu verabschieden, drängten sich auch hier unzählige Männer, Frauen und Kinder in den Straßen und auf den Dächern der Stadt, um uns willkommen zu heißen. Gerüchte von Makedas Anmut waren ihr offensichtlich vorausgeeilt – vermutlich hatte ich selbst sie bei meinem früheren Besuch in die Welt gesetzt –, und alle überschlugen sich in ihrem Versuch, einen Blick auf ihre Schönheit zu erhaschen.

Und sie wurden nicht enttäuscht, denn Makeda saß barhäuptig und mit unverschleiertem Gesicht auf ihrer Sattelsänfte, die Krone von Saba auf dem Kopf und das schwarze Haar zu schimmernden, mit Gold verwobenen Zöpfen geflochten. Ihr goldener Umhang, von Sabla makellos drapiert, fiel von ihren Schultern wie ein Lichtschleier, und trotz des rollenden Gangs ihres schneeweißen Kamels schien sie nobel dahinzugleiten wie eine Galeere auf ruhiger See.

Beinahe genauso eindrucksvoll wie die Königin selbst waren die Geschenke, die sie für den König von Israel mitgebracht hatte. Obwohl die Edelsteine, Seidenstoffe und Gewürze natürlich vor den Blicken verborgen waren, türmten sich die Schatztruhen deutlich sichtbar auf den Rücken der Kamele, und es waren so viele dieser prächtigen Tiere im Zug der Königin, dass die Menschenmenge den Eindruck gewinnen musste, der Zug nehme kein Ende.

Als wir schließlich die Palasttore erreichten, wurden wir in den äußeren Hof eingelassen, der keinesfalls klein zu nennen war. Trotzdem war nicht annähernd genügend Platz für die ganze Karawane. Aus diesem Grund wurde sofort mit dem Entladen der Schätze begonnen, damit die Kamele, die von ihrer Last befreit worden waren, fortgebracht werden und Platz machen konnten für die anderen Tiere, die ihre kostbare Last noch trugen. In der Zwischenzeit wurden Makeda und ihre Dienerinnen und ich mit Hami, Bijo und Mahiko unter vielen Verneigungen und Höflichkeiten von den Mitgliedern des königlichen Haushaltes willkommen geheißen und danach in gesonderte Räume geführt, damit wir uns frisch machen konnten, bevor der König uns empfangen würde.

Das war nicht unbedingt nötig, da wir den letzten Abschnitt unserer Reise bewusst kurz gestaltet und uns erst kurz zuvor gebadet, eingeölt und parfümiert hatten. Und so nahmen wir uns nur ein wenig Zeit, um uns frisch zu machen, denn Makeda konnte es nicht mehr abwarten, Salomo endlich zu treffen.

Große Türen aus Olivenholz, doppelt mannshoch, trennten Salomos Thronsaal von dem Vestibül, in dem wir jetzt standen, während Sabla und ihre Helferinnen Makedas Umhang richteten und die Schleppe aufnahmen. Ich wollte hinter ihnen hergehen, doch Makeda sagte: „Salomo ist dein Freund, Onkel Tamrin. Du musst uns vorstellen."

Und sie reichte mir ihren Arm, damit ich sie wie der Vater seine Tochter zu ihrer Hochzeit geleiten konnte. Sobald wir bereit waren, ertönte ein Fanfarenstoß, die Doppeltüren schwangen auf, und wir schritten langsam auf Salomos Thron zu.

Wie ich bereits erwähnte, residierte Salomo nach wie vor in dem Palast, den sein Vater erbaut hatte. Er war nicht annähernd so prächtig wie der, den er später für sich selbst errichtete. Doch der Weg vom Eingang bis zu dem Podest, auf dem der große Thron stand, kam uns trotzdem sehr lang vor. Makeda erschien er sicherlich noch länger, denn sie musste sich stark konzentrieren, um ihr Hinken zu verbergen. Das kostete sie noch größere Anstrengung, wenn sie nervös war. Und im Augenblick war sie ganz sicher nervös.

Doch lange bevor wir das Podest erreichten, war der König von seinem Thron aufgesprungen und uns entgegengegangen. Er und Makeda waren immerhin Gleichgestellte und er wollte ihr kein Gefühl der Unterlegenheit vermitteln. Als er auf uns zukam, war ich wieder einmal verblüfft über seine Jugendlichkeit und seinen beschwingten Gang. Erst als ich hörte, wie Makeda nach Luft schnappte, wurde mir klar, dass ich ihr sein Äußeres nie beschrieben hatte. Aber sie hatte auch nie danach gefragt. Vermutlich hatte alles, was ich ihr über seine Weisheit und Frömmigkeit erzählt hatte, ihr den Eindruck vermittelt, er sei ein Mann von reifen Jahren, und sein Aussehen sei der Erwähnung nicht wert. Nun, da hatte sie sich geirrt.

Und wie dumm von *mir*, dass ich nicht vorausgeahnt hatte, welche Wirkung sein Anblick auf sie haben musste! Aber ich war ein Mann von reiferen Jahren und hatte einfach vergessen, wie es ist, wenn der Blick auf einen Menschen fällt, der alles verkörpert, nach dem sich das eigene Herz sehnt, auch ohne die Erlaubnis oder auch nur das Wissen des eigenen Kopfes. Zum ersten Mal nahm ich jetzt wahr, dass Salomo nicht nur jung, klug und lebhaft war, sondern auch blendend aussah mit seiner hell olivfarbenen Haut, den ebenmäßigen Gesichtszügen, den dunklen, tanzenden Augen und dem wallenden schwarzen Haar, das für afrikanisch-arabische Augen unglaublich weich und glatt wirken musste.

Auch Makedas Schönheit ließ ihn nicht unbeeindruckt. Ich merkte das daran, dass er sie nicht sofort ansprach, sondern sich zuerst gestattete, mit ihr in Blickkontakt zu treten, und zum ersten Mal war sein suchender Blick ruhig, während die Andeutung eines Lächelns seine Lippen umspielte. *Vielleicht ist es gut*, dachte ich missvergnügt, *dass er bereits verheiratet ist und strengen Geboten unterliegt und dass Makeda ihrer Rolle als Sabas jungfräuliche Königin verpflichtet ist.*

Wenn wir in Ägypten gewesen wären, wäre die Tochter des Pharao ebenfalls anwesend gewesen. Sie hätte neben Salomo auf einem Thron gesessen. Aber das war hier in Israel nicht Sitte und Makshara zeigte sich nicht.

Schließlich sprach Salomo die höflichen Begrüßungsworte, die das Protokoll vorschrieb, und bei dieser Gelegenheit wählte er, selbst als er sich an mich wendete, eine übertrieben formelle Sprache. Auf Makedas Zeichen hin traten ihre Träger mit den Kisten voller Geschenke vor, die sie mitgebracht hatte, um Salomo zu erfreuen. Alle Schatztruhen wurden vor ihn hingestellt, die Deckel aufgeklappt und die Edelsteine, Gewürze und Seidenstoffe in all ihrer bunten Pracht offenbart. Obwohl Salomo selbst unermesslich reich war, zeigte er sich hocherfreut über die Großzügigkeit der Königin und verkündete, dass die Schätze in aller Öffentlichkeit ausgestellt werden würden, damit alle Bewohner Jerusalems sie bewundern könnten.

Und natürlich wollte er auch Makeda eine besondere Ehre erweisen. Er wies ihr für die Dauer ihres Aufenthalts überaus prachtvoll ausgestattete Gemächer neben seinen eigenen zu. Auch sollte ihr jeden Morgen eine Kollektion an herrlichen Gewändern gebracht werden, aus denen sie auswählen könnte, was sie zu tragen wünschte. Gleichzeitig sollten ihr die erlesensten Speisen und Weine serviert werden, wenn sie einmal nicht am Tisch des Königs speiste, wozu sie und ich herzlich eingeladen waren, sooft wir das wünschten. Die Einweihung des Tempels sollte in einem Monat stattfinden; wir müssten zumindest bis dahin bleiben und danach, solange wir wünschten. Am Abend sollte zu unseren Ehren ein Bankett stattfinden.

Nach dieser ersten Audienz führten uns Dienstboten in unsere Unterkunft. Mir wurden Räume nicht weit von Makedas zugewiesen und damit auch ganz in der Nähe von Salomos Gemächern. Für die älteren meiner Angestellten waren Quartiere in der Nähe vorbereitet und wie üblich würden ihre jüngeren Kollegen ihr Lager außerhalb der Stadtmauern aufschlagen. Kaum hatte Hami meine persönliche Habe ausgepackt, als auch schon Sabla auf meiner Schwelle erschien und mich bat, ihre Herrin aufzusuchen.

Wenn meine eigenen Gemächer schon luxuriös waren, so schienen Makedas wie für eine Göttin geschaffen zu sein.

„Sieh nur, Onkel Tamrin! Überall Gold und Purpur!“, rief sie und tanzte durch den Raum. Das Bett war mit rosa Rosenblättern bestreut. Am Fenster standen neben den schweren bestickten Vorhängen Rosenbüsche in Töpfen, und die Luft war schwer vom Duft des Rosenöls, das in kleinen bronzenen Lampen, die an den Wänden und Säulen hingen, verbrannt wurde. „Hast du je so etwas Wunderschönes gesehen?“

„Nur Salomo selbst.“ Dieser Einwurf kam von Sabla, unverschämt wie immer. Falls Makeda das verschlagene Grinsen auf dem Gesicht ihrer Zofe bemerkte, so ließ sie es sich nicht anmerken. „Ich frage mich, warum dein Verwandter es nicht für nötig befunden hat, dir auch von Salomos gutem Aussehen zu erzählen!“

Ich ließ mich nicht herab, darauf zu antworten. Makeda zuckte nur die Achseln und sagte: „Ja, ich finde, der König ist ein recht angenehmer Anblick. Aber seht nur, wie geschmackvoll die Kissen auf den Liegen arrangiert sind. Und hier: Aus diesem Fenster kann ich in die herrlichen Gärten schauen, genau wie von meinen Räumen in Yeha aus. Ich kann es gar nicht erwarten, sie zu erforschen. Denkst du, dass Seine Majestät mir das gestattet?“

„Er wird dich vermutlich selbst herumführen“, versicherte ich ihr. „Allerdings besitzt er noch größere Gärten südlich der Stadt. Dort möchte er eine Pflanze von jeder Art auf der Welt ziehen und mittlerweile hat er schon eine recht ansehnliche Anzahl. Bestimmt wird er dir auch sie zeigen.“

„Salomo sammelt Pflanzen wie andere Menschen Edelsteine und ich meine kleinen Götterstatuen? Ach, das ist ja wundervoll! Wenn ich das gewusst hätte, hätte ich ihm Pflanzen aus den Wäldern Äthiopiens mitgebracht, Setzlinge, die zu großen afrikanischen Bäumen werden …“

Makeda tänzelte schon wieder durch den Raum, schwebte vom Fenster zur Liege und von der Liege zum Bett und schien ihr Hinken genauso wenig zu bemerken wie Sablas trockene Verachtung. Und dann, ganz unvermittelt, verpuffte ihre Energie. Überwältigt von der Anstrengung und Aufregung sank sie auf das Bett und sagte: „Sabla, wir müssen uns ausruhen, bevor du mich für das Bankett vorbereitest."

Und kurz darauf war sie fest eingeschlafen. Sie war so jung, und seit sie Yeha verlassen hatte, hatte sie einen unendlich weiten Weg zurückgelegt, in mehr als einer Hinsicht.

Das Bankett am Abend war ganz anders als das Fest, das bei meinem letzten Besuch in Jerusalem zu meinen Ehren ausgerichtet worden war. Jenes war informell und entspannt gewesen, doch dieses Bankett war der Inbegriff von Staatspracht. Die längste Halle des Palastes war mit Tischen ausgestattet worden. Alle, die Rang und Namen hatten, waren eingeladen worden, und anstelle von gepolsterten Liegen, auf denen man bequem liegen konnte, waren Stühle und Bänke aufgestellt worden, so viele, wie nur in den Saal hineinpassten. Am Tisch des Königs stand ein Stuhl mit hoher Rückenlehne, der größer war als alle anderen und beinahe genauso aufwendig verziert wie sein Thron. Dort würde der König bald seinen Platz einnehmen.

Zu seiner Rechten stand ein ähnlicher Stuhl, gleich groß und prachtvoll, für Makeda. Von den Rückenlehnen ragten goldene Kuppeln in die Höhe mit den Symbolen der königlichen Häuser: Salomos Symbol war der sechszackige Davidsstern, Makedas der Kopf eines Steinbocks. Ich hätte die Hörner und Scheibe Almaqahs erwartet, doch wir waren hier in Israel, dem Land Adonais, der keinen anderen Gott neben sich duldete.

Zur Linken von Salomos Sitz stand ein etwas kleinerer mit einer niedrigeren Rückenlehne und einfacherer Verzierung. Der war für Makshara, die Tochter des Pharao, bestimmt. Wenigstens hatte sie die Ehre, an der königlichen Gesellschaft teilzunehmen. Wir wurden zu unseren Plätzen geführt, um auf das Eintreffen Ihrer Majestäten zu warten.

Wieder kündigte ein Fanfarenstoß ihre Ankunft an. Alle Gäste erhoben sich mit ehrfürchtig gesenkten Köpfen, als Salomo den Saal betrat. Am linken Arm führte er Makshara, am rechten Makeda. Makedas strahlendes Lächeln zog jeden eigentlich abgewendeten Blick auf sich, doch Maksharas Lippen waren zusammengepresst, und für den Augenblick vergaß ich, dass ich sie einmal für das bezauberndste Wesen gehalten hatte, das ich je gesehen hatte.

Der königlichen Gesellschaft folgte eine lange Reihe ihrer Dienstboten. Ich selbst hatte den Platz zu Makedas Rechten zugewiesen bekommen; Sabla war gezwungen, zusammen mit Makedas anderen Zofen hinter dem Stuhl ihrer Herrin zu stehen. Hamis Platz war hinter meinem Stuhl. Er strahlte über das ganze Gesicht, weil er unmittelbar neben seiner Angebeteten stand. Doch Sabla zeigte nicht das geringste Interesse an Hami.

Als die Eröffnungsformalitäten beendet waren und das Mahl begann, unterhielten Salomo, Makeda und ich uns fröhlich über unsere Reise. Der König unternahm einige fruchtlose Versuche, Makshara ins Gespräch einzubeziehen, doch sie schien sich nicht beteiligen zu wollen, und das Lächeln, das sie auf ihr grell geschminktes Gesicht zwang, wurde immer angestrengter. Ich mit meinen alternden Ohren fand es schwierig, Salomos und Makedas Stimmen von dem Stimmengewirr im Hintergrund zu unterscheiden. Daher konzentrierte ich mich auf die gefüllten Lammbrüste, die gebratenen Enten, das Kalbsbries und die anderen vor Knoblauch triefenden Köstlichkeiten, die Hami auf meinen Teller häufte, und zog mich aus dem Gespräch zurück. So kam es, dass sich Salomo und Makeda den größten Teil des Abends allein miteinander unterhielten.

„Er weiß über so viele Dinge so gut Bescheid!“, schwärmte sie am folgenden Morgen. Wir saßen an ihrem Fenster und genossen die Kühle im Raum, während draußen die höher steigende Sonne ihre unbarmherzigen Strahlen über den Garten ergoss. „Pflanzen, Bäume, Tiere, sogar Vögel und Insekten! Jeder Käferart gibt er einen besonderen Namen, ist das zu glauben? Und Gras ist für ihn nicht einfach nur Gras. Er sagt, es gibt Hunderte Sorten, je nachdem, wo es wächst."

„Und hat er sich bereit erklärt, dich durch seine Gärten zu führen?", fragte ich, erfreut darüber, dass sie sich so gut verstanden hatten, denn davon hatte ich nicht unbedingt ausgehen können.

„Oh ja! Wir wollen uns heute Nachmittag treffen, und du musst unbedingt mitkommen, denn es würde sich nicht schicken, dass er und ich allein spazieren gehen, nur unsere Diener als Begleitung. Außerdem möchte er mit mir vielleicht über Staatsangelegenheiten reden, und ich brauche dich, damit ich verstehe, was er sagt."

Ich fühlte mich geschmeichelt, doch Sabla wandte neckend ein: „Er wird nicht an Politik denken, meine Herrin, wenn er mit dir spazieren geht."

Ich beschloss, sie wie üblich zu ignorieren. Makeda dagegen ermahnte sie mit uncharakteristischer Schärfe, sie solle nicht töricht sein, woraufhin Sabla wissend lächelte, bevor sie sich entfernte, um ihre Mitzofen zu quälen. Ständig wies sie ihnen irgendwelche sinnlosen Aufgaben zu und kritisierte sie anschließend für alles und nichts.

Nach der Mittagsruhe ließ Makeda sich für ihre Verabredung mit Salomo herrichten. Wie versprochen hatte Salomo ihr am Morgen zusammen mit einem Frühstück, von dem man eine kleine Armee hätte satt machen können, eine große Kiste voller atemberaubender Kleider geschickt; einige über und über mit Goldperlen bestickt, andere mit Blumen, wieder andere so zart und transparent wie die Flügel einer Libelle. Doch Makeda wählte ein einfaches weißes Kleid mit emaillierten Broschen in der Form von kleinen Schlangen als Schulterschließen. Es könnte griechischer Herkunft gewesen sein, denn Salomos und Hirams Schiffe steuerten auch die Häfen des westlichen Meeres an.

Ein einfaches Kleid, und ihre Haare in einem einfachen Knoten auf ihrem Kopf zusammengefasst, aus dem ein paar einzelne Strähnen von Sabla neckisch herausgelöst waren und ihr ins Gesicht und über ihren glatten dunklen Nacken fielen. Hätte sie sich mit allen glitzernden Insignien der Königswürde ausgestattet, Makeda hätte nicht lieblicher aussehen können.

Salomo war ganz eindeutig derselben Meinung, als er durch den Garten auf uns zukam, ganz allein, ohne einen einzigen Leibwächter oder Diener. Als er Hami, Sabla und die anderen Mädchen bei uns vorfand, fragte er sie, ob sie nicht andere Pflichten zu erledigen hätten; diskret wies ich Hami an, die Dienerinnen der Königin in den Palast zu führen, was er natürlich nur zu gern tat.

„Tamrin, mein Freund.“ Nachdem er Makedas Hand geküsst hatte, nutzte Salomo die Gelegenheit, mich zu umarmen und zu küssen, nach sabäischer Art auf beide Wangen. „Deine bezaubernde Cousine hätte mit keinem besseren Beschützer gesegnet werden können. Kommt, lasst uns spazieren gehen und die Gärten genießen!“

Und so begannen wir unseren Spaziergang, Makeda zwischen uns, an der einen Seite bei Salomo eingehängt, an der anderen Seite bei mir.

Es stimmte, Salomo konnte jeder Pflanzen- und Strauchart, die wir bewunderten, einen Namen zuordnen. Ich war erstaunt, wie viele Pflanzen noch blühten, denn es war bereits Spätsommer, und in der Wildnis waren die Blumen schon längst verblüht und streuten ihren Samen aus. Doch Salomos Gärten wurden zwei Mal pro Tag gewässert, am Morgen und am Abend, und er hatte seinen Gärtnern beigebracht, die Blütezeit zu verlängern, indem sie die verwelkten Blüten abzupften.

„Das ist eine Stockrose“, erklärte er Makeda, als sie einen lang aufragenden Stängel mit großen rosa Blüten bewunderte, der fast so hoch war wie sie. Und: „Nein, das ist ein Akanthus“, als sie auf eine andere Pflanze deutete und fragte, ob es dasselbe Gewächs wäre. Als wir später noch einmal an Stockrosen und Akanthi vorüberkamen, konnte sie sie unterscheiden, und Salomo belohnte sie mit einem strahlenden Lächeln und sagte, nichts freue ihn mehr, als wenn er sein Wissen und seine Liebe zur Natur mit einem Menschen teilen könne, der aufrichtiges Interesse dafür zeige. Dies erlebe er nicht so häufig.

„Freut sich deine Ehefrau denn nicht über all diese Schönheit? Gehst du nicht mit ihr hier spazieren?“, fragte Makeda erstaunt.

„Makshara? Ich bin einmal mit ihr im Garten gewesen, aber die Blumen brachten sie zum Niesen. Ganz gewiss weiß sie Schönheit zu schätzen, aber hauptsächlich die Schönheit prächtiger Gold- und Silberarbeiten. Sie versteht nicht, dass Gott selbst der größte Kunstschmied ist, dass ein einziges Blütenblatt ein zarteres Muster hat als die feinste Filigranarbeit.“ Salomo hielt an, um eine wunderschöne weiße Lilie zu pflücken, die er Makeda fast ehrfürchtig unter die Nase hielt. „Hier. Hast du je etwas Wundervolleres gerochen? Das teuerste Parfüm könnte nie an diesen Duft heranreichen. Ich ließ Hirams Handwerker solche Lilien auf die Säulen von Adonais Tempel schnitzen und andere sind auf dem großen Bronzebecken im Tempelhof zu sehen. Doch nichts Geschnitztes oder Gegossenes, wie meisterhaft es auch ausgeführt wurde, kann sich mit der lebendigen Blüte vergleichen.“

Makeda lächelte und nahm die Blüte aus seiner Hand. Ganz kurz berührten sich ihre Finger und ich sah ein eigentümliches Aufleuchten in Salomos Augen.

Wir gingen weiter, bogen um eine Ecke und kamen zu einem kleinen Bachlauf, der zwischen Steinen dahinfloss, künstlich angelegt, doch so gut gemacht, dass es so aussah, als hätte die Natur ihn gebildet. Makeda war so bezaubert, dass sie ohne nachzudenken darauf zueilte, und jetzt war es Salomo, der nach Luft schnappte. Anstatt ihr nachzugehen, legte er mir eine Hand auf den Arm, um mich zurückzuhalten, und flüsterte: „Tamrin, sie hinkt ja! Hatte sie einen Unfall?“

„Allerdings“, flüsterte ich zurück, „aber das ist schon viele Jahre her.“

„Ich verstehe.“ Er beobachtete sie immer noch und schien gar nicht zu bemerken, dass er sie anstarrte, während sie die Hände in den Bach tauchte, um sein klares Wasser aufzufangen. „Was ist geschehen?“, fragte er schließlich.

„Es steht mir nicht zu, darüber zu reden, fürchte ich. Sie möchte nicht, dass die Leute darüber Bescheid wissen. Vielleicht erzählt sie es dir ja irgendwann selbst.“

„Ja. Zu gegebener Zeit vielleicht.“ Er nickte und ging zu ihr. Ich fragte mich kurz, wie viel Zeit er ihr wohl widmen und wie Makshara wohl darauf reagieren würde.

Ganz gewiss schien er an jenem Nachmittag keine Eile zu haben, zu seinen königlichen Pflichten zurückzukehren. Selbstverständlich verfügte er über eine Fülle von Ministern und Beamten, die durchaus in der Lage waren, die täglichen Aufgaben seiner Regierung zu übernehmen, aber ihm war es wichtig, seinen Finger stets am Puls seines Volkes zu haben.

Doch in den folgenden Tagen überzeugte mich Salomo durch seine Worte und seine Taten davon, dass er den eigentlichen Grund für Makedas Besuch nicht vergessen hatte. Er vereinbarte Treffen für Makeda, Bijo, Mahiko und mich mit den verschiedenen Ministern seiner Regierung, bei denen diese uns erklärten, welchen Prinzipien sie folgten und warum. Letztendlich hatte alles seinen Ursprung im Gesetz des Mose.

Bei einigen dieser Begegnungen war Salomo anwesend, aber bei vielen auch nicht. Denn selbst der niedrigste seiner Untertanen hatte das Recht, den König um einen Rechtsspruch oder um Hilfe zu bitten, wenn er wollte, und so hatte Salomo viel zu tun. Makeda fragte ihn, ob sie vielleicht einigen dieser Anhörungen beiwohnen könne. Salomo war sofort bereit, es ihr zu gestatten, was mich erstaunte. Ich bemerkte bei den Ministern auch ein paar hochgezogene Augenbrauen, aber niemand erhob Einwände. Und so kam ich ebenfalls in den Genuss, denn ich begleitete Makeda überallhin.

Wie anders waren diese Verhandlungen als die, die ich in Saba miterlebt hatte! Denn Salomo verbarg sich keinesfalls vor dem Anblick des gewöhnlichen Volkes, sondern nahm alle Bitten persönlich entgegen: von Waisen, Bettlern, Witwen und sogar Huren, denn auch Frauen konnten ihre Nöte vor ihn bringen. So kam es, dass Makeda und ich bei der Anhörung anwesend waren, die mittlerweile den Status einer Legende erreicht hat – und wieder höchstwahrscheinlich deshalb, weil ich selbst so vielen Menschen davon erzählt habe. Es war ein herausragendes Beispiel der weisen Entscheidungen, für die Salomo verdientermaßen genauso berühmt war wie für sein ungeheures Wissen und Verständnis in allen Bereichen der Philosophie, Religion und Natur.

Zwei Frauen traten gemeinsam vor ihn, die beide völlig aufgelöst wirkten. Beide waren Huren: die Gesichter grell geschminkt, die Kleidung schamlos provokant, und sie hatten billiges Parfüm aufgelegt, dessen betäubender Duft den Geruch ihrer ungewaschenen Körper nicht zu überdecken vermochte. Es erstaunte mich, dass Salomo ihnen seine Zeit schenkte, ohne sie anzuweisen, zuerst zu baden und die Kleidung zu wechseln und wiederzukommen, wenn sie sich so weit beruhigt hätten, dass sie sich nicht gegenseitig an den Haaren rissen und ins Gesicht spuckten. Doch er gab nur einigen kräftigen Dienern den Befehl, im Notfall zur Stelle zu sein und sie voneinander zu trennen, bevor er ihnen das Wort erteilte.

Erst als der König fragte, welche von ihnen zuerst sprechen wolle, fiel mir auf, dass eine von ihnen ein Kind an ihre Brust drückte. Sie beschimpfte ihre Begleiterin so laut, dass ich den Säugling nicht schreien hörte, obwohl sein Mund weit aufgerissen war. So wandte sich Salomo an die zweite Frau und bat sie zu erklären, warum sie beide heute vor ihm erschienen seien.

„Oh, Euer Majestät“, jammerte sie und rang die Hände, „diese Frau und ich leben im selben Haus, und wir beide haben innerhalb weniger Tage unsere Kinder zur Welt gebracht.

In einer Nacht waren nur wir beide und unsere Kleinen im Haus, und ihr Sohn starb, weil sie sich im Bett aus Versehen auf ihn gelegt hatte. So stand sie auf und nahm mir meinen Sohn fort, während ich schlief. Sie legte ihn an ihre Brust und ihr totes Kind neben mich. Am Morgen stand ich auf, um meinen Säugling zu füttern, aber er war tot. Doch als ich ihn anschaute, sah ich, dass er nicht mein Kind war."

Sie hatte kaum zu Ende gesprochen, als die Frau mit dem Kind an der Brust zu kreischen begann: „Nein! Nein! Du lügst! Dieses lebende Kind gehört mir; das tote war deines!"

Und die erste schrie zurück: „*Du* bist die Lügnerin! Das tote Kind war deins; du hast mir meinen Sohn gestohlen!"

So ging es weiter; sie beschimpften sich gegenseitig und fluchten in der Gegenwart des Königs wie zwei Soldaten in einer Kaserne. Makeda fielen beinahe die Augen aus dem Kopf. Von den anwesenden Beamten und Höflingen begannen einige zu kichern, während die anderen sich vor Verlegenheit wanden. Die kräftigen Diener warteten derweil auf ein Zeichen des Königs, die beiden Streithennen zu packen und aus dem Saal zu werfen.

Doch Salomo blickte jede der Frauen eindringlich an und versuchte zu erkennen, welche von ihnen die Wahrheit sagte.

„Also", meinte er schließlich, „lasst uns das noch einmal zusammenfassen. Du", sagte er und deutete mit dem Finger auf die Frau, die zuerst das Wort ergriffen hatte, „du sagst, dass dieses Kind hier dir gehört und ihres tot ist. Aber du", er deutete jetzt auf die Frau mit dem Kind, „behauptest, *ihr* Sohn sei tot, und dieses Kind sei deins."

Beide Frauen nickten wütend und mit Tränen in den Augen. Die jungen Männer, die gekichert hatten, erhoben sich nun, die Hände in die Hüften gestemmt, und lachten laut auf bei der Vorstellung, dass Salomos sprichwörtliche Weisheit in diesen beiden streitsüchtigen Huren vielleicht ihren Meister gefunden hätte. Doch er fegte das Grinsen von ihren Gesichtern, indem er einem von ihnen auftrug, ihm ein Schwert zu bringen.

„Also", sagte er, als der junge Mann mit der Waffe zurückkam, „ich nehme an, das tote Kind ist bereits fortgebracht worden, um bestattet zu werden, weshalb sich diese beiden Frauen um das noch lebende Kind streiten. Nun, mein junger Freund, nimm dieses Schwert und schneide das Kind in der Mitte durch, und gib jeder von ihnen die Hälfte. Das ist doch nur gerecht, oder?"

Zum ersten Mal seit Beginn der Anhörung herrschte Stille im Saal. Der junge Höfling mit dem Schwert glotzte Salomo an, unfähig zu glauben, was er gerade gehört hatte, während die beiden Frauen mit offenen Mündern dastanden. Doch als der König den Höfling aufforderte, zur Tat zu schreiten, anstatt ihn anzustarren wie ein Fisch, legte die Frau, die das Kind im Arm hielt, es der anderen Frau in die Arme und weinte: „Bitte, Euer Majestät, gebt ihr meinen Sohn. Lieber soll sie ihn haben, als dass er auch noch stirbt."

Daraufhin erhob sich der König und verkündete: „Das hier ist die richtige Mutter. Das lebende Kind soll ihr gegeben werden."

Das war wirklich eine weise Entscheidung, wie ich sie noch nie erlebt hatte. Ich wandte mich zu Makeda um und wollte etwas zu ihr sagen, doch da sah ich, dass ihr Tränen über die Wangen liefen.

Seither habe ich mich oft gefragt, ob diese Frau tatsächlich die richtige Mutter des Kindes war und ob Salomo es gewusst hatte, oder ob er nur meinte, dass sie eine Frau war mit dem wahren Herzen einer Mutter. Vielleicht ist das gar nicht von Bedeutung. Vielleicht war das, was dieser Fall über Salomo aussagte, wichtiger als das, was wir alle über die beiden Prostituierten dachten. Meiner Meinung nach war nämlich keines dieser verabscheuungswürdigen Wesen geeignet, ein Kind großzuziehen.

Salomo zeigte Makeda die Stadt und natürlich den Tempel vor seiner Weihung. Und genau wie ich war sie tief beeindruckt davon, wie sehr er sich selbst für den niedrigsten seiner Untertanen interessierte, denn er vermittelte den Eindruck, dass jeder Arbeiter dieses Bauprojekts ihm genauso wichtig war wie der Architekt, so wie er die keifenden Prostituierten nicht weniger wichtig genommen hatte als zwei reiche, angesehene Edelfrauen.

Als Makeda eine Bemerkung dazu machte, winkte Salomo einen Arbeiter heran, der einen großen Schlussstein auf dem Kopf und einen Wasserschlauch um den Hals trug. Sein Proviantpäckchen und seine Sandalen baumelten an seinem Gürtel. Seine Kleidung war zerrissen, Schweiß tropfte von seiner Stirn.

Salomo bat ihn stehen zu bleiben und sagte zu Makeda: „Sieh dir diesen Mann an. Wieso sollte ich mehr wert sein als er? Wir bestehen beide aus Fleisch und Blut; dieselben Würmer werden unser Fleisch fressen, wenn wir tot sind, obwohl wir jetzt so unterschiedlich sind. Welchen Grund zur Klage hätte ich, wenn Gott beschließen würde, unsere Lebensumstände morgen umzukehren?“

„Du könntest klagen, dass du nicht stark genug wärst, um seine Arbeit auszuführen“, erwiderte Makeda. „Und ob er weise genug wäre, deine zu tun? Wer weiß.“

Salomo lächelte, offensichtlich angetan von Makedas Verstand, wie von ihrer ganzen Person. Doch als er den Arbeiter wieder an seine Arbeit schickte, fragte Makeda: „Freundlichkeit und Respekt allen Menschen gegenüber reichen doch sicher nicht aus, um zu bewirken, dass die Untertanen ihren Herrscher lieben. Bestimmt gibt es doch auch Gelegenheiten, wo man hart durchgreifen, Fehlverhalten bestrafen und dafür sorgen muss, dass sich sein Gift nicht weiter ausbreitet?“

„Ich bin immer wieder erstaunt darüber, was Freundlichkeit und Respekt bewirken können“, erwiderte Salomo. „Denn wenn die Menschen nicht Freundlichkeit und Liebe auf der Erde üben, wozu ist dann die Menschheit überhaupt da? Schließlich wurden wir nach dem Bild Gottes geschaffen, und es ist das Wesen Gottes, alle seine Kreaturen zu lieben. Aber du hast natürlich recht: Freundlichkeit und Nachsicht sind nicht dasselbe, und manchmal hat ein König keine Wahl, als zu strafen, so, wie Gott selbst auch strafen muss, zum Beispiel, um sicherzustellen, dass der Starke nicht den Schwachen terrorisiert oder Ungerechtigkeit und Korruption sich in seinem ganzen Königreich ausbreiten."

Makeda nickte nachdenklich, und als Sabla eine der Zofen wieder einmal grausam behandelte, wurde sie viel schärfer zurechtgewiesen als sonst. Sabla war verblüfft, aber in ihren funkelnden Augen erkannte ich auch mehr Respekt für ihre Herrin als je zuvor.

Nur wenige Tage später sollten Makeda und ich die strengere Seite Salomos kennenlernen. Es war ihm zu Ohren gekommen, dass einer seiner Minister ein Bestechungsgeld angenommen hatte. Der Minister wurde sofort von seinem Posten entfernt und sein beträchtliches Vermögen konfisziert. Ihm blieb nur sein Haus und das Stück Land, das er geerbt hatte, damit er seine Familie ernähren konnte. Das Gesetz des Mose verbot es, einem Mann alle Mittel zu nehmen, damit er noch selbst für seinen Lebensunterhalt sorgen konnte.

Und es war nicht nur Korruption, die Salomo mit aller Härte bestrafte. Er machte kein Geheimnis daraus, dass er nacheinander jeden Rivalen vernichtet hatte, vor dem sein Vater ihn gewarnt hatte. Doch er hatte sie nicht grundlos eliminiert, sondern gewartet, bis jeder dieser Männer ein Verbrechen beging, das sein eigentliches Wesen offenbarte und für das er zu sterben verdient hatte. Denn David hatte auf dem Sterbebett seinen Sohn nicht nur vor seinen Feinden gewarnt, sondern ihm auch aufgetragen, Gerechtigkeit walten zu lassen.

Da ich gezwungen war, Makeda zu begleiten, wenn sie mit dem König unterwegs war, hatte ich wenig Zeit, die Freundschaften aufzufrischen, die ich bei meinem vorherigen Aufenthalt in Jerusalem geschlossen hatte. Doch dann und wann gönnte sie sich eine verlängerte Mittagsruhe oder kündigte an, sie hätte die Absicht, den Tag wegen der Hitze in ihren Gemächern zu verbringen. Dann war ich frei zu tun, was ich wollte. Einer meiner ersten Besuche galt Joschafat, dem königlichen Schreiber, der mich in der Vergangenheit so herzlich aufgenommen hatte.

Und das tat er auch jetzt wieder, doch wir hatten uns noch nicht lange unterhalten, als ich eine gewisse Wachsamkeit bei ihm wahrnahm, die beim letzten Mal nicht da gewesen war und die deutlicher wurde, wann immer Makedas Name fiel. Irgendwann fragte ich ihn danach.

Er rutschte unbehaglich auf seinem Platz herum und gestand schließlich: „Es gibt Gerede, Tamrin. Vielleicht ist es gut, wenn du es erfährst."

„Gerede? Worüber? Was für Gerede und von wem?"

„Über unseren König und deine Königin. Sie werden häufig zusammen gesehen, und man munkelt, dass der König seine Pflichten vernachlässigt."

„Und, stimmt das? Sind es Minister seiner Regierung, die das behaupten, oder Leute, die ihre Nasen aus den Angelegenheiten anderer heraushalten sollten?"

„Ich persönlich denke nicht, dass er nachlässig ist, und ich finde es auch nicht unpassend, dass er seine Zeit einem Staatsoberhaupt widmet, das ihm einen Besuch abstattet. Aber es gibt einige, die das anders sehen, und natürlich auch die Herrin Makshara. Und Israel kann es sich nicht leisten, die Ägypter zu verärgern."

„Also gut", erwiderte ich, „die Einweihung des Tempels findet in knapp zwei Wochen statt, nicht? Zu Beginn des Laubhüttenfestes? Danach werden die Königin von Saba und wir, die ihr dienen, in unser Land zurückkehren. Dann wird hier alles wieder so sein wie zuvor."

„Tatsächlich?" Joschafat starrte mich plötzlich sehr eindringlich an und der Blick aus seinen Augen unter den buschigen Brauen war beunruhigend.

Ich beschloss, nicht weiter auf diese Angelegenheit einzugehen, und wir unterhielten uns über andere Dinge, zum Beispiel über die Entwicklung von Ezion-Geber und das Bündnis zwischen unseren Ländern, das durch die Unterredungen, die Makeda und ich bereits mit dem König und den

Mitgliedern seines Rates geführt hatten, beträchtliche Fortschritte machte.

Ich trug Bijo auf, möglichst viel über Makshara und ihre Ehe mit Salomo in Erfahrung zu bringen. Es stellte sich heraus, dass sie aus rein politischen Gründen arrangiert worden war: Salomo und der Pharao wollten ein Bündnis schließen gegen die Philister, die nach dem Tod von König David an der Küste des westlichen Meeres ihre Muskeln spielen ließen. Die Ägypter hatten die philistinische Stadt Gezer verwüstet, um ihre Handelsbeziehungen mit den Tyrern zu schützen; daraufhin hatte der Pharao seine Tochter mit Salomo verheiratet und ihm das Gebiet um Gezer als Mitgift übereignet. Auch wenn das Königspaar immer freundschaftlich miteinander umgegangen war, hatte es nie Liebe oder auch nur Verständnis zwischen ihnen gegeben, und bisher hatten sie auch keine Erben gezeugt. Das war nicht überraschend, denn Makshara teilte nicht einmal Salomos Privatgemächer im Palast. Er hatte ihr ein eigenes Haus gebaut, innerhalb des Palastgeländes, aber weiter entfernt von den Gemächern des Königs als Makedas Räume.

Diese Informationen dienten nicht zu meiner Beruhigung, und sosehr ich meinen Aufenthalt in Jerusalem auch genoss, stellte ich fest, dass ich froh war, dass wir bald nach Hause reisen würden.

Während die Hitze des Sommers nachließ und das Laubhüttenfest näher rückte, wurde ein formales Bündnis zwischen dem König von Israel und der Königin von Saba geschlossen, in dem jeder versprach, die Interessen des anderen für die Zukunft zu schützen. Jeder bekam für seine Karawanen und Schiffe sicheren Durchzug über Land und Wasserwege zugesichert, und Ezion-Geber, die Stadt am Roten Meer, würde zum Vorteil beider ausgebaut werden. Falls eines der Länder von einer fremden Macht angegriffen würde, würden die Armeen des anderen ihm zu Hilfe eilen, und in allen Bereichen würden Israel und Saba sich von nun an gegenseitig als Freunde betrachten.

Kapitel 11

Das Laubhüttenfest war eines der drei wichtigsten Feste, die das Volk Israel Jahr für Jahr feierte. Jedes Familienoberhaupt hatte zu diesen Gelegenheiten eine Pilgerreise nach Jerusalem zu unternehmen, doch besonders zum Laubhüttenfest würden Unzählige nach Jerusalem kommen und die sieben Festtage mit den anderen Israeliten auf dem Zion feiern, Gottes heiligem Berg, den Salomos Vater von seinen Feinden erobert hatte.

Dieses Fest war eingeführt worden, um an den Auszug ihrer Ahnen aus Ägypten zu erinnern, die auf ihrer Reise ins verheißene Land in Schutzhütten aus Laub, Tierhäuten und Ästen gewohnt hatten. Aber es läutete auch das Ende des landwirtschaftlichen Jahres ein – ein Fest des Dankens für die Ernte.

Dieses Jahr gab es noch einen dritten Grund zum Feiern: Zum allerersten Mal überhaupt konnten die im Gesetz für diesen Tag geforderten Opfer in Salomos prachtvollem neuem Tempel dargebracht werden und nicht wie sonst vor dem provisorischen Schrein, in dem die Bundeslade bis zu diesem Zeitpunkt untergebracht war.

Bereits mehrere Tage vor dem Beginn der Festlichkeiten füllte sich die Stadt mit Pilgern aus jedem Winkel von Salomos Königreich. Überall wurden Unterkünfte gebaut, nicht nur Zelte, sondern besondere Hütten, die sorgfältig von Eltern und Kindern errichtet wurden und die an die Hütten ihrer Vorfahren erinnern sollten, die mit Mose durch die Wüste gewandert waren. Zweige von Palmen, Weiden und Myrten wurden in einer sorgfältigen Symmetrie miteinander verwoben, auf Dächern, auf öffentlichen Plätzen, an den Stadttoren und manche sogar um den Hof des schimmernden Tempels herum. Ganz Jerusalem vibrierte vor Erwartung und die Atmosphäre war ansteckend. Doch erstaunlicherweise war Berauschung mit der Frucht des Weinstocks ein seltenes Phänomen; sicher, wir sahen betrunkene Menschen, aber sie waren in der Minderheit und Gewaltausbrüche noch seltener.

Die Weihung des Tempels sollte am ersten Tag des Festes stattfinden. Die Bundeslade würde aus ihrem vorübergehenden Heim, wo sie gestanden hatte, seit David sie nach Jerusalem geholt hatte, herausgebracht, durch die Straßen getragen und im Allerheiligsten aufgestellt werden, dem heiligsten Raum in Salomos Tempel. Wenn sie dort ihren Platz unter den Flügeln der goldenen Cherubim gefunden hatte, würde niemand, nicht einmal Salomo selbst, sie jemals wieder zu Gesicht bekommen, nur der Hohepriester, und auch er durfte sich ihr nur einmal im Jahr nähern, am Tag der Versöhnung. Alle Leute, die im Tempelhof Platz fanden, würden miterleben, wie Salomo das Gebet der Weihung über dem Tempel sprechen würde, den Adonai sich als Wohnstätte erwählt hatte, und Zeugen der Opfer werden, die auf dem Altar vor dem Eingang zum Heiligtum dargebracht werden würden. Das Gesetz des Mose forderte eine ganze Reihe von genau beschriebenen Opferungen, die während des Laubhüttenfestes vorgenommen werden mussten: Stiere, Widder, Ziegenböcke, männliche Lämmer ohne Flecken und Fehl, Getreideopfer, Trankopfer und Ähnliches mussten in genau vorgeschriebenen Mengen an jedem der sieben Tage dargebracht werden. Ein letztes Opfer am achten Tag bildete den Abschluss des Festes. Doch für die Weihung des Tempels waren zusätzlich noch besondere Opfer nötig. Das Fleisch der geschlachteten Tiere würde zur Freude der feiernden Menge zum großen Teil unter den Gästen verteilt werden.

Makeda und ich würden Ehrenplätze in nächster Nähe des Königs einnehmen, der aufrichtig verblüfft zu sein schien über den Aufruhr, der entstand, als bekannt wurde, dass zwei Heiden, und eine davon auch noch eine Frau, an diesem Ereignis teilnehmen sollten. Natürlich sagte uns dies niemand ins Gesicht, doch Joschafat sorgte dafür, dass ich mir keine Illusionen machte.

„Willst du damit sagen, dass wir dem Fest fernbleiben sollten?“, fragte ich ihn konsterniert. „Ich wurde ausdrücklich zur Weihung des Tempels nach Jerusalem eingeladen.“

„Von Salomo vielleicht, aber nicht von den Mitgliedern seines Rates oder von den Priestern. Sie glauben, dass der Tempelhof allein Adonais erwähltem Volk vorbehalten bleiben sollte und dass Heiden seine Heiligkeit beschmutzen.“

„Aber es ist doch Salomos Vision, dass eines Tages Menschen aller Völker Adonai zusammen mit dem Volk Israel in Jerusalem anbeten sollen. Adonai hat das Universum geschaffen und ist der Gott über alle anderen Götter.“

„Salomos Vision wird nicht von der Mehrheit seiner Landsleute geteilt.“

„Nun, auf keinen Fall wollen die Königin Makeda oder ich der Grund sein für eine Verstimmung zwischen dem König und seinen Untertanen. Ich werde selbst mit ihm über diese Angelegenheit reden.“

Und genau das tat ich, sobald es mir gelang, ihn allein zu sprechen. Er war offensichtlich beschämt und verärgert über den Standpunkt der Kritiker und wollte sie einfach ignorieren. Dies war das erste Mal, dass ich sein Urteilsvermögen infrage stellen musste. Als ich in der Angelegenheit keine Ruhe gab, rief er Zadok zu sich.

Zadok war der Hohepriester Adonais; er hatte das Amt bereits seit Jahren inne und war ein Mann von außerordentlicher Frömmigkeit. Seine kleinen Augen blickten durchdringend und seinen langen Bart konnte er beinahe in seinen Gürtel stecken. Er und Salomo empfanden tiefen Respekt füreinander, und ich war noch weniger geneigt, einen Keil zwischen diese beiden Männer zu treiben, als Unruhe unter der Bevölkerung zu stiften.

„Zadok, ist es nicht Adonais großer Wunsch, dass am Ende alle Völker dieser Erde in Anbetung vereint hier auf dem Zion, seinem heiligen Berg, stehen?", fragte Salomo den hochgeschätzten alten Mann.

„Ja, das stimmt, Euer Majestät", nickte Zadok.

„Und wenn alle Völker hier anbeten sollen, sollten dann nicht die Vertreter der ersten ein Beispiel für die anderen sein? Und wir als Adonais Diener, sollten wir nicht der ganzen Welt zeigen, dass sie uns willkommen sind?"

„Allerdings, Euer Majestät, es ist, wie Ihr sagt."

„Dann bitte ich dich, die Priester zu versammeln, die während des Festes im Heiligtum dienen werden, und ihnen mitzuteilen, dass die Königin von Saba und ihr Begleiter, der Herr Tamrin, von jetzt an nicht nur als meine Gäste zu betrachten sind, sondern als die Gäste Adonais, des Allmächtigen, selbst. Ihre Teilnahme an der Weihung des Tempels soll vom ganzen Volk gefeiert werden, in Übereinstimmung mit dem göttlichen Willen und als ein Zeichen dessen, was sein wird. Ich werde meine Ratgeber zusammenrufen und ihnen dasselbe sagen."

Und so kam es, dass wir am Tag der Tempelweihung nicht beschimpft, sondern gefeiert wurden, und jeder Widerstand, der noch dagegen vorhanden war, wurde wirkungsvoll unterdrückt, zumindest für den Augenblick.

Und was für ein Tag das war! Die Herbstsonne lächelte auf den gelbgoldenen Stein von Adonais Haus herab, das in sieben Jahren erbaut worden war und noch länger in den Träumen von Salomo und seinem Vater existiert hatte. Makeda und ich saßen mit unseren Dienern auf einer speziell angefertigten Plattform nur ein kleines Stück unterhalb von der, auf der der Thron des Königs stand. Makshara, die nach wie vor die Götter Ägyptens verehrte, war bei der Feier nicht anwesend.

Makeda hatte ihren vollen zeremoniellen Ornat angelegt, wie natürlich auch Salomo. Mit seiner mit Edelsteinen besetzten Krone und den purpurnen Gewändern war er der

Inbegriff königlicher Pracht. Und Makeda konnte die Augen nicht von ihm abwenden.

Ich glaube nicht, dass sie auch nur eines der Tiere bemerkte, die geopfert wurden, oder die Priester sah, die Palmzweige schwenkend und Psalmen singend durch den Tempelhof zogen. Und ich glaube auch nicht, dass sie die Priester wahrnahm, die die Bundeslade an ihren langen Stäben durch die Menschenmassen trugen. Bewaffnete Leviten passten auf, dass niemand es wagte, sie zu berühren, oder zufällig dagegenstieß. Ich beobachtete, wie die Bundeslade die Stufen zwischen den großen Säulen Jachin und Boas hochgetragen wurde und im Heiligtum verschwand, und ich dachte an die kleine Nachbildung, die Salomo für Makeda hatte anfertigen lassen, lange bevor sie sich kennenlernten.

Aber selbst Makeda bekam mit, was dann am Eingang zum Tempel geschah. Denn nachdem die Priester wieder ins Tageslicht getreten waren, drängte hinter ihnen eine dichte schwarze Wolke wie aufsteigender Rauch in den Hof und hüllte sie ein, auch den Altar, Jachin und Boas und die ganze Front des Tempelgebäudes. Ich hätte das für einen cleveren Zaubertrick gehalten von der Art, wie sie die Magier aus Ägypten beherrschen, hätte ich nicht gesehen, wie Salomo auf die Knie fiel, sein Gesicht von Ehrfurcht und Angst wie erstarrt. Dann warfen sich auch die Priester auf die Erde und nach ihnen von vorne nach hinten alle Anwesenden, wie ein Feld reifen Korns, das vom Wind gebeugt wird. Denn es war kein Feuer, das ausgebrochen war. Vielmehr hatte es Adonai gefallen, sich seinem Volk zu offenbaren. Die Herrlichkeit Gottes hatte den Tempel erfüllt.

Es war der König, der sich zuerst erholte. Er erhob sich und rief: „Hat nicht Adonai Mose und unseren Vorfahren, die mit ihm aus Ägypten ausgezogen sind, versprochen, in einer dunklen Wolke bei Tag und einer Feuersäule bei Nacht bei ihnen zu sein? Seht das Zeichen von Adonais Gunst; er hat tatsächlich Wohnung in dem Haus genommen, das wir heute zu seinen Ehren einweihen."

Daraufhin erhob sich das Volk wie ein Mann in ehrfürchtiger Stille und wartete darauf, dass Salomo weitersprach. Und er segnete sie und erklärte ausführlich, wie er und sein Vater Pläne entworfen hatten für den Bau von Adonais Heiligtum und welche Freude es für ihn sei, heute seine Fertigstellung feiern zu können. Anschließend hob er die Hände zum Himmel und rezitierte das Gebet der Weihung, das er bereits im Voraus aufgeschrieben hatte. Er dankte für den Bund, den Adonai mit seinem Volk geschlossen hatte, und verpflichtete sich und seine Untertanen, diesen Bund auch in der Zukunft treu zu halten. Dann betete er für die Heiden, die noch in diesen Bund mit hineingenommen werden müssten – und er schaute nicht nur kurz zu Makeda hinüber, als er das sagte.

„Oh Herr, unser Gott, für den Fremden, der nicht zu deinem Volk Israel gehört, doch der aus einem fernen Land gekommen ist um deines Namens willen, bitte ich, dass du, wenn er kommt und zu diesem Tempel gewandt betet, ihn vom Himmel erhörst und ihm seine Bitte gewährst, damit alle Völker der Erde dich verehren mögen."

Und schließlich erklärte er noch, dass er diesen Tempel zwar gebaut habe, damit Adonai in Ewigkeit darin wohne, doch er wisse sehr gut, dass Gott seine Gegenwart heute unter uns nur deshalb habe spürbar werden lassen, weil es seinem Willen entsprochen hätte. „Die höchsten Himmel können dich nicht fassen!", verkündete Salomo. „Wie viel weniger dieses Haus, das ich gebaut habe."

Mir war klar, dass Makeda von Salomos Worten und der spektakulären Offenbarung von Salomos Gott tief berührt sein musste. An jenem Abend, als die Festlichkeiten in den Straßen vor dem Palast noch weitergingen, schickte sie nach mir und bat mich in ihre Gemächer, wo sie in einfachem Gewand auf dem riesigen Bett saß, ihr Gesicht von aller Schminke befreit und die frisch gewaschenen Haare offen über ihre Schultern hängend. Sie wirkte sehr klein und verängstigt.

„Onkel Tamrin", sagte sie mit zitternder Stimme, als ich eintrat, „hast du so etwas schon jemals erlebt?"

„Du meinst die Opferungen in diesen Mengen oder dass die Bundeslade in den Tempel getragen wurde?“

„Nein, Onkel Tamrin. Du weißt genau, was ich meine. Diese Wolke, die aus dem Heiligtum kam. Das war … ein Zeichen Gottes. Es war ein Wunder.“

„Ja, Makeda. Das war es vermutlich.“

„Aber du weißt, was das bedeutet, nicht? Hat Schamasch sich dir jemals so gezeigt, in all den Jahren, in denen du ihn verehrt hast? Hat Almaqah sich jemals in einem seiner heiligen Tempel in Person gezeigt?“

„Soweit ich weiß, nicht. Nein.“

„Soweit du weißt? Soweit *alle* wissen, um Himmels willen! Onkel, seit ich ein kleines Mädchen war, suchst du nach der Wahrheit, und heute hat sie sich dir offenbart! Bist du nicht inspiriert? Wünschst du dir nicht verzweifelt, mehr zu erfahren?“

„Makeda, was genau willst du mir sagen?“

„Ich will dir sagen, dass wir nicht einfach zusammenpacken und nach Hause zurückkehren können, nicht nach diesem Erlebnis. Salomo hat heute für uns gebetet, aber bestimmt erkennst du doch, dass Adonai ihm in uns bereits seinen Herzenswunsch gewährt hat! Er sehnt sich danach, dass die Völker seinen Gott anerkennen, und wir haben das getan! Zumindest *ich* habe es getan. Ich möchte, dass Adonai nicht nur der Gott Israels ist, sondern auch der Gott Sabas. Und ich möchte ihn zu *meinem* Gott machen.“

Was sollte ich sagen? Denn auch wenn ich mich danach sehnte, nach Hause zurückzukehren, und auch wenn ich Angst davor hatte, Makeda auch nur noch eine weitere Stunde in Salomos Gesellschaft zuzugestehen, so konnte ich doch nicht leugnen, was ich mit eigenen Augen gesehen hatte. Was ich im Tempel miterlebt hatte, machte alle philosophische Spekulation zunichte. Adonai war Gott, der Gott, der die Sonne und den Mond und alles andere, was im Himmel und auf der Erde war, geschaffen hatte. Wenn meine Suche nach der Wahrheit jemals mehr gewesen war als eine nutzlose

Träumerei, so musste ich jetzt lernen, wie ich selbst einer von Adonais Anhängern werden konnte.

Und so kam es, dass ich mich damit abfand, noch eine Weile als Gast des Königs von Israel und seines Gottes in seinem Palast zu bleiben. Wie viel länger, würde sich zeigen. In der Zwischenzeit schickte Makeda Boten nach Saba, um Luqman mitzuteilen, dass sich unsere Abreise noch verzögern würde, doch es sei zu Sabas Bestem.

Als sie Salomo mitteilen ließ, dass sie und ich wünschten, in die Gemeinschaft von Adonais Volk aufgenommen zu werden, war der König außer sich vor Freude. Er erschien persönlich in Makedas Gemächern, sobald er ihre Nachricht erhalten hatte, umarmte uns abwechselnd ohne Scheu und verkündete, unsere Unterweisung im Glauben würde sofort beginnen.

Und er fing damit an, indem er uns die heilige Geschichte Adonais mit den Menschen, und insbesondere mit Israel, erklärte, angefangen mit der Schöpfung der Welt und der Geschichte von Adam und Eva, der Sintflut, den Bündnissen mit Noah und mit Abraham und den Wanderungen der Patriarchen und den Abenteuern Josefs in Ägypten. Darauf folgten die vierhundert Jahre, die Israel in Ägypten in der Sklaverei verbracht hatte, schließlich der Auszug, angeführt von Mose, die Eroberung des verheißenen Landes durch Josua und seine Nachfolger, dann die Zeit der Richter wie Deborah, Gideon und Simson, in der Gesetz und Ordnung missachtet wurden und jeder tat, was er wollte. Darum hatte Adonai es für richtig erachtet, einen König zu bestimmen, der über sie herrschen sollte: Saul war der erste gewesen, und nachdem es ihm nicht gelungen war, seiner Berufung gemäß zu leben, war Salomos Vater David an seiner Stelle zum König gesalbt worden. Viele dieser Geschichten hatten Salomo, Joschafat und Zadok mir schon früher erzählt, aber nie so umfassend in ihrer chronologischen Abfolge. Die Erkenntnis, dass so viele Männer und Frauen die Macht und Liebe desselben Gottes über so viele Jahrhunderte hinweg erfahren hatten, verwirrte und begeisterte mich gleichermaßen; auch Makeda war fasziniert.

Und dann war da das Gesetz des Mose in seiner ganzen Komplexität: Die Vorschriften bezüglich der Nahrung, der Feste und Rituale und moralischen Reinheit, und die Notwendigkeit, jeden Aspekt unseres Lebens der Führung Gottes zu unterwerfen. Israels Religion war ganz anders als jede andere, die ich bisher kennengelernt hatte; sie kannte das Verfahren nicht, einen Handel mit Gott abzuschließen und den Willen des Himmels dem eigenen unterwerfen zu wollen.

Salomo hatte nicht die Zeit und das Wissen, uns in all diesen Details selbst zu unterweisen. So wurde Zadok verpflichtet, uns weiter aufzuklären. „Er ist ein aufrechter Mann Gottes, der mich stets unterstützt hat", versicherte Salomo uns, und Schreiber wurden beauftragt, die Worte des Mose für uns abzuschreiben. Die Schriften würden wir mit nach Hause nehmen, wenn wir aufbrachen, zusammen mit Salomos Buch der Weisheitssprüche, das er fast vollendet hatte.

Es war gut, dass Hebräisch eine der Sprachen war, die ich bereits lesen konnte, denn Israels Priester schätzen Bildung über alles, und die Kinder werden im Lesen unterrichtet, sobald sie sprechen können. Wenn Zadok befunden hatte, dass wir genug wussten und bereit waren, ein Leben zur Ehre Gottes zu führen, sollte jeder von uns Adonai einen Treueid ablegen und ein rituelles Reinigungsbad nehmen. Und ich müsste das Zeichen des Bundes annehmen, das alle männlichen Nachkommen Abrahams tragen.

Wie Salomo war Zadok überglücklich über diese Entwicklung. Er widmete sich mit Feuereifer seiner Aufgabe und verkündete hocherfreut, Äthiopien hätte seine Hände nach Gott ausgestreckt. Mit honigsüßen Worten lockte er uns fort von den Göttern, mit denen wir aufgewachsen waren. „Adonai bedeckt den vollen Mond; sein Nebel breitet sich über sein Gesicht", zitierte er eine alte Hymne. „Lasst nicht zu, dass sein Schein euer Herz stiehlt, oder das Strahlen der Mittagssonne."

Er hätte sich keine Sorgen zu machen brauchen; ich hatte nicht die Absicht, zu meinem Götzendienst zurückzukehren. Aber die Beschneidung lag mir ziemlich schwer im Magen.

„Es tut gar nicht weh, wenn du acht Tage alt bist“, erklärte mir Salomo heiter. „Ich kann mich nicht mehr im Geringsten daran erinnern.“ Das war nicht beruhigend.

Endlich – oder viel zu früh – kam der Tag, an dem Zadok verkündete, wir seien nun bereit für die Initiation. Erleichtert stellte ich fest, dass das wenigstens kein großer Staatsakt werden würde. Unser Eid musste im Beisein offizieller Zeugen abgelegt werden, doch das Bad und die Beschneidung würden in der Abgeschiedenheit stattfinden, ohne Aufhebens.

Vor Salomo, Zadok und den Priestern, deren Aufgabe es war, an diesem Tag am Altar im Tempelhof zu dienen, sprachen wir unsere Gelübde. Darauf folgten Segensgebete. Salomo und Zadok legten uns die Hände auf und beteten, Adonai möge uns stärken und mutig machen, und sie forderten uns auf, auch selbst ein Gebet zu sprechen. Makeda betete um Weisheit, so wie Salomo es vor langer Zeit getan hatte, und dass sie ihr Volk immer in Gerechtigkeit führen möge, auf der festen Grundlage, die sie an diesem Tag gelegt hatte. Ich bat nur darum, dass ich meinem Gott und meiner Königin mit der Hingabe dienen dürfte, die sie verdienten. Dann zogen wir uns für die rituelle Reinigung in den Palast zurück. Auf mich wartete noch die eine Sache, die ich am meisten fürchtete.

Der Mann, der meine Beschneidung vornahm, war kein Chirurg, obwohl viele davon an Salomos Hof lebten, sondern ein Mann, der speziell für diese Aufgabe ausgebildet worden war. Er tat es mit beispielhafter Geschwindigkeit und Kunstfertigkeit. Ich bekam einen starken Mohnwein gegen die Schmerzen und durchlebte einige Tage lang, die ich in meinem Bett verbrachte, viele wirre Träume. Aber es heilte gut und es gab keine Entzündung.

Und so dachte ich, dass wir nun nach Hause zurückkehren könnten und müssten. Doch da war immer noch dies und das, das Salomo uns zeigen oder beibringen wollte, oder noch eine Anhörung, bei der wir seiner Meinung nach unbedingt zugegen sein sollten, oder ein besonders gebildeter Mann, den wir kennenlernen müssten, um mit ihm unsere Fragen zu erörtern. Und die Dinge, die wir sahen und lernten, waren in der Tat gut, die Anhörungen lehrreich, die klugen Männer inspirierend. Jeden Tag wurden wir gestärkt in unserem neu gefundenen Glauben, durch das Wissen, dass Adonai versprochen hatte, die Gebete seines Volkes zu erhören, und die Gewissheit, dass keiner von uns mehr das Gefühl zu haben brauchte, ins Leere zu rufen.

Doch gleichzeitig stieg mein Unbehagen. Makeda hatte um Weisheit gebeten, ihr Volk zu regieren, aber hatte sie auch darüber nachgedacht, wer ihr Herz regierte? Und war es möglich, dass Salomos Herz ebenfalls seinen Weg verloren hatte?

Während der Zeremonie, in der wir uns Gott ganz hingegeben hatten und Salomo und Zadok Gottes Segen für uns erfleht hatten, hatte Salomo kaum den Blick von Makedas Gesicht abgewandt, und er hatte die ganze Zeit glückselig gelächelt – ich hatte angenommen, aus Freude darüber, dass eine heidnische Monarchin beschlossen hatte, seine Religion anzunehmen. Doch später, nachdem ich aus der Traumwelt des Mohns und der Schmerzen wieder zurückgekehrt war, stellte ich fest, dass er immer noch liebestrunken lächelte, wenn er Makeda ansah.

Und es war nicht nur Salomos Lächeln, das mir irgendwie ungewöhnlich erschien. Seine täglichen Geschenke an Makeda wurden immer ausgefallener. Er schickte ihr Halsketten, Ringe, Arm- und Fußbänder zu den atemberaubenden Kleidern, die sie nach wie vor jeden Morgen bekam. Er begann, Lieder zu ihren Ehren zu schreiben, und einen Chor von fünfzig Sängern zu schicken, der in ihren Gemächern für sie sang.

Und dann kam ein Tag, an dem wir wie so häufig zu einer Reihe von Anhörungen in den Thronsaal eingeladen wurden, doch der Stuhl, auf dem Makeda gewöhnlich saß, war verschwunden. Stattdessen stand ein Thron für sie neben dem des Königs, geschmückt mit Gold und Silber, die Rückenlehne und Seitenteile mit Edelsteinen besetzt und seidene Kissen auf der Sitzfläche. Makeda sollte nicht mehr länger still zuhören, sondern die Fälle zusammen mit dem König beurteilen. Als ich das Entsetzen in den Gesichtern von Salomos Ratgebern bemerkte, wünschte ich, der Boden würde sich auftun und uns beide verschlucken, doch als ich es wagte, die Sache hinterher Salomo gegenüber infrage zu stellen, teilte er mir brüsk mit, es sei wichtig für Makeda, Erfahrung in solchen Dingen zu sammeln, bevor sie nach Saba zurückkehrte.

Also probierte ich es mit einem anderen Ansatz. Ich sagte Salomo, dass ich mir Sorgen um seine Ehefrau machte, weil sie immer so traurig und zornig wirkte.

„Ja“, stimmte er mir zu. „Auch ich mache mir Sorgen. Vielleicht muss ich strenger mit ihr sein. Mein Vater hat mich gewarnt, mich besonders vor den Intrigen eifersüchtiger Frauen in Acht zu nehmen. Es war Haggit, die Mutter meines Bruders Adonia, die hinter der Verschwörung steckte, um ihn zu Davids Nachfolger zu machen und nicht mich. Und was meine Mutter Batseba betrifft … ich war immer froh, dass sie meine Mutter war und nicht die eines anderen. Aber danke für die Erinnerung, Tamrin. Ich weiß deine Sorge zu schätzen. Ich werde Makshara genau im Auge behalten.“

Etwa eine Woche danach verkündete der König, er wolle sich einige Tage in die Berge zurückziehen, fern der Stadt. Er wollte in sein Haus in der Nähe von Bethlehem reisen, wo auch seine botanischen Gärten lagen, und die Regierungsgeschäfte während seiner Abwesenheit seinen Ministern überlassen. Makeda und ich sollten ihn begleiten.

Wie konnte er nicht den Zorn seiner Höflinge gespürt haben? Wie konnte er nicht ihr Murren gehört oder ihre gerunzelten Stirnen gesehen haben? Jede Kritik, die ihn erreichte, tat er als Eifersucht ab und als das Widerstreben seiner Landsleute anzuerkennen, dass Israels einst ausschließliche Beziehung zu Adonai für die ganze Welt geöffnet werden sollte.

Aber in erster Linie war es wohl so, wie ich gesagt habe: Er schien die Fähigkeit verloren zu haben, irgendetwas anderes zu sehen als Makedas Schönheit oder irgendetwas anderes zu hören als die Melodie ihrer Stimme. Und sie war so begeistert von der Aussicht, seine Sammlung der Bäume und Pflanzen aus aller Welt zu bewundern, dass weder Feuer noch Flut sie daran hätten hindern können, ihn zu begleiten.

Der Schmerz nach meiner Beschneidung war nichts im Vergleich zu der Qual, die ich in jenen Tagen der Abwesenheit von Jerusalem erlebte. Denn ich sah genau, wohin das alles führen würde, doch was konnte ich tun, wo meine königlichen Schutzbefohlenen die meiste Zeit gar nicht mitbekamen, dass ich überhaupt existierte? Trotzdem folgte ich Makeda überallhin wie ein Lamm, doch jetzt aus der Ferne, denn ich wollte nicht stören. Und es war niemand da, dem ich meine Ängste anvertrauen konnte, denn Hamis Gedanken kreisten um Sabla, und außer Makedas hohlköpfigen Zofen und einer Handvoll von Salomos Hausdienern gab es niemanden. Mir blieb also nichts anderes übrig, als hilflos zuzusehen, wie Makeda und Salomo zwischen den Blumen lustwandelten und die Vögel fütterten, die er gezähmt hatte („Stell dir vor, Onkel Tamrin, die Spatzen fressen ihm aus der Hand! Und ich schwöre, sie verstehen, was er zu ihnen sagt!“), und im Mondlicht zusammen Musik machten („Er spielt die Leier schöner als meine Mutter. Und es berührt ihn so tief, wenn ich seine Lieder singe.“).

Aber in seinen Gärten gab es nicht nur Pflanzen und Vögel. Auch Tiere in Käfigen, vorwiegend exotische Wesen, die seine Händler ihm aus fernen Ländern mitgebracht hatten oder die ihm Vasallenkönige als Tribut überreicht hatten. In einem der Käfige hockte ein roter äthiopischer Wolf, auch Schakal genannt. Salomo zeigte ihn Makeda voller Stolz. Doch sie schrie in höchster Panik auf und rannte davon.

Zum ersten Mal nahm Salomo meine Anwesenheit wieder zur Kenntnis. Er wandte sich alarmiert zu mir um und fragte: „Vermisst sie Afrika so sehr?“

Da ich den Grund für Makedas Reaktion sehr genau kannte, erwiderte ich nur: „Wir müssen sie suchen. Komm."

Und so suchten wir den Garten ab, riefen ihren Namen. Hami, Sabla und die anderen Zofen und Diener hörten uns und eilten uns zu Hilfe. Schließlich war ich es, der sie fand. Sie hatte sich in die Hütte eines Gärtners geflüchtet und die Tür verriegelt. Salomos Diener rammten sie mit Holzbalken ein. Makeda kauerte in einer Ecke und schluchzte herzerweichend und verdeckte ihr Gesicht mit ihren Haaren.

Ich hätte sie gern in den Arm genommen und getröstet, wie ich es in ihrer Kindheit getan hatte, doch Salomo erreichte sie als Erster. Anfangs stieß sie ihn von sich fort, doch als er nicht lockerließ, schmiegte sie sich schließlich an ihn und weinte an seiner Brust, bis keine Tränen mehr kamen. Dann verharrte sie schweigend, zitternd wie ein Vogel, der gegen eine Wand geflogen war.

Als er sie fragte, was los sei, dachte ich, sie würde nicht antworten. Aber er sprach so liebevoll und hielt sie so respektvoll im Arm, dass die ganze entsetzliche Geschichte aus ihr heraussprudelte.

„Ich war fünf Jahre alt. Damals hatte ich einen Schakal als Haustier, genau wie dieses Tier. Seine Mutter hatte ihn nicht angenommen. Mit der Hilfe meiner Mutter hatte ich ihn großgezogen, und er war so sanft, so vertrauensselig. Wir nannten ihn Ingwer. Doch als er größer wurde, begann mein Vater mit ihm zu kämpfen. Er nannte das Spielen. Sie rangen sich gegenseitig nieder, und Vater packte Ingwer um die Schnauze, damit er nicht beißen konnte. Aber das Kämpfen machte ihn reizbar, sogar aggressiv, und eines Tages ging er auf mich los. Er ..."

Sie konnte nicht weiterreden, und ihr Blick flehte mich an, die Geschichte für sie zu Ende zu erzählen. Doch ich schüttelte den Kopf; sie musste selbst entscheiden, was sie Salomo erzählen und zeigen wollte.

Schließlich räusperte sie sich und fuhr fort. „Ingwer griff mich an. Er zerkratzte mich am ganzen Körper, und während

Vaters Männer versuchten, ihn von mir wegzuzerren, biss Ingwer mich ins Bein, bis auf den Knochen, und es ist nie verheilt, nicht richtig. Die Haut dort ist dünn und rau und sie bricht …"

Und dann zeigte sie Salomo, was sie seit ihrer Kindheit noch nie einem Menschen außer Sabla und mir gezeigt hatte. Sie zog ihr Gewand hoch, nahm ihren Verband ab und ließ ihn die Ursache für ihr Hinken sehen.

Ohne eine Spur von Abscheu, aber mit demselben Interesse, als würde er eine neue Schmetterlings- oder Insektenart untersuchen, betrachtete Salomo das zerstörte Fleisch. Schließlich verkündete er: „Meine Ärzte könnten dir helfen, Makeda, wenn du es ihnen gestatten würdest."

„Wirklich?"

„Ja. Sie haben viele Schriften studiert, ägyptische und babylonische, und sie haben auch selbst viele wirksame Heilmittel entwickelt, deren Geheimnisse nur ihnen bekannt sind. Sie haben schon viele solcher Fälle behandelt."

Makeda war überwältigt. Und ohne nachzudenken warf sie die Arme um seinen Hals und küsste ihn.

Es war ein keuscher Kuss, auf die Wange und nicht auf die Lippen, aber er brachte denselben Ausdruck in Salomos Augen, den ich gesehen hatte, als er ihr im Garten seines Palastes die Lilie überreichte und ihre Finger sich berührt hatten. Vorsichtig, beinahe ehrfürchtig, erhob er sich mit Makeda in den Armen und trug sie zu ihren Gemächern zurück.

Sobald wir wieder in Jerusalem angekommen waren, verlor Joschafat keine Zeit, mich aufzusuchen. Zwar hatte ich ihn auch früher schon beunruhigt erlebt, doch noch nie zornig. Er hatte die Stirn so gerunzelt, dass seine dichten Augenbrauen beinahe aneinanderstießen, und ohne Einleitung platzte er heraus: „Tamrin, das kann so nicht weitergehen. Ihr müsst sofort abreisen. Unser König und deine Königin sind in Liebe zueinander entflammt."

Bei seiner Wortwahl zuckte ich zusammen und stammelte, dass ich es nicht so nennen würde.

„Und wie würdest du es nennen, frage ich dich? Tamrin, du und ich, wir sind schon lange befreundet, und unsere Völker sind Verbündete, das haben wir uns geschworen. Aber all dies wird in Gefahr gebracht durch diese Annäherung zwischen Salomo und Makeda, die du zugelassen hast. Frag deine Königin, ob sie Salomo liebt. Dann wirst du deinen Kopf nicht mehr länger in den Sand stecken können."

Und so fragte ich sie. Ich stellte ihr die Frage noch am selben Abend, während Sabla die Nadeln aus ihrem Haar nahm und es ausbürstete, sodass es in glänzenden Locken über ihre Schultern fiel.

„Ob ich Salomo liebe?", wiederholte sie und lachte nervös, womit sie sich schon verriet. „Wie oft habe ich dir gesagt, du sollst dir nicht über so lächerliche Dinge den Kopf zerbrechen?"

„Natürlich ist sie in ihn verliebt", unterbrach Sabla sie. „Es steht ihr ins Gesicht geschrieben, in ihren Augen, in ihrem Lachen, in ihrem Gang. Es könnte nicht offensichtlicher sein, wenn sie mit seinem Monogramm um den Hals herumliefe."

Einen Augenblick lang dachte ich, Makeda würde ihr eine Ohrfeige geben. Und das hätte sie durchaus auch verdient gehabt. Aber Sabla wich schnell zurück und ließ ihre Herrin ihren Zorn an mir auslassen.

„Und wenn ich ihn tatsächlich lieben würde? Es ist ja nicht so, als hätte ich bei ihm gelegen; das wäre ja auch unmöglich, wo du mir auf Schritt und Tritt folgst wie eine Amme! Du weißt, dass ich das nicht tun würde. Ich bin die jungfräuliche Königin von Saba! Und wenn ich jemanden lieben will, dann tue ich das!"

„Du gibst es also zu. Du liebst ihn. Einen verheirateten Mann, einen verheirateten König sogar, dessen Frau keine Geringere ist als die Tochter des Pharao."

„Aber sie haben sich nie geliebt! Er hat sie geheiratet, weil der Pharao sie ihm gegeben hat wie einen Schoßhund! Sie hatte in dieser Angelegenheit kein Mitspracherecht und er auch nicht. Er hat noch nie wahre Liebe kennengelernt, genauso wenig wie ich, und das werden wir wohl auch nie dürfen, da unser Rang es verbietet. Willst du uns wirklich dieses kleinen Vergnügens berauben, das wir genießen können?"

„Ja, das will ich, Makeda, weil ich keine andere Wahl habe. Weder Saba noch Israel können es riskieren, den Zorn des Pharao auf sich zu ziehen; und Salomo darf auf keinen Fall die Zuneigung seines Volkes aufs Spiel setzen. Sie ist genauso Teil seiner Größe wie seine Weisheit – und jetzt scheint er alles dafür zu tun, dass er beides verliert."

„Du willst also, dass wir heimkehren, bevor seine Ärzte sich mein Bein ansehen können? Du willst mich also auch dieser Chance berauben?"

„Ach Makeda, Makeda ..." Ich schüttelte den Kopf, weil nichts auf der Welt mich unglücklicher machte als das Wissen, dass ich sie betrübt hatte.

In jener Nacht tat ich kein Auge zu. Von Schuldgefühlen geplagt warf ich mich auf meinem Lager hin und her. Ich hätte es kommen ssehen müssen; nein, ich *hatte* es kommen sehen, und doch hatte ich nichts getan, um es zu unterbinden. Beinahe wünschte ich mir, ich hätte Makeda Salomo gar nicht erst vorgestellt, aber andererseits hatte ihre Begegnung auch zweifellos sehr viel Gutes bewirkt. Doch jetzt bröckelte die Fassade und ich trug die Schuld daran.

Ich hätte beten sollen, anstatt mich zu sorgen. Adonais Eingeweihte sagen, wenn du dich sorgen kannst, kannst du auch beten. Aber ich war noch so unreif in meinem Glauben, wie ich reif an Jahren war. Ich war es einfach nicht gewohnt, an einen Gott zu glauben, der ein persönliches Interesse an mir hatte. Und so stand ich früh auf, anstatt mich an Adonai zu wenden, ging zu Salomo und konfrontierte ihn. Im Gegensatz zu Makeda gab er die Wahrheit unumwunden zu.

„Ja, Tamrin. Es stimmt. Ich liebe sie tatsächlich, auf eine Weise, wie ich noch nie zuvor eine Frau geliebt habe und nie wieder eine lieben werde. Natürlich weiß ich, dass wir nicht heiraten können. Ich könnte Makshara und ihren Vater niemals beleidigen, indem ich mir eine andere Frau nehme, und ich könnte Makeda auch nicht als Geliebte nehmen, denn Ehebruch ist gegen das Gesetz des Mose, und ihr Königtum steht und fällt mit ihrer Jungfräulichkeit. Aber es gibt kein Gesetz dagegen, dass wir Freunde sein können."

Und es gab auch kein Gesetz dagegen, dass seine Ärzte alle ihre Fähigkeiten darauf verwendeten, Makedas Leiden zu lindern. Wie Salomo angedeutet hatte, hüteten sie ihr Wissen sorgsam, und ich erfuhr nie genau, was sie für Makeda taten, weil sie sie so wirkungsvoll betäubten, dass sie später nicht wusste, was eigentlich geschehen war. Aber sie hatte verschwommene Erinnerungen an Maden und Scheren und Nähte. Pausenlos wurden Salben auf ihre Wunden aufgetragen, und während der gesamten Behandlung lag sie in einem abgeschlossenen Flügel des Palastes, in dem Besuche aus Angst vor einer Infektion nicht gestattet waren.

Als der Schorf abging, wurde der spektakuläre Erfolg der Behandlung sichtbar. Sabla brauchte Makedas Bein nicht mehr zu verbinden, und obwohl sie auch weiterhin ein wenig hinken würde, hatte sie keine Schmerzen mehr. Und als Salomo sagte, dass er ihr Hinken bezaubernd fand, bekümmerte es sie auch nicht mehr. Und natürlich war an eine Heimkehr nicht zu denken, bis die Ärzte sie für vollständig geheilt erklärten.

Da Salomo und Makeda mir nun beide ihre Liebe zueinander gestanden hatten, verschlimmerte sich die Lage noch. Denn jetzt konnten sie auch miteinander über ihre Liebe sprechen, ganz offen, und brauchten nicht mehr so zu tun, als sei es etwas anderes als das, was es tatsächlich war.

Makedas Zorn mir gegenüber verwandelte sich in Dankbarkeit und Freude. „Ich bin so froh, dass du das ausgesprochen hast, Onkel Tamrin. Jetzt brauchen wir unsere Liebe vor dir nicht mehr zu verstecken!"

Und das versuchten sie auch gar nicht. Ich wand mich vor Verlegenheit, wenn sie Hand in Hand spazieren gingen oder hinaus in die Berge fuhren, wo sie alle royalen Zwänge abwerfen konnten und sich vorstellten, sie würden als sorglose

Hirten zusammenleben und sich um ihre Herden kümmern wie Salomos Vater David in seiner Jugend.

Gemeinsam dichteten sie Lieder über ihre Liebe und sangen sie sich gegenseitig vor: „Wie schön bist du, meine Freundin, wie schön! Deine Augen sind wie Tauben", sang er, und sie erwiderte: „Ich bin dunkelbraun und schön; mein Geliebter ist voller Kraft und strahlend schön; sein Haar ist rabenschwarz und seine Locken sind wie wallende Ranken." Salomo schrieb ihre Lieder nieder und versprach, sie mir zusammen mit seinen Weisheitssprüchen zu schenken – als wäre mir eine Erinnerung daran willkommen.

Ich war gezwungen, Zeuge ihres ersten richtigen Kusses zu werden, den sie im Schatten eines blühenden Mandelbaums austauschten. Die Blütenblätter rieselten auf sie herab wie ein warmer rosa Regen, als ihre Lippen zum ersten Mal zusammenfanden. Selbst aus meiner angemessenen Entfernung spürte ich die Leidenschaft ihres Kusses und ihre Sehnsucht danach, weiter zu gehen, doch das taten sie nicht. Sie lösten sich voneinander und verschlangen sich gegenseitig mit ihren Augen, und ich wusste nicht, ob ich weinen und eingreifen, entsetzt sein oder sie ermutigen sollte.

Denn sosehr ich ihre verbotene Leidenschaft missbilligte, die Intensität ihrer aussichtslosen Liebe hatte auch etwas Rührendes. Sie war auf ihre Weise unschuldig, denn keiner von ihnen hatte vorher wahrhaft geliebt. Manchmal erinnerte mich die Art, wie sie einander anblickten oder das Haar des anderen berührten, an die Nähe, die ich vor langer Zeit mit meiner unvergleichlichen Zauditu erlebt hatte. Ganz ohne Frage waren sie Seelengefährten. Die einzige Tragödie war, dass sie einander nie mehr sein durften.

Mittlerweile war der Frühling angebrochen – die Mandelbäume blühten und wir waren jetzt seit fast sechs Monaten zu Gast an Salomos Hof. Es war nur logisch, dass schließlich das Unausweichliche geschah, nicht zwischen Salomo und Makeda, wie ich schnell hinzufügen muss, sondern mit Hami und Sabla. Wir weilten wieder einmal im Anwesen des

Königs in der Nähe von Bethlehem, und Hami entdeckte, dass Sabla in der Hütte, in die sich Makeda vor Salomos Schakal geflüchtet hatte, einem Gärtner ihre Gunst schenkte. Als Hami seine Geliebte beschuldigte, ihm das Herz zu brechen, schrie sie zurück, wie er so naiv sein könnte zu glauben, er sei ihr einziger Liebhaber, und dass sie ihn nie geliebt habe.

Der arme Hami. Vollkommen aufgelöst kam er zu mir, und ich musste mir auf die Lippen beißen, um nicht zu sagen, dass dies eines der wenigen Male war, dass Sabla die Wahrheit gesagt hatte.

Aber Makeda war außer sich vor Zorn. „Wie konntest du Hami so behandeln, wo er doch den Boden anbetet, auf dem du gehst? Er liebt dich, Sabla, und er ist nicht wie die anderen Männer! Du verdorbenes, nichtsnutziges Ding!" Und sie schlug Sabla nicht nur mit ihrem Gürtel, was sie bisher noch nie getan hatte, sondern degradierte sie auch. Eine der anderen königlichen Zofen würde von nun an Sablas Stellung einnehmen.

War sie so wütend, weil Sabla das, was sie selbst so gern mit Salomo teilen wollte, einfach nahm und mit Füßen trat? Was immer auch der Grund gewesen sein mochte, Makeda blieb fest, und Sabla bekam ihre Stellung nicht wieder zurück. Doch Sablas Reaktion erstaunte mich genauso sehr wie Makedas Entschlossenheit. Statt glimmenden Zorns entdeckte ich Respekt in ihren Augen und, noch erstaunlicher, eine Veränderung in ihrem Verhalten. Sie traf sich nicht mehr mit anderen Männern und blickte beschämt zu Boden, wann immer ihr Hami über den Weg lief.

Eines Tages, als ich bei Makeda weilte, wurde ihr eine Besucherin gemeldet. Romna, ihre neue erste Zofe, führte die Besucherin herein, und es war keine Geringere als Makshara, die Tochter des Pharao, Salomos Ehefrau.

Keiner von uns erkannte sie, denn wir hatten sie bisher nur mit stark geschminktem Gesicht gesehen, das aussah wie eine Mumienmaske. Doch jetzt waren ihre Augen nicht mit Khol geschwärzt, sondern vom Weinen verschwollen.

Makeda wusste nicht, wie sie sich verhalten sollte. Es blieb mir überlassen, mich vor Makshara zu verneigen und ihr einen Platz anzubieten. Doch sie sagte: „Verneige dich nicht vor mir, Herr Tamrin. Ich bin keine Königin und werde es nie sein. Doch ich bin nicht hergekommen, um Mitleid zu suchen, sondern um Königin Makeda zu warnen, und das ist nicht als Drohung gemeint. Ich habe nur ihre Interessen im Sinn, wie Ihre Majestät selbst erkennen wird, wenn sie mir die Gnade erweisen will zu hören, was ich ihr zu sagen habe."

Makeda brachte kein Wort heraus. Sie konnte nur nicken und Makshara anstarren.

„Majestät, Ihr sollt wissen, dass Salomo vorhat, Euch einen Heiratsantrag zu machen, damit Ihr vorbereitet seid und Zeit habt zu überlegen, was Ihr ihm antworten wollt. Und ich möchte Euch sagen, dass ich, falls Ihr entscheidet, seinen Antrag anzunehmen, Euch nicht im Weg stehen werde. Ihr braucht Euch um mich keine Gedanken zu machen, er wird sich nicht von mir scheiden lassen. Er wird mich gut versorgt in dem Haus wohnen lassen, das er für mich gebaut hat. Mich wird er nie so lieben, wie er Euch liebt. Ich weiß das jetzt, und ich kann nichts tun, um das zu ändern. Ich möchte, dass er glücklich wird, und das könnt nur Ihr bewirken." Dann senkte sie den Kopf, schlug ihre Hände vors Gesicht und weinte.

Es ist schwer vorstellbar, dass aus einem Gesicht, das so dunkel ist wie Makedas, alle Farbe weichen kann. Aber es geschah. Sie stammelte, das sei unmöglich: Salomo wüsste doch, dass sie ihn nicht heiraten könne, und er wäre doch bestimmt nicht so töricht, ihr eine solche Frage zu stellen. Doch die ganze Zeit weinte sich Makshara die Seele aus dem Leib, bis ich schließlich sagte, es sei wohl das Beste, wenn sie jetzt in ihre Gemächer zurückkehre. Romna führte sie stumm fort und übergab sie der Fürsorge ihrer Zofen, die draußen auf sie warteten.

„Das kann nicht wahr sein. Es kann einfach nicht sein." Das war alles, was Makeda zu mir sagte, als Makshara fort war. Doch am folgenden Tag kam ein Brief von Joschafat für mich. Er könne sich nicht mehr überwinden, mich persönlich aufzusuchen, stand darin, aber er wolle mich wissen lassen, dass Salomo durch die zu Besuch weilende Versuchung so in die Irre geführt worden sei, dass er bereit sei, sein ganzes Königreich in Gefahr zu bringen, um sie zu heiraten. Joschafat deutete sogar an, Makedas Bekehrung zu Adonai sei nur zum Schein geschehen, als ein Vorwand, um am Hof bleiben zu können.

Ich zeigte Makeda den Brief. Da sie nun nicht mehr so tun konnte, als würde dies alles nicht geschehen, brach sie vor Reue und Bedauern zusammen, und nie war ich mir der Aufrichtigkeit ihrer und meiner Bekehrung sicherer, vor allem, als sie endlich die Worte sprach, die ich so erhofft hatte.

„Wir müssen nach Saba zurückkehren, bevor er mir diese Frage stellen kann“, erklärte sie mir unter Tränen. „Er wird sich in den Augen aller seiner Untertanen blamieren, wenn er mit diesem unverantwortlichen Irrsinn weitermacht. Du musst sofort Vorbereitungen für unsere Abreise treffen.“

Doch es war bereits zu spät. Noch am selben Abend erschien der König auf ihrer Schwelle und verlangte zu erfahren, warum wir ihm nicht wie geplant beim Abendessen Gesellschaft geleistet hätten.

„Salomo, ich kann dich nicht empfangen. Meine Zofen haben mich bereits zum Schlafen vorbereitet. Ich fühle mich nicht wohl …“

Doch er rüttelte an der Tür, bis wir fürchteten, er könnte sie aus den Angeln heben. Schließlich ließ Romna ihn ein und er sank Makeda zu Füßen.

„Makeda, Geliebte, ich kann nicht mehr so weitermachen wie bisher. Ich liebe dich mehr als mein Augenlicht. Ich kann es nicht ertragen, auch nur noch einen einzigen Tag von dir getrennt zu sein. Heirate mich, Makeda. Sei meine Braut.“

„Salomo, wie könnte ich? Ich bin die Königin von Saba und habe geschworen, für immer nur mit meinem Land verheiratet zu sein! Wie kannst du mich bitten, meinen Eid zu brechen? Und wie kannst du mich heiraten wollen, wo du doch mit Makshara verheiratet bist?“

„Das ist keine wirkliche Ehe, ist es nie gewesen. Nur eine politische Übereinkunft.“

„Aber Makshara liebt dich! Ich weiß, dass es so ist!“

„Unsinn. Du weißt gar nichts über Makshara. Und hatte nicht mein Vater David viele Frauen? Und bin ich nicht der Sohn einer Frau, die er einem anderen Mann weggenommen hat? Und doch hat Adonai ihm vergeben, weil er sie liebte!“

„Adonai hat ihm nicht vergeben, weil er sie liebte! Er hat ihm vergeben, weil er *Buße* getan hat, und das musst du auch! Dank Zadok kenne ich die Geschichte von Adonai und deinem Volk jetzt genauso gut wie du. Ich werde nach Äthiopien zurückkehren, sobald meine Karawane aufbruchsbereit ist.“

„Dann weißt du auch, dass Mose ebenfalls eine Äthiopierin geheiratet hat! Und auch gegen ihre Verbindung gab es Widerstand, doch Adonai selbst hat jene ermahnt, die die Klage führten.“

„Mir ist egal, wen Mose geheiratet hat. Du bist mit Makshara verheiratet.“

„Seit elf Jahren, ohne einen Erben! Was für ein König riskiert es, ins Grab zu sinken, ohne auch nur einen einzigen Sohn, der ihm auf den Thron folgen kann? Ist es das, was mein Volk oder mein Gott von mir erwartet?“

„Wenn du gelegentlich eine Nacht mit Makshara verbracht hättest, wärst du jetzt vielleicht nicht in dieser Zwangslage.“

„Aber sie ist Ägypterin, um Himmels willen! Sie betet fremde Götter an! Keiner ihrer Söhne könnte je zu Gottes Volk gezählt werden, wenn sie nicht unsere Religion annimmt, und das wird sie nie tun. Du dagegen, Makeda, bist eine Tochter Zions; und dazu sind dein Volk und meines blutsverwandt, denn Saba, der Vater deines Volkes, ist namentlich unter meinen Vorfahren erwähnt!“

„Salomo, nicht wo mein Volk *herkam* ist wichtig, sondern was aus ihm wird. Und es wird dem Untergang entgegengehen, wenn ich dich heirate und mein Recht aufgebe, Königin zu sein. Es würde einen Bürgerkrieg geben."

„Aber wer wird Saba nach dir regieren? Einmal angenommen, du würdest auf dem Heimweg in der Wüste sterben, würde dann nicht auch in deinem Land ein Bürgerkrieg ausbrechen? Dagegen würde ein gemeinsamer Sohn von uns beide Königreiche erben! Wäre das nicht wundervoll?"

„Nein, das wäre es nicht, weil Israel in einen Krieg mit Ägypten gestürzt würde."

„Mit Ägypten? Ägypten hat ausgedient, Makeda! Der Pharao könnte mir genauso wenig drohen, wie seine Tochter in der Lage ist, mir ein Kind zu gebären! Unser Kind dagegen würde das Bündnis zwischen unseren Völkern festigen, mehr als jeder Vertrag. Unsere Vereinigung würde allen unseren Untertanen Frieden und Reichtum bringen und Ehre unserem Gott!"

„Nein, Salomo. Weil mein Volk das niemals akzeptieren würde und deines auch nicht. Jeder Sohn, den ich dir zur Welt bringen würde, würde in die Wüste verbannt werden, falls er nicht vorher in Stücke gerissen würde!"

Nachdem Salomo die Argumente ausgegangen waren, starrte er Makeda lange Zeit mit wachsender Verzweiflung an. Sie hielt seinem Blick stand, trotzig, aber auch genau wie er tief verzweifelt, und sie sah so schön und unwiderstehlich aus, wie ich sie nie zuvor gesehen habe. Salomo gab das den Rest. Noch immer vor ihrer Liege kniend legte er den Kopf in ihren Schoß und schlang seine Arme um ihre Beine, als wolle er ihre Flucht verhindern. Schließlich flüsterte er: „Dann lieg wenigstens bei mir, Makeda. Nur einmal. Gewähre mir wenigstens das. Niemand braucht je davon zu erfahren."

„Oh, Salomo. Nicht einmal du kannst dir vorstellen, wie glücklich mich das machen würde, diese einzige Nacht. Aber Gott würde es wissen."

Natürlich wusste Salomo tief in seinem Inneren, dass sie recht hatte. Aber das hielt ihn nicht davon ab, sie weiter anzuflehen, und sie weinte herzerweichend, während sie sich ihm standhaft verweigerte. Als er sich schließlich erhob, um zu gehen, klammerte sie sich an ihn aus Angst, ihn nie wiederzusehen.

Doch er sagte: „Keine Angst, meine Geliebte. Ich werde dich nicht so verlassen; dies ist nicht der Abschied, an den wir uns erinnern werden. An deinem letzten Abend hier wird es ein Bankett geben wie an deinem ersten und du sollst zum letzten Mal in aller Pracht neben mir sitzen. Jeder Sabäer, den du nach Jerusalem mitgebracht hast, soll eingeladen sein, und so viele Gäste aus meinem Volk, wie meine größte Halle beherbergen kann, damit alle Welt erfährt, dass wir als Freunde und Verbündete Abschied voneinander nehmen."

„Nein, Salomo. Immer wieder hast du versucht, mich noch einen Tag, eine Woche, einen Monat hierzubehalten. Ich muss jetzt aufbrechen. Tamrin hat mir versichert, dass übermorgen alles bereit ist, und dann wird meine Karawane aufbrechen."

„Dann muss das Bankett morgen Abend stattfinden. Bitte, Makeda. Gewähre mir wenigstens diese kleine Gunst."

„Nun gut, du sollst dein Bankett haben. Aber das ist alles, was du bekommen wirst. Du musst mir versprechen, dass du nicht versuchen wirst, mich mit Wein zu betäuben oder anders auszunutzen."

„Makeda, du weißt, dass ich dir niemals gegen deinen Willen deine Jungfräulichkeit rauben würde, genauso wenig, wie du einen Becher von meinem Tisch stehlen würdest."

„Dann versprich es mir, Salomo. Gib mir dein Wort."

„Also gut. Ich gebe dir mein Wort, dass ich dir nichts stehlen werde, solange du mir nichts stiehlst. Reicht das, um dich glücklich zu machen?"

„Es beruhigt mich, ja. Aber es macht mich nicht glücklich. Denn du kannst versichert sein, dass ich, wenn die Sonne übermorgen aufgeht und ich dir für immer Lebewohl sage, auch dem Glück Lebewohl sagen werde. Ich liebe dich, Salomo. Ich werde dich immer lieben. Wenn es einen Weg geben würde, wie ich hierbleiben und dir einen Sohn schenken könnte, ich schwöre dir, ich würde ihn gehen."

Kapitel 12

Während des Banketts wuchs in mir die Überzeugung, dass Salomo vorhatte, sein Wort zu halten. Er machte keinen Versuch, Makeda zu überreden, mehr Wein zu trinken, als gut für sie war, und es hatte auch niemand versucht, ihr etwas in den Wein oder in ihr Essen zu mischen, denn sie bekam aus demselben Weinkrug zu trinken und aß von denselben Platten wie die anderen Gäste am höchsten Tisch.

Und was da alles aufgetischt wurde! Zehn Gänge der erlesensten Speisen trugen die Diener feierlich herein und nahmen jeweils die Reste des vorherigen Ganges mit: Wildbret, Strauß, Ente und Gans sowie das zarteste Rind, Lamm, Ziege und jede vorstellbare Fischart. Alles war bis zur Perfektion auf die besondere hebräische Art zubereitet, an die Makedas königliche Köche sich schnell gewöhnen würden. Nach den Leckerbissen kam das Zuckerwerk und in Honig getränktes Gebäck, mit Zimt und Safran verfeinert. Und während Myrrhe und Kassia in goldenen Lampen verbrannt wurden, streuten hübsche Dienerinnen unablässig Rosenblätter. Die ganze Atmosphäre war erlesen.

Makeda selbst war ruhig und gefasst. Als sie ihren Platz an Salomos Seite einnahm, schien sie alle ihre Tränen vergossen zu haben und konzentrierte sich ausschließlich darauf, sich ihren und seinen Untertanen als die stolze Monarchin zu präsentieren, die sie tatsächlich auch war. In der Tat war es so, dass ich mir fast gar keine Sorgen mehr machte, nachdem sie mich am Nachmittag gebeten hatte, mit ihr niederzuknien und mit ihr zu Adonai zu beten. Das hatten wir bisher noch nie getan, und ein unbeschreiblicher Friede, wie ihn bisher keiner von uns erlebt hatte, kam über uns beide und überzeugte uns, dass unsere Rückkehr nach Saba im Einklang mit dem Willen Gottes stand.

Wenn nur mein Magen genauso ruhig gewesen wäre wie meine Seele. Doch je länger das Bankett dauerte und je mehr von den würzigen Speisen ich zu mir nahm, desto größer wurde die Übelkeit, die mich plagte. Natürlich wusste ich, dass es nur mein empfindlicher Magen war, der die Schuld daran trug. Niemand versuchte mich zu vergiften, denn genau wie Makeda wurde mir von der Gemeinschaftsplatte aufgelegt. Doch verschlimmerte sich das Grummeln in meinem Magen zunehmend, bis mir der Schweiß über das Gesicht lief und ich ernsthaft befürchtete zusammenzubrechen.

Ich hielt so lange durch, wie ich konnte. Doch schließlich konnte ich Salomo und Makeda, die miteinander plauderten und lachten und alles taten, um den Schein zu wahren und ihren Kummer zu überspielen, nur noch verschwommen erkennen. Hami, der hinter mir stand, beugte sich vor und bat, mich fortführen zu dürfen. Aber wie konnte ich Makeda so kurz vor der Abreise unbeaufsichtigt lassen? Wie konnte ich meinen Gastgeber missachten, indem ich ein Bankett verließ, das uns zu Ehren veranstaltet wurde?

Aber auf der anderen Seite würde ich mich wohl kaum weniger blamieren und meinen Gastgeber noch gröber missachten, wenn ich mich auf seinen Tisch übergab. Und als Hami mich einfach hochhievte und nach draußen zerrte, ließ ich es geschehen. Ich konnte nur hoffen, dass ich am Morgen wieder reisefähig sein würde.

Und wundersamerweise war ich das, obwohl ich nicht so früh aufstand, wie ich es vorgehabt hatte. Hami ließ mich schlafen, bis meine persönliche Habe zusammengepackt war. Die Männer, deren Aufgabe es war, die Karawane für den Aufbruch vorzubereiten, waren gut ausgebildet und kamen auch ohne mich aus.

Als ich Makeda erblickte, saß sie bereits auf ihrem berühmten weißen Kamel. Die Krone von Saba prangte auf ihrem

Kopf, und ihr Gesicht war eine königliche Maske, nicht zu deuten. Salomo und sein ganzer Hof waren versammelt, um uns zu verabschieden. Auch Salomo trug seine Krone und seine königlichen Gewänder. Wenn also die Menge auf einen emotionalen Ausbruch gehofft oder ihn gefürchtet hatte, würde sie enttäuscht werden.

Salomos Minister und Höflinge strahlten: Die schamlose ausländische Verführerin reiste endlich ab, und obwohl der Ruf ihres Königs beschädigt worden war, bestand doch Hoffnung, dass der Schaden nur vorübergehend war. Aus der Schatzkammer des Königs wurde Kiste um Kiste mit Edelsteinen und prachtvollen Gewändern als Abschiedsgeschenke für Makeda gebracht – als besäße sie nicht bereits genügend solcher Kostbarkeiten –, dazu frische Kamele, die diese Lasten tragen sollten.

Schließlich erbat der Hohepriester Zadok den Segen Gottes über unsere Reise und sogar Joschafat wirkte entspannt. Offensichtlich hatte er beschlossen, mir zu vergeben, denn er neigte den Kopf, als er mich sah, und seine dichten Augenbrauen trafen sich nicht mehr in der Mitte.

Und so machten wir uns zu meiner großen Erleichterung endlich auf die lange und beschwerliche Heimreise nach Saba, und tatsächlich fragte ich mich zum ersten Mal in meinem Leben, ob ich allmählich zu alt für all das würde. Es würde keine neuen Anblicke geben, die Makeda inspirierten, da wir denselben Weg zurück nehmen würden, den wir auf der Hinreise gewählt hatten, und jeder Schritt, den das stolze weiße Kamel sie trug, war ein Schritt weiter fort von ihrem kostbaren Salomo.

Es erstaunte mich nicht, dass sie stundenlang kein Wort sprach und ich von Zeit zu Zeit sah, dass ihr Gesicht nass war von stummen Tränen. Im Laufe der Zeit würde sie sich bestimmt wieder auf ihr Heimatland freuen und nicht mehr verweilen bei den Gedanken an das, was sie verloren hatte, und mit der Zeit würde sie wieder die lebhafte Makeda sein, die ich kannte und liebte.

Doch darauf wartete ich vergeblich. Mit jedem Tag wurde sie trübsinniger und in sich gekehrter. Sie schien auch den Appetit verloren zu haben, vor allem weigerte sie sich zu frühstücken und behauptete, vor Mittag hätte sie noch nie viel zu sich genommen. Natürlich waren unsere Köche nicht daran gewöhnt, blutloses Fleisch zuzubereiten, aber sie taten ihr Bestes, genau wie Hami, der unermüdlich auf der Suche war nach Delikatessen, um den königlichen Gaumen zu kitzeln, doch ohne Erfolg.

Nach dem ersten Monat unterwegs betete sie am Morgen auch nicht mehr mit mir. Statt Schamasch Opfer zu bringen, wie wir es auf dem Weg nach Jerusalem getan hatten, hatten wir uns angewöhnt, morgens in Richtung von Salomos Tempel zu beten. Doch jetzt leistete Makeda mir bei dieser Gebetszeit keine Gesellschaft mehr. Und sie erhob sich spät von ihrem Lager, sodass wir wertvolle Zeit verloren, bevor die Hitze kam.

„Makeda, bist du krank?“, fragte ich sie schließlich vorsichtig, als sie eines Morgens noch später als üblich aus ihrem Zelt trat, blass und hohläugig, und sie schien mit ihren Gedanken in weiter Ferne zu weilen. Sie spielte mit einem Ring an einem ihrer Finger, den ich noch nie an ihr gesehen hatte und der ihr zu groß zu sein schien, wie eigentlich auch alle ihre anderen Ringe, denn sie verlor täglich mehr an Gewicht.

„Nein, Onkel Tamrin. Mir geht es gut“, log sie. Und später am Tag schien sie sich, wie an fast allen Tagen, ein wenig aufzurappeln, und sie war nie zu krank oder zu schwach zum Reiten.

Früh an einem Morgen, als wir seit sechs oder sieben Wochen unterwegs waren, hörte ich, wie eine Frauenstimme vor dem Zelt leise, aber drängend meinen Namen rief. Ich schickte Hami los, um zu sehen, wer da war, aber er erwiderte: „Das ist Sabla.“ Und ohne sie anzublicken, schob er sie ins Zelt.

Sie sank zu meinen Füßen nieder und stammelte: „Herr Tamrin, vergib mir, dass ich unaufgefordert zu dir komme, aber ich muss mit dir über die Königin sprechen.“

Nie hatte ich Sabla so um das Wohl ihrer Herrin besorgt erlebt. Die strenge Disziplin, der sie seit Kurzem unterworfen war, aber vielleicht auch etwas anderes, hatte einige Veränderungen bewirkt. Freundlicher, als ich in der Vergangenheit mit ihr gesprochen hatte, fragte ich: „Weiß sie, dass du hier bist?"

„Nein, mein Herr. Aber ich muss dir etwas sagen. Königin Makeda erwartet ein Kind."

Sie hätte mich genauso gut mit einem Schildbuckel schlagen können. Mir wurde eiskalt, und ich sank auf ein Bündel Kleidung, das Hami gerade umgepackt hatte. Wie von weit her hörte ich meine Stimme sagen: „Nein. Das ist nicht möglich. Wie … wann?" Aber ich wusste genau, wann es geschehen war, und trotz meiner überflüssigen Proteste war keine weitere Überzeugungsarbeit nötig.

Sabla sagte verzweifelt: „Du musst mir glauben, Herr Tamrin. Ich kenne die Anzeichen. Ich habe das selbst erlebt." Hami fielen bei diesen Worten beinahe die Augen aus dem Kopf. „Wenn nur alles wäre wie früher zwischen meiner Herrin und mir und wenn sie sich mir nur anvertraut hätte! Wenn ich sie nur nicht beleidigt hätte, dann hätte sie mir früher gesagt, was los ist. Dann hätte ich … ich meine, es gibt Kräuter, die manchmal … aber jetzt ist es mit Sicherheit schon zu spät. Sie hat schon zweimal keine Blutung gehabt."

„Das hat sie dir gesagt? Sie hat es eingestanden?"

„Nein, Herr." Sabla schniefte und fuhr sich mit der Hand über ihre Nase. „Ich musste Romna fragen, die sie an meiner Stelle zu ihrer ersten Zofe gemacht hat."

„Dann müssen wir sofort mit Makeda reden. Hami, bring mir mein Gewand."

Das tat er, aber er stellte sich dabei sehr linkisch an. War es vielleicht sein Kind, das Sablas Kräuterkenntnissen zum Opfer gefallen war? Daraufhin begleiteten er und ich Sabla zum königlichen Zelt.

Ich rief Makedas Namen und warnte sie vor, dass ich jetzt eintreten würde. Romna wollte mich nicht einlassen, doch ich beachtete sie nicht und drängte mich an ihr vorbei. Die Königin von Saba hockte im Staub und übergab sich in einen irdenen Topf.

Als sie schließlich aufblickte und mich entdeckte, wusste sie, dass ich es wusste und dass es nichts nützen würde zu versuchen, die Wahrheit noch länger vor mir zu verbergen. Ich fragte sie nicht nach den schmutzigen Einzelheiten, aber nun, da ich Kenntnis hatte vom Schlimmsten, schien sie mir auch den Rest erzählen zu wollen.

„Ach, Onkel Tamrin, was soll ich sagen? Seit wir Jerusalem verlassen haben, hatte ich Angst davor. Ich wusste nicht, was ich tun sollte, was sagen, wie ich mit dir reden sollte ... und dann, als meine Blutung ausblieb und die Übelkeit einsetzte ... Weißt du, an unserem letzten Abend in Jerusalem, nach dem Bankett ... Es war schon so spät, und alle anderen waren zu Bett gegangen oder an ihren Plätzen eingeschlafen; sogar meine Zofen und Salomos Diener hatten sich in ihre Quartiere zurückgezogen. Nur Salomo und ich redeten noch, denn keiner von uns wollte, dass der Abend zu Ende ging. Aber ich war so müde, konnte mich nicht mehr aufrecht halten. Und so trug mich Salomo in seine eigenen Gemächer und legte mich auf eine Liege in dem Raum, in dem sein Bett stand. Ich schlief ein – wirklich, ich schwöre es! Und er auch, allein! Doch nachdem ich so viele würzige Speisen zu mir genommen hatte, erwachte ich in der Nacht mit einem quälenden Durst. Neben seinem Bett stand ein Krug Wasser. Ich wollte ihn nicht aufwecken, und so schlich ich hin und nahm einen Schluck. Da streckte er seine Hand aus, umklammerte mein Handgelenk und sagte, er hätte versprochen, mir nichts wegzunehmen, wenn ich ihm auch nichts wegnehmen würde."

„Du meinst ... er hat dich überlistet? Er hat dich *vergewaltigt*?"

„Ja! Ich meine, nein ... natürlich nicht. Er sagte, ich hätte mein Wort gebrochen. Aber ich hatte ja nur einen Schluck Wasser getrunken, und ich flehte ihn an: ‚Wie kann ich meinen Eid gebrochen haben? Ich habe doch nur Wasser getrunken.‘

Aber er erwiderte: ‚Wasser ist das kostbarste Gut auf der Erde. Die Sabäer und alle Menschen wissen das.' Und als ich nicht mehr wusste, wie ich mich noch weiter verteidigen sollte, und während er immer noch meinen Arm festhielt, sagte er: ‚Trink nicht nur aus meinem Krug, Makeda. Trink dich satt. Denn wann werden wir uns je wiedersehen?' Und dann hat er ... er erkannte mich, er hat mich in Besitz genommen, dort auf dem königlichen Bett, das er sicherlich viele Male mit Makshara geteilt hat, ohne dass sein Samen je in ihr Wurzeln geschlagen hätte. Aber wirklich ... Onkel Tamrin, ich wollte es genauso sehr wie er. Und es war wunderschön. Nie in meinem Leben habe ich solches Glück kennengelernt."

Nachdem sie alles gestanden hatte, weinte sie an meiner Brust, und trotz allem, was passiert war, freute sich ein kleiner, fehlgeleiteter Teil von mir, weil sie mich brauchte. Ich wiegte sie im Arm und wartete darauf, dass ihre Tränen versiegten. Doch als dies geschah, platzte sie heraus: „Es ist so ungerecht! *Ein Mal* habe ich bei Salomo gelegen und in elf Jahren hat er mit Makshara keinen Erben gezeugt! Und Sabla ... Sabla hat ... doch in all der Zeit ist sie nie schwanger geworden."

Eine peinliche Stille folgte, die Sabla selbst durchbrach, indem sie erklärte: „Bei allem Respekt, Herrin, es gibt vieles, was du nicht weißt. Aber ich kenne mich in diesen Dingen aus. Wenn du mir früher davon erzählt hättest, hätte ich dir helfen können. Selbst jetzt noch wäre es möglich, vielleicht mit bitterem Beifuß oder Granatapfelkernen oder Raute. Aber es wäre nicht ungefährlich."

Makeda brauchte eine Weile, bis sich Entsetzen auf ihrem Gesicht zeigte und auch ein kleiner Hoffnungsfunke. Dann flüsterte sie: „Du kannst eine Medizin zubereiten, die ich trinken müsste?"

„Ja. Aber einige der Zutaten könnten dich genauso vergiften wie das Kind."

Was ich da hörte, bereitete mir Übelkeit. Aber Makeda war verzweifelt, am Boden zerstört; das wäre jede unverheiratete

Frau in ihrer Lage gewesen, und sie würde viel mehr verlieren, als sich die meisten Frauen je hätten erträumen könnten.

„Sabla, dieses Risiko muss ich eingehen", erklärte sie nach einer Weile. „Wenn ich sterbe, dann sei es so. Ich hätte es verdient. Und wenn wir es nicht versuchen, wird mein Leben hiernach auch nicht mehr lebenswert sein." Doch die Hoffnung verblasste wieder, als sie hinzufügte: „Aber wo sollen wir hier in der Wüste die nötigen Zutaten finden?"

Sabla senkte den Kopf. „Ich habe sie bei mir, Herrin. Das ist immer ratsam."

„Dann dürfen wir keine Zeit mehr verlieren. Du musst den Trank sofort mischen."

Und so machte sich Sabla an die Arbeit, gleich an Ort und Stelle. Sie kochte, zerdrückte und klopfte, während Makeda sich zurückzog. Ich setzte mich und starrte zu Boden, und Hamis Blick hing wie gebannt an Sablas zarten Fingern, die flink zu Werke gingen.

Schließlich stand er auf und trat zu ihr, ohne ein Wort zu sprechen. Sie beantwortete seine unausgesprochene Frage, ohne aufzuschauen oder auch nur einen Augenblick innezuhalten. „Ich habe nicht dein Kind abgetrieben, Hami. Du hast mein Wort." Danach blickte sie auf und ihre geschickten Hände standen still. Sehr leise fuhr sie fort: „Und du sollst wissen, dass ich das auch nie tun würde. Nicht mehr."

Erleichtert und verwirrt kehrte Hami an seinen Platz zurück. Kurz darauf verkündete Sabla, die Medizin sei nun fertig, wenn Ihre Majestät bereit sei, sie zu sich zu nehmen.

Hätte ich sie aufgehalten, wenn sie gesagt hätte, sie sei bereit? Hätte ich ihr den Becher von den Lippen gerissen? Ich bin immer ein Mann mit Gewissen gewesen, obwohl ich wie jeder andere Mensch nicht immer auf seine Warnungen gehört habe. Aber die Unruhe, die sich nun in mir ausbreitete, war mehr als mein natürliches Gewissen und stärker als reine Abscheu, verstärkt durch etwas, das der Geist des allmächtigen Gottes gewesen sein muss, wie ich jetzt weiß, dessen Herrschaft Makeda sich unterstellt hatte, genau wie ich.

Und sie schien dasselbe Drängen gespürt zu haben. Zwar hob sie Sablas Becher an ihre Lippen, doch sie konnte sich nicht überwinden, seinen Inhalt zu trinken. Neue Tränen traten ihr in die Augen, als sie den Becher Sabla zurückgab und ihre Hände rang, den neuen Ring umklammerte, den ich schon früher an ihrem Finger bemerkt hatte. Er war sehr auffällig, ein schwerer Siegelring aus Gold, auf dem der sechszackige Stern des Hauses David eingraviert war.

Sie richtete ihre in Tränen schwimmenden Augen darauf und flüsterte: „Salomo sagte, falls ich ein Kind bekommen sollte und es ein Junge sei, solle ich ihn mit diesem Ring nach Jerusalem schicken, sodass kein Zweifel an seiner Identität bestehen könne. Und es könnte doch durchaus ein Junge sein, möglich ist es! Wie könnte ich den einzigen Sohn des einzigen Mannes töten, den ich je lieben werde? Sabla, danke, dass du versucht hast, mir zu helfen. Ich weiß, dass du nur mein Bestes willst, aber ich kann das nicht tun. Nimm den Becher fort und gieße seinen Inhalt in den Sand vor dem Lager, wo die Erde bereits verdorrt ist."

Sabla blieb noch eine Weile im Zelt, unsicher, ob sie tun sollte, was ihr aufgetragen worden war, als mir eine abwegige Idee kam, die den Verlauf der sabäischen Geschichte für immer verändern sollte und die aus derselben Quelle stammte wie die Überzeugung, die mir zuvor geschenkt worden war.

„Sabla", sagte ich, „du könntest deiner Herrin auf andere Weise helfen."

Natürlich hatte sie keine Ahnung, was ich meinte. Makeda auch nicht und ich eigentlich auch nicht wirklich, denn die Idee nahm in meinem Geist erst Gestalt an, während meine Lippen sie aussprachen. Ich war also selbst genauso verblüfft über das, was ich sagte, wie Sabla und Makeda und sicherlich auch Romna und die anderen königlichen Zofen, obwohl sie natürlich so taten, als würden sie nicht zuhören.

„Du und deine Herrin, ihr ähnelt euch in Gestalt und Hautfarbe. Immerhin seid ihr ja auch Cousinen. Niemand außer denen, die sich hier im Zelt aufhalten, weiß, dass Makeda ein

Kind erwartet, und niemand würde je vermuten, dass das so sein könnte. Du dagegen …"

„Onkel Tamrin, was hast du vor? Sag es mir sofort!", unterbrach mich Makeda. Plötzlich klang ihre Stimme wieder so lebhaft wie früher, und das gab mir den Mut, den ich brauchte, um fortzufahren.

„Liegt das nicht auf der Hand?", sagte ich. „Sobald die Schwangerschaft zu sehen ist, wirst du mit Sabla den Platz tauschen. Sabla wird dein Kamel reiten, stark verschleiert, und du wirst in einer Sänfte getragen werden. Wir werden verbreiten, deine Zofe erwarte ein Kind und müsse wegen ihrer Schande außer Sicht bleiben. Sobald das Kind geboren ist, was sicherlich geschehen wird, bevor wir Äthiopien erreichen, wirst du deinen rechtmäßigen Platz auf dem Kamel wieder einnehmen, und Sabla wird das Kind als ihr eigenes ausgeben, bis es entwöhnt ist und zu seinem Vater gebracht werden kann."

„Onkel Tamrin, bist du von allen guten Geistern verlassen? In meinem ganzen Leben habe ich nie so etwas Lächerliches gehört. Sabla hat einen ganz anderen Gang als ich. Und ihre Stimme …"

„Sie braucht ja nicht zu laufen; sie wird reiten. Und was das Reden betrifft: Seit wir Jerusalem verlassen haben, hast du kaum den Mund aufgemacht. Es wird nicht weiter auffallen, wenn sie auch weiterhin schweigt."

„Aber wie soll Sabla einen Säugling ernähren? Sie wird keine Milch haben."

„Wir könnten eine Amme besorgen. Und eine Hebamme brauchen wir sowieso."

Wieder senkte sich Schweigen auf uns herab. Schließlich sagte Makeda entschlossen: „Nein. Das kann ich nicht von Sabla verlangen. Ich werde die Konsequenzen meiner Sünde selbst tragen und mich der Gnade meines Volkes unterwerfen. Wenn sie verlangen, dass ich wegen meiner Schuld ins Exil geschickt oder getötet werden soll, dann sei es so. Falls mein Kind am Leben bleiben darf, mag Sabla entscheiden, ob sie es versorgen möchte oder nicht."

Und so hätte mein Plan, die Geschichte zu verändern, genauso schnell verworfen werden können, wie er entstand, wenn nicht Sabla die Entscheidung bereits getroffen hätte.

„Herrin“, murmelte sie, „bitte lass uns tun, was der Herr Tamrin vorgeschlagen hat. Das für dich tun zu dürfen wird mich zur glücklichsten Frau der Erde machen, wenn du nur bereit bist, mir zu vergeben. Missversteh mich bitte nicht – ich bitte dich nicht, mich wieder zu deiner ersten Zofe zu machen. Ich bin mein ganzes Leben lang verbittert und selbstsüchtig gewesen und habe das verdient. Ich erbitte nur deine Vergebung und die Gelegenheit, meine Schuld wiedergutmachen zu dürfen.“

Während dieser verblüffenden Rede war Sabla neben dem Bett, auf dem Makeda lag, auf die Knie gefallen. Makeda starrte erstaunt auf den geneigten Kopf ihrer Zofe und erwiderte: „Du wärst tatsächlich zu diesem Irrsinn bereit? Aus freien Stücken, weil dir leidtut, was du Hami angetan hast?“

„Ja, Herrin. Hami hat mich geliebt. Ich war grausam zu ihm und darum hasst du mich. Ich würde alles tun, damit die Dinge zwischen uns wieder so wären wie früher.“

Als sie die Wärme einer Hand spürte, die sich wie zum Segen auf ihren Kopf legte, hatte Sabla den Mut aufzublicken. Aber es war nicht Makeda, die ihr die Hand aufgelegt hatte. Es war Hami.

„Du irrst dich, wenn du sagst, ich hätte dich geliebt“, korrigierte Hami sie. „Die Wahrheit ist, ich liebe dich noch immer und werde dich immer lieben.“

Dann nahm er sie in seine Arme, wo sie die Fassung verlor und in Tränen ausbrach. Daraufhin fing auch Makeda zu weinen an und schließlich ich, und ich bin sicher, dass Gott und alle Heerscharen des Himmels mit uns weinten und lachten und tanzten. Denn ich habe gelernt, dass es nichts gibt, worüber Adonai sich mehr freut als über ein reumütiges Herz und wenn er sieht, dass Vergebung und Versöhnung auf einem Boden gedeihen, wo früher die Wurzel der Bitterkeit ihr Aufkeimen verhinderte.

Und so wurde unser verzweifelter Plan in die Tat umgesetzt. Romna und ihre Mädchen wurden unter Androhung schlimmster Strafen zur Geheimhaltung verpflichtet. Wenn sie etwas verrieten, sollte ihnen die Zunge herausgeschnitten werden, obwohl die Drohung vermutlich überflüssig war, weil jede Einzelne von ihnen ihre Herrin auf eine Weise liebte, wie sie ihre eigenen Mütter nie hatten lieben können, und sie würden ihr Vertrauen nicht enttäuschen.

Von diesem Augenblick an vermied Makeda es bewusst, mit irgendjemandem außer uns, die wir Bescheid wussten, zu reden, und sie ließ sich so wenig wie möglich außerhalb ihres Zeltes sehen, außer wenn sie auf ihrem Kamel saß. Bis zu der Zeit, da ihre Schwangerschaft nicht mehr zu übersehen wäre, ritt sie auf ihrem Kamel, wie sie es immer getan hatte, außer dass sie und Sabla hin und wieder für einen Tag sozusagen zur Probe die Plätze tauschten, um sich selbst davon zu überzeugen, dass ihre List nicht aufflog. Sie hätten sich keine Sorgen zu machen brauchen. Da Makeda es sich angewöhnt hatte, mit verschleiertem Gesicht in absolutem Schweigen zu reiten, bemerkte niemand den Austausch.

Nachdem sie nun wieder hoffen konnte, dass ihr Leben und ihre Regentschaft vielleicht doch noch nicht zu Ende waren, bekam Makeda neue Kraft, und auch ihr Appetit kehrte zurück. Salomos Ring hing nicht mehr lose an ihrem Finger und ihre hohlen Wangen bekamen wieder Form. Auch wenn sie morgens immer noch nichts essen mochte, hatte sie später am Tag Appetit auf alle möglichen Köstlichkeiten, die der euphorische Hami ihr nach Möglichkeit beschaffte.

Zwar achtete sie tagsüber sorgfältig darauf, mit niemandem ins Gespräch zu kommen, doch an den Abenden versuchte Makeda, die verlorene Zeit aufzuholen. Nachdem es nun keine Geheimnisse mehr zwischen uns gab, waren Sabla und ich wieder ihre Vertrauten: Mit Sabla besprach sie ihre frauenspezifischen Sorgen, mit mir unterhielt sie sich über die Dinge des Geistes, über Philosophie und Staatsführung und die Wunder der Natur. Und sie sprach auch über Salomo:

mit mir, mit Sabla, mit Romna und vielen anderen ihrer Mädchen, die nur zu gern bereit waren, ihr zuzuhören. Denn sie liebte ihn immer noch, trotz allem, was geschehen war.

„Bist du nicht böse auf ihn, weil er es ausgenutzt hat, als du schwach warst?“, fragte ich sie an einem Abend, als wir unter dem Sternenhimmel saßen. Wir hatten uns von unseren Reisegefährten entfernt und uns hinter einem Schutzwall aus Gepäck niedergelassen. Hier konnte Makeda unbeobachtet zum funkelnden Firmament hochblicken, und sie nahm seine Schönheit in sich auf, als müsse sie sie in ihrer Erinnerung verankern für die Zeiten, in denen sie sich in ihrem Zelt verstecken müsste, wie lau der Abend auch wäre.

„Nein, antwortete sie prompt. „Und ich bin auch nicht mehr zornig auf Gott. Die Schuld lag ganz allein bei mir; ich bin die Königin von Saba und nun eine Tochter Zions. Ich hätte einen solchen Augenblick der Schwäche nicht haben dürfen. Aber ich habe Buße getan und meinen Frieden mit Gott gemacht. Ich kann nur beten, dass Salomo dasselbe getan hat, denn er hat sich genauso schwach und unentschlossen gezeigt wie ich.“

Sie seufzte und strich mit der Hand über ihren Bauch, wie sie es unbewusst jetzt häufig tat. Noch war ihr nichts anzusehen, aber zweifellos spürte sie selbst, dass sich seine Form veränderte. „Außerdem wollte ich bei ihm liegen, denn ich liebte ihn, und ich liebe ihn immer noch. Kein Augenblick vergeht, in dem ich nicht an ihn denke und wünschte, er könnte mein sein.“ Eine ganze Weile sagte sie nichts mehr, doch dann fuhr sie fort: „Ich will dieses Kind, falls es ein Junge ist, nicht zu ihm schicken. Denn es wird Salomos Gesicht und Salomos Augen haben, und wann immer ich es anschaue, werde ich das Gefühl haben, dass sein Vater bei mir ist, für immer.“

„Nun, hat Salomo dir denn Anweisungen gegeben, wann genau du ihm das Kind schicken sollst?“

„Dazu hat er keine Angaben gemacht, aber ich weiß genau, was er gemeint hat. Wenn der Junge Salomos Erbe werden soll, muss seine Erziehung ihn sorgfältig darauf vorbereiten.“

„Falls der Junge sein Erbe sein wird. Aber das Volk Israel würde dein Kind niemals als König akzeptieren, selbst wenn Salomo keinen anderen Sohn mehr bekommt. Lass das Kind, Junge oder Mädchen, bei Sabla bleiben, bis es erwachsen ist, wie du selbst vorgeschlagen hast. Wenn es bis dahin keinen rechtmäßigen Erben für den Thron Israels gibt, wird das Volk ihn mit offenen Armen aufnehmen."

„Dann soll er die Wahrheit erst erfahren, wenn er erwachsen ist? Er darf nicht wissen, dass ich seine Mutter bin und Salomo sein Vater ist, bis er fast so alt ist wie ich jetzt, und niemals, falls Salomo noch einen anderen Sohn bekommt? Er muss als Kind einer Sklavin aufwachsen, als *Bastard* einer Sklavin, dessen Vater jeder der vielen Männer sein könnte, bei denen seine leichtfertige Mutter gelegen hat?"

„Das ist es, was er glauben muss, bis die Zeit kommt, dass er nach Jerusalem reist. Aber du wirst ihn aufwachsen sehen; er wird ständig in deiner Nähe sein und dich an seinen Vater erinnern, dem er sicherlich von Tag zu Tag ähnlicher werden wird. Das Schlimmste, das du zu erdulden haben wirst, ist zu hören, wie er Sabla ‚Mutter' nennt, und mit ansehen zu müssen, dass er ohne die Rechte und Privilegien aufwachsen muss, die einem Prinz zustehen. Und falls Salomo tatsächlich noch einen rechtmäßigen Erben bekommt, darf er die Wahrheit über *deinen* Sohn niemals erfahren."

„Armer kleiner Junge. Denn es ist ganz bestimmt ein Junge, das weiß ich." Makeda legte beide Hände auf ihren Bauch.

Arme Makeda, dachte ich, sprach es aber nicht aus, weil sie selbst noch nicht wusste, wie schwer es war, was sie sich selbst abverlangte.

„Weißt du", bemerkte sie, als ich nicht sprach, „ich kann zumindest dafür sorgen, dass er als freier Mensch aufwächst, wenn schon nicht als Prinz. Sobald er auf der Welt ist und ich ihn an Sabla abgegeben habe, werde ich ihr die Freiheit schenken. Ich werde für sie sorgen, und sie kann mit ihm in meinem Palast leben, denn als Cousine der Königin hat sie das Recht dazu. Doch wenn sie möchte, kann sie auch mit ihm weggehen an einen Ort, wo sie das Gerede am Hof nicht zu erdulden braucht."

„Ich könnte Hami ebenfalls die Freiheit schenken, dann könnten sie heiraten und deinen Sohn gemeinsam großziehen", sagte ich aus einem Impuls heraus, doch dann begannen wir beide zu lachen, denn das war natürlich unmöglich. Sabla war adeliger Herkunft und wegen der Schulden ihres Vaters in die Sklaverei verkauft worden; Hami dagegen war als Sklave geboren und aufgewachsen. Außerdem würde er sich genauso wenig in der Freiheit zurechtfinden, wie ich ohne ihn auskommen könnte. Und Sablas Familie würde niemals ihre Zustimmung geben zu einer Ehe mit einem so niedrig geborenen Mann, auch wenn sie keine Skrupel gehabt hatte, sie in die Sklaverei zu verkaufen. Aber so dachten die meisten blaublütigen Sabäer.

Und so fassten wir den Entschluss, das Kind nicht sofort zu Salomo zu schicken, und er sollte auch von seiner Existenz nichts erfahren. Makedas Sohn sollte unerkannt zum Mann heranreifen, unbedroht von der Eifersucht derer, die ihn fürchten würden.

Und so zogen die Monate ins Land. Die unförige Makeda wurde in einer Sänfte mit zugezogenen Vorhängen durch die Wüste getragen, während Sabla auf dem weißen Kamel ritt, mit verschleiertem Gesicht und hoch erhobenem Haupt, und die Menschen, denen wir unterwegs begegneten, warfen sich vor ihr zu Boden. Das wäre früher die Erfüllung aller ihrer Träume gewesen. Doch jetzt bereitete es ihr nur insofern Vergnügen, als sie wusste, dass sie ihrer Herrin diente.

Trotz der Verzögerungen wegen Makedas Unwohlsein zu Beginn unserer Reise kamen wir in den folgenden Monaten gut voran, und am Ende mussten wir sogar noch unser Tempo drosseln, damit wir nicht vor der Geburt in Yeha eintrafen. Wir verweilten nicht in Arabien, sondern brachten die Überfahrt nach Aduli so schnell es ging hinter uns, damit das Kind auf afrikanischem Boden zur Welt kommen würde. In Aduli fanden wir eine Hebamme und auch eine Amme.

Es war ein gesunder Junge. Und groß war er, so groß, dass ich fürchtete, er würde seine zarte junge Mutter zerreißen, als er sich seinen Weg in die ungastliche Welt erkämpfte. Als die Hebamme ihn zum ersten und einzigen Mal Makeda an die Brust legte, weinte sie haltlos, denn sie sah, dass er Salomos helle Haut hatte und seine lockigen Haare bekommen würde und nicht die Krause seiner Mutter.

„Du musst ihm einen Namen geben, Makeda", forderte ich sie auf, und ich weinte ebenfalls, vor Erleichterung, dass sie es überstanden hatte, und aus Trauer darüber, dass sein Name alles sein würde, was sie ihm je geben könnte.

„Menelik", sagte sie sofort und überraschte mich damit, weil mir nicht bewusst gewesen war, dass sie dieser Frage überhaupt einen Gedanken geschenkt hatte. Aber da sie das Kind schon nicht offen nach seinem Vater nennen konnte, war sie fest entschlossen, wenigstens versteckt die Verbindung zwischen ihnen anzudeuten. Denn in der Sprache des Stammes ihrer Mutter bedeutet Menelik „Sohn des Weisen".

Und dann wurde der kleine Menelik sanft aus den Armen seiner Mutter genommen und der Amme gereicht, die ihn stillen würde, bis er entwöhnt werden konnte. Und Makeda trocknete ihre Tränen und bereitete sich darauf vor, wieder die jungfräuliche Königin von Saba zu werden.

Teil II

Der erste König

Kapitel 13

Es war ein ungewöhnlich heißer Nachmittag in der hoch gelegenen Stadt Yeha, und der Junge und ich saßen im Schatten einer Säulenhalle des großen und verschönerten Palasts. Zwischen uns auf einem niedrigen Tisch stand ein Mankala-Spielbrett aus Ebenholz. In jeder ihrer becherförmigen Vertiefungen zeigten mir die Kugeln in ihren verschiedenen Kombinationen, dass mein Gegner fraglos gewonnen hatte, falls er seinen Vorteil nicht noch in letzter Minute verspielte. Natürlich würde er das nicht tun, denn dazu war er viel zu klug. Trotzdem ließ ich mir nichts anmerken, denn falls er tatsächlich gewann, wäre es erst das dritte Mal überhaupt, dass ich im Mankala besiegt wurde, und das erste Mal, dass er gewann.

Nachdem der Junge allmählich erkannte, wie stark seine Position war, beugte er sich hoch konzentriert vor, die Hände auf die Knie gelegt und die Stirn gerunzelt. Wie so häufig, wenn ich ihn neuerdings anschaute, setzte mein Herz einen Schlag aus, nicht nur, weil sein hellhäutiges Gesicht so auffallend hübsch war, sondern auch, weil der Zwölfjährige seinem Vater, den er nie kennengelernt hatte, so ähnlich sah. Es war nicht verwunderlich, dass ihre Gesichter dieselben edlen Konturen aufwiesen und ihre Augen dieselbe Intelligenz und Eindringlichkeit ausstrahlten. Aber dass sie sich auch in ihren Eigenarten und Gesten so ähnlich waren, verblüffte mich immer wieder.

Unvermittelt blickte er mich mit einem so fragenden Ausdruck an, dass ich schon befürchtete, meine Niederlage wäre bereits offensichtlich. Doch dann merkte ich, dass es seine eigene Fassungslosigkeit war, die diese plötzliche Veränderung bewirkt hatte, nicht meine.

„Meister Tamrin, ich habe gewonnen, nicht?“, rief er eher verblüfft als triumphierend. Ich lächelte, erfreut und beeindruckt von seiner Fähigkeit, den unausweichlichen Ausgang dieser Partie so lange vor ihrem Ende vorauszusehen.

„Ja, junger Menelik, ich glaube, das hast du“, sagte ich, immer noch breit lächelnd.

Ganz unerwartet wurde unsere Konzentration auf das Spiel durch das Rasseln von Waffen und den Klang von jungen Stimmen im Stimmbruch unterbrochen. Diese gehörten zu Meneliks Klassenkameraden, den Söhnen der Palastbediensteten und Staatsbeamten, die ich alle gemeinsam unterrichtete, da ich mein unstetes Leben und meine Handelsreisen aufgegeben hatte. Seit Neuestem hatte Mahiko die Geschäftsführung für mich übernommen. Er würde auch einen wesentlichen Teil des Geschäfts erben, wenn ich einmal aus dem Leben schied. Die Last des Alters lag bereits schwer auf meinen Schultern; mein Augenlicht war verschleiert, mit meinem Gehör war es nicht mehr zum Besten bestellt, und bei feuchtem oder kaltem Wetter schmerzte jedes Gelenk in meinem Körper. Die Hitze, die wir im Augenblick erlebten, war für mich eher eine Erleichterung denn eine Last.

„He, Menelik! Der Unterricht ist vorbei!“, rief einer der Jugendlichen quer über den Hof. „Erhebe dich von deinem Hinterteil und komm mit, um richtige Männerspiele zu spielen, Sohn des weisen Mannes!“

„Sohn des weisen Mannes! Sohn der *Frau*!“, echoten die Gefährten des Jungen, und sie verspotteten ihn gnadenlos, wie sie es immer taten, wenn gerade keine Autoritätsperson in der Nähe war. Meneliks Körper spannte sich sichtbar an, aber er beherrschte sich. Das war nur gut so, denn schließlich stand er allein gegen eine ganze Horde. Ich hätte ihnen gern selbst die Köpfe gegeneinandergestoßen, aber wenn ich versucht hätte, sie zu erreichen, hätte ich mich nur selbst zum Gegenstand ihres Spottes gemacht.

So rannten sie fort, sich gegenseitig schubsend und stoßend, bevor ich irgendetwas tun oder sagen konnte. Bestimmt gingen sie auf die Jagd oder übten sich im Umgang mit ihren Speeren und Holzschwertern. Menelik konnte genauso gut eine Waffe führen wie jeder von ihnen, aber von seiner Neigung her war er ein Gelehrter wie sein Vater, und aus diesem Grund war eine gewisse Nähe zwischen uns entstanden, trotz meiner Entschlossenheit, ihn seinen Altersgenossen nicht vorzuziehen.

Die Beleidigungen, die er wegen seiner Wissbegier ertragen musste, waren schon schlimm genug, aber ich wusste, es war die aus der Abwandlung seines Namens entstandene Beschimpfung „Sohn der Frau", die ihn verletzte. Was sie damit meinten, war nur zu deutlich: dass seine Mutter keinen Mann hatte und er nicht einmal den Namen seines Vaters kannte. Manchmal waren die Jungen besonders grausam und änderten „Sohn der Frau" in „Sohn der Hure", und als Menelik doch einmal die Beherrschung verloren und einen seiner Peiniger zu Boden gestoßen hatte, hatten ihn die anderen grün und blau geprügelt, bis die Palastwachen eingegriffen hatten. Doch auch wenn Menelik schlimme Verletzungen davongetragen hatte, wagten sie es nie, ihn zum Zweikampf herauszufordern. Denn er kämpfte genauso gut, wie er die sabäische Schrift las und die babylonische Keilschrift und die ägyptischen Hieroglyphen – und Mankala spielte.

Um ihn von seinem Kummer abzulenken, begann ich unser Spiel zu analysieren, denn er sollte umfassend begreifen, warum es dieses Mal zu seinen Gunsten ausgegangen war. Doch obwohl er mich nicht unterbrach, spürte ich, dass er mit seinen Gedanken ganz woanders war, und als ich zum Ende gekommen war, fragte er mich: „Meister Tamrin, weißt du, warum sie mich so hassen?"

„Weil du klüger, mutiger und hübscher bist als sie alle zusammen", erwiderte ich leichthin. Meine Strategie war immer, die Eifersucht seiner Kameraden nicht so ernst zu nehmen und ihn davon abzulenken, dass er mir zu viele Fragen stellte, die ich nicht beantworten durfte. Weder seine richtige Mutter noch Sabla hatten ihn je wegen seiner Identität belogen, das wollte Makeda nicht, aber bisher war es ihnen trotzdem erfolgreich gelungen, ihm die Wahrheit zu verschweigen. Doch je älter er wurde, desto schwieriger wurde es für uns alle.

„Manchmal wünschte ich, ich wäre es nicht“, gestand er mit einem verzweifelten Seufzen, und ich wusste, dass er dieses Mal nicht so schnell lockerlassen würde. „Warum habe ich so helle Haut und so seltsam glatte Haare? Warum kann ich denn nicht einfach sein wie sie?“

„Du weißt sehr gut, dass du empfangen wurdest, als sich deine Mutter aus Anlass des Staatsbesuchs der Königin in Jerusalem aufhielt. Die Haut der Menschen dort ist noch heller als deine. Und deine Haare sind nicht glatt, nicht nach ihren Maßstäben. Und dass du sein willst wie diese Idioten, die dich ständig ärgern, kann ich nicht verstehen. Ich bin jedenfalls sehr froh, dass es nicht so ist, denn dann würde mir der Unterricht keinen Spaß machen.“

Er seufzte erneut. Ähnliches hatte er schon so oft von mir gehört. „Du warst damals doch auch in Jerusalem, nicht? Als meine Mutter in Diensten der Königin stand ... du hast doch sicher eine Ahnung, wen sie ... getroffen hat.“

Aber ich konnte nur den Kopf schütteln und die offizielle Version der Geschichte herunterleiern: dass Sabla in jüngeren Jahren viele Männer gekannt hatte und dass sie mehrere Kinder zur Welt hätte bringen und keinem davon den Namen seines Vaters hätte nennen können. Es war mir zutiefst zuwider, das so darzustellen, denn seit damals hatte Sabla sich sehr verändert, und es war kein Wunder, dass es Menelik schwerfiel, meine Erklärung zu akzeptieren. Mein Respekt für sie war mit jedem Jahr mehr gewachsen, denn ich erlebte mit, dass sie ihrem Sohn eine wirklich gute Mutter war. Gleichzeitig nahm sie ihren schlechten Ruf mit Gleichmut hin.

Am Ende akzeptierte Menelik, dass er von mir nicht mehr erfahren würde als sonst auch, und verschwand in die Richtung, die seine Klassenkameraden eingeschlagen hatten. Ich sah ihm nach, wie er den Hof überquerte. Seine große, anmutige und schlanke Silhouette hob sich gegen das Sonnenlicht ab. Aber in seinem Schritt lag kein Stolz, kein Selbstwertgefühl. Ich war froh, dass er den Kummer in meinen Augen nicht sehen konnte, denn ich trauerte über meine Rolle in der Täuschung.

Ich stand auf, um meine tägliche Runde auf dem Dach des Palastes zu drehen. Ich wusste, wenn ich mich nicht täglich bewegte, würden meine Gelenke gänzlich steif werden. Und so begab ich mich jeden Nachmittag nach dem Unterricht zu dem Teil des Palastes, wo das Dach flach und von einer stabilen Balustrade geschützt war. Dort konnte man den Blick über die Stadt und die Wälder und die Berge in der Ferne genießen.

Manchmal vermisste ich meine Reisen und Abenteuer aus früheren Zeiten, doch meistens war ich zufrieden, wenn ich die Schönheit um mich herum bewundern und über die außergewöhnlichen Veränderungen nachdenken konnte, die Makeda in den zwölf Jahren, seit sie aus Israel zurückgekehrt war, in ihrer Hauptstadt Yeha und ihrem Königreich bewirkt hatte.

Yeha war zum dauerhaften Zentrum von Sabas Regierung und zum Hauptsitz des königlichen Hofes erklärt worden, und sie hatte es so prachtvoll ausgestattet, dass viele es neuerdings *Debra Makeda*, die Hochburg Makedas, nannten. Der Palast, einst die Stammesfestung ihres Vaters Rafasch, war erweitert und neu hergerichtet worden und jetzt genauso eindrucksvoll (wenn auch nicht so hoch) wie jedes Gebäude in Marib oder sogar in Jerusalem, mit Ausnahme von Salomos Tempel.

Auch Adonai hatte jetzt einen Tempel in Yeha, der allerdings nicht besonders groß oder prunkvoll war, denn Makeda hatte nicht die Absicht, ihr Volk durch Einschüchterung davon abzubringen, andere Götter zu verehren. Sie hatte in ihrem ganzen Königreich bekannt machen lassen, dass sie selbst nun einen anderen Gott anbete, den Gott, der die

Sonne und den Mond geschaffen hätte, die sie vor ihrer Bekehrung selbst als Gottheiten angebetet hatte, und dass sie hoffe, auch ihre Untertanen würden dazu kommen, ihn anzubeten. Doch niemand würde dazu gezwungen oder durch Bestechung dazu gebracht werden. Die Menschen könnten sich selbst ein Bild davon machen, welche Veränderung ihr neuer Glaube im Leben ihrer Königin bewirkt habe und wie die Prinzipien waren, nach denen sie und ihr vertrauenswürdiger Wesir Luqman und seine Minister sie nun regierten.

Korruption und Ausbeutung waren aus Sabas aufkeimender Wirtschaft fast gänzlich verschwunden. In den kargen Wüstenregionen Arabiens waren neue Dämme und Bewässerungskanäle gebaut worden, die Arbeitsplätze schufen für Tausende Ingenieure, Handwerker und Arbeiter. Sie brachten das Wasser aus den Bergen zu allen Menschen, nicht nur zu den Reichen, die früher alles für sich selbst gehortet hatten. Darum waren die Bauern mittlerweile in der Lage, mit den Feldfrüchten, die sie anbauten, ihre Familien zu ernähren, und es blieb sogar noch ein Überschuss übrig, den sie auf dem Markt verkaufen konnten, wozu früher nur ganz wenige Begünstigte in der Lage gewesen waren.

Mittlerweile waren auch Dreck und Exkremente aus den Straßen der Städte verschwunden. Eigens dazu angeheuerte Männer brachten den Unrat auf Wagen weg. Der Müll wurde bei den neuen öffentlichen Badehäusern in einem großen Ofen verbrannt. Der Ofen heizte das Wasser auf, und die zurückbleibende Asche wurde an die Bauern verteilt, die damit ihre Felder düngten. Auf diese Weise hatten sich die Lebensbedingungen der Menschen dramatisch verbessert und die Kindersterblichkeit war gesunken.

Kurz gesagt, Wohlstand hatte Einzug gehalten im ganzen Volk, und alle profitierten davon, vom Höchsten bis zum Niedrigsten. Sogar die Häuser der Ärmsten waren seit Neuestem stabiler gebaut und wurden voller Stolz erhalten, und die Männer, die durch Schulden oder Missgeschick ihr Land oder sogar ihre Freiheit verloren hatten, freuten sich darüber, dass Maßnahmen eingeleitet worden waren, um ihnen zurückzugeben, was ihnen genommen worden war. Nach dem hebräischen Vorbild durfte kein gebürtiger Sabäer länger als sieben Jahre als Sklave gehalten werden. Makeda hatte wie versprochen Meneliks Pflegemutter die Freiheit geschenkt, und auch ich hatte Hami die Freiheit angeboten. Doch wie ich vermutet und insgeheim auch gehofft hatte, hatte er mich angefleht, ihn nicht wegzuschicken. Jetzt trug er an einem Ohr einen Ring als Zeichen dafür, dass er mir aus freiem Willen diente. Das war eine von vielen israelitischen Praktiken, die die Sabäer gern angenommen hatten.

Und viele beteten nun Adonai an, wie Makeda und ich gehofft und wofür wir gebetet hatten. Natürlich stand im Tempel von Yeha nicht wie in Salomos Tempel eine Bundeslade, aber er war in Richtung Jerusalem gebaut worden, und wenn Gott tatsächlich überall war, dann war die Entfernung zwischen uns und dem irdischen Symbol seiner Gegenwart in Jerusalem nicht von Bedeutung, wie Makeda betonte. Mit einem verschmitzten Lächeln schlug sie eines Tages vor, wir sollten im Allerheiligsten in Yeha die kleine Nachbildung der Bundeslade aufstellen. Doch für den Augenblick blieb das Allerheiligste in Yeha vollkommen leer.

Ich stand auf dem Dach, lehnte mich an die Brüstung und ließ meinen Blick über die Dächer gleiten, als ich durch laute Stimmen, die von unten zu mir heraufdrangen, gestört wurde. Da mein Gehör neuerdings zu wünschen übrig ließ, konnte ich nicht verstehen, was gesagt wurde. Aber ich wusste sehr gut, zu wem die Stimmen gehörten und beeilte mich, vom Dach zu steigen, um einzugreifen, falls das nötig sein sollte.

„Kein Tag vergeht, an dem sie mich nicht verspotten!“, rief Menelik, als ich in Hörweite kam. „Weißt du, was sie heute zu mir gesagt haben? ‚Dein Vater muss wirklich sehr klug gewesen sein, wenn es ihm gelungen ist davonzulaufen, bevor selbst deine Mutter seinen Namen in Erfahrung bringen konnte!‘ Einige nennen mich ‚Sohn des weißen Mannes‘ und andere ‚Sohn der Frau‘ oder ‚Sohn der Hure‘. Wie soll ich mich gegen sie zur Wehr setzen, wenn sie *dich* doch genauso beleidigen wie mich? Willst du es wirklich einfach so hinnehmen, dass sie dich eine Hure nennen? Du bist doch meine Mutter, um Himmels willen, und ich liebe dich! Und wenn du mich auch liebst, musst du mir die Wahrheit sagen und mir erklären, wer ich bin!"

„Menelik, ich habe dir die Wahrheit gesagt! Ich habe dir ehrlich erzählt, wie ich als junge Frau gewesen bin. Was kannst du mehr verlangen? In Jerusalem hatte ich viele Liebhaber, wie an jedem anderen Ort, durch den ich gekommen bin. Ich war eine Sklavin und es war mir alles egal. Ich suchte nach Liebe, wo immer ich sie zu finden hoffte!"

„Aber warum hast du mich ‚Sohn des weisen Mannes' genannt, wenn du nicht wusstest, wer mein Vater war?"

„Es ist nur ein Name, Menelik, wie Sabla mein Name ist. Eigentlich ist es sogar ein sehr beliebter Name im Volk *meines* Vaters. In ihrem Dialekt heißt das ‚Wie hübsch er ist'. Und du bist sehr hübsch, und auch klug! Reicht es nicht, dass du die Begabungen deines Vaters besitzt? Musst du wirklich seinen Namen kennen? Du bist ja ganz besessen davon."

„Und das wundert dich? Wie kann ich nicht besessen sein von dem Wunsch, herauszufinden, wer ich bin?"

„Weil du es nie herausfinden wirst! Ich kann es dir nicht sagen!"

„Kannst du nicht oder *willst* du nicht?"

Nun überschlug sich Meneliks Stimme und steigerte sich zu einem Schrei. Dann entstand ein Gerangel, und mir wurde klar, dass ich keine andere Wahl hatte, als einzugreifen.

Der Streit fand in den Gemächern seiner Pflegemutter statt, die keinen direkten Zugang zum Garten hatten, daher musste ich um das Gebäude herumlaufen. Als ich eintrat, hatte Menelik die verängstigte Sabla an die Wand gedrückt und an der Kehle gepackt. Mit seinen zwölf Jahren war er bereits größer und stärker als sie.

„Ich verlange jetzt, dass du mir antwortest, Mutter: ja oder nein. Weißt du, wer er war?"

„Ich kann nicht ... Ich werde nicht ...!"

„Ja oder nein. Ja oder nein! Du weißt es!"

Und bevor ich überlegen konnte, wie ich ihn von ihr wegzerren könnte, hatte Sabla gestammelt: „Ja."

Er ließ sie sofort los. Schluchzend und zitternd rutschte sie an der Wand herab und sank in sich zusammen.

Eine ganze Weile stand er mit offenem Mund einfach nur da. Ich eilte hin und half Sabla auf die Beine. Mit bebenden Schultern blickte sie ihn an und sagte: „Aber ich kann dir seinen Namen trotzdem nicht nennen. Ich habe einen Eid geschworen."

„Du hast meinem Vater einen Eid geschworen?"

„Nein, Menelik. Nicht deinem Vater. Der Königin."

Einen Augenblick lang glaubte er, sie würde ihn wie alle anderen verspotten. Wenn ich sie nicht abgeschirmt hätte, dann hätte er sie vielleicht sogar geschlagen. Und ganz plötzlich erlosch das Feuer in ihm, und seine Augen wanderten flehend von ihrem Gesicht zu meinem, als hoffte er irgendwie, ich könnte mit einem Zauberstab wedeln und alles gutmachen.

Aber ich sagte nur leise: „Menelik, bitte respektiere die Wünsche deiner Mutter und frag nicht weiter nach. Zwing sie nicht, zwischen der Liebe zu ihrem Sohn und ihrer Loyalität der Königin gegenüber zu wählen. Niemand sollte vor eine solche Wahl gestellt werden, und ganz gewiss nicht, weil der eigene Sohn es von einem verlangt."

Wortlos verließ er den Raum, obwohl er jetzt eher erschüttert war als zornig.

Sabla drückte ihr Gesicht an meine Schulter und sagte: „Es tut mir leid, Herr. Ich hätte nicht zugeben dürfen, dass ich es weiß. Aber ich konnte nicht anders. Und früher oder später wird er die volle Wahrheit aus mir herauspressen. Er ist sehr stark und sehr zornig und seine Kraft und sein Zorn wachsen von Tag zu Tag. Ich habe mein Bestes getan, aber ich habe Angst."

„Vor ihm oder vor dem, was du ihm sagen könntest?"

„Beides, Herr. Ich gebe es zu.“

„Nun, vielleicht wird die Zeit kommen, da er die ganze Wahrheit erfahren wird“, räumte ich ein und nahm mir vor, bei der nächsten Gelegenheit mit Makeda darüber zu reden.

Tatsächlich war eine ganze Reihe von Dingen zusammengekommen, über die wir beide reden mussten. Nicht ganz unwichtig war die Frage der Thronfolge, denn einige Leute begannen bereits zu fragen, wer einmal Makedas Thron erben würde, und nicht nur Salomo schätzte die Bedeutung eines anerkannten Erben richtig ein. Für ihn und Israel ging es darum, dass er in seiner Ehe einen Sohn zeugte, doch die Sachlage in Saba war nicht ganz so einfach. Natürlich war Makeda noch jung; sie war kaum mehr als dreißig Jahre alt und erfreute sich die meiste Zeit bester Gesundheit. Aber nur wenige ihrer Vorgängerinnen waren alt geworden, und ihre Landsleute befürchteten, falls die Königin vorzeitig sterben würde, könne Saba schnell wieder in dem Sumpf versinken, aus dem Makeda das Land gezogen hatte. Ohne ihren Einfluss würden sich die Stammesfürsten immer noch ständig an die Kehle gehen, und obwohl sie ihren Ruf verdient hatte, gütig und milde zu sein, so hatte sie doch auch von Salomo gelernt, Härte zu zeigen, wo es angebracht war. Nach ihrer Rückkehr aus Israel hatte sie alle Personen aus ihrer Regierung entfernt, die Luqman als Bedrohung identifiziert hatte, und jeder Rivale, der sich seither erhoben hatte, wurde ausgeschaltet, wenn keine andere Möglichkeit blieb. Doch würden nach Makedas Ableben die alten Zustände wieder einkehren? Würde ein anderer Kronrat darüber streiten, wer für ihre Nachfolge geeignet wäre? Würde vielleicht die verschmähte Ghalilat wieder auftauchen und Anspruch auf den Thron erheben, um den sie ihrer Ansicht nach betrogen worden war? Seit jener Zeit war sie spurlos verschwunden, aber soweit man wusste, war sie noch am Leben. Hatte sie ihre Ambitionen auf den Königsthron aufgegeben oder wartete sie nur ihre Zeit ab?

Bestimmt war ich nicht der Einzige, der bemerkt hatte, dass Makedas Gang ungleichmäßiger wurde. Die Wunden, die sie früher so gequält hatten, waren seit der Behandlung durch Salomos Ärzte abgeheilt, aber die Schädigung ihrer Muskeln und Sehnen war nicht zu heilen. Sie hatte ihr Hinken stets gut verbergen können, doch das fiel ihr zunehmend schwerer, als die Jahre ins Land zogen. Wenn jemand, der sie hasste, den Kronrat überzeugte, dass sie wegen dieser Unvollkommenheit eigentlich nie Anwärterin auf den Thron hätte sein dürfen, dann konnte es zu einem Bürgerkrieg kommen.

Salomo hatte, soweit es uns in Saba bekannt war, immer noch keinen Sohn gezeugt. In den ersten Jahren nach Meneliks Geburt hatte Salomo regelmäßig Boten nach Yeha gesandt, um in Erfahrung zu bringen, ob Makeda ihm ein Kind geboren hätte, aber sie hatte ihm nur ausrichten lassen, dass es ihr gut gehe und sie eine treue Dienerin Adonais sei.

Ich für meinen Teil gab mir Mühe, auch Menelik zu einem solchen zu erziehen, aber auch wenn er wie ein wahrer Sohn Abrahams am achten Tag beschnitten worden war, hatte seine Pflegemutter ihre Götzen nie aufgegeben, und so war es unausweichlich, dass auch Menelik sie verehrte. Vor einigen Monaten hatte ich ihn dabei ertappt, wie er vor den kleinen Statuen, die den häuslichen Schrein seiner Mutter bevölkerten, ein Opfer darbrachte, und ich sah mich veranlasst, ihm eine von Salomos Geschichten über Abraham zu erzählen. Als Abraham in Meneliks Alter war, hatte er mit einem Hammer die Götzen seiner Eltern zerschlagen. Sein Vater fragte Abraham, ob er wüsste, wer für dieses Sakrileg verantwortlich sei, und Abraham erklärte ihm, einer der Götzen hätte den anderen angegriffen, und rannte davon. „Mach dich doch nicht lächerlich!", hatte sein Vater ihm nachgerufen. „Ein Götze kann das doch gar nicht. Götzen können gar nichts." „Genau", hatte Abraham erwidert, und vermutlich hatte er für diese Frechheit eine Ohrfeige einstecken müssen.

Noch bevor ich Makeda davon erzählen konnte, kam eine bedeutende Persönlichkeit zu Besuch.

Ich wusste zuerst gar nicht, wer es war, so alt und schwach war er geworden, und als ich ihn dann schließlich doch an seinen buschigen Augenbrauen erkannte, war ich erstaunt, dass ein Mann seines Alters und seines körperlichen Zustands sich auf eine so beschwerliche Reise begeben hatte. Doch Joschafat, der königliche Schreiber am Hof von König Salomo, war zutiefst verzweifelt.

Er und seine Mitreisenden waren von Makeda bereits bei ihrer Ankunft herzlich willkommen geheißen worden, und Joschafat hatte Gästegemächer im Palast bezogen, wo er sich ein oder zwei Tage der Erholung gönnte, bevor er mir einen Besuch abstattete. Doch obwohl die Anzeichen der Erschöpfung noch immer tief in sein Gesicht mit dem weißen Bart gegraben waren und die Hand, die seinen Stab umklammerte, alarmierend zitterte, konnte er nicht länger warten, sein Anliegen vorzubringen.

„Joschafat, mein alter Freund!“, begrüßte ich ihn ungläubig, als Hami ihn zu mir führte. Ich umarmte ihn, so fest ich es wagte, denn er wirkte so zerbrechlich wie ein angeschlagener Tontopf. „Möge Adonai dir seinen Frieden gewähren.“

„Und Adonais Frieden auch für dich, Tamrin, mein Bruder. Du kannst dir nicht vorstellen, wie glücklich es mich macht zu sehen, dass du und deine Königin an dem Glauben, den ihr in Jerusalem gefunden habt, festgehalten habt, vor allem, wenn ich daran denke, was aus Salomo geworden ist. Ich habe mich in meinem übereilten Urteil über euch beide geirrt und dafür erbitte ich deine Vergebung.“

„Es gibt nichts zu vergeben“, erwiderte ich. „Es war richtig, dass du den Einfluss fürchtetest, den eine hübsche heidnische Königin auf deinen König ausüben könnte. Aber er war viel klüger und seines Glaubens viel sicherer, als sie oder ich es je gewesen waren, darum konnte kein Zweifel daran bestehen, wer auf wen Einfluss nehmen würde.“

„Oh, wenn das nur so einfach wäre! Denn wenn du sehen könntest, was mit ihm geschehen ist, dann würde dein Herz genauso brechen wie meines.“

„*Salomo* ist zum Götzendiener geworden? Aber wie kann das sein?“

„Es war nicht deine Schuld oder die der Königin Makeda. Er hätte sie gar nicht erst bitten dürfen, so lange zu bleiben, oder zulassen dürfen, dass er sich so rasend in sie verliebte, wo er bereits mit einer anderen verheiratet war. Aber nachdem sie ihn verlassen hatte, fiel er in sich zusammen wie eine Mauer, die ohne Mörtel erbaut wurde. Er fürchtete, er würde niemals wieder Liebe finden und nie einen Erben haben. So nahm er eine andere Frau und noch eine und dazu noch Konkubinen in der vergeblichen Hoffnung, eine Frau wie deine Königin zu finden. Einige von ihnen sind die Töchter heidnischer Könige, und er gestattete ihnen, ihre Götzen mitzubringen, so wie Makshara ihre mitgebracht hatte. Eine von ihnen, Naamah von Ammon, sagte ihm, ihr Gott werde ihm einen Sohn schenken, und fast sofort wurde sie schwanger."

„Und das Kind kam gesund zur Welt? War es ein Junge?"

„Ja, es ist ein Junge. Es gibt also einen Erben. Aber ist er wahrhaftig von Salomos Blut? So viele Frauen, so viele Konkubinen, und in all dieser Zeit hat ihm nur eine von ihnen ein Kind geboren … Naamah behauptete so nachdrücklich, das Kind sei ein Geschenk von Moloch, ihrem Gott, dass Salomo sich beinahe überreden ließ, dieses elende Wesen zu opfern, damit er noch mehr Söhne bekäme."

„Er wollte seinen Sohn dem *Moloch* opfern?"

„Ja, so halten es die Ammoniter! Sie opfern ihrem Gott ihre erstgeborenen Kinder für das Versprechen, noch mehr zu bekommen."

„Ich weiß, Joschafat. Ich weiß, was die Ammoniter tun. Aber dass *Salomo* so etwas in Betracht zieht … das verstehe ich nicht. Er war der weiseste, klügste und frömmste Mann, den ich je kennengelernt habe. Wie hat er sich so von Grund auf verändern können?"

„Weil er eine Frau mehr liebte als Gott."

Ich wusste nicht, was ich sagen, nicht einmal, was ich denken sollte. Wenn ein anderer als Joschafat mir dies erzählt hätte, ich hätte es nicht geglaubt. Schließlich fragte ich ihn ängstlich: „Hast du mit Makeda darüber gesprochen?"

„Nein, Bruder Tamrin. Nur dir habe ich davon erzählt, weil du mein liebster Freund bist.“

„Und es wärmt mein Herz, diese Worte aus deinem Mund zu hören. Aber warum bist du diesen weiten Weg gekommen, um mir etwas zu erzählen, das ich nicht ändern kann?“

„Weil du es vielleicht doch kannst, mein Bruder. Siehst du ... Prinz Rehabeam ist kein intelligentes Kind. Und auch kein sympathisches Kind. In meinen dunklen Augenblicken wünschte ich sogar, Salomo hätte ihn tatsächlich dem Moloch geopfert. Aber in Jerusalem kursieren Gerüchte, Salomo hätte in der Nacht vor ihrer Abreise bei Makeda gelegen und dass Rehabeam vielleicht gar nicht Salomos erstgeborener Sohn sei. Ich musste einfach herkommen und mich selbst überzeugen, denn selbst ein unehelicher Sohn Salomos wäre ein besserer Erbe als einer, der vielleicht gar nicht sein Sohn ist und dessen Charakter das Gegenteil von dem ist, was man von einem israelitischen König erwartet.“

„Aber Salomo hat doch bereits Erkundigungen eingezogen. Er hat nie Grund zu der Annahme bekommen, Makeda könne ihm einen Sohn geboren haben.“

„Ich weiß, Tamrin, ich weiß. Aber ich weiß auch, wie sich das Drängen Gottes in meinem Herzen anfühlt. Es hat mir einfach keine Ruhe gelassen, sodass ich mich auf den Weg hierher gemacht habe. Mehr noch, in den wenigen Tagen seit meiner Ankunft habe ich im Palast zweimal einen Jungen gesehen, der Salomo so ähnlich sieht, dass mein Herzschlag bei seinem Anblick beinahe aussetzte. Ich würde mein Leben darauf verwetten, dass er zwölf Jahre alt und Makedas und Salomos Kind ist.“

Welchen Zweck hätte es gehabt, es zu leugnen? Joschafat hielt seinen durchdringenden Blick auf mich gerichtet und er hatte schon früher in mir lesen können wie in einem Buch. Die widerspenstigen Brauen über seinen Augen, jetzt sogar noch weißer als sein Bart, gaben mir das Gefühl, unter dem prüfenden Blick des allmächtigen Gottes selbst zu stehen. Und so flüsterte ich: „Es stimmt, Joschafat. Der Junge ist tatsächlich zwölf Jahre alt, und er ist klug und gut und genau der, für den du ihn hältst. Aber er weiß es nicht. *Niemand* weiß es, außer seiner Mutter und mir und der Frau, die ihn großgezogen hat, und einigen unserer vertrauenswürdigsten Diener. Denn falls die Wahrheit bekannt würde, würde Makeda ihren Thron und vielleicht ihr Leben verlieren, und der Junge würde Almaqah geopfert werden, lange bevor Salomo ihn dem Moloch opfern könnte."

„Ihn Moloch opfern?", rief Joschafat, und Tränen liefen ihm über seine faltigen Wangen. „Makedas Sohn würde Salomo niemals opfern! Er würde ihn sofort zu seinem Erben machen."

„Nein, Joschafat. Das mag sein Wunsch sein. Aber seine ammonitische Frau und ihre Anhänger würden nur zu schnell seine Meinung ändern, und außerdem scheinst du vergessen zu haben, wie verzweifelt die Ältesten von Israel versucht haben – wie verzweifelt du selbst versucht hast! – zu verhindern, dass Salomo mit der Königin von Saba ein Kind zeugt."

„Aber jetzt hat sich doch alles geändert. Verstehst du denn nicht? Wenn ich den Jungen mit mir nach Israel nehmen würde, könnte Salomo seine ausländischen Frauen und Konkubinen wegschicken, und den widerwärtigen Rehabeam gleich mit."

„Und riskieren, die Väter dieser Frauen zu beleidigen, von denen viele, wie du gesagt hast, mächtige Könige sind? Es ist ein Wunder, dass der Pharao ihm nicht den Krieg erklärt hat, als er neben Makshara noch eine Frau nahm."

„Der Pharao ist schwach und mit den Problemen innerhalb seiner eigenen Grenzen beschäftigt. Er kann nicht gegen ein Weltreich wie das von Salomo antreten. Aber Tamrin, wenn ich den Jungen nicht mitnehme, wird Salomo weitermachen und sich so lange Frauen und Konkubinen nehmen, bis er eine findet, die ihn Makeda vergessen lässt! Und ich will gar nicht darüber nachdenken, was in der Zwischenzeit aus Israel wird."

„Nun“, sagte ich, „ich werde Makeda darüber informieren, dass du die Wahrheit selbst herausgefunden hast und dass Salomo zu gegebener Zeit davon erfahren wird, wenn wir dich nicht hier in Yeha festhalten. Sie könnte dir einen Brief an ihn mitgeben, in dem sie alles in ihren eigenen Worten beschreibt. Das könnte ihn davon abhalten, weitere Frauen oder Konkubinen zu nehmen. Aber er muss bei Adonai selbst schwören, niemandem davon zu erzählen. Der Junge kann dich keinesfalls begleiten, denn die Gefahr für sein Leben wäre viel zu groß. Man wird ihm erklären, wer er ist, denn es wäre nicht richtig, ihm die Wahrheit noch länger vorzuenthalten. Und wer weiß, es könnte sein, dass die Dinge sich in Saba geändert haben, wenn er älter ist und die Sabäer vielleicht erfahren, dass ihre Königin nicht nur Weisheit von Salomos Hof mitgebracht hat. Dann könnte er seinen Vater besuchen und vielleicht sogar Erbe des Thrones von Israel werden, wenn Salomo und sein Volk das wirklich wollen.“

Joschafat nickte langsam, und dabei wirkte er so erleichtert und gleichzeitig so erschöpft, dass mich der Gedanke durchzuckte, dass er nicht mehr sehr viel länger in diesem Leben verweilen würde. Aber seine Aufgabe war erst ganz erfüllt, wenn er mit seiner sensationellen Neuigkeit nach Israel zurückgekehrt war und mit dem Brief, den Makeda nun fraglos für ihn schreiben musste.

Hami führte ihn sanft zur Tür, wo einer seiner Diener auf ihn wartete, um ihn in seine Gemächer zu geleiten. Doch als Hami zurückkehrte, zerrte er den schreckensbleichen Menelik am Kragen mit sich ins Zimmer, der offensichtlich an der Tür gelauscht hatte. Mein Gesicht wurde bestimmt sofort noch eine Spur blasser als seines.

„Menelik! Wieso um Himmels willen lungerst du vor meiner Tür herum?“

„Dieser alte Mann … der, der gerade hier war … er hat mich angestarrt. Wer war das?“

„Menelik, *ich* stelle *dir* die Fragen. Was hast du vor meiner Tür zu suchen?“

„Dieser alte Mann … ich habe ihn gesehen, als er im Palast eintraf, und er hat mich so eindringlich angestarrt, dass ich dachte, er belegt mich mit einem Fluch! Und dann hörte ich durch das Fenster seine Stimme. Sie kam aus deinen Gemächern. Ich hörte …"

„Du hast was gehört, du vorwitziger Junge? Was genau hast du gehört?"

Hami hielt ihn immer noch fest, und als er nicht sofort antwortete, schüttelte Hami ihn, bis seine Augen in seinem Kopf rasselten. Und dann kam alles gleichzeitig herausgepurzelt.

„Ich habe gehört, dass hier im Palast ein Junge sein soll, der Salomos Sohn ist! Und dass Salomo die Mutter des Jungen geliebt haben soll, wirklich geliebt. Das bin ich, stimmt es nicht? Sohn des weisen Mannes; das macht Sinn. König Salomo war einer der Männer, bei denen meine Mutter gelegen hat, als sie mit der Königin in Israel war. Ich bin der Sohn von König Salomo, Meister Tamrin, nicht? Du musst mir die Wahrheit sagen!"

„Ja, Menelik. Das bist du. Aber das ist noch nicht die ganze Wahrheit."

„Ich verstehe nicht. Da ist noch mehr? Was kann im Vergleich dazu noch wichtig sein?"

„Menelik, es ist an der Zeit, dass du etwas erfährst, das vielleicht schwerer zu glauben und erschütternder ist als das, was du eben gehört hast. Doch zuvor muss ich mit der Königin sprechen."

Kapitel 14

Erst am folgenden Vormittag fühlte sich Makeda in der Lage, Menelik zu sich zu rufen. Am Abend hatten wir miteinander über unsere Ängste gesprochen und es gewagt, unseren Hoffnungen in Bezug auf das, was die Zukunft bringen würde, Ausdruck zu verleihen, nun, da Mutter und Sohn endlich vereint sein würden. Aber sie wusste genauso gut wie ich, dass der Zeitpunkt nun nicht mehr länger aufgeschoben werden konnte. Joschafat kannte die Wahrheit, und Menelik wusste, dass er sie kannte. Wenn der Junge sie nicht von uns erfuhr, würde er nicht zögern, sie Joschafat zu entlocken.

Als ich Menelik sagte, wohin ich ihn an jenem Morgen bringen wollte, konnte er natürlich nicht verstehen, was die Königin mit dem Ganzen zu tun haben sollte, und er hatte eigentlich auch keine Lust, vor sie zu treten. Für ihn war sie eine ferne Gestalt, distanziert und unnahbar, denn so war sie ihm bis zum heutigen Tag erschienen. Und so rechnete er damit, in ihren Thronsaal geführt zu werden, wo sie umgeben wäre von großer Pracht wie eine Göttin, eine Lichtgestalt mit funkelnden Edelsteinen und schimmernder Seide angetan, die Krone von Saba auf ihrem Haupt und Höflinge zu ihren Füßen.

Doch wir begaben uns zu ihren privaten Gemächern, wo sie allein und ohne ihre Krone auf einer Liege mit niedriger Rückenlehne saß. Neben ihr war Platz für eine andere Person. Sie klopfte mit einer Hand auf den leeren Platz neben sich und sagte: „Komm her, Menelik. Setz dich neben mich. Hab keine Angst.“ Und sie sprach so freundlich und lächelte so herzlich, dass er ihrer Aufforderung nachkam.

„Menelik“, fuhr sie fort, nachdem er Platz genommen hatte, „wie viele Jahre fragst du nun schon, wer dein Vater ist? Du hättest lieber fragen sollen, wer deine Mutter ist.“

Verwirrt starrte er sie mit den ausdrucksvollen Augen seines Vaters an, sodass jede feierliche Rede, die sie vielleicht für ihn vorbereitet hatte, sofort vergessen war und sie nur stammeln konnte: „Umarme mich, mein Sohn, denn das bist du. Dein Vater ist der König von Israel und deine Mutter die Königin von Saba.“

Verständlicherweise konnte er sie genauso wenig umarmen, wie er ein Wort über die Lippen bringen konnte. Aber sie, die ihren Sohn seit dem Tag seiner Geburt nicht mehr im Arm gehabt hatte, konnte sich nicht mehr zurückhalten und drückte ihn an ihre Brust, wo sie ihn so festhielt, als wollte sie ihn nie wieder loslassen. Sie weinte haltlos und war selbst erstaunt, so glaube ich, über das Ausmaß der Gefühle, die sich zwölf Jahre lang in ihr aufgestaut hatten. Lange Zeit sagte niemand ein Wort, denn keiner von uns war dazu in der Lage.

Schließlich jedoch versiegten ihre Tränen, und sie lockerte ihre Umarmung so weit, dass sich beide in die Augen sehen konnten. Seine waren trocken. Er war zu schockiert, um zu weinen. Doch als er seine eigenen Gesichtszüge so unleugbar in ihren wiederfand, obwohl ihre Hautfarbe dunkel und seine hell war und obwohl er seinem Vater viel mehr ähnelte als Makeda, wurde nun Menelik von seinen Gefühlen überwältigt. Sie schienen übermächtig in ihm gewesen zu sein, und als er ihnen nachgab und seinen Tränen freien Lauf ließ, leuchtete Makedas Gesicht vor Freude auf, denn zum ersten Mal durfte sie das Kind trösten, das sie zur Welt gebracht hatte und von dem sie so grausam ferngehalten worden war. Da ich keine eigenen Kinder habe, konnte ich das volle Ausmaß dieser Erfahrung nicht nachvollziehen, doch andererseits war ich Makeda mehr Vater gewesen als Rafasch und auch für Menelik so etwas wie eine Vaterfigur, und ich hatte das Gefühl, es wenigstens ansatzweise verstehen zu können.

Sehr viel später, nachdem Mutter und Sohn sich gegenseitig die Tränen getrocknet hatten, erzählte sie ihm von ihrer Zeit in Jerusalem und von der Nacht, in der er empfangen wurde, und sie zeigte ihm den Ring, den sein Vater ihr geschenkt hatte.

Ganz kurz war er wieder genauso verwirrt wie zuvor, und sogar zornig: „Mein Vater hat dich ... gegen deinen Willen genommen?", fragte er und wiederholte fast genau die Worte, die ich selbst gewählt hatte, als Makeda mir vor langer Zeit die Geschichte anvertraute. Doch als sie ihm erklärte, wie sehr Salomo sie geliebt hätte und wie verzweifelt sie seine Liebe erwidert hätte und dass sie sich sechs Monate lang danach gesehnt hätten, ihre Liebe zu vollziehen, sich aber zurückgehalten hätten, war er beruhigt. Er hatte sein Leben lang befürchtet, das Produkt der flüchtigen fleischlichen Vereinigung zweier Sklaven zu sein, in der Liebe keine Rolle gespielt hatte. Das Wissen, dass seine königlichen Eltern sich leidenschaftlich geliebt hatten, stellte ihn zufrieden.

„Aber wieso hast du ihm die ganze Zeit verschwiegen, dass er einen Sohn hat?", fragte Menelik, als er begriffen hatte, dass Salomo noch gar nichts von seiner Existenz wusste. „Wieso hast du mich nicht mit dem Ring zu ihm zurückgesandt, wie er dich gebeten hatte?"

„Ach", erwiderte sie, „es bricht mir das Herz, wenn ich darüber nachdenke, dass ich ihm so lange verheimlicht habe, dass unsere Vereinigung die Frucht hervorgebracht hat, die er sich so sehr erhofft hatte. Aber es wäre zu gefährlich gewesen, sowohl für dich als auch für mich, wenn die Wahrheit ans Licht gekommen wäre. Ich hätte ganz gewiss meinen Thron verloren, und wir beide vielleicht sogar unser Leben."

„Aber jetzt wirst du es ihm sagen? Du wirst mich zu ihm schicken, mit dem Ring, wenn Joschafat nach Jerusalem zurückkehrt?"

„Gewiss werde ich es ihm sagen. Das heißt, ich werde ihm einen Brief schreiben, den Joschafat ihm in aller Heimlichkeit überreichen wird. Aber du kannst noch nicht mitreisen.

Die Zeit ist noch nicht reif. Dein Leben wäre immer noch in Gefahr, genau wie meines, wenn die Sabäer erführen, dass ihre vermeintlich jungfräuliche Königin einen Sohn zur Welt gebracht hat. Außerdem, wie könnte ich mich schon wieder von dir trennen, wo du mir doch gerade erst geschenkt worden bist? Nein, du musst weiter bei Sabla leben und sie Mutter nennen, wie du es immer getan hast. Denn sie ist dir eine Mutter gewesen, die beste Mutter, die du je hättest haben können."

„Das stimmt, das war sie. Und ich bin auf sie losgegangen und habe sie der Täuschung beschuldigt, obwohl sie immer nur das Beste für mich wollte. Ich muss sie um Verzeihung bitten."

„Ja, das musst du, gleich nachdem wir einander alles gesagt haben, was zu sagen ist. Aber du darfst keiner anderen Menschenseele hiervon erzählen, Menelik. Du musst beim Leben deines Vaters schwören, dass du mit keinem darüber reden wirst, außer mit Sabla und meinem Onkel Tamrin, der auch dein Onkel ist, obwohl du ihn natürlich im Beisein anderer nicht so nennen darfst. Schwörst du das, Menelik? Habe ich dein Wort?"

„Ja, Euer Majestät … Mutter." Er lächelte über seine Verlegenheit, und sie lächelte auch. „Ich schwöre es beim Leben meines Vaters und meines eigenen. Aber muss das Geheimnis denn für immer gewahrt bleiben? Werde ich denn *nie* zu ihm gehen und Anspruch auf mein Erbe erheben können? Werden die boshaften Jungen, die mich verspotten, in mir nie etwas anderes sehen als den Sohn einer Hure?"

Makeda fuhr sichtbar zusammen, und zum ersten Mal, seit sie an diesem Morgen ihren Blick auf Menelik gerichtet hatte, wandte sie sich zu mir um und forderte mich auf, ihm zu erklären, was wir am Abend zuvor in Bezug auf die Thronfolge besprochen hatten.

Und so sagte ich: „Prinz Menelik, deine Mutter und ich hoffen sehr, dass der Tag kommen wird, an dem *alle* erfahren werden, wer du bist und dass du als Thronerbe nicht nur deines Vaters, sondern auch deiner Mutter anerkannt werden wirst. Hunderte Jahre wurde Saba durch politische Instabilität erschüttert, wann immer es eine Königin zu Grabe tragen musste. Das kann nicht mehr so weitergehen. Wenn eine königliche Dynastie mit klaren Regelungen für die Thronfolge etabliert werden könnte, wäre das dem Land dienlich. Aber dazu ist viel Vorbereitung nötig. Die Stammesfürsten müssen überzeugt werden, dass das in ihrem und im Interesse des Volkes liegt und dass deine Mutter nicht nur ihren eigenen Ruhm und ihre Unsterblichkeit sucht. Ich weiß gar nicht, wo wir anfangen sollen, aber wir müssen anfangen, um unseretwillen und um Sabas willen."

„Dann wäre ich König von Saba." Menelik blickte von mir zu seiner Mutter und wieder zu mir. In seinem Gesicht spiegelten sich Staunen und Belustigung. „König von Saba", wiederholte er. „Das klingt so ungewohnt. Es wäre in der Tat ein Privileg für mich, der erste König überhaupt zu sein – der erste von vielen, wenn die Götter es so wollen. Aber Israel wird auch einen guten König brauchen, der die Arbeit fortführt, die mein Vater begonnen hat, und es scheint so, als fehle Salomo auch der Erbe, den er braucht. Könnte ich nicht eines Tages die Königreiche meiner beiden Elternteile erben und sie zu einem mächtigen Weltreich verbinden, das die Reiche der Ägypter oder Hethiter oder sogar das alte Babylon in den Schatten stellt?"

„Das war auch Salomos Traum", erklärte Makeda ihm mit einem sehnsüchtigen Blick. „Und ja, es könnte geschehen, je nachdem, wie sich alles fügt. Aber nicht, bevor du die Ältesten Israels überzeugt hast, dass du Adonai anbetest."

„Ich bete Adonai doch an!", rief Menelik. „Meister ... ich meine, Onkel Tamrin hat dafür gesorgt."

„Du betest Adonai an und dazu die Götter deiner Pflegemutter", erinnerte ich ihn sanft. „Das müsste aufhören."

„Oh, Menelik, ich wünschte, es würde auf jeden Fall aufhören!" Makeda beugte sich vor und packte ihren Sohn so unvermittelt an den Armen, dass er keine andere Wahl hatte, als ihrem ernsten Blick zu begegnen. „Adonai allein ist Gott, Menelik; er hat alles geschaffen, was ist: die Sonne, den Mond, die Sterne und die Erde und jedes lebendige Wesen, das darauf lebt! Kein anderer Gott ist deiner Verehrung würdig, denn sie besitzen keinerlei Macht! Gib sie auf, Menelik. Habe nichts mehr mit ihnen zu schaffen. Dann wird Adonai dich überreich segnen, mehr, als du dir in deinen kühnsten Träumen vorstellen kannst."

„Du willst, dass ich die Götzen meiner Pflegemutter zertrümmere, wie Abraham es mit denen seines Vaters getan hat? Das würde sie mir nie vergeben."

„Du musst nicht zu solchen drastischen Mitteln greifen – es sei denn, du bist davon überzeugt, dass es das ist, was Adonai von dir erwartet. Aber du brauchst dich nicht vor ihnen zu verneigen."

„Das werde ich nicht, Mutter. Ich verspreche es dir. Ich werde mich nie wieder vor einem Götzen verneigen. Ich werde Adonai anbeten, und zwar ihn allein, solange er mich leben lässt. Denn ich sehe jetzt, wie sehr er *dich* und Onkel Tamrin gesegnet und geführt hat und wie viel besser das Leben in Saba geworden ist, weil du ihn kennengelernt hast. Wenn ich auf dem Fundament, das du gelegt hast, aufbauen könnte, dann wäre ich tatsächlich ein guter König."

„Das wirst du, mein Sohn, dessen bin ich sicher. Aber bis dahin gibt es vieles, was du noch lernen musst, und nicht nur aus den Büchern, die du so liebst. Du musst lernen, mit Menschen umzugehen und mit Waffen und dein Volk nach dem Gesetz des Mose zu regieren. Du musst lernen, diejenigen auszuschalten, die eine Bedrohung für deine Vormachtstellung sind, jedoch ohne dass du dich dem Vorwurf der Ungerechtigkeit aussetzt. Kurz gesagt, du musst all das lernen, was ich von deinem Vater gelernt habe, und du musst das im Geheimen lernen, damit niemand sich fragt, wozu der Sohn einer freigelassenen Sklavin solche Kenntnisse braucht."

„Und wer wird mein Lehrer sein?"

„Du wirst auch weiterhin mit den anderen von Tamrin Unterricht bekommen, so unangenehm ihre Gesellschaft dir auch sein mag. Aber du wirst auch täglich zu mir kommen, ohne dass andere außer deiner Pflegemutter erfahren, wohin du gehst. Du wirst spät am Abend kommen. Dann wird niemand etwas merken. Sind diese Vereinbarungen nach deinem Geschmack?"

„Natürlich." Menelik zuckte die Achseln. Er war nicht daran gewöhnt, dass er entscheiden konnte.

Und so wurde diese neue Routine sofort umgesetzt. Menelik besuchte weiterhin jeden Morgen meinen Unterricht, nannte mich „Meister Tamrin" und behielt seinen Mitschülern gegenüber die unglaublichen Enthüllungen der vergangenen Tage für sich. Ich befürchtete, sie könnten es trotzdem herausfinden, denn jetzt strahlten seine Haltung und sein Gang, wenn er den Palasthof überquerte, unverkennbar seine adelige Herkunft aus. Doch sie schenkten ihm viel zu wenig Beachtung, um es zu bemerken. Sie verspotteten ihn auch viel seltener als früher, weil er auf ihren Spott nicht mehr reagierte.

In der Zwischenzeit kehrte Joschafat nach Jerusalem zurück, in seinem Gepäck einen geheimen Brief von Makeda an Salomo, der erste, den sie ihm in den zwölf Jahren seit ihrem Abschied gesandt hatte. Ich fragte mich, wie Salomo auf die folgenschwere Nachricht, die er enthielt, wohl reagieren würde: mit Freude, Schrecken oder vielleicht sogar mit Zorn? Würde er sich vielleicht weigern, das Geheimnis für sich zu behalten, worum er in dem Brief gebeten wurde und worum ihn auch Joschafat bitten würde? Das wenige, das Joschafat mir in der kurzen Zeit seines Aufenthalts in Yeha von den Veränderungen in Salomos Verhalten erzählt hatte, vermittelte mir das Gefühl, dass der König nicht mehr besonders weise handelte. Sicher war nur, dass wir gut ein Jahr gar nichts erfahren würden.

Meine Bedenken vermochten Meneliks neu gefundenes Glück nicht zu trüben. Sein Zutrauen zu sich selbst und seine

Bereitschaft, die Rolle anzunehmen, die die Geschichte ihm zugedacht hatte, wuchsen von Tag zu Tag, und auch das Wissen, das er brauchen würde, um diese Rolle auszufüllen, eignete er sich an. Zweifellos vermittelte Makeda ihm ein idealisiertes Bild seines Vaters als Inbegriff königlicher Größe. Denn wer außer Menelik hörte mit solcher Wertschätzung zu, wenn sie von Salomos Tugenden oder der Liebe schwärmte, die seine Untertanen für ihn empfanden?

„Onkel Tamrin, wenn du wüsstest, wie sehr ich mich danach sehne, ihn kennenzulernen!“, gestand er mir eines Tages, als ich ihm Vorhaltungen machte, weil er schon wieder von seinem Vater anfing. „Wenn es nur einen Zauber gäbe, der mich zu seinem Thronsaal bringen könnte, damit ich ihm ins Gesicht sehen könnte, auch wenn er mich nicht sehen könnte. Aber viel besser wäre es, wenn er mich sehen könnte und mich als seinen Sohn anerkennen und mich vor allen Ältesten Israels zu seinem Erben ausrufen würde.“

Bestimmt hätte selbst ein flüchtiger Blick Salomo die Gewissheit gegeben, dass Menelik tatsächlich sein Sohn war, obwohl er mich, wenn er so aufgeregt redete, auch sehr an seine Mutter erinnerte.

„Menelik, ich dachte, du hättest versprochen, Adonai anzubeten, nicht Salomo“, ermahnte ich ihn. „Einen Menschen zum Götzen zu machen ist genauso falsch, wie eine Statue aus Stein oder Holz als Gott anzubeten.“

Aber Menelik lachte nur und erwiderte, wenn Adonai ihm ermöglichen würde, mit seinem Vater vereint zu werden, würde er alles, was er besaß, auf Adonais Altar opfern und zeit seines Lebens kein Stück Schinken mehr essen.

Wochen und Monate zogen ins Land, und Menelik hielt sein Versprechen, sich nicht mehr vor Almaqah oder Schamasch oder den zahlreichen anderen Göttern zu verneigen, die Sabla in ihrem privaten Schrein aufgestellt hatte. Falls Sabla deshalb ungehalten war, so behielt sie es für sich. Der Prinz, den sie als ihren eigenen Sohn großgezogen hatte, war nicht mehr ihr Sohn. Sie hatte immer gewusst, dass dieser Tag kommen würde, und sie ertrug den Schmerz stumm, so wie die Vernachlässigung ihrer Götter. Aber Meneliks Glaube an Adonai wurzelte nicht tief, noch nicht. Ob es je so weit kommen würde, musste sich zeigen.

Neben der Arbeit mit Menelik hatte Makeda bereits begonnen, die sabäischen Stammesfürsten dahingehend zu bearbeiten, dass Veränderungen in der Thronfolgeregelung in Betracht gezogen werden mussten, wenn Saba in der modernen Welt weiter bestehen wolle. Es war eine Welt mächtiger rivalisierender Weltreiche, die immer kleiner zu werden schien, je weiter die Reisen seien, die Kaufleute und Entdecker unternahmen. Zum ersten Mal seit vielen Jahren rief sie den Kronrat zusammen, was keine Königin von Saba vor ihr je auf eigene Initiative hin getan hatte.

Die Stammesfürsten brauchten viele Wochen, um nach Yeha zu gelangen, die abgelegenste Stadt in ganz Saba. Doch als sie angekommen waren, hatte ihr Murren ein Ende, denn sie wurden in luxuriösen Gemächern untergebracht und bekamen eine ganze Heerschar von Dienern zur Verfügung gestellt, die sogar ihre ausgefallensten Wünsche erfüllten. Wie schon in der Vergangenheit fraßen sie Makeda bereits aus der Hand, als die offiziellen Beratungen begannen. Außerdem, meinten sie übereinstimmend, sei es viel besser, in der luftigen Weite von Makedas Halle zu sitzen, durch die die sanfte Brise von Yehas Bergen wehe, als wie früher Wange an Wange in der erstickenden Hitze des alten Palasts in Marib.

Als Makeda in ihrer Mitte erschien, in ein goldenes Gewand gehüllt wie das, das sie an dem Tag getragen hatte, an dem sie zur Herrscherin über Saba gewählt wurde, verstummten alle Gespräche, und sie sahen ihr in ehrfurchtsvollem Schweigen entgegen.

„Fürsten von Saba“, begann sie und strich mit ihrer leisen, melodischen Stimme mühelos alle Federn glatt, die vielleicht noch aufgestellt waren, „es wird eurer Aufmerksamkeit nicht entgangen sein, dass sich im Laufe der Jahre, seit ihr mir die Ehre erwiesen habt, mich zu eurer Königin zu wählen, vieles verändert hat. Ich habe mein Bestes getan, mich dieser Ehre würdig zu erweisen, und mit all meiner Kraft danach gestrebt, mein Volk gut zu führen und für alle das Beste zu suchen, vom Größten bis zum Geringsten. Aber ihr habt sicherlich auch bemerkt, dass ich nicht mehr so jung bin wie damals, als ihr mich erwählt habt, und wie könnte auch nur einer von uns wissen, wie viele Jahre Gott uns gestattet, auf dem Angesicht der Erde zu wandeln? Saba hat während meiner Regierungszeit große Schritte nach vorn getan, doch ich fürchte, wenn ich von euch genommen werde, könnte es wieder in den Sumpf zurückgleiten, aus dem es sich herausgearbeitet hat."

An diesem Punkt hielt sie inne und ließ ihren Blick über die ihr zugewandten Gesichter gleiten. Keiner der Männer wusste, worauf ihre Rede abzielte, aber sie hatten sicherlich eine Ahnung. Da war der furchtsame Kahalum von den Banu Waren, dessen Tochter zur Zeit von Makedas Thronbesteigung zehn Jahre alt gewesen war. Jetzt war sie in ihren Zwanzigern. Hoffte er, dass Makeda entschieden hatte, eine Thronerbin zu bestimmen, und dass dieses Mal seine Tochter gewählt werden würde? Da war Salamat, dessen Tochter gerade ein Säugling gewesen war. War sie vielleicht dieses Mal an der Reihe? Und da war auch Mafaddat, der Vater der eifersüchtigen Ghalilat, deren Aufenthaltsort nach wie vor nicht bekannt war, missmutig und griesgrämig wie immer, und ich konnte nicht einmal erahnen, was in ihm vorging. Sein Stiefvater Yuhafri, der Vater von Makedas Vorgängerin, war schon vor langer Zeit gestorben.

Als keiner der Stammesfürsten es wagte, seine Gedanken in Worte zu fassen, nahm Makeda den Faden ihrer Rede wieder auf.

„Jetzt wartet ihr vielleicht darauf, dass ich vorschlage, wie dieser Kronrat das übliche Gerangel vermeiden kann, wenn es Gott gefällt, mich von euch zu nehmen. Aber die Wahrheit ist, das habe ich nicht vor. Ich bitte euch nur, diese Angelegenheit jetzt zu überdenken, wo wir noch Zeit haben, um über Alternativen zu sprechen. Macht eure Vorschläge hier, heute, wenn ihr wünscht, oder kehrt in eure Häuser zurück und bewegt sie in den vor uns liegenden Wochen und Monaten in euren Gedanken. Und falls ihr Grund habt, über die Grenzen Sabas hinaus zu reisen, macht es zu eurem Anliegen zu studieren, was in anderen Ländern unternommen wird, um den Übergang von einer Regierung zur nächsten möglichst reibungslos zu gestalten. Aber welche Vorschläge auch immer eingebracht werden, es ist meine und die feste Überzeugung meines Wesirs Luqman, dass Saba, falls wir unsere Herrscher weiterhin so ernennen, wie wir es in der Vergangenheit getan haben, früher oder später durch einen Bürgerkrieg auseinandergerissen werden wird."

Bei dieser Gelegenheit wollte sie nicht weitergehen, brauchte es auch gar nicht. Sie hatte die Saat in die Gedanken der Stammesfürsten gesät. Schon bald würden sie selbst erkennen, dass Veränderung notwendig war. Doch wie diese Veränderung aussehen sollte, würde erst beschlossen werden, wenn einer von ihnen vorschlug, dass die größte Königin, die sie je gehabt hatten, eine Dynastie gründen sollte. Und dann, vorausgesetzt, dass alles gut arrangiert würde, könnte die Enthüllung von Meneliks Existenz Begeisterung hervorrufen statt Entsetzen.

In der Zwischenzeit würde Menelik auch weiterhin lernen und mit jeder Woche, jedem Monat und jedem Jahr, das verging, schöner werden. Schon bald hatten die Schwestern seiner Gefährten nur noch Augen für ihn, denn mittlerweile war er unleugbar größer, klüger und selbstsicherer als seine Altersgenossen, und außerdem war er talentierter als sie bei allem, was er sich vornahm.

Und es war durchaus nicht so, dass er den Mädchen die Aufmerksamkeit übel nahm. Ganz im Gegenteil. Er genoss es, von den hübschen Mädchen angehimmelt zu werden, war er früher doch die Zielscheibe des Spottes ihrer Brüder gewesen. Wann immer in Yeha ein Fest gefeiert wurde oder ein Feiertag war – von denen es zur damaligen Zeit viele gab, denn Makeda hatte neben den äthiopischen auch viele hebräische Feiertage eingeführt –, versuchten die Mädchen ihn mit ihren Tänzen oder ihrem Gesang zu bezaubern, und er war nur zu gern bereit, sich beeindrucken zu lassen. Ich konnte nur hoffen, dass er keine allzu aktive Rolle bei der Förderung der dynastischen Pläne seiner Mutter spielte, bis er offiziell als Kronprinz anerkannt und mit einer Dame angemessenen Standes verheiratet war. Wie ich schon sagte, seine Hingabe an Adonai reichte noch nicht tief, und sein Respekt vor dem Gesetz des Mose war eher formal als innig.

Als gut ein Jahr nach Joschafats Abreise nach Jerusalem vergangen war, begann ich mich zu fragen, wann wir wohl erfahren würden, wie Salomo auf den Brief reagiert hatte. Würde er selbst einen Brief schreiben, und wenn ja, in welchem Ton würde er abgefasst sein? Würde er eine Eskorte schicken, um Menelik nach Israel zu holen, notfalls auch gegen seinen Willen? Ließ er vielleicht sogar eine Armee aufmarschieren, um ihn gewaltsam zu holen? Oder würde er Menelik verleugnen?

Doch Jahre zogen ins Land, ohne dass eine Reaktion kam, und in mir wuchs die Furcht, dass der Brief Salomo vielleicht gar nicht erreicht hatte. Joschafat war alt und kränklich gewesen, und die Reise war selbst für einen sehr viel jüngeren Mann in höchstem Maße anstrengend. Es war durchaus denkbar, dass mein lieber alter Freund die Reise nicht überlebt hatte, und falls das der Fall war, was war dann wohl aus Makedas Brief geworden? Vielleicht war er gar nicht übergeben worden, sondern der Wüstenwind hatte ihn davongeweht. Vorstellbar war auch, dass er in feindliche Hände gefallen war.

Trotzdem würden wir mit direkten Nachforschungen nichts erreichen, sondern möglicherweise sehr viel verlieren. Falls der Brief tatsächlich in die falschen Hände gelangt war, würden wir das vermutlich erfahren. War er jedoch in der Wüste einfach verschwunden, dann wäre es, als hätte es Joschafats Besuch in Äthiopien nie gegeben. In Hinsicht auf

Makedas und Meneliks Sicherheit wäre das sicherlich die beste aller Lösungen gewesen.

Im Augenblick machten einige der Mitglieder des Kronrats Vorschläge zur Thronfolgeregelung, aber nicht das, was Makeda und Luqman hören wollten. Zum Beispiel wurde vorgeschlagen, den Stamm, aus dem die neue Königin kommen sollte, durch das Los zu bestimmen. Eine andere Idee war, die Priester Almaqahs sollten ein besonderes Opfer darbringen und eine Entscheidung des Himmels aus den Innereien des Opfertiers herauslesen. Ein Vorschlag war, das erste Mädchen, das der Frau eines Stammesfürsten nach dem Tod der regierenden Königin geboren würde, sollte Königin werden und als Reinkarnation ihrer Vorgängerin betrachtet werden. Der Glaube an die Reinkarnation war eine der eher exotischen Vorstellungen, die Händler aus dem Osten mitgebracht hatten, zusammen mit Seidenstoffen und Pfauen. Aber ganz bestimmt war dies keine Lehre, die Makeda als Tochter Zions befürworten konnte.

Und so kam es, dass Menelik zum Mann heranwuchs, ohne dass eine Veränderung in seinem Stand eintrat. Nachdem mein Unterricht und der seiner Waffen- und Kampflehrer abgeschlossen waren, wurde er zum Palastschreiber ausgebildet, denn es musste ein Vorwand gefunden werden, ihn im Palast zu behalten. Seine Mutter und ich konnten nur beten, dass Adonai uns einen Weg für die Thronfolge zeigen würde, bevor es zu spät war.

Kapitel 15

An Meneliks zwanzigstem Geburtstag richtete seine Pflegemutter ein Fest zu seinen Ehren aus.

Nach dem Gesetz des Mose war der zwanzigste Geburtstag eigentlich kein besonderes Ereignis. In Israel wird ein Junge mit dreizehn zum Mann; er gilt dann als alt genug, um die Verantwortung für die Einhaltung der Gebote selbst zu übernehmen. Doch in dem Stamm, aus dem Sablas Vater kam, war zwanzig Jahre offensichtlich das Alter, in dem ein junger Mann in einer Zeremonie den Haushalt seiner Eltern verließ und sein eigenes Leben in einer Hütte mit seiner neuen Frau begann, und Sabla hatte das Gefühl, dass sie diesen bedeutsamen Tag nicht unbeachtet verstreichen lassen sollte. Mit Sicherheit hatte sie nie damit gerechnet, dass Menelik mit zwanzig noch bei ihr leben würde.

Seine richtige Mutter war natürlich nicht zum Fest eingeladen. Warum sollte die Königin die Geburtstagsfeier eines niederen Schreibers besuchen? Aber ich als sein ehemaliger Tutor war eingeladen, ebenso wie die meisten seiner Mitschüler, die ich mit ihm zusammen unterrichtet hatte. Nachdem nun alle erwachsen waren, war aus dem gnadenlosen Spott harmloses Geplänkel geworden, und Menelik teilte mindestens genauso gut aus, wie er einstecken musste.

Auch einige Väter der jungen Leute waren anwesend und Meneliks andere Lehrer als Gesellschaft für mich. Viele dieser Männer waren gebildet und kultiviert, waren sie doch Staatsbeamte von beträchtlichem Ansehen. Die meisten Mädchen, die den heranwachsenden Menelik förmlich angebetet hatten, waren mittlerweile verheiratet und hatten eigene Kinder.

Auch von ihnen waren einige als Gäste zu dem Fest geladen, aber sie saßen in einer Ecke zusammen, ihre Säuglinge auf dem Schoß, und warfen nur gelegentlich vielsagende Blicke zu dem gut aussehenden jungen Gelehrten hinüber, zu dessen Ehre sie versammelt waren.

Nach äthiopischen Maßstäben war es ein ruhiges Fest, mehr arabisch als afrikanisch und mehr hebräisch als arabisch. Es gab keine halb nackten Jongleure oder Akrobaten, keine Trommler oder Feuerschlucker oder Krieger, die mit stolz geschwellter Brust ihre abschreckende Aufmachung präsentierten.

Vielmehr wurden die Gäste durch Harfen- und Flötenspieler und züchtig gekleidete Tänzerinnen unterhalten, und es gab tiefsinnige Gespräche bei mit Wasser verdünntem Wein und leichtem Essen, sodass der Abend für mich erstaunlich angenehm verlief.

Und gerade, als ich überlegte, ob ich mich in meine Gemächer zurückziehen sollte, wurden zwei neue Unterhaltungskünstler in unsere Mitte geführt. Nicht dass man sie auf den ersten Blick für solche gehalten hätte: Eine der beiden war eine ältere Frau, verhutzelt und gebückt. Ein dichter Schleier verhüllte einen großen Teil ihres Gesichts, und die andere schien ihre Dienerin zu sein, ein Mädchen an der Schwelle zum Frausein, die hübsch hätte sein können, wenn sie sich zu einem Lächeln durchgerungen hätte. Die Gesichtszüge der älteren Frau kamen mir vage bekannt vor, doch ich schenkte ihr keine Beachtung, und wegen ihres Schleiers konnte ich ihr Gesicht sowieso nur undeutlich erkennen.

Sie sei eine herumziehende Wahrsagerin, erzählte man sich, erst einige Tage zuvor in Yeha angekommen, und sie suche Gelegenheiten, ihr Handwerk auszuüben. Gegen eine kleine Gebühr und die Teilnahme am Festmahl würde sie die Gäste bei dieser Zusammenkunft mit der verblüffenden Richtigkeit und den unmissverständlichen Details ihrer Vorhersagen erfreuen. Ob diese dann in Erfüllung gingen, würde nur die Zeit zeigen.

Makeda hätte kurzen Prozess mit dem Weib gemacht. Salomo hatte sie überzeugt, dass es im Leben eines Menschen, der Adonai anbetete, keinen Platz geben konnte für Hellseherei. Wir sollten *ihm* die Zukunft anvertrauen, ihm allein. Aber Sabla war keine Tochter Zions. Sie begleitete die Wahrsagerin und ihre Dienerin höchstpersönlich in die Halle und wies ihr einen Platz zu.

„Oh, was für ein Spaß!", jubelten die Frauen, als sie hörten, welche Fähigkeiten die Neuankömmlinge zu besitzen vorgaben. Sie stürzten sich auf die Besucherinnen wie ein Schwarm Dohlen, ihre Kinder begannen zu schreien, und jedes hochgeistige Gespräch kam abrupt zum Stillstand.

„Sag mir die Zukunft voraus!", rief ein Mädchen und warf der alten Frau ein kleines Goldstück zu.

„Nein, meine zuerst! Meine!", forderte eine andere an die Dienerin gerichtet, deren Aufgabe offensichtlich das Einsammeln der Münzen war.

Und so begann die Sitzung, und die Palastfrauen johlten vor Vergnügen, wenn die alte Frau korrekt erklärte, wie viele Kinder jede geboren hatte und wie viele davon Söhne und wie viele Töchter waren. Nicht, dass das eine besonders beeindruckende Leistung war, da die betreffenden Kinder größtenteils an den Rockzipfeln ihrer Mütter hingen.

Als Nächstes waren die Männer an der Reihe, deren Fragen sich auffallend ähnelten: *Werde ich alt werden, und werde ich Söhne haben, auf die ich stolz sein und denen ich meinen guten Namen weitergeben kann?* Die alte Seherin las in ihren Handflächen und dem Bodensatz ihres Weines, aber besonders eindringlich musterte sie ihre Gesichter, bevor sie ihnen genau das sagte, was sie hören wollten.

Die ganze Zeit hatte sich Menelik im Hintergrund gehalten und meinen Blick bewusst gemieden. Er wusste nur zu gut, was ich von Wahrsagern hielt, ob sie nun gut waren oder nicht. Eigentlich verabscheute ich unfähige Quacksalber sogar weit weniger als jene, deren Fähigkeiten Menschen in die Irre führen konnten. Aber es war nur eine Frage der Zeit, bis seine Gefährten riefen: „Wo ist das Geburtstagskind?" „Menelik, Sohn von Sabla, soll vortreten und sich seine Zukunft voraussagen lassen!" „Vielleicht erfahren wir ja endlich den Namen seines Vaters!"

Ungeduldige Hände packten Menelik und zerrten ihn nach vorn, während die noch unverheirateten Mädchen kicherten und gurrten: „Ob er mich wohl heiraten wird?" „Ob der gut aussehende Sohn von Sabla eine von uns wählen wird?"

Als er Platz genommen hatte und seine Hände im Schoß der alten Frau lagen, schimmerte Schweiß an seinen Schläfen, und sein hellhäutiges Gesicht war blasser als je zuvor.

Die Frau schaute kaum auf seine Handflächen und schob seinen Weinbecher fort, den jemand ihr diensteifrig hinhielt. Stattdessen blickte sie ihm voll ins Gesicht und sagte nur: „Du bist nicht der, der du zu sein scheinst, Menelik, Sohn des weisen Mannes. Alle wollen wissen, wer dein Vater ist, aber keiner von ihnen hat gefragt, ob deine Mutter auch tatsächlich deine Mutter ist."

Als sie den Kopf hob, rutschte ihr der Schleier von der Stirn, und da wusste ich, wer sie war.

Sie war keineswegs so alt, wie sie scheinen wollte, obwohl ihr Gesicht von Falten durchzogen und ihr Haar ergraut war. Aber es waren ihre schmalen Lippen, die ihre Identität verrieten, und ihre Augen, heimgesucht von dem Gespenst lebenslanger Enttäuschung.

Lange Zeit sagte keiner ein Wort. Der Schweiß, der an Meneliks Schläfen geglitzert hatte, rollte jetzt wie Salböl langsam über seine Wangen. Erst als sich die gar nicht so alte Frau erhob und ihren Finger ausstreckte, bemerkte ich Sabla, die fassungslos hinter der verblüfften Menge stand.

„Du!", kreischte die Seherin. „Du bist nicht seine Mutter! Du hast keinen lebenden Sohn, obwohl die Götter wissen, dass der Scheol voll ist von toten! Es ist an der Zeit, die Wahrheit zu sagen, Sabla, du Kindsmörderin. Ich denke, wir sollten deinen Gästen sagen, wer die wirkliche Mutter des Jungen ist!"

Bevor Sabla reagieren konnte, schoss Hami, der wie üblich hinter mir stand, wie ein Pfeil vor, packte die Anklägerin im Ringergriff und presste ihr die Hand auf den Mund. „Still! Wie kannst du es wagen, deine Gastgeberin auf diese Weise zu beleidigen! – Herr, was sollen wir denn jetzt mit dieser bösartigen Kreatur machen?“

„Halt sie fest, während ich die Palastwachen rufe“, erwiderte ich mit zusammengebissenen Zähnen. Als die Wachen eintrafen, war es Hami und mir gelungen, unsere Gefangene mit ihrem eigenen Schleier zu knebeln. Sie und ihre Dienerin wurden fortgeführt. Ich würde sie später höchstpersönlich befragen.

Nachdem sie fort waren, dauerte die Stille an, die auf die Enthüllung der Wahrsagerin gefolgt war. Weder Menelik noch Sabla hatten angedeutet, dass sie sie für etwas anderes als eine bösartige Lügnerin hielten, doch die Gäste ließen sich nicht zum Narren halten. Einige von ihnen würden jetzt keine Ruhe mehr geben, bis das große Rätsel um Meneliks Eltern zu ihrer Zufriedenheit gelöst war.

Ich nahm mich der traurigen Situation an, breitete meine Arme aus und sagte: „Meine lieben Freunde, ich bedaure euch mitteilen zu müssen, dass das Fest zu Ende ist. Ihr seht, dass eure Gastgeberin und ihr Sohn tief bekümmert wurden durch die Beleidigungen dieser Unruhestifterin. Ich bitte euch, euch so schnell wie möglich zu verabschieden, damit sie sich erholen können.“

Die Gäste folgten meiner Aufforderung nur zu gern und verabschiedeten sich ohne ein Wort des Einwands, obwohl ich das Gewirr ihrer Stimmen draußen hören konnte, sobald sie den Raum verlassen hatten. Als nur noch Sabla, Menelik, Hami und ich übrig waren, nahm Hami Sabla in die Arme. Ich setzte mich neben Menelik und legte ihm den Arm um die Schultern.

„Was sollen wir jetzt tun, Onkel Tamrin?“, fragte er, und plötzlich wirkte er viel jünger als seine zwanzig Jahre. Da er es gewohnt daran war, mich als die Quelle allen Wissens zu betrachten, war es nur natürlich, dass er von mir Hilfe in dieser plötzlichen Krise erwartete.

Ich sagte: „Wir gehen zur Königin und erzählen ihr, dass der Verbleib von Ghalilat, der Tochter Mafaddats von den Banu Mathadam kein Geheimnis mehr ist."

Menelik starrte mich an. „Ghalilat? Mafaddat? Wer sind diese Leute?"

„Die alte Frau, die gar nicht so alt ist, wie sie wirkt, war früher die Rivalin deiner Mutter um den Thron Sabas, und sie hat sogar ein Attentat auf sie verübt, um ihn ihr zu rauben."

„Oh. Ist sie hergekommen, um ihn ihr jetzt wegzunehmen?"

„Vielleicht. Wer weiß das schon? Ich werde versuchen, es herauszufinden. Aber ich zweifle nicht, dass jetzt der Zeitpunkt gekommen ist, Makedas Untertanen zu erklären, wer du bist, und das muss die Königin selbst tun, bevor ihr ein anderer zuvorkommt."

„Es tut mir leid, Onkel Tamrin. Ich hätte nie zulassen dürfen, dass diese Hexe in meine Nähe kommt."

„Vielleicht ist sie eine Hexe, aber viel wahrscheinlicher ist, dass sie einfach nur eine sehr kluge Frau ist, deren Fähigkeit, Informationen zu sammeln, Bijos noch weit in den Schatten stellt. Doch sie hätte gesagt, was sie sagen wollte, ob du dich nun zu ihr gesetzt hättest oder nicht."

„Ich verstehe das alles nicht. Woher wusste sie die Wahrheit, wenn sie keine Hexe ist? In all diesen Jahren hat doch niemand davon erfahren!"

„Ich werde es herausfinden. Eins ist jedoch sicher, sie hat die Wahrheit nicht aus deiner Hand oder dem Bodensatz deines Weines gelesen. Komm, Prinz Menelik. Wir müssen jetzt gleich zur Königin gehen."

Makeda empfing uns sofort, denn Romna sah mit einem Blick auf unsere Gesichter, dass unser Anliegen dringend war. Ohne Vorrede erzählte ich Makeda in allen Einzelheiten, was geschehen war und versicherte ihr, dass Ghalilat und ihre Dienerin in Gewahrsam bleiben würden, bis sie ausführlich befragt worden seien und bis Makeda ihren Untertanen mitgeteilt hätte, was sie für das Beste hielt. Denn Ghalilat konnte nicht für alle Zeiten mundtot gemacht werden. Sobald man sie von ihrem Knebel befreite, würde sie zweifellos alles herausschreien, was sie über Menelik und seine Herkunft wusste. Die Wachen und alle anderen, die sich zufällig in Hörweite ihres Gefängnisses aufhielten, würden davon erfahren.

„Es tut mir leid, Mutter", murmelte Menelik, nachdem ich geendet hatte. „Das war alles meine Schuld. Wenn ich mich geweigert hätte, mich von dieser Frau anfassen zu lassen, wenn ich befohlen hätte, dass sie als Beleidigung Adonais von unserem Fest entfernt wird –"

„Das hätte keinen Unterschied gemacht", versicherte Makeda ihm, genau wie ich es getan hatte. „Sie hätte ihr Wissen herausgeschrien, noch während sie hinausgeführt worden wäre, und dann wäre alles noch viel schlimmer gewesen. Vielleicht ist dies ja auch der Augenblick, um den wir gebetet haben. Vielleicht hat Adonai selbst diese Dinge geschehen lassen, und auch wenn er es nicht war, wird er sie trotzdem zu seiner Ehre gebrauchen."

Menelik schwieg und dachte über ihre Worte nach. Dann sagte er mit leiser Stimme: „Mutter, du könntest diese Ghalilat doch einfach in ihrer Zelle strangulieren lassen, bevor sie uns verraten kann. Das würden die meisten Herrscher wohl tun."

„Und seit wann orientiere ich mich an den Verhaltensweisen der Ungläubigen und Unwissenden? Ist die Wahrheit in Saba jetzt ein Kapitalverbrechen? Nein, Menelik. Du musst noch ein bisschen erwachsener werden, bevor ich dir mein Königreich mit Freuden anvertraue. Außerdem muss Ghalilat die Wahrheit ja von irgendjemandem erfahren haben. Es würde auf Dauer also nichts nützen, sie zum Schweigen zu bringen und unsere Hände mit ihrem Blut zu beflecken."

Als Menelik anerkennend den Blick senkte, wandte sich Makeda an mich und sagte: „Onkel Tamrin, ich werde gemeinsam mit Luqman überlegen, was wir den Leuten sagen werden und wie. In der Zwischenzeit wirst du Ghalilat befragen und in Erfahrung bringen, woher sie die Wahrheit kennt und wer sonst noch davon weiß. Wir werden keinen Beschluss fassen, bis du mir darüber berichtet hast."

Mittlerweile war es spät geworden. Ich wollte beten und meine Gedanken sammeln, bevor ich meiner gerissenen Gegnerin gegenübertrat. Und so begaben Hami und ich uns beim ersten Licht des folgenden Morgens in das Verlies, in dem Ghalilat und ihre Dienerin gefangen gehalten wurden. Ich bat die Wachen, uns allein zu lassen und draußen zu warten. Sie verriegelten hinter uns die Tür. Als wir allein waren, entfernte Hami die Knebel, doch die Fesseln an ihren Händen und Füßen löste er nicht.

Das Mädchen sagte keinen Ton, als ihr Knebel entfernt wurde. Aber Ghalilat zischte sofort: „Ich weiß genau, wer der Junge ist, und ich kann es auch beweisen."

Ich erwiderte: „Ja, ich auch. Aber ich weiß auch, wer *du* bist."

Verblüfft zog sie die Augen zusammen. Ihr Gesicht mit den schmalen Lippen war durch das Gift der Boshaftigkeit erstarrt. Als sie nichts erwiderte, fuhr ich fort: „Ich will von dir wissen, von wem du erfahren hast, wer der Junge ist, denn ich bin sicher, dass es kein Gott oder Dämon war, der dir das offenbart hat. Und du sollst mir sagen, wer sonst noch davon weiß, und wenn mich deine Antworten nicht überzeugen, werden du und deine Dienerin sterben."

„Ich bin die Tochter Mafaddats, und dieses Mädchen, das du meine *Dienerin* nennst, ist meine Nichte Masqual, die nach mir Königin geworden wäre, wenn du dich nicht eingemischt hättest, Tamrin der Kaufmann. Du würdest es nicht wagen, uns etwas anzutun!"

„Vielleicht nicht, wenn noch andere Leute außer der *rechtmäßigen* Königin und ihren nächsten Gefährten wüssten, wer du bist. Aber zum Glück hast du es in deiner Eile zu verkünden, wer Menelik ist, versäumt, deine Zuhörer darüber aufzuklären, dass du nicht nur eine herumziehende Seherin bist, deren Verschwinden niemand bemerken würde. Also schlage ich vor, dass du mir sagst, was ich wissen will. Dann wirst du samt deiner Nichte freigelassen werden."

„Ich glaube dir nicht. Du würdest es nicht wagen, uns gehen zu lassen, mit dem, was wir wissen."

„Sobald alle in Saba die Wahrheit kennen, wird dein Wissen weder wertvoll noch gefährlich sein."

„Alle in Saba? Wenn herauskommt, dass Makeda einen Sohn hat, werden nicht meine Nichte oder ich eine Hinrichtung fürchten müssen."

„Das muss das Volk von Saba entscheiden. Für dich geht es im Augenblick darum, mir meine Fragen zu beantworten."

„Also gut." Ghalilat schüttelte sich ihre ergrauten Haare aus den Augen und blickte mich herablassend an. „Ich habe die Wahrheit von Naamah, der Ammoniterin, der Mutter von Rehabeam, dem *rechtmäßigen* Sohn König Salomos von Israel, erfahren."

„Von Rehabeams Mutter? Du bist in Israel gewesen?"

„Ja. Viele Monate lang."

„Und Meneliks Existenz ist dort bekannt?"

„Nein. Nur Rehabeams Mutter weiß es und aus offensichtlichen Gründen hat sie niemandem davon erzählt. Mir hat sie es nur anvertraut, weil sie erfahren hat, wer ich bin, und dachte, dass ich Menelik genauso vernichten will wie sie."

„Und von wem hat *sie* es?"

„Von Joschafat, dem Hofschreiber, oder vielmehr durch einen Brief, den er aus Äthiopien mitgebracht hat. Sie wusste, dass er nach Afrika gereist war, um selbst die Wahrheit herauszufinden, und so fing sie ihn auf dem Heimweg ab. Nachdem ihre Männer ihm den Brief mit Gewalt entrissen hatten, erlösten sie ihn von seinem Elend."

„Sie haben ihn *ermordet*? Rehabeams Mutter ließ Joschafat töten?"

„Aber natürlich. Salomo durfte nicht erfahren, dass Rehabeam nicht sein erstgeborener Sohn ist. Also, Tamrin der Kaufmann, bist du überzeugt?"

„Ja." Ich hatte keinen Zweifel daran, dass Ghalilat mir die Wahrheit sagte. „Und was ist dein Ziel?", fuhr ich fort, als sie mich immer noch triumphierend anfunkelte. „Wolltest du Makeda erpressen? Willst du Reichtümer, damit du den Mund hältst?"

„Welchen Nutzen hätte ich von einer Erpressung oder von irgendetwas, das Makeda mir anbieten könnte? Sie hat nur eines, das ich begehre, etwas, das von Anfang an mir zustand! Ich will ihren Thron, Tamrin, und bei allen Göttern, ich werde ihn bekommen. Du kannst dir einreden, dass das Volk von Saba ihr ihre Übertretung und die zwanzig Jahre der Täuschung vergeben wird, aber das wird nicht geschehen. Sie werden sehen, dass sie mir eine Hure und Lügnerin vorgezogen haben. Ich habe dir gesagt, was du wissen wolltest, Tamrin. Jetzt gib mir und meiner Nichte, was du uns versprochen hast. Unsere Freiheit."

„Du wirst deine Freiheit bekommen", versicherte ich ihr. „Sobald das Volk von Saba seine Entscheidung getroffen hat. In der Zwischenzeit werdet ihr niemandem ein Wort davon sagen." Und ich wies Hami an, sie wieder zu knebeln, bevor wir gingen.

Mit schwerem Herzen eilte ich zu Makeda. Ich befürchtete, Ghalilat könnte recht haben und die Sabäer, trotz all des Guten, das ihre regierende Königin für sie getan hatte, würden zu dem Schluss kommen, dass ihre Vergehen schwerer wogen als alles andere. Ich war nicht sicher, was sie mehr erzürnen würde: der Akt der Unzucht, bei dem Makeda ihre Jungfräulichkeit verlor, oder dass sie sie zwanzig Jahre lang getäuscht hatte. Es war nicht zu leugnen, dass sie in schlimmster Weise gegen die sabäischen Gesetze verstoßen und ihre Schuld anschließend verschleiert hatte. Falls das Volk beschloss, sie und ihren Sohn zu verstoßen und zu töten und an ihrer Stelle die Frau einzusetzen, die ihre Niederträchtigkeit ans Licht gebracht hatte, wäre das durchaus rechtens.

Auf dem Weg kam mir der Gedanke, dass es uns noch gelingen könnte, die Wahrheit für uns zu behalten. Wir könnten den Befehl geben, Ghalilat und ihre Nichte zu töten, wie Menelik vorgeschlagen hatte. Da in Yeha bisher niemand die Wahrheit über Meneliks Eltern ans Licht hatte bringen können, war es durchaus möglich, dass das auch so blieb.

Doch sobald diese Idee ihr hässliches Haupt erhoben hatte, verwarf ich sie wieder. Ich hatte Ghalilat mein Wort gegeben, dass sie und ihre Nichte freigelassen wurden. Und auf Dauer würden diese Morde Makeda und Menelik auch keinerlei Vorteile bringen. Je länger Meneliks Identität jetzt, da er zum Mann herangewachsen war, noch geheim blieb, desto weniger wahrscheinlich war es, dass die Untertanen seiner Mutter ihn als ihren Sohn akzeptierten. Außerdem war die Neugier seiner Altersgenossen jetzt neu angestachelt worden. Sie würden unter allen Umständen herauszufinden versuchen, wer er tatsächlich war. Und erst recht, wenn die Wahrsagerin spurlos verschwinden würde.

Es blieb keine andere Wahl: Makeda musste sich der Gnade ihres Volkes ausliefern und darauf vertrauen, dass die Liebe, die ihre Untertanen ihr entgegenbrachten, ihre Sünden aufwiegen würde.

Und so ging eine Proklamation durch das Königreich, dass die Königin beim Passahfest, das in Yeha wie in Jerusalem in einem Monat gefeiert werden würde, eine wichtige öffentliche Erklärung zur Thronfolge abgeben würde. Alle Mitglieder des Kronrats sollten erscheinen, dazu möglichst viele Bürger Sabas, die zu diesem wichtigsten Fest des Jahres eine Pilgerreise zu Adonais Tempel unternahmen.

Während der folgenden Wochen trafen die Pilger ein und errichteten ihre Zelte in den Straßen und auf den Plätzen der Stadt. Brandgeruch hing in der Luft von den unzähligen Lagerfeuern. Das Blöken der Lämmer, die zum Gedenken an den Abend, bevor Mose sein Volk aus der Sklaverei in die Freiheit führte, im Tempel geschlachtet werden sollten, war ohrenbetäubend. Natürlich war es Moses Volk gewesen, die mit Mose ausgezogen waren, nicht Makedas, doch als Adonai Moses Ahn Abraham versprochen hatte, ihm unzählige Nachkommen zu schenken, hatte er nicht nur die direkten Nachkommen gemeint. Jeder, der den Namen des Herrn anrief, hatte das Recht, zu seinem Volk gezählt zu werden, ob nun Israelit, Äthiopier, Araber oder Bewohner des Meeresbodens.

Am Passahfest sollte die folgenschwere Erklärung abgegeben werden. Ghalilat und ihre Nichte waren nach wie vor in Haft. Makeda, Sabla, Menelik, Hami und ich hielten am Abend vor dem Passahfest Nachtwache in Makedas Gemächern. Keiner von uns tat ein Auge zu oder versuchte es auch nur, denn uns war bewusst, dass dies die letzte Nacht sein mochte, die wir zusammen verbrachten, und dass es für einige oder für uns alle unsere letzte Nacht auf Erden sein könnte. Sabla vergoss heiße Tränen, doch Makedas Augen blieben trocken und ihr Geist gelassen.

„Sabla, ich vergebe dir. Und Adonai vergibt dir auch, diese und alle deine Schuld, so wie er mir vergeben hat", versicherte sie der Reumütigen, die früher ihre Sklavin gewesen war. „Wende dich ihm zu und nimm die Gnade an, die er dir anbietet, dann wirst du seinen Frieden in den Tiefen deiner Seele kennenlernen und ihm deine Zukunft anvertrauen können, so wie ich."

„Welche Zukunft? Keiner von uns wird vermutlich noch eine Zukunft haben. Was nützt dir der Friede in deiner Seele, wenn du stirbst?"

„Ich bin bereit zu sterben. Aber Sabla, was von *dir* verlangt wurde, war viel größer. Denn das Sterben dauert nur einen Augenblick, während du zwanzig Jahre deines Lebens geopfert hast, um meinen Sohn großzuziehen. Ich kann dir niemals genug dafür danken. Selbst wenn auch er morgen sterben müsste, du hast mir die Freude bereitet, zusehen zu können, wie er zu dem klugen jungen Mann heranwuchs, der er heute ist. Und auch wenn ich alle diese Jahre getrennt von seinem Vater leben musste, so habe ich doch jeden Tag in Meneliks Gesicht seines gesehen."

Daraufhin weinte Sabla umso mehr. Hami umarmte sie, Menelik trat hinzu, und schon bald lagen wir uns alle in den

Armen und weinten, bis sich Makedas Stimme über unsere Trauer hinweg in einem leidenschaftlichen Gebet zum allmächtigen Gott erhob und seine Gnade und seinen Segen für uns alle erflehte. Danach betete auch ich laut, dann alle anderen, auch Menelik und Hami und schließlich sogar Sabla. Und ganz allmählich verwandelten sich unsere Tränen in Lachen, als der göttliche Friede, von dem Makeda gesprochen hatte, unsere Herzen überflutete, und wir waren vereint in der Freude Adonais.

Makedas Augen strahlten, als sie sagte: „Ich habe Salomo einmal gefragt, was seiner Meinung nach das Schlimmste auf der Welt sei und was das Schönste. Er antwortete mir, das Schlimmste sei, wenn ein gläubiger Mensch seinen Glauben verliert, aber das Schönste sei ein Sünder, der umkehrt. Und hier sind gleich fünf davon zusammen!" Und wir wussten: Die Menschen, die sich morgen versammelten, hatten nicht die Macht, uns von der Liebe Gottes zu trennen.

Am folgenden Morgen stand Makeda auf den Stufen des Tempels, den sie hatte bauen lassen, und sprach zu den Mitgliedern des Kronrats und ihren Untertanen, die sich im offenen Tempelhof drängten. Jeder Anwesende schnappte bei ihrem Anblick nach Luft, denn sie hielt kein Zepter in der Hand und trug auch keine Krone auf dem Kopf. Ein einfaches Leinengewand war ihr einziges Kleidungsstück; ihre Füße waren nackt, und ihre Haare hingen ihr lose über den Rücken wie bei einer Trauernden. Sie streckte die Arme aus, die frei von Armreifen und Armspangen waren, und als sie die Handflächen zum Himmel hob, steckten keine Ringe an ihren Fingern außer dem einen, den Salomo ihr gegeben hatte.

„Fürsten und Volk von Saba", rief sie, und ihre Stimme hallte laut und klar über die Köpfe aller Versammelten hinweg. „Ich habe euch hierher gerufen, um eine Erklärung zu meiner Thronfolge abzugeben. Doch bevor ich dies tue, muss ich euch bekennen, dass ich gesündigt habe und euch um Vergebung bitte. Wenn ihr mir nicht verzeihen könnt, verstehe ich das, und wenn ihr mich zum Tode verurteilt, werde ich mich ihm bereitwillig stellen, da ich weiß, dass mein Gott da sein wird, egal, was mich auf der anderen Seite erwartet.“

Ein Murmeln ging durch das Volk, aber bisher war es nur ein Zeichen der Verwirrung. Denn Makeda, die nun mit gesenktem Kopf und hängenden Armen vor ihnen stand, strahlte große Würde aus, auch wenn ihr Verhalten dem einer Königin so wenig entsprach.

Als niemand etwas sagte, hob sie den Kopf und sprach weiter.

„Die meisten von euch wissen, dass ich vor zwanzig Jahren König Salomo von Israel einen Besuch abgestattet habe. Er hat mir alles beigebracht, was ich über die Führung eines Volkes weiß, und ich habe seither danach getrachtet, Saba in Übereinstimmung mit seinen Prinzipien zu regieren. Ich habe Tag und Nacht gearbeitet, um Gerechtigkeit zu schaffen und die Korruption in unserem Land zu besiegen, die Schwachen zu schützen und Wohlstand für alle zu ermöglichen. Ich habe Frieden geschaffen zwischen Stammesfürsten und Kriegsherren, sie ermutigt, zum Besten Sabas zusammenzuarbeiten und das Land nicht durch ihre Rivalität auseinanderzureißen. Ich habe dafür gesorgt, dass ihr und eure Familien sauberes Wasser zum Trinken und zum Wässern eurer Felder bekommt, damit eure Feldfrüchte wachsen. Ich habe euch eure Kinder wiedergegeben, die ihr in die Sklaverei verkaufen musstet, und eure Felder, die konfisziert wurden, wenn ihr eure Schulden nicht mehr zahlen konntet. Und all das verdankt ihr Salomo, weil er es ist, der mir das alles beigebracht hat.“

Sie machte eine kleine Pause, sammelte sich und sagte dann: „Aber er hat mir noch etwas anderes geschenkt, etwas, das ich nicht hätte annehmen sollen, und doch bereue ich nicht, dass ich es empfangen habe. Fürsten und Volk von Saba: Salomo hat mir einen Sohn geschenkt, den ich euch heute als den Erben vorstelle, dem ich meinen Thron und alles, was ich erreicht habe, hinterlassen werde. Er wird ein Herrscher sein, wie ihr ihn euch nur wünschen könnt, und es ist mein aufrichtiges Gebet, dass ihr ihn als Herrscher akzeptiert, wenn ich tot bin, und euch verpflichtet, seine Nachkommen als Herrscher nach ihm anzunehmen. Menelik, Sohn Salomos und Fürst von Saba, tritt vor und lass dich von deinen zukünftigen Untertanen begrüßen."

Nach diesen Worten war es totenstill. Kein Laut war zu hören, kein einziger Ton. Die Menge rührte sich nicht, als der angekündigte junge Mann aus der Halle des Tempels trat, in der er unbeobachtet gewartet hatte. Er nahm seinen Platz an der Seite seiner Mutter ein: groß, gut aussehend, mit breiten Schultern und schmalen Hüften, stolz, aber nicht arrogant, mit ernstem Gesicht, doch ohne Hinterlist. Kurz gesagt, er war die personifizierte Hoffnung für die Zukunft, ein junger Mann in der Blüte seiner Jahre, und nur ein hirnloser Wilder hätte wünschen können, dass er oder die Frau, die ihn geboren hatte, zum Tode verurteilt würden.

Schließlich erhob sich in den Rängen des Kronrats auf den Tempelstufen die Stimme des Großwesirs Luqman, der nicht nur Makeda, sondern auch den beiden Königinnen vor ihr gedient hatte. „Heil Menelik, Prinz von Saba!", rief er in die Stille hinein. „Möge seine Dynastie ewig regieren!"

Einen unerträglichen Augenblick lang war das einzige Geräusch das Echo seines Rufes, das im sonnenbeschienenen Hof widerhallte.

Dann rief Kahalum von den Banu Waren: „Ja! Heil Menelik, Prinz von Saba!" Und Salamat wiederholte seine Worte, dann ein anderer Stammesfürst und noch einer, und während jeder Einzelne seine Unterstützung für Menelik und Makeda und das neue Prinzip der Thronfolge formulierte, stimmten auch die Männer und Frauen seines jeweiligen Stammes mit ein. Schon bald hatte sich der gesamte Tempelhof in ein Meer von winkenden Armen und rufenden Mündern verwandelt, und falls einige von ihnen Protest schrien, ging das in dem Gebrüll der Zustimmung unter.

Makeda war vor Dankbarkeit Adonai gegenüber auf die Knie gesunken, aber auch, um zum Ausdruck zu bringen, dass ein großer König oder eine Königin gleichzeitig auch ein Diener des Volkes ist und nicht nur sein Herrscher.

Als der Lärm schließlich abebbte, fragte Luqman mit seiner tiefen, befehlsgewohnten Stimme, ob ein Mitglied des Kronrats anwesend sei, das Widerstand gegen die Ernennung von Prinz Menelik als Thronfolger äußern wolle oder sogar Makedas Abdankung fordere angesichts der Sünde, die sie eingestanden hatte. Denn zweifellos sei ihre Königin keine Jungfrau mehr; und mehr noch, sie leide seit ihrer Kindheit an einer Entstellung, die sie nach den alten Regeln vom königlichen Amt disqualifiziert hätte. Jetzt sei die Zeit, Einwände vorzubringen. Sobald diese Versammlung vorbei sei, wäre es zu spät.

Das Gebrüll, das auf Luqmans Worte folgte, war so heftig, dass ich kurz um seine Sicherheit besorgt war. Gewiss hatte Mafaddat, Ghalilats Vater, der allein vielleicht in der Versuchung stehen könnte, Widerspruch anzumelden, genug Verstand, sich nicht gegen die Volksmenge zu stellen, die einmütig ihre Zustimmung kundtat. Und wenn er sich jetzt nicht zu Wort meldete, müsste er für immer schweigen.

Nachdem klar war, dass niemand ihre Abdankung fordern würde, erhob sich Makeda erneut und reckte die Arme zum Himmel.

„Fürsten und Volk von Saba!“, rief sie, und ihre Stimme war nun heiser vor Gefühlen. „Worte vermögen nicht auszudrücken, wie dankbar ich für eure Duldsamkeit und für das Vertrauen bin, das ihr bereit seid, meinem Sohn entgegenzubringen. Aber ich bin es euch allen schuldig, euch ohne den Schatten eines Zweifels zu beweisen, wer sein Vater ist. Seht!“, sie hielt den einzigen Ring, den sie an ihren Fingern trug, in die Höhe. „Dieser Siegelring wurde mir von seinem Vater, König Salomo von Israel, zur Zeit seiner Empfängnis gegeben, und Salomo bat mich, ihn zusammen mit dem Kind, falls eines gezeugt worden und falls es ein Junge sei, zurückzuschicken. Die Zeit ist gekommen, dass Menelik die Reise antritt, die ich selbst vor zwanzig Jahren unternommen habe, um von Salomo als sein Sohn anerkannt zu werden. Zusammen mit dem Ring wird er ihm einen Brief bringen, in dem er Salomo bittet, ihn mit Empfehlungsschreiben auszustatten, die er euch allen vorlegen kann, und ihn mit dem heiligen Öl zu salben, mit dem er selbst und sein Vater David vor ihm zu Herrschern unter Adonai gesalbt wurden.

Weiterhin werde ich Salomo um eine Franse des Überwurfs bitten, der die heilige Bundeslade verhüllt. Wir werden sie ins Heiligtum dieses Tempels legen, in dem wir heute stehen. Dann werden wir ein Zeichen der Gegenwart Adonais in unserer Mitte haben. Dieses Heiligtum wird nicht mehr länger leer stehen, und ihr werdet den Beweis haben, dass jedes Wort, das ich heute gesprochen habe, wahr ist."

Und so kam es, dass Makedas und Meneliks Gebete erhört wurden: ihres, dass ihr Sohn von ihrem Volk akzeptiert würde, und seins, dass er endlich nach Jerusalem reisen könnte, um seinen Vater zu sehen. Während Mutter und Sohn noch Arm in Arm auf den Treppenstufen standen und die Huldigung der Menge entgegennahmen, wurden Ghalilat und ihre Nichte Masqual aus dem Gefängnis entlassen und mit Mafaddat vereint. Wir sahen sie nie wieder. Sehr viel später erfuhr ich, dass Ghalilat verbittert gestorben sei, doch Masqual habe geheiratet und Kinder bekommen und sei so glücklich, wie ihre Tante unglücklich gewesen war. Nicht nur Saba als Land kam die Einführung einer königlichen Dynastie zugute, sondern auch den vielen Töchtern der Stammesfürsten, denen auch weiterhin der Trost einer Ehe und Familie versagt geblieben wäre in der vergeblichen Hoffnung, dass sie eines Tages eine Krone tragen würden.

Am folgenden Tag saßen Sabla, Hami und ich mit Makeda und ihrem Sohn zusammen, um das Passahmahl zu teilen. Und sogar Hami setzte sich zum ersten Mal zu uns, denn beim Passahmahl gibt es keine Herren und Diener, keine Sklaven und Freie. Während wir die speziellen Speisen zu uns nahmen und den Wein tranken, fühlten wir uns so frei wie nie zuvor, weil wir nichts mehr geheim halten oder vortäuschen mussten. Wir brauchten keine Angst mehr zu haben, dass die Wahrheit ans Licht kommen und alles zerstören könnte. Jetzt war die Wahrheit nicht mehr unser Feind, sondern unser Freund, und Menelik war nicht mehr der Sohn einer Hure, sondern der Erbe eines Königreichs, möglicherweise sogar zweier Königreiche.

Trotzdem mischte sich Traurigkeit in unsere Freude, denn sehr bald würden Mutter und Sohn Abschied voneinander nehmen müssen, für eine sehr lange Zeit.

„Du könntest doch mitkommen, Mutter", bat Menelik flehentlich. „Würde es dich denn nicht glücklich machen, meinen Vater wiederzusehen, wenn du ihn so sehr geliebt hast?"

„Nein, mein Sohn." Sie schüttelte den Kopf und ein schwaches Lächeln umspielte ihre Lippen. „Ich habe ihn von ganzem Herzen geliebt und liebe ihn immer noch, aber wir können die Zeit nicht zurückdrehen. Nichts wäre wie früher und ich möchte meinen Traum lieber unbefleckt bewahren."

„Aber wie soll ich allein zurechtkommen, ohne deine klugen Ratschläge? Seit ich zwölf war, haben wir jeden Tag miteinander geredet."

„Ja, und jetzt bist du zwanzig, alt genug, um selbst kluge Entscheidungen zu treffen. Außerdem wird Onkel Tamrin an deiner Seite sein und auf dich aufpassen."

Onkel Tamrin? Ich fuhr hoch und verschüttete beinahe meinen Wein. „Makeda, ich kann nicht mit Menelik nach Jerusalem reisen."

„Aber du musst. Es gibt niemanden, der die Wüsten und Meere so gut kennt wie du, niemanden, der sicher alle Räuberhöhlen und Schlangennester umgehen kann und weiß, welche Gefahren einen unachtsamen Reisenden unterwegs heimsuchen können. Wenn du ihn nicht begleitest, werde ich bis zu Meneliks Rückkehr keine Ruhe finden. Du musst mir versprechen, dass du ihn begleitest und das Leben meines Sohnes mit deinem eigenen beschützen wirst."

Und wie hätte ich ihr dieses Versprechen nicht geben können, wo sie mich doch mit diesen dunklen Augen, denen ich schon seit ihrer Kindheit hilflos ausgeliefert war, flehentlich anblickte und wo es schon seit vielen Jahren mein Lebenssinn war, von ihr gebraucht zu werden?

„Wie Ihr wünscht, Euer Majestät", stimmte ich zu. „Euer Wort ist mir Befehl." Und ihr Lächeln erleuchtete ihr Gesicht wie die Sonne, die durch die Wolken bricht, denn sie wusste, dass ich trotz meiner Worte ihrer Bitte nachkam, weil ich sie liebte, nicht, weil ich es für meine Pflicht als Untertan hielt.

„Und du, Menelik, musst mir versprechen, mitzukommen, wenn dein Onkel den Heimweg antritt", ermahnte sie ihren Sohn. „Egal, wie gut du aufgenommen wirst von deinem Vater, wie groß seine Begeisterung über dich ist oder welche Versprechungen er dir auch macht, du musst mir dein Wort geben, dass du so bald wie möglich wieder zurückkommst, sonst lasse ich dich nicht reisen."

„Bei meiner Ehre, Euer Majestät, ich werde so bald wie möglich zurückkehren."

„Dann geht mit meinem Segen, ihr beide. Und möge der Segen Adonais auch auf euch sein."

Kapitel 16

Die Reise nach Israel, die Menelik und ich unternahmen, verlief ganz anders als die, auf der ich Makeda begleitet hatte. Es gab keine lange Kamelkarawane, keine Lasttiere beladen mit Schatztruhen. Stattdessen waren wir als Händler mit bescheidener Ausstattung unterwegs, denn niemand konnte vorhersagen, wie Salomo reagieren würde, wenn er erfuhr, dass die Königin von Saba ihm doch einen Sohn geboren hatte. Natürlich hatten wir Geschenke für ihn dabei, aber nur so viele, wie von einigen Eseln getragen werden konnten, und eine Eskorte beschützte uns, aber es waren nur ein halbes Dutzend Männer, als Zivilisten verkleidet, die Schwerter und Messer sorgfältig verborgen. Hami kam mit, um sich um meine persönlichen Bedürfnisse zu kümmern. Und auch Menelik wurde von einem Diener begleitet. Das war unsere ganze Reisegruppe.

Und wir nahmen auch nicht dieselbe Route, die ich mit Makeda zurückgelegt hatte. Menelik wollte durch Ägypten reisen und die Pyramiden und Tempel und die großen Städte am Nil sehen, statt die eintönige arabische Wüste zu durchreiten. Und so überquerten wir die Berge und den Nil an einer Stelle, wo er mit dem Schiff befahrbar war, denn es gab viele Abschnitte, wo das nicht möglich war, und wir suchten unseren Weg zwischen Felsen und Gestrüpp, während der Fluss neben uns in sprudelnden Wasserfällen in die Tiefe stürzte.

Anfangs dachte ich, es wäre ein wahres Wunder, wenn ich lebend zurückkam, doch je weiter wir reisten, desto mehr schienen die Jahre von mir abzufallen, und ich fühlte mich jünger und kräftiger als seit Langem. Auch Menelik wurde stärker und widerstandsfähiger und war immer mehr in der Lage, sich in den Wäldern und Sümpfen zurechtzufinden. Er jagte Rotwild und Wassergeflügel und sogar Krokodile, an Stellen, an denen der Nil breit und seine Strömung nicht so reißend war. Mit dem fest um seine Stirn geschlungenen Turban und den in seinem gebräunten Gesicht weiß blitzenden Zähnen wirkte er wie ein Strauchdieb, als wir das Tal der Könige erreichten.

Doch er war nie glücklicher gewesen, denn wie seine Mutter liebte er es, im Freien zu sein, und wie ihr bereitete es ihm unendliches Vergnügen, mit Bauern und Fischern und sogar mit Steuereinnehmern zu plaudern, die es in Ägypten in Hülle und Fülle gab. Das fruchtbare Land am Ufer des Nils wurde intensiv bewirtschaftet, und wo immer Land bestellt wurde, gab es auch Steuereinnehmer mit ihren Waagen und Tafeln und ihrer Betrügerei. So konnte sich Menelik selbst davon überzeugen, wie viel besser das Los der gewöhnlichen Menschen in seinem eigenen Land war als das Los derjenigen, die sich auf dem Besitz des Pharao abrackern mussten. Im ganzen Land Ägypten sahen wir schlimme Zustände, und auch wenn es auf eine glorreiche Geschichte zurückblicken konnte, war die Gegenwart doch alles andere als glorreich.

Da wir uns als bescheidene Händler verkleidet hatten, gab es keinen Grund für uns, am Hof des Pharao zu erscheinen, und wir verließen Ägypten genauso unerkannt, wie wir gekommen waren, von einem kleinen Hafen an einem der vielen Nildeltas aus.

Wir segelten an der Küste entlang bis nach Gaza, der am südlichsten gelegenen israelitischen Stadt an der Meeresküste. Hunderte Jahre hatte sie sich im Besitz der Philister befunden, den Nachbarn und Erzfeinden Israels. Jetzt war sie Salomos Weltreich zugeführt worden. Die Einwohner waren eine raue Mischung aus Seeleuten und Abenteurern jeglicher Hautfarbe und unterschiedlichen Glaubens.

Auf der Suche nach einer Unterkunft zogen wir durch die engen Straßen, und unsere Esel stiegen über die auf dem

Boden ausgebreiteten Waren sowie über den verrottenden Müll und Mist hinweg, die man in jedem Hafen unter der Sonne findet. Wir mischten uns unauffällig unter die Menge, und niemand schenkte unseren staubigen Gewändern oder den ungepflegten Tieren einen zweiten Blick – bis uns ein abgerissener Straßenjunge mit einem Tablett Trinkbecher auf dem Kopf über den Weg lief und rief: „He! König Salomo! Seht nur! Das ist Salomo höchstpersönlich in Verkleidung!" Und sofort waren alle Bettler und Straßenverkäufer im Umkreis von hundert Metern zur Stelle, um zu sehen, was der Aufruhr zu bedeuten hätte.

Ich weiß nicht, wie dieser kleine Taugenichts dazu gekommen war, seinem König schon einmal von Angesicht zu Angesicht gegenüberzustehen, aber er war fest davon überzeugt, dass Menelik tatsächlich Salomo sei. Wie lautstark wir auch protestierten und beteuerten, keiner von uns sei König Salomo, wir seien einfache Händler aus Afrika, schon bald hatte sich eine Menschenmenge um uns gesammelt, und einige von ihnen behaupteten, sie hätten ihren König schon von Nahem gesehen, und Menelik sei fraglos sein Ebenbild.

„Nein, er ist viel jünger!", rief jemand, und ein anderer sagte: „Nein, er ist dunkler!" Aber alle waren sich einig, dass sie in ihrem ganzen Leben nie jemanden gesehen hatten, der König Salomo ähnlicher gesehen habe, und trotz all unserer Bemühungen gelang es uns nicht, ihnen zu entkommen.

Und natürlich erregte der Menschenauflauf schon bald die Aufmerksamkeit der Stadtgarnison, die sofort anmarschiert kam, um einen möglichen Aufruhr im Keim zu ersticken. Die Hände unserer Soldaten lagen am Griff ihrer verborgenen Waffen, aber Menelik und ich wollten eine hässliche Szene auf jeden Fall vermeiden. Darum bedeutete ich ihnen, geduldig abzuwarten, was der Hauptmann der sich nähernden Truppe zu sagen hätte.

Er erkannte sofort, dass unsere Gruppe im Mittelpunkt des Tumults stand, aber dass wir selbst diesen nicht provoziert hatten. Als er die Straßenhändler schließlich so weit beruhigt hatte, dass sie nicht mehr alle durcheinanderschrien, sondern ihm den Grund ihrer Aufregung erklärten, trat er zu Menelik und schaute ihm ins Gesicht. Fast sofort wich er wieder zurück, als hätte Menelik ihm in den Bauch geboxt.

„Bei Molochs klaffendem Maul!“, rief er. „Du siehst wirklich aus wie König Salomo! Eigentlich siehst du Salomo ähnlicher als der König selbst dieser Tage, ich schwöre es. Wer bist du, Junge? Sag mir sofort deinen Namen und wo du herkommst.“

„Ich bin Tafari von Aduli, ein Gewürzhändler aus Äthiopien“, erwiderte Menelik sofort und gab damit die Antwort, die wir uns lange vor unserer Abreise aus Yeha ausgedacht hatten.

„Äthiopien?“, wiederholte der Hauptmann verächtlich. „Du siehst nicht aus wie ein Äthiopier. Ich habe Griechen kennengelernt, die eine dunklere Hautfarbe hatten als du.“ Was doppelt paradox war, da Menelik im Augenblick dunkler war als je in seinem Leben. „Sag mir die Wahrheit, Junge, das ist besser für dich.“

„Ich komme tatsächlich aus Äthiopien. Das schwöre ich beim Leben meiner Mutter.“

„Deiner Mutter, ja? Und wer wird die wohl sein? Die Königin von Saba, nehme ich an.“ Und auf einmal schien der misstrauische Hauptmann seine eigenen Schlüsse zu ziehen. Er starrte uns mit offenem Mund an und musterte Menelik noch eindringlicher als zuvor. „Ibhar?“, rief er dann und schnippte, ohne den Blick von Meneliks Gesicht zu nehmen, mit dem Finger einen seiner Männer herbei. „Geh zur Kaserne zurück und sieh nach, ob Feldherr Benaja schon zu seiner Inspektion eingetroffen ist. Wenn ja, bitte ihn, dich sofort herzubegleiten.“

Auf dem letzten Teil unserer Reise hatte ich sehr intensiv darüber nachgedacht, wie und wann wir wem unsere wahre Identität enthüllen sollten, damit wir im geeigneten Augenblick und im besten Licht vor Salomo erscheinen könnten. Jetzt schien es so, als sei uns die Angelegenheit aus den Händen genommen. Benaja war der Oberbefehlshaber über Salomos Streitkräfte und sein enger persönlicher Freund. Und ganz zufällig, wie es schien, war er an diesem Tag in Gaza.

Der Hauptmann, der noch immer seinen Blick nicht von Menelik wenden konnte, hatte keinen Grund, uns in Arrest zu nehmen. Trotzdem weiß ich nicht, was geschehen wäre, wenn wir einfach versucht hätten, unseres Weges zu gehen.

Die Menge, die von Minute zu Minute größer wurde, weil immer mehr Menschen sehen wollten, was denn los sei, hatten nun einen stummen und erwartungsvollen Ring um uns gebildet. Unsere Soldaten hatten sich zurückgezogen und unter die Menschenmenge gemischt, damit sie uns nicht zugeordnet wurden. Menelik und ich tauschten besorgte Blicke, sagten jedoch nichts, während der Hauptmann, der uns festgesetzt hatte, uns nervös umkreiste, als rechnete er damit, dass wir uns jeden Augenblick in Luft auflösen könnten.

Kurz darauf kehrte sein Leutnant mit Feldherr Benaja im Schlepptau zurück. Ich hatte Benaja bei meinen früheren Besuchen in Israel kennengelernt, aber nur kurz, und das war mittlerweile zwanzig Jahre her. Trotzdem bestätigte seine verschwommene Erinnerung an mein Gesicht vermutlich sein Gefühl, dass Meneliks auffallende Ähnlichkeit mit König Salomo kein Zufall war.

„Du schwörst also beim Leben deiner Mutter, dass du Tafari, ein Gewürzhändler aus Äthiopien bist, ist das so, Junge?", fragte er Menelik verdrießlich. Er war ein grauhaariger, humorloser alter Veteran, der schon mehr als doppelt so lange Soldat war, wie Menelik lebte. Vor Salomo hatte er bereits unter David gedient und war bestimmt um einiges älter als sechzig Jahre.

„Nein", erwiderte Menelik gleichmütig. „Ich schwöre, ich komme aus Äthiopien, aber Tafari ist nicht mein richtiger Name, und ich bin auch kein Gewürzhändler."

Benajas Augen zogen sich erst zusammen und leuchteten dann auf, als sie an dem Siegelring hängen blieben, den Menelik an seinem kleinen Finger trug. Schließlich sagte er: „Wenn du der bist, für den ich dich halte, dann kommst du besser mit, wenn ich morgen nach Jerusalem zurückkehre, um dem König Bericht zu erstatten.“ Dann wanderte sein Blick zu mir. „Ihr beide müsst mitkommen.“

„Wir fühlen uns geehrt, Feldherr Benaja“, sagte ich an Meneliks statt. „Tamrin von Yeha zu deinen Diensten, und ich bin tatsächlich ein Kaufmann. Darf ich dir meinen Verwandten, Prinz Menelik vorstellen, Kronprinz von Saba, einziger Sohn von Königin Makeda und erstgeborener Sohn deines Königs Salomo? Wir werden dich gern begleiten und bitten dich nur, dass wir eine Unterkunft für heute Nacht zugewiesen bekommen, die unserem Stand entspricht.“

Die Menge blieb stumm, verblüfft von der Enthüllung, die sie so unerwartet miterlebt hatte. Und auf einmal schrie der Straßenjunge, der Menelik angesprochen hatte, als wir durch die Straßen gegangen waren: „Ich habe es euch doch gesagt, er sieht aus wie der König! Ich habe es gesagt! Ich habe es gesagt!“

Nachdem wir monatelang in Zelten und unter Büschen oder im Freien unter den Sternen geschlafen hatten, fanden wir in jener Nacht in der imponierenden Residenz des Stadtgouverneurs ein Quartier. Hier wurden uns Delikatessen vorgesetzt, die nicht nur den abgestumpftesten Gaumen in Versuchung geführt hätten, sondern auch in Übereinstimmung mit dem Gesetz des Mose zubereitet worden waren. Wir schliefen in weichen Betten und nicht mehr auf unseren verwanzten Matten auf dem Boden, und wir genossen die Freuden, die uns die Zivilisation zu bieten hatte, und den Luxus, wieder wir selbst sein zu können.

Am folgenden Tag begleiteten wir Benaja nach Jerusalem. Wir fuhren in einer Kutsche, die unserem Stand angemessen war. Auch sie hatte uns der Stadtgouverneur zur Verfügung gestellt. Meneliks Diener und Hami folgten uns mit unseren Eseln zu Fuß, und dahinter marschierte unsere Militäreskorte. Doch jetzt waren noch zusätzlich fünfzig von Benajas Männern zu unserem Schutz abgestellt worden.

Anfangs waren wir zu beschwingt von der Wendung der Ereignisse und zu erfüllt von ängstlicher Vorfreude, um auf unsere Umgebung zu achten. Doch nach und nach wich unsere Begeisterung dem Entsetzen.

Denn Israel war nicht mehr so, wie ich es in Erinnerung hatte und wie ich es Menelik in der Vergangenheit so begeistert geschildert hatte. Wir kamen vorbei an verlassenen Höfen, deren Gebäude in Trümmern lagen und deren Felder von Dornen überwuchert waren. In den Dörfern sahen wir verlassene Werkstätten, deren Türen schief in den Angeln hingen. Abgemagerte Schafe irrten durch die Straßen und über die Plätze. Schlimmer noch, da waren Bettler: Männer, Frauen und Kinder mit eingefallenen Wangen und hohlen Augen, die uns ihre Steingutschalen entgegenstreckten in der Hoffnung auf eine Kupfermünze oder einige Getreidekörner. Es war, als wäre Israel zu dem geworden, was Saba einst gewesen war, während sich Saba jetzt des Segens erfreute, den Israel verloren hatte. Das beunruhigte mich in höchstem Maße, und als Menelik sich fragend zu mir umwandte, konnte ich nur mit den Schultern zucken. Ich war genauso verwirrt wie er.

Und als wir mit dem langsamen Anstieg nach Jerusalem begannen, entdeckten wir auf den Gipfeln der niedrigeren, bewaldeten Hügel um die Stadt herum Altäre, heilige Steine und Säulen, wie ich sie auf israelitischem Boden vorher nie gesehen hatte. Dies waren keine Altäre für Adonai. Nein, das waren unverkennbar heidnische Heiligtümer, sogenannte „Höhen", für die Darbringung von Opfern, vermutlich menschliche und tierische Opfer, für Baal und die Aschera der Kanaaniter, den Schemosch der Moabiter, den Moloch der Ammoniter oder eine der grotesken Tiergottheiten der Ägypter.

Nie hätte der Salomo, den ich kannte, die Errichtung solcher Abscheulichkeiten in der Nähe seiner heiligen Stadt geduldet. Und er hätte seinen Untertanen auch nicht gestattet, in den heidnischen Götzendienst zurückzufallen. Als Joschafat damals nach Äthiopien gekommen war und mir erzählt hatte, dass Salomo immer stärker unter den Einfluss seiner ausländischen Frauen geriet, hätte ich mir nicht einen Augenblick vorstellen können, dass die Zustände so schlimm sein könnten. Doch jetzt, noch bevor Menelik und ich vor den König, den zu kennen ich geglaubt hatte und den ich seit vielen Jahren zu meinen Freunden zählte, geführt wurden, musste ich in Erfahrung bringen, was passiert war.

„Feldherr Benaja!“, rief ich unserem ehrenwerten Führer zu, der vor uns ritt. Nach einem Leben im Sattel war er dort zu Hause, doch sein Alter wurde deutlich in der Anspannung seines Rückens. „Feldherr Benaja, ich bitte dich, halte einen Augenblick an. Ich bin zutiefst betrübt.“

Er kam meiner Bitte nach. Vermutlich ging er davon aus, dass ich mein Alter genauso spürte wie er seines. Als er sein Pferd gewendet hatte und mich stirnrunzelnd anblickte, sagte ich: „Ich bitte um Verzeihung, Feldherr, aber was haben diese aufgerichteten Steine und Säulen auf den Berggipfeln zu bedeuten? Ist dies nicht Israel, das verheißene Land, und sind wir nicht auf dem Weg nach Zion, dem heiligen Berg Adonais?“

Benajas Gesicht verzog sich zu einer Grimasse, und seine Augen waren nur noch Schlitze in seinem verzerrten Gesicht. „Ich bedauere, dass du in Israel nicht alles so vorfindest, wie du es verlassen hast, Herr Tamrin.“

„Aber wie kann das sein? Ist Salomo nicht mehr König dieses Landes? Er kann doch noch nicht senil sein. Er ist viel jünger als ich oder du.“

„Senil, nein“, erwiderte Benaja mit zusammengebissenen Zähnen. „Aber ob er noch recht bei Verstand ist, das magst du selbst entscheiden, wenn ihr vor ihm steht.“

Er wollte nicht mehr sagen, doch die Gesichter seiner Männer sagten mir nur zu deutlich, dass Salomo nicht mehr der vorbildliche König war, der von seinen dankbaren Untertanen vorbehaltlos geliebt wurde.

Nun blickten wir der Begegnung mit Salomo doppelt sorgenvoll entgegen, denn jetzt machten wir uns nicht nur

Gedanken, welchen Eindruck Menelik auf ihn machen würde, sondern auch welchen Eindruck *er auf uns* machen würde.

Ganz im Gegensatz zu der Armut, die wir auf dem Land wahrgenommen hatten, hatte die Stadt Jerusalem nie prächtiger gewirkt. Denn Adonais Tempel war nicht mehr der alleinige Quell des Staunens. Angrenzend an seine heilige Einfriedung hatte sich Salomo in den vergangenen Jahren einen Palast gebaut, viel größer als der seines Vaters David, in dem er und sein Hof bei meinen früheren Besuchen in Jerusalem residiert hatten. Außerdem hatte er die Stadtmauern um ein riesiges Areal erweitert, auf dem die prachtvollen Häuser der Reichen standen. Wie der Tempel und der Palast waren sie aus gelbem Kalkstein erbaut. Im flirrenden Sonnenschein konnte man den Eindruck gewinnen, als sei Zions Festung mit einer Goldkrone geschmückt worden.

Endlich erreichten wir den äußeren Palasthof. Sofort wurden Boten zum König gesandt, um ihn über die Ankunft zweier ausländischer Abgesandter höchsten Ranges zu informieren. Jeder Höfling oder Diener, der unseren Weg kreuzte oder eilfertig angerannt kam, um uns zur Hand zu gehen, reagierten mit demselben hastig verborgenen Staunen auf Meneliks Anblick.

Und dann wurden Menelik und ich, nachdem wir eine Erfrischung zu uns genommen hatten, durch ein mit Wandteppichen geschmücktes Vestibül, ein mit Fresken bemaltes Vorzimmer und mehrere Säulenhallen in den riesigen Thronsaal geführt, in dem Salomo uns empfangen würde. Der Hauptpalast des Pharao hätte diesen hier vielleicht in den Schatten gestellt, aber kein anderer, in den ich je meinen Fuß gesetzt hatte, und auf meinen Reisen habe ich viele Paläste gesehen. Natürlich gab es keinen Grund, warum der König von Israel nicht in aller Pracht residieren sollte. Makeda tat das schließlich auch, und es war nur passend, dass ein Monarch von Salomos Ruf sich einen Palast baute, der seinem herausgehobenen Status entsprach.

Aber so zu leben, wenn Bettler seine Straßen füllten und überall große Not herrschte? Und woher kamen überhaupt die Materialien, um diesen Palast so prächtig auszustatten? Sicher, Salomo und sein Verbündeter Hiram von Tyrus besaßen Flotten auf dem Roten Meer und dem Westlichen Meer sowie Karawanen, und Salomo nannte die Kupferminen in Timna sein Eigen. Doch ich erinnerte mich daran, dass der Großteil der finanziellen Mittel für Pharaos Paläste aus den exorbitanten Steuern stammte, die er seinem Volk auferlegte, und ich begann mich zu fragen, ob die finsteren Gesichter von Benajas Soldaten und die unleugbare Verarmung der israelitischen Bauern nicht vielleicht dieselbe Ursache hatte.

Die Strecke von der Schwelle des Thronsaals bis zu dem Podest, auf dem der Thron des Königs stand, war so lang, dass Salomo Meneliks und mein Gesicht erst deutlich erkennen konnte, nachdem wir mehr als die Hälfte des Weges zurückgelegt hatten. Auch wir konnten ihn nicht sehen, zumal das Protokoll vorschrieb, dass wir unsere Köpfe gesenkt zu halten hatten, bis der König uns aufforderte, den Blick zu heben. Je mehr wir uns ihm näherten, desto mehr hoffte ich, dass er sehen würde, was er sehen musste, und von seinem Thron aufspringen und uns willkommen heißen würde, so wie er es in seiner Jugend getan hatte. Doch wir erreichten sein Podest, ohne die kleinste Regung seinerseits erkennen zu können, und auch wir wagten es zunächst nicht aufzublicken oder das Wort an ihn zu richten, ehe er uns dazu aufforderte.

Als wir bereits eine beträchtliche Weile dort gestanden und der König noch immer kein Wort gesprochen hatte, entschied ich mich doch den Blick zu heben. Denn schließlich war er früher einmal mein Freund gewesen.

Ich erkannte sofort, warum der Hauptmann von Gaza gesagt hatte, Menelik sähe Salomo ähnlicher als Salomo neuerdings sich selbst, denn ich hätte ihn nie erkannt, wären wir uns in einem anderen Zusammenhang begegnet. Salomo wirkte nicht mehr schlank, sondern abgemagert. Seine purpurroten Gewänder hingen lose wie bei einer Vogelscheuche an seinem ausgezehrten Körper herab. Seine Haare unter der Krone, einst so üppig und schimmernd, waren genauso dünn wie er selbst und eher grau denn schwarz, als hätten sie Staub angesetzt. Sein bleiches Gesicht war von Falten durchzogen, seine einst so vollen Lippen waren schmal und blutleer, und insgesamt wirkte er älter als ich – oder zumindest älter, als ich mich fühlte, neu belebt durch die Reise. Vielleicht hätte ich das Reisen nie aufgeben sollen. Doch das Erschütterndste von allem war, dass er weinte, stumm, aber haltlos, wie ich noch nie zuvor einen erwachsenen Mann habe weinen sehen.

Ich schaute zu Menelik hinüber, doch sein Blick hing wie gebannt an seinem Vater und er wusste nicht, wie er sich verhalten sollte. Die Herolde, die uns in die königliche Gegenwart geführt hatten, hatten sich zurückgezogen, und so waren wir drei allein. Darum sagte ich zu dem ergriffenen Prinzen: „Geh zu deinem Vater, Menelik. Zeig ihm deinen Ring. Er wird dich umarmen wollen."

Er nickte und gehorchte mir, und ich war sicher, dass diese wenigen zögernden Schritte, die ihn von seinem Vater trennten, ihm mehr Mut abverlangten als einige der Beutezüge, die er in den von Nilpferden und Krokodilen bevölkerten Sümpfen des Nils unternommen hatte. Nachdem er die Stufen hochgestiegen war, kniete er zu Salomos Füßen nieder und wollte ihm den Ring zeigen, doch Salomo brauchte ihn nicht zu sehen und wollte es auch nicht. Er stieß ihn fort, schüttelte den Kopf und weinte heftiger als zuvor.

Er wusste sehr genau, wer Menelik war. Hatte Salomo etwa vor, ihn nicht anzuerkennen? Einige kurze schreckliche Augenblicke lang hielt ich das für möglich, und der bekümmerte junge Mann, der für mich immer noch ein verletzliches Kind war, schien dasselbe zu denken.

Dann streckte Salomo beide Hände aus, die zitterten wie die eines alten Mannes, und zog Meneliks Kopf auf seinen Schoß.

Ganz kurz behielt Menelik seine formelle Haltung bei, wohl weil er das Gefühl hatte, es gehöre sich so. Dann beobachtete ich, wie seine verkrampften Muskeln sich entspannten und seine Arme sich um Salomos Beine legten. Salomo drückte seinen Kopf auf den seines Sohnes, und lange Zeit verharrten sie in dieser Haltung.

Ich hatte das Gefühl zu stören und wollte mich leise zurückziehen und die beiden allein lassen, doch in dem Augenblick, da ich mich bewegte, hob Salomo den Kopf und sah mir in die Augen.

„Warum, Tamrin?“, fragte er gepeinigt, und seine verschwollenen, rot geränderten Augen waren so farblos, dass sie ihm das Aussehen eines Mannes gaben, der todkrank war. „Warum jetzt, nach all dieser Zeit? Warum hat es mir niemand gesagt? Warum hat *sie* es mir nie gesagt?“

Erwartete er tatsächlich, dass ich ihm antwortete? Und wenn ja, wo sollte ich anfangen? Während ich noch dastand und die Hände rang, ergriff Menelik das Wort. „Aber das hat sie doch, Vater. Vor acht Jahren. Sie hat dir einen Brief geschrieben und ihn Joschafat mitgegeben.“

„Joschafat? Joschafat ging fort, und ich habe ihn nie wiedergesehen! Ich habe nichts von deiner Mutter bekommen, nichts! Und sie hätte dich sofort nach deiner Geburt zu mir schicken sollen. Sie wusste, dass ich mir das mehr gewünscht habe als alles andere. All diese Jahre habe ich geglaubt, dass unsere Vereinigung keine Frucht getragen hat oder dass Makeda eine Fehlgeburt hatte oder unser Kind tot geboren worden sei! So viel Kummer, und dabei hast du die ganze Zeit gelebt und geatmet und hast gelernt zu laufen und zu reden, du hast schreiben und rechnen gelernt und ich wusste nicht …“

„Es tut mir leid, Vater. Wirklich. Aber – ich habe einen anderen Brief. Hier, bitte …“, und er holte den Brief, den Makeda ihm anvertraut hatte, aus den Falten seines Gewandes, den Brief, in dem sie Salomo bat, seinen Sohn zum König von Saba zu salben und ihm eine Franse von dem Überwurf der Bundeslade mitzugeben, damit sie im Allerheiligsten in Yeha ihren Platz fände.

Ich beobachtete Salomos Gesicht beim Lesen, und ich bemerkte, dass sich sein Kummer nur noch verstärkte, als er feststellte, dass der Brief kein Bekenntnis unsterblicher Liebe oder auch nur Worte der Reue oder des Bedauerns enthielt, eigentlich gar nichts wirklich Persönliches. Nachdem er ihn gelesen und dann noch einmal gelesen hatte, ohne ein Wort zu äußern oder auch nur aufzublicken, fragte Menelik: „Nun, Vater? Wirst du ihre Bitten erfüllen?"

„Bitten? Bitten? Ich verstehe nicht, wie sie die Unverfrorenheit besitzen kann, mich um etwas zu *bitten*." Und als er bemerkte, dass Menelik erschrocken zurückwich, bedauerte er seinen Zornesausbruch und meinte schwach: „Wir werden sehen, mein Sohn. Wir werden sehen. Auf jeden Fall wirst du jetzt erst einmal hierbleiben." Und schließlich, erneut zutiefst aufgewühlt: „Ich könnte es nicht ertragen, wenn du schon wieder weggehen würdest."

„Verzeih mir bitte", wiederholte Menelik. „Vielleicht hätte ich auch jetzt nicht kommen und dir solchen Kummer bereiten sollen. Aber erst mit zwölf Jahren habe ich selbst erfahren, wer ich bin, und von diesem Tag an ist kein Augenblick vergangen, in dem ich nicht davon geträumt habe, herzukommen und dich kennenzulernen. Ich dachte, das würde uns beide glücklich machen, aber-"

„Aber? Nein, mein Sohn, sag nicht ‚aber'. Dein Kommen sollte mich glücklich machen. Und das wird es auch! Ich werde eine Proklamation in meinem Königreich verbreiten lassen, dass mein Sohn ... *mein Sohn* ..." Er brach wieder in Tränen aus, als ihm klar wurde, dass er nicht einmal den Namen seines eigenen Sohnes kannte.

„Menelik, Vater", half der junge Mann ihm sanft weiter. „Mein Name ist Menelik, ‚Sohn des weisen Mannes' in der Sprache des Volkes meiner Mutter."

„Menelik ben Salomo von heute an", verkündete sein Vater. „Menelik ben Salomo ben David. Denn in meinen Augen ähnelst du vor allem meinem Vater David, als er jung und ich noch ein Kind war."

Ich erinnerte mich an die Geschichten, die ich über David gehört hatte, als er noch kein König gewesen war. Er war mit einer Anhängerschar aus rauen Gesellen durchs Land gezogen. Menelik sah ihm im Augenblick wohl wirklich ähnlich, den Turban wie ein Abenteurer fest um seine Stirn gebunden.

Dann riss sich Salomo zusammen. „Ich werde verkünden lassen, dass mein verlorener Sohn Menelik ben Salomo gefunden wurde, und es wird einen öffentlichen Feiertag für alle meine Untertanen geben. Im ganzen Land soll gefeiert werden!"

Endlich lächelte Salomo wieder, und ein Hauch seiner früheren Lebhaftigkeit tanzte in seinen seltsam hellen Augen. Menelik lächelte ebenfalls. Sie umarmten sich von Mann zu Mann, und Salomo küsste seinen Sohn viel zu triumphierend auf beide Wangen. Schließlich hielt er mir die Hand hin, bat mich, zu ihnen auf das Podest zu kommen und umarmte Menelik und mich zusammen, mit jedem Arm einen.

„Tamrin, mein Freund", sagte er, „ich glaube, heute hast du mich ins Leben zurückgeholt. Du hast dich noch einmal dem Wüstensand ausgesetzt, um mir einen Schatz zu bringen, von dem ich glaubte, er könnte nie der meine sein. Ich danke dir vom Grunde meines Herzen."

Wer war ich, dass ich seine anschwellende Freude mit meinen bösen Vorahnungen dämpfen wollte? Wer war ich, dass ich ihn darauf hinweisen sollte, dass ein großes öffentliches Willkommensfest für Menelik vielleicht nicht der beste Weg war, sein Kommen zu feiern? Weder Rehabeam noch seine Mutter würden in Feierlaune sein, das war sicher. Sie wären verpflichtet, vom Flügel aus zuzusehen, während das Königreich feierte, und zu überlegen, was die Ankunft von Salomos erstgeborenem Sohn für sie bedeuten würde.

Und es würde nicht nur Begeisterung geben. Vielleicht war Rehabeam nicht der Kronprinz, den viele Israeliten sich gewünscht hätten, aber wenigstens war er nicht unehelich und auf ausländischem Boden von einer schamlosen afrikanischen Verführerin zur Welt gebracht worden.

Kapitel 17

Beim ersten Morgenlicht schwärmten schnelle Reiter ins ganze Königreich aus, um allen Bürgern zu verkünden, dass der folgende Tag von jedem Mann, jeder Frau und jedem Kind in Israel als Feiertag zu begehen sei. Schafe und Ziegen würden auf Kosten des Königs in der Hauptstadt eines jeden Bezirks geschlachtet werden, sodass selbst die Ärmsten frisches Fleisch bekämen. Wein würde ebenfalls im Überfluss gestellt werden, und es würde Musik und Tanz geben, um die Menschen zu ermutigen, aus ihren Dörfern zu kommen und die guten Neuigkeiten des Königs gemeinsam zu feiern. Jenen, die nach Jerusalem kommen könnten, ständen die Palasttore weit offen, und Essen und Trinken würde aus den königlichen Küchen aufgetischt werden. Menelik selbst würde an der Seite seines Vaters auf dem Dach des Palastes erscheinen, wo alle ihn sehen und ihm zujubeln könnten. Denn dieser gut aussehende Prinz, von dessen Existenz bisher niemand gewusst habe, sei nun da. Er, der tot geglaubt gewesen sei, lebe jetzt, und sein Vater wünsche, dass alle seine Untertanen diesen bedeutungsvollen Tag in guter Erinnerung behalten sollten.

Und das Volk schien diese Gelegenheit zum Feiern nutzen zu wollen. Selbst innerhalb des Palastes liefen die Höflinge und Staatsbeamten, die täglich an der königlichen Tafel speisten und keinen Grund hatten, sich über die Aussicht auf eine Invasion der Massen zu freuen, mit einem Lächeln auf dem Gesicht herum. Ich schrieb ihre gute Laune nicht ihrer Freude über Menelik um seiner selbst willen zu – sie kannten ihn noch nicht und hatten keinen Grund anzunehmen, dass er anders sei als Rehabeam –, sondern eher ihrer Erleichterung darüber, dass Salomo den Mantel der Depression abgeworfen hatte, den er schon lange Zeit zu tragen schien. Großzügigkeit war eine Eigenschaft, die dem König wohl seit Jahren abgegangen war. Und nun schien die Möglichkeit, dass das Goldene Zeitalter vielleicht wiederhergestellt werden könnte, die Luft zum Vibrieren zu bringen.

Nicht dass Salomo bisher in irgendeiner Weise angedeutet hätte, dass er Menelik zu seinem Erben machen wolle oder ihn auch nur über Rehabeam setzte. Es wäre übereilt gewesen anzunehmen, dass Meneliks Akzeptanz gleichzeitig Rehabeams Zurückweisung bedeutete. Im Augenblick war Rehabeam wohl gut beraten, Menelik als Bruder willkommen zu heißen und sich nicht im Geringsten anmerken zu lassen, dass er ihn als Rivale betrachtete.

Wenn ich mir vorgestellt hatte, dass Salomo den Tag vor dem Fest mit seinem lange verlorenen Sohn verbringen wollte, hätte ich mich nicht mehr irren können. Denn es schien, dass Menelik, bevor er der breiten Öffentlichkeit vorgestellt werden konnte, alle kennenlernen sollte, die im Palast einen Rang bekleideten. In schimmernde goldene Gewänder gehüllt, die sein Vater ihm geschenkt hatte, wurde er zuallererst zum Hohepriester Zadok geführt, der streng und wortkarg war wie immer, aber eine noch eindrucksvollere Erscheinung, nachdem seine Haare schneeweiß geworden waren. Anschließend wurde Menelik den wichtigsten Ministern der Regierung vorgestellt, von denen viele bereits bei meinem früheren Besuch im Amt gewesen waren: den Staatssekretären Elihorep und Ahija, dem obersten Bezirksverwalter Asarja ben Nathan, Zabud, dem ältesten der königlichen Ratgeber, Abischar, dem Hofmarschall, und Adoniram ben Abda, der, wie ich mit Besorgnis zur Kenntnis nahm, für die Zwangsarbeiter zuständig war.

Danach kamen die weniger wichtigen Minister und eine Schar von Höflingen, die mit Salomo entweder verwandt oder befreundet waren und die sich durch Heldentaten im Krieg oder durch einen besonderen Dienst für die Allgemeinheit das Recht erworben hatten, an seinem Tisch zu speisen.

Und schließlich war da noch eine große Gruppe jüngerer Männer, in erster Linie die Söhne der bereits erwähnten Würdenträger. Viele von ihnen waren etwa in Meneliks Alter. Besonders hervorzuheben war Asarja, der Sohn Zadoks, der selbst bereits als Priester diente und Adonai leidenschaftlich liebte. Trotzdem verneigte er sich unterwürfig vor dem jungen Prinzen und verlieh seiner Hoffnung Ausdruck, dass sie beide gute Freunde werden würden.

Ich hatte damit gerechnet, dass Menelik diese Formalitäten nur irgendwie über sich ergehen lassen würde, doch er meisterte sie mit Bravour. Er bezauberte, entwaffnete und beeindruckte alle, übertrieb dabei aber keineswegs, wie nur seine Mutter es ihm hatte beibringen können. Ich konnte die Gedanken der Männer förmlich lesen: *Er ist alles, was Rehabeam nicht ist*. Und ich begann daran zu zweifeln, dass ihm jemals die Rückkehr nach Saba gestattet werden würde.

Nachdem Menelik dem ernsten Asarja versichert hatte, dass seine Freundschaft mehr als willkommen wäre, schien Salomo der Meinung zu sein, dass er jetzt alle kennengelernt habe, die er kennenlernen musste, und er starrte ihn verblüfft an, als Menelik sagte: „Aber Vater, ich habe Rehabeam und seine Mutter noch nicht getroffen und keine deiner anderen Frauen. Und man hat mir erzählt, dass auch deine Töchter hier im Palast leben. Ich möchte mich mit meinen Brüdern und Schwestern bekannt machen."

„Hast du für einen Tag noch nicht genügend Gesichter gesehen?", wandte Salomo erstaunt ein. „Rehabeam wird nicht so erpicht auf deine Freundschaft sein wie der junge ben Zadok, glaube mir."

„Aber er wird sich übergangen fühlen, wenn ich ihm nicht heute vorgestellt werde, wo ich doch alle anderen von Rang und Namen begrüßen konnte. Außerdem hat er von mir doch nichts zu befürchten. Ich bin nur hergekommen, um dich kennenzulernen und um mich von dir zum König von

Saba salben zu lassen. Das werde ich ihm auch sagen, wenn ich die Gelegenheit dazu bekomme."

Salomo stimmte zu, wenn auch widerwillig, dass seine beiden Söhne sich kennenlernen sollten. Er ließ beide in den Thronsaal rufen, wo er selbst zugegen sein würde, um einen möglichen Streit zu schlichten. Er schien der Meinung zu sein, dass wenig Aussicht auf einen höflichen Austausch bestand. Rehabeams Mutter Naamah würde ihren Sohn begleiten und ich wollte Menelik unterstützen.

Von dem Augenblick an, da wir sie sahen, war klar, dass Mutter und Sohn uns nicht wohlgesonnen waren. Rehabeam war kein hübscher junger Mann: stämmig, krummbeinig und übergewichtig, mit groben Gesichtszügen, die einen Ausdruck hatten, als habe er einen widerwärtigen Gegenstand unter einem Stein gefunden. Seine Mutter, von eisiger Schönheit, sah völlig anders aus als er, und da er ganz bestimmt nicht nach Salomo kam, musste man sich unwillkürlich fragen, woher sein wenig gefälliges Äußeres stammte.

„Prinz Rehabeam", sagte Salomo höchst formell, „ich möchte dir Menelik vorstellen, meinen afrikanischen Sohn."

„Deinen *Bastard*", sagte Rehabeam so laut, dass selbst ich mit meinem beeinträchtigten Gehör es gut hören konnte.

Aber Menelik tat so, als hätte er nichts mitbekommen, und ging mit ausgestrecktem Arm auf Rehabeam zu, um seinen Unterarm in freundschaftlicher Geste zu umfassen. Rehabeam jedoch hielt die Arme über seinem ausladenden Bauch verschränkt. „Ich würde meinen, es sei angemessen für den Besucher eines Königshofes, sich vor einem Mitglied der königlichen Familie zu verneigen, meinst du nicht?"

„Sehr wohl." Menelik lächelte, als fände er diese Situation amüsant und nicht beleidigend, und verneigte sich mit unerschütterlicher Gelassenheit gerade so tief, dass er seine Würde nicht verlor, aber nicht so tief, dass Rehabeam vermuten könnte, er werde verspottet. Dann richtete er sich wieder auf und gab sich Mühe, nicht auf Rehabeam herabzusehen, denn er war sehr viel größer als er.

„Prinz Rehabeam", sagte er, „ich verstehe sehr gut, dass meine Ankunft in Jerusalem dir als Bedrohung erscheinen muss, zumal du nichts von meiner Existenz wusstest. Aber du brauchst dich nicht zu sorgen, ganz und gar nicht. Ich bin hergekommen, um deinen Vater zu bitten, mich zum König von Saba zu salben, und wenn er das getan hat, werde ich ganz zufrieden dorthin zurückkehren. Vielleicht werden wir beide uns in der Zukunft als Herrscher unserer Länder gegenübertreten." Er streckte noch einmal seine Hand aus, und dieses Mal ergriff Rehabeam sie. Sie packten jeweils den Unterarm des anderen und schworen durch diese Geste, alle Feindschaft beizulegen. Doch in Rehabeams Augen lag kein Eid.

Danach wurden Menelik Salomos Töchter mit ihren jeweiligen Müttern vorgestellt, doch keine von ihnen war Makshara, die Tochter des Pharao. Die beiden Mädchen waren noch Kinder, und sie knicksten anmutig. Eine von ihnen starrte den exotischen jungen Prinzen ehrfurchtsvoll an, die andere wandte errötend ihren Blick ab. Anschließend fragte Salomo pointiert, wie viele seiner anderen Frauen Menelik kennenlernen wolle, schließlich habe er mehr als fünfhundert.

„Fünfhundert?", wiederholte Menelik mit unverhohlenem Erstaunen, während sich meine Gedanken überschlugen: *Fünfhundert Frauen und nur drei Kinder?* Und: *Wie kann Salomo so vollkommen vergessen haben, was im Gesetz des Mose über die Ehe steht und welche entsetzlichen Konflikte seinem Vater das Leben schwer gemacht hatten, weil er mit mehreren Frauen die Ehe geschlossen hatte?* Je mehr ich den neuen Salomo beobachtete und über ihn erfuhr, desto weniger hatte er mit dem weisen Gelehrten-Herrscher gemeinsam, der früher mein Freund gewesen war.

„Es gibt viele Könige und Stammesfürsten, die ganz erpicht darauf sind, sich mit dem Königreich Israel zu verbünden", erklärte Salomo mit offenkundiger Befriedigung. „Wenn ich die Tochter von einem heirate, um unsere Bündnisse zu festigen, wie könnte ich einem anderen dies verweigern, ohne ihn zu beleidigen? Aber du kannst sie gern alle kennenlernen, wenn du möchtest." Schelmisch grinsend fügte er hinzu: „Es versteht sich von selbst, dass sie alle außergewöhnlich schön sind."

Menelik erwiderte nur: „Ich möchte eigentlich nur eine von ihnen treffen: Königin Makshara, die Tochter des Pharao. Aber nicht hier."

Ich fing an mich zu fragen, was Menelik im Sinn hatte und ob er es sich zur Gewohnheit machen würde, mich zu überraschen, indem er unerwartet reagierte, genau wie seine Mutter in seinem Alter.

„Es gibt in Israel keine Königin", korrigierte Salomo ihn, und ich merkte ihm an, dass auch er überlegte, welche Motivation Meneliks unerwarteter Bitte zugrunde lag.

„Aber Makshara war deine erste Frau, Vater – deine *einzige* Frau, bis du meine Mutter kennengelernt hast. Ist sie nicht immer noch die Erste unter ihnen?"

Salomo bestätigte, dass das so sei; sie bewohnte ihr eigenes Haus, das in den neuen Palastkomplex integriert worden, aber bereits lange vor dem Palast für sie gebaut worden sei. „Du kannst sie gern treffen", erlaubte er, „aber nur, wenn du mir erklärst, warum das dein Wunsch ist."

„Weil du ihr als junger Mann, als meine Mutter dich kennenlernte, so vertraut warst", erwiderte Menelik, ohne zu zögern. Er machte keinen Versuch, etwas vorzutäuschen. „Sie allein kann mir helfen zu begreifen, warum meine Mutter bereit war, ihr Königreich und sogar ihr Leben aufs Spiel zu setzen, um dein Kind zur Welt zu bringen."

Einen kurzen Augenblick wandte sich Salomo ab. Menelik sollte nicht sehen, dass er tief gerührt war. Ich wusste, was er dachte: Dass Makeda ihrem Sohn verschwiegen hatte, dass er ganz zuletzt mit einer List gearbeitet hatte. Schließlich murmelte er: „Eine Begegnung wird arrangiert werden."

Als Salomo einem privaten Treffen zwischen Menelik und Makshara zugestimmt hatte, meinte er, dass er selbst dabei nicht anwesend sein würde. Es gehörte sich nicht für den jungen Prinzen, gänzlich ohne Begleitung vor der Tochter des Pharao zu erscheinen. Ich würde ihn deshalb zu Makshras Palast-im-Palast begleiten, und ihre Leibwächter und Hofdamen würden ebenfalls anwesend sein, um sicherzustellen, dass die Begegnung schicklich und geordnet verlief.

Wir wurden durch einen mit viel Grün bewachsenen Hof geführt, der zum Himmel offen war. In der Mitte des Gartens befand sich ein Teich, in dem orange- und türkisfarbene Fische schwammen und anmutige Riedgräser sich sanft im Wind wiegten, eine ständige und sicher schmerzliche Erinnerung für die Tochter des Pharao an ihre Heimat in der Ferne.

Es dauerte eine ganze Weile, bis Makshara erschien. Als sie schließlich den Raum betrat, begleitet von einer älteren Ägypterin, merkte ich gleich auf den ersten Blick, wie widerwillig sie uns empfing. Und ich war verblüfft, wie sehr sie sich verändert hatte, genau wie Salomo. Es lag nicht nur daran, dass sie älter geworden war. Vielmehr war es, als sei das Licht in ihr irgendwie erloschen, und die Falten in ihrem Gesicht, die nicht einmal ihre starke ägyptische Schminke verdecken konnte, waren Spuren der Resignation, nicht eines Lebens voller Lachen oder Leidenschaft irgendeiner Art. Sie begrüßte uns formell, ohne Wärme, aber auch ohne Boshaftigkeit. „Prinz Menelik", nickte sie, „man sagte mir, dass du erfahren willst, wie dein Vater als junger Mann gewesen ist. Was genau möchtest du wissen?"

„Oh, Herrin, bitte vergib mir", rief Menelik. Er fiel auf die Knie und drückte Maksharas Hand an seine Lippen. „Ich hatte nicht bedacht, wie schmerzlich es für dich sein würde, alle diese Erinnerungen noch einmal neu zu durchleben. Wie konnte ich so gedankenlos sein? Bitte vergiss, dass ich auch nur gefragt habe. Mein Onkel und ich werden uns sofort entfernen und dich in Frieden lassen."

Durch diese unterwürfige Entschuldigung sichtlich aus dem Konzept gebracht erwiderte Makshara unsicher: „Nein, Prinz Menelik. Du brauchst nicht zu gehen." Sie streckte ihre freie Hand aus und legte sie auf seinen gesenkten Kopf, dann zog sie sie eilig wieder zurück, als hätte diese Geste sie genauso überrascht wie ihn. „Meine Tage hier vergehen manchmal so langsam. Es ist erfrischend für mich, Besuch zu bekommen."

Er küsste erneut ihre Finger und schenkte ihr sein gewinnendstes Lächeln und ich dachte: *Bald wird sich sogar die Tochter des Pharao in die Schar seiner Bewunderer einreihen, die genauso viel Grund hat, sich über seine Existenz zu ärgern, wie Rehabeam.*

„Bitte", sagte sie jetzt beinahe überschwänglich, „setz dich neben mich an den Teich, und du auch, Tamrin. Wenn ich dir sagen kann, was du wissen möchtest, Prinz Menelik, dann werde ich es tun."

„Ich bin sicher, du kannst es, denn ich wüsste keinen Menschen, der mir besser erzählen könnte, wie mein Vater damals war, als ich noch ein kleiner Junge war und in einem fremden Land aufwuchs. Denn wenn ich dein Sohn gewesen wäre anstatt der Sohn einer Sklavin, der die Freiheit geschenkt worden war, wie alle Welt glaubte, dann wäre ich sicherlich von dem besten Vater der Welt großgezogen worden. Ich werde für immer in deiner Schuld stehen, wenn du mir helfen kannst, etwas Schönheit aus den Trümmern meiner Kindheit zu retten."

Der flehentliche Ausdruck in seinen Augen hätte selbst eine Tigerin freundlich gestimmt, und ganz sicher eine unglückliche Frau wie Makshara, deren Mutterinstinkte in ihrer kinderlosen und lieblosen Ehe unbefriedigt geblieben waren. Sie seufzte, ordnete ihren Schleier und richtete ihren Blick sehnsüchtig in die Vergangenheit und nicht auf Meneliks Gesicht.

„Er sah sehr gut aus, genau wie du. Und er war geistreich und wusste so viel über so viele Dinge. Er hätte dir alles beigebracht, was es über die Pflanzen und Bäume in seinen Gärten und die Tiere in seiner Menagerie zu wissen gibt. Er war großzügig und barmherzig, aber er ließ auch nie zu, dass jemand seine Freundlichkeit als selbstverständlich hinnahm.

Er hätte dich nicht verwöhnt, das ist sicher. Doch mir scheint, dass du auch ohne seinen väterlichen Einfluss zu einem Sohn herangewachsen bist, auf den er stolz sein kann."

„Du schmeichelst mir, Herrin", sagte Menelik mit einem strahlenden Lächeln. „Aber Prinz Rehabeam ... hat mein Vater nicht versucht, sein Wissen und seine Weisheit an ihn weiterzugeben?"

„Ach, Rehabeam!", seufzte Makshara. „Man hat dir von ihm erzählt?"

„Man hat mir einiges erzählt. Und ich habe ihn selbst getroffen. Aber er scheint so ganz anders zu sein als mein Vater, wie er damals war und wie er heute ist."

„Es gibt Leute, die sagen, das läge daran, dass Rehabeam gar nicht Salomos Sohn ist."

„Und was ist mit dir, Herrin? Denkst du das auch?"

Einen Augenblick lang fürchtete ich, er sei zu weit gegangen und hätte Makshara beleidigt. Dann merkte ich, dass sie zwar aufgewühlt war, aber nicht, weil Meneliks Worte sie verletzt hatten. Mit in die Vergangenheit gerichtetem Blick erwiderte sie schließlich: „Viele Jahre glaubte ich, ich sei unfruchtbar. Und viele andere glaubten das auch. Sie bemitleideten mich, aber ich wusste, dass sie Salomo zuredeten, sich von mir scheiden zu lassen oder zumindest neben mir noch eine andere Frau zu nehmen. Ich bin sehr dankbar, dass er das nicht getan hat, sehr viele Jahre lang, obwohl ich weiß, dass er mir nur aus Pflichtgefühl und Frömmigkeit treu geblieben ist, nicht, weil er mich liebte. Denn erst, als er deiner Mutter begegnete, erfuhr er, was Liebe ist."

Menelik wollte protestieren, aber sie winkte ab. „Nein, Prinz Menelik. Ich wusste, dass er mich *niemals* so lieben würde, wie er Makeda liebte. Er hat mich geheiratet, um sein Bündnis mit meinem Vater zu festigen, und er hat nie vorgegeben, es wäre anders, obwohl er immer sehr großzügig alle meine Bedürfnisse erfüllte und höflich und rücksichtsvoll zu mir war. Aber mit Makeda war es anders. Als sie nach Saba zurückkehrte, zerbrach etwas in ihm. Ich wusste, dass er in ihrer letzten gemeinsamen Nacht mit ihr geschlafen hatte … frag mich nicht, woher ich das wusste, doch als keine Nachricht kam, dass ein Kind geboren worden sei, begann ich mich zum ersten Mal zu fragen, ob ich vielleicht doch nicht unfruchtbar war, ob das Problem vielleicht bei ihm lag. Und das war der Zeitpunkt, als er eine Frau nach der anderen zu nehmen begann."

„Wegen seines verzweifelten Wunsches nach einem Thronerben?"

„Ja, aber nur zum Teil, und nicht dem wichtigsten. Eigentlich suchte er nach Liebe. Er wollte wieder erleben, was er nur mit deiner Mutter erlebt hatte." Als Menelik den Blick abwandte und nichts sagte, fuhr Makshara fort: „Als seine vielen Frauen nur drei Kinder zur Welt brachten, wuchs in mir die Überzeugung, dass er derjenige war, der unfruchtbar war, nicht ich. Es ist durchaus möglich, dass ein Mann unfruchtbar ist, obwohl unweigerlich der Frau die Schuld zugeschoben wird, wenn eine Ehe kinderlos bleibt. Und so glaubte ich das viele Jahre von Salomo."

„Bis …?"

„Bis ich dich heute gesehen habe." Impulsiv ergriff sie Meneliks Hände. „Darum sträubte ich mich so, dich zu treffen. Als man mir sagte, du würdest deinem Vater so sehr gleichen, dass niemand deine Herkunft infrage stellen könnte, wäre ich am liebsten geflohen. Ich wünschte, ich wäre tot."

„Herrin, sag nicht so etwas Schreckliches! Du brichst mir das Herz!"

„Ich breche dir das Herz? Warum sollte es dich interessieren, ob ich lebe oder sterbe? Ich bedeute dir gar nichts, genauso wenig wie deinem Vater, außer dass ich das Siegel auf seinem Bündnis mit meinem Vater bin."

„Weil du meine Mutter hättest sein können! Und weil uns beiden das Glück versagt wurde, eine richtige Familie zu haben: dir, weil du keine Kinder hattest, mir, weil ich keinen Vater hatte und weil die Frau, die ich als Kind für meine Mutter hielt, gar nicht meine Mutter war."

Der Schmerz in Meneliks Augen war so groß, dass alle Vorbehalte, die Makshara vielleicht noch gegen ihn hegte, von einer Welle entfesselter Gefühle fortgeschwemmt wurden. „Oh, Prinz Menelik“, rief sie, „wenn du nur mein Sohn wärst! Wie anders wäre alles gekommen! Vielleicht hätte Salomo dann die Anmut der Königin von Saba gar nicht wahrgenommen, als sie bei ihm zu Besuch war! Er hätte sich nicht auf die Suche begeben müssen; keine dieser lächerlichen Ehen wäre nötig gewesen. Und Salomo wäre immer noch der Mann, der er früher war.“

Und dann wurden alle Bedenken und alle Schicklichkeitsvorschriften außer Acht gelassen, als Menelik Makshara in die Arme nahm, und weder ihre Verwandte noch ich rührten einen Finger, um einzugreifen. Wir nickten uns nur verständnisvoll zu, als sich Makshara den Kummer von mehr als zwanzig Jahren an der Schulter des Sohnes ihrer Rivalin von der Seele weinte.

Als ihre Tränen schließlich versiegten, half Menelik ihr, sich aufzurichten und fragte leise: „Herrin, würdest du mir gestatten, dich noch einmal zu besuchen, solange mein Onkel und ich hier in Jerusalem weilen? Ich würde mich gern noch öfter mit dir unterhalten, wenn ich darf, zumal meine eigene Mutter so weit fort ist.“

Sie starrte ihn ungläubig an. „Natürlich, Prinz Menelik“, stieß sie mühsam hervor. „Ich würde mich überaus geehrt fühlen.“

„Aber du darfst mich nicht Prinz Menelik nennen. Menelik reicht vollkommen aus.“

„Menelik. Ja. Ich werde daran denken. Aber willst du mich wirklich ‚Herrin‘ nennen, wenn ich den Prinz vor deinem Namen weglasse?“

Menelik zögerte nur einen kurzen Augenblick, bevor er vorsichtig fragte: „Wenn du es mir gestattest, würde ich dich sehr gern ‚Mutter‘ nennen. Immerhin habe ich bereits zwei, und wenn Salomo einen afrikanischen Sohn haben kann, warum sollte ich nicht eine ägyptische Mutter haben?“

Jetzt begannen Maksharas Tränen wieder zu fließen, doch als Menelik sie erneut in die Arme nahm, lachten und weinten sie beide gleichzeitig, ebenso wie ich.

Als wir uns verabschiedeten, sah ich, dass Maksharas Gesicht zwar verschmiert war von der verlaufenen Schminke, doch das Licht in ihren Augen war wieder angezündet worden. Sie wirkte glücklicher, als ich sie je erlebt hatte.

Der folgende Tag war der Feiertag, an dem ganz Israel weisungsgemäß glücklich zu sein hatte. Und ich bin sicher, dass auch tatsächlich alle fröhlich waren, bis auf Rehabeam und seine Mutter. Es gab Essen im Überfluss, der Wein floss reichlich, und in Jerusalem drängten sich die Massen, die Palmzweige schwenkten, Blumen streuten und riefen: „Heil, König Salomo! Heil Menelik, Salomos Sohn!"

Der in goldene Gewänder gehüllte Menelik war in seinem Element. Vom Dach des Palastes aus winkte er der Menge zu, die sich unten versammelt hatte. Aber ihren Jubel aus der Ferne entgegenzunehmen reichte diesem jungen Mann, der genauso Makedas Sohn war wie Salomos, nicht aus.

„Komm, Vater", forderte er den verblüfften König auf. „Lass uns hinuntergehen und die Menschen persönlich begrüßen. Aus der Ferne können sie kaum die Ähnlichkeit zwischen uns erkennen."

Und bevor Salomo protestieren konnte, hatte Menelik seinen Arm genommen, führte ihn die Stufen vom Dach hinunter in den Hof und stürzte sich in die Menschenmenge, um Hände zu schütteln und Glückwünsche entgegenzunehmen. Zuerst wichen die Leute ehrfurchtsvoll vor ihm zurück, doch als er auf sie zuging, wetteiferten sie schon bald miteinander um seine Gunst, drückten ihm Blumen in die Hände oder streuten die Blütenblätter auf seine Haare und seine Gewänder. Salomo begegneten sie etwas vorsichtiger. Früher hatten sie ihn geliebt, so wie sie nun gewillt waren, Menelik zu lieben, aber vieles hatte sich verändert, obwohl ich immer noch nicht genau wusste, was der Grund dafür war, dass sich

Salomos Beziehung zu seinen Untertanen so dramatisch verschlechtert hatte.

Am Morgen nach dem Fest bekam ich Antworten auf zumindest einige meiner Fragen. Denn Asarja ben Zadok, der noch frommere Sohn des frommen Hohepriesters, erschien auf der Schwelle der Gemächer, die Menelik und ich bewohnten, und fragte, ob er mit uns sprechen könne. Es sei dringend.

Hami führte ihn herein: ein großer, hagerer junger Mann mit ernstem Gesicht und tief liegenden Augen, die so scharf und durchdringend blickten wie die eines Falken. Hami bot ihm eine Erfrischung an, doch er lehnte ab.

Menelik war gerade erst aufgestanden, denn der vorhergehende Tag war anstrengend für ihn gewesen. Er war nicht mehr der in schimmernde Gewänder gehüllte Prinz, sondern er trug nur die Tunika, in der er geschlafen hatte, und sein ungekämmtes Haar fiel ihm wirr in die Augen. Trotzdem begrüßte er Asarja sehr herzlich und bat ihn, Platz zu nehmen und ihm mitzuteilen, was ihm auf dem Herzen läge.

„Prinz Menelik, als ich sagte, ich wolle dein Freund sein, habe ich das ernst gemeint. Denn wenn du die Gunst sowohl deines Vaters als auch seiner wichtigsten Minister behalten willst, wirst du einen Freund brauchen, der die politische Situation hier in Israel genau kennt und dir helfen kann, das Schiff deiner Ambitionen durch seine aufgewühlten Gewässer zu steuern, ohne auf Grund zu laufen. Ich glaube, dass ich der richtige Mann bin, um dir zu helfen."

Menelik ergriff fest die Unterarme seines Besuchers als Zeichen der Freude über dessen Angebot. „Deine Freundschaft ist mir sehr willkommen, wie ich es bereits zum Ausdruck brachte. Aber sei versichert, dass deine diplomatische Hilfe nicht vonnöten sein wird, da ich nicht vorhabe, so lange hierzubleiben, dass ich das Missfallen anderer erregen könnte. Sobald mein Vater mich zum König von Saba gesalbt hat, werde ich direkt dorthin zurückkehren."

„Bei allem Respekt, mein Prinz, was du vorhast und was geschehen wird, könnten zwei verschiedene Dinge sein", wandte Asarja ein und bestätigte damit den Verdacht, der mir bereits gekommen war. „Denn weder dein Vater noch seine Ratgeber interessieren sich auch nur im Entferntesten dafür, wer der nächste Herrscher Sabas wird. Sehr wohl aber dafür, wer den Thron Israels erben wird. Doch leider sind sie uneins in ihrer Meinung, welche Eigenschaften der Erbe besitzen sollte."

Menelik lehnte sich zurück und blickte den jungen Priester eindringlich an: „Bitte fahre doch fort."

„Prinz Menelik, es kann dir nicht entgangen sein, dass dein Vater nicht mehr auf dem Weg des Herrn wandelt. Er hat viele Frauen genommen, und Konkubinen dazu. Mit diesen ausländischen Frauen hat er nicht nur sein Ehebett besudelt. Nein, er hat ihnen sogar gestattet, ihre verabscheuungswürdigen Götzen mitzubringen. Hast du nicht unterwegs die Anbetungsstätten auf den Höhen gesehen? Und doch behauptet er, diese widerwärtigen Schreine würden die Herrlichkeit Adonais nicht mindern. Es sei richtig, dass wir die Überzeugungen und Sitten der Ausländer, die unter uns leben, respektieren und ihnen mit Toleranz und Geduld begegnen. Aber wie können wir Menschenopfer tolerieren und den Missbrauch von Kindern? Denn es sind nicht nur Tiere, die auf Zions heiligem Berg den Götzen geopfert werden. Jeden Tag werden Kinder dem Moloch in den Rachen geworfen, die Knochen ermordeter Säuglinge verunreinigen Jerusalems geheiligten Boden. Und Moloch ist der Gott von Rehabeams Mutter! In dem einzigen Anwärter auf Salomos Thron fließt das Blut von Kindsmördern!"

Menelik erwiderte steif: „Meine Mutter ist doch auch eine Ausländerin. Macht mich das in deinen Augen zu einem Gräuel wie Rehabeam?"

„Im königlichen Rat sitzen sicherlich Männer, die es lieber sehen würden, dass Salomo einen Hund als seinen Erben annähme als einen Ausländer, solange die israelitische Abstammung des Hundes unanfechtbar ist. Aber Männern wie meinem Vater und mir ist nicht wichtig, wer deine Mutter ist, sondern wer dein Gott ist. Und deine Mutter hat die Götzen ihrer Vorfahren doch aufgegeben, nicht? Habe ich nicht recht, dass sie Adonai anbetet und du auch?"

„Es stimmt, dass wir uns nicht vor Götzen verneigen. Meine Mutter und mein Onkel Tamrin beten Adonai mit beispielhafter Hingabe an."

„Und du selbst tust das nicht?" Asarja zog die Augenbrauen in die Höhe. Seine tief liegenden Augen sprühten vor Missbilligung.

„Ich meine, dass ich beschnitten bin und dass ich bete und dass ich die Freude Adonais in meiner Seele kenne. Aber ich bin ein junger Mann, Asarja, und ein Prinz. Allzu große Frömmigkeit mag bei einer Frau als Tugend gelten oder bei älteren Menschen, Schwachen und Armen. Aber meine Meinung ist, dass sie einem selbstbewussten jungen Mann von königlichem Blut nicht gut steht."

„Dann, Prinz Menelik, musst du umdenken. Denn mein Vater und die Minister der Regierung, die dem Gott Moses treu geblieben sind, geben dir nur ihre Unterstützung, wenn sie der Meinung sind, dass du erneuern wirst, was dein Vater hat zerfallen lassen."

„Ich habe dir bereits gesagt, Asarja, ich brauche ihre Unterstützung nicht. Auf keinen Fall will ich Rehabeam seines Geburtsrechts berauben."

„Dann willst du das Volk Israel also einer Zukunft der Tyrannei und Unterdrückung ausliefern, wo es in deiner Macht liegt, es zu befreien? Rehabeam ist von Grund auf böse, Menelik. Er will Salomos Macht nur, um sie zu missbrauchen, und seinen Reichtum, um ihn für sich zu verprassen."

„Aber wenn ich mich selbst zu Adonais Favoriten erklären würde, der gekommen ist, um Zions früheren Ruhm wiederherzustellen, dann würde ich dadurch meinen Vater wie auch Rehabeam beleidigen. Und ich bin gekommen, um Salomos Gunst zu suchen, nicht die von anderen."

„Und das ist genau der Grund, warum du mich brauchst: damit ich dir rate und helfe, die Gunst aller zu erhalten! Dein

Vater ist kein Abtrünniger, nicht im tiefsten Inneren. Er ist in die Irre geführt worden, aber du könntest ihn zurückbringen! Du könntest die Kluft überbrücken, die ihn von seinen gottesfürchtigen Ratgebern trennt, auf die er nicht mehr hört. Du könntest ihm helfen einzusehen, dass seine Frauen ihn behext haben. Dass die Steuern, die er von seinen Untertanen verlangt, um die extravaganten Wünsche seiner Frauen zu erfüllen und ihre widerwärtigen Heiligtümer zu bauen, gute Männer in die Schulden und in den Hunger treiben und sie dazu bringen, ihn mit derselben Leidenschaft zu hassen, mit der sie ihn früher geliebt haben."

Menelik hatte ihm sprachlos zugehört. Ich merkte, dass sich seine Gedanken überschlugen, denn die Reise, die er aus seinen persönlichen Gründen so begeistert angetreten hatte, schien eine ganz andere Richtung zu nehmen, und darauf war er nicht vorbereitet. Während er seine Schläfen massierte, nutzte ich die Gelegenheit, um Asarja einige der Fragen zu stellen, die mich bewegten. Offensichtlich hatte ich recht gehabt mit den Steuern, aber war es möglich, dass Salomo tatsächlich Zwangsarbeit forderte? Ich erinnerte mich, dass einer von Salomos Ministern, Adoniram ben Abda, Menelik als Verantwortlicher für diesen Bereich vorgestellt worden war. Aber wenn ein König Sklavenarbeit von seinen Untertanen verlangt, schlägt ihre Liebe zu ihm sehr schnell in Hass um. Israeliten verabscheuten das noch mehr als andere Völker, da sie viele Jahre Sklaven in Ägypten gewesen und erst von Mose von diesem Joch befreit worden waren. Und so warf ich vorsichtig ein: „Salomo unterstützt also jetzt Zwangsarbeit?"

„Zuerst waren es nur die Kanaaniter, die er dazu heranzog, die Nachfahren der götzendienerischen Stämme, die das Land bewohnten, als unsere Vorfahren Sklaven in Ägypten waren", erklärte Asarja. „Aber von ihnen sind nicht mehr viele übrig – bei Weitem nicht genug für Salomos prunkvolle Bauwerke. Es ist ja nicht nur der Palast hier in Jerusalem oder diese heidnischen Tempel, die er baut, sondern auch aufwändige Befestigungsanlagen, Kasernen und Ställe in allen größeren Städten Israels. Und so zog er auch israelitische Arbeiter dazu heran, aber nicht nur aus den Nordstämmen, sondern auch aus den Stämmen Juda und Benjamin, die das Haus seines Vaters in besonderer Weise unterstützt haben."

„Und dic Steuern?", hakte ich nach. „Sind die Steuern für diese Bauprojekte bestimmt?"

„Ja, und für die Abzahlung von Salomos Schulden bei Hiram von Tyrus. Dazu kommt, dass die Steuern nicht richtig berechnet werden. Die nördlichen Stämme zahlen weit mehr als ihren gerechten Anteil." Asarja hielt inne, und plötzlich hob er wie abwehrend die Hände. „Salomo hat sich übernommen, Herr Tamrin", schloss er. „Und jetzt erntet er, was er gesät hat."

Ich schüttelte fassungslos den Kopf. „Früher hat er so darauf geachtet, unparteiisch zu handeln und zu urteilen, allen gegenüber. Ich begreife nicht, wie alles so aus dem Ruder laufen konnte."

„Das kam schleichend", sagte Asarja. „Mein Vater hat es früh erkannt, und er hat versucht, ihn zu warnen und zu ermutigen, sich wieder von ganzem Herzen Adonai zuzuwenden. Weil dies die Wurzel war, aus der alle seine Probleme entstanden sind. Ein König steht vor viel größeren Herausforderungen und Versuchungen als ein Bauer oder ein Straßenhändler, und darum ist es für ihn doppelt wichtig, in enger Verbindung mit Gott zu bleiben." Asarja hielt inne und blickte Menelik in die Augen. „Und darum musst du dich ganz der Sache Adonais verschreiben, mein Freund, denn gewiss wirst du eines Tages ein König sein, nur über welches Volk wird sich noch zeigen."

Danach gab es nichts mehr zu besprechen, aber sehr vieles, über das wir nachzudenken hatten. Asarja verabschiedete sich, nachdem er Menelik gebeten hatte, seine Worte ernsthaft in seinem Herzen zu bewegen und im Gebet vor Adonai zu bringen.

Doch sobald er gegangen war, sprang Menelik auf, lief im Raum umher und sagte halb zu sich und halb zu mir:

„Deswegen bin ich nicht hergekommen! Ich kam her, um meinen Vater kennenzulernen, den Mann, den meine Mutter so sehr liebte, dass sie bereit war, alles aufzugeben! Ich bin nicht hergekommen, um einem anderen sein Königreich zu stehlen, und noch weniger, um mich in den Angelegenheiten der Götter belehren zu lassen! Habe ich meiner Mutter nicht versprochen, so bald wie möglich nach Saba zurückzukehren? Vielleicht war es falsch, Asarja als Freund zu akzeptieren."

Ich war nicht in der Stimmung, ihm Trost zu spenden oder ihn zu beruhigen. Denn ich selbst war tief bekümmert über das, was aus meinem Freund und seinem Königreich geworden war. Ungerechtigkeit, Unterdrückung, sogar Rivalität zwischen den alten Stämmen Israels … Wäre Makeda bei uns gewesen, wäre sie vermutlich genauso aufgescheucht im Raum umhergelaufen wie Menelik, aber nicht aus Selbstmitleid. Sie hätte um Israel getrauert, das früher beinahe das Paradies gewesen, jetzt aber nur noch Staub und Asche war. Sie hätte um Salomo getrauert, der nur noch ein Schatten seiner selbst war. Und vor allem hätte sie getrauert, weil Gott selbst und alle Heerscharen des Himmels vermutlich ebenfalls trauerten.

Kapitel 18

Als ich am folgenden Morgen Meneliks Kammer betrat, um ihn zu wecken, war er nicht da.

Auch von seinem Diener war keine Spur zu sehen, und kurz fragte ich mich, ob er vielleicht beschlossen hatte, Jerusalem zu verlassen. Eigentlich glaubte ich nicht, dass er sich ohne mich auf die Heimreise begeben hätte, aber ausgeschlossen war es nicht; manchmal war er genauso eigensinnig wie seine Mutter.

Doch dann entdeckte ich, dass seine Sachen noch in der Truhe am Fußende seines Bettes lagen. So schickte ich Hami los, der herausfinden sollte, ob er Makshara vielleicht einen Besuch abstattete, oder möglicherweise sogar Asarja, aber keiner von ihnen hatte ihn gesehen. Als ich die Möglichkeit, dass Rehabeam dahintersteckte, nicht mehr ausschloss, tauchte Menelik wieder auf. Wie sich herausstellte, war er beim König gewesen.

Und er war so missgelaunt, wie ich ihn noch nie erlebt hatte. Ohne ein Wort zu sprechen warf er sich auf sein Bett, verschränkte die Arme unter dem Kopf und starrte finster zur Decke. Ich schluckte die Frage, was denn los sei, hinunter. Zu gegebener Zeit würde er es mir schon mitteilen.

Was noch an jenem Morgen geschah. Ganz unvermittelt platzte er in meine Gemächer, als ich gerade die hebräischen Schriften studierte, wie ich es täglich zu tun pflegte. „Ist es denn wirklich zu viel verlangt, dass er mich zum König von Saba ausruft, ein wenig heiliges Öl auf meine Stirn gießt und einen Brief schreibt, in dem er mich als seinen Sohn anerkennt, damit ich nach Hause zurückkehren kann, wo ich hingehöre?“, tobte er. „Das ist alles, was meine Mutter je von ihm erbeten hat, aber man könnte meinen, sie hätte ihn um Edelsteine aus seiner Krone gebeten.“

„Sie hat ihn allerdings auch noch um eine Franse von dem Überwurf der Bundeslade gebeten“, deutete ich zaghaft an.

„Na und? Diese Dinge bedeuten ihm nichts, gar nichts! Und doch sagt er: ‚Warum die Eile, mein Sohn? Du kannst mich doch nicht so bald verlassen und nach Saba zurückkehren wollen? Wir müssen uns besser kennenlernen, bevor du wieder in der Wüste verschwindest, aus der du gekommen bist.‘ Aber je länger ich hierbleibe, desto schwieriger wird die Situation.“

„Hast du ihm den Grund für deine Ungeduld erklärt? Hast du dein Gespräch mit Asarja erwähnt?“

„Nein. Ich wollte ihm keine Ideen in den Kopf setzen. Vielleicht hat er noch nicht daran gedacht, mich zu seinem Thronerben zu bestimmen, und ich kann nur beten, dass er das nicht tut.“

„Und wie ging die Audienz zu Ende?“

„Er sagte: ‚Es könnte sein, dass ich die Bitten deiner Mutter erfülle, obwohl sie meine nicht erfüllt hat. Aber zuerst muss ich sicher sein, dass du bereit bist für diese Art der Verantwortung. Dass du als König geeignet bist.‘ Wie pathetisch klingt das denn aus seinem Mund, so wie er heute ist, frage ich dich!“

„Aber du hast dich bereit erklärt zu warten und noch mehr Zeit mit ihm zu verbringen, so wie er es vorgeschlagen hat?“

„Ich hatte ja nicht gerade eine Wahl, oder? Ich soll jeden Nachmittag zu ihm kommen, wenn er die Beratungen mit seinen Ministern abgeschlossen und die Streitfälle geschlichtet hat oder was er sonst noch am Vormittag mit sich anfängt. Er wird mir die königlichen Anwesen zeigen und mit mir in den Bergen auf die Jagd gehen und ...“ Als er bemerkte, dass ich plötzlich lächelte, gab Menelik nach und lächelte ebenfalls. „Das könnte durchaus angenehm sein“, räumte er ein.

„Eigentlich bist du doch genau deswegen hergekommen“, wagte ich zu sagen. „Mach das Beste daraus, Menelik. Denn wenn wir erst zurück in Saba sind, wirst du deinen Vater vermutlich nie wiedersehen.“

„Solange ich Asarja nicht so schnell wiedersehe. Er kann sich seine Frömmigkeit und seine Belehrungen sonst wohin schieben.“

Und so kam es, dass Menelik und ich uns auf einen längeren Aufenthalt in Israel einstellten, länger, als wir ursprünglich geplant hatten. Ich dachte reumütig darüber nach, dass auf diese Weise bei meinem Besuch mit Makeda das Übel begonnen hatte. Aber ich konnte jetzt genauso wenig daran ändern, wie ich damals in der Lage dazu gewesen wäre.

Am Vormittag besuchte Menelik häufig Makshara, nicht zuletzt, um Asarja aus dem Weg zu gehen. Aber ich zweifle nicht daran, dass tatsächlich eine gewisse Seelenverwandtschaft bestand zwischen der einsamen königlichen Ehegattin und dem mitfühlenden Prinzen und dass sie ihre Gesellschaft genauso genossen wie ihre Gespräche darüber, wie Salomo als junger Mann gewesen war. An den Nachmittagen traf sich Menelik mit seinem Vater, und häufig sah ich ihn erst bei Einbruch der Dunkelheit wieder.

In der Zwischenzeit hatte ich also Raum für meine Studien und meine eigenen Interessen. Ich freundete mich mit den königlichen Archivar und den Kuratoren der verschiedenen Bibliotheken an, die Salomo im Laufe der Zeit zusammengestellt und erweitert hatte. Und diese Männer waren nur zu gern bereit, ihr Wissen mit mir zu teilen, und sie äußerten ihr Bedauern darüber, dass sie den König nur noch selten zu sehen bekämen. Er hatte seine Sammlung von Sprichwörtern noch nicht fertiggestellt, von der er mir bereits vor zwanzig Jahren ein Exemplar versprochen hatte. Als ich sie fragte, warum er sie und ihre Bücher nur noch so selten konsultierte, sagten sie alle dasselbe: Seine Affäre mit der Königin von Saba sei das Ende seiner Gelehrsamkeit gewesen, und sie waren bei

Meneliks Ankunft nicht im Mindesten erstaunt gewesen, dass ihre Beziehung eben doch auch fleischlicher Natur gewesen sei. Ein Grund, warum Salomo seine Sprichwörtersammlung noch nicht fertiggestellt habe, sei der gewesen, dass er von einem anderen Projekt abgelenkt gewesen sei: der Zusammenstellung aller Liebeslieder, die er für Makeda geschrieben hatte, zu einem Buch.

Ironischerweise bestand also ein Zusammenhang zwischen Makedas Rettung und Salomos Niedergang. Aber es waren mein eigenes Seelenheil und meine geistliche Erleuchtung, um die ich mich während meines Aufenthalts in Jerusalem verstärkt kümmern wollte. Denn hier hatte ich Zeit und Zugang zu Männern und zu Schriften, die mich in meinem Wissen über Adonais Wege weiterbringen würden. In Äthiopien hatten weder Makeda noch ich einen Mentor in der hebräischen Religion, der uns Rat und Führung zu geben vermochte, und wir hatten keinen Zugang zu Schriften, die von Heiligen oder Weisen der Vergangenheit verfasst worden waren und deren Erkenntnisse Gottes real und persönlich gewesen waren. In Jerusalem beschäftigte ich mich voller Wissensdrang mit der Geschichte von Adonais Handeln mit seinem erwählten Volk, und ich konnte meine Fragen an Männer richten, die ihn ihr ganzes Leben lang angebetet und mit ihm kommuniziert hatten.

Ich vermisste Joschafat, mit dem ich in der Vergangenheit Gemeinschaft gepflegt hatte, fand jedoch in dem alten Zadok einen neuen Vertrauten. Ich hatte ihn als etwas einschüchternd empfunden, als er Makeda und mich mehr als zwanzig Jahre zuvor im hebräischen Glauben unterwiesen hatte, aber es gab keinen, der besser verstand als er, wie wichtig das tägliche Gebet und das Hören auf Adonai waren, wenn man seine Ohren für sein Reden schärfen wollte. Zadok waren selten spektakuläre geistliche Erfahrungen geschenkt worden, aber er erfreute sich des fast ununterbrochenen Gefühls der Gegenwart Adonais in seinem Leben und strahlte einen tiefen Frieden aus. Die feurige Hingabe seines Sohnes Asarja belächelte er nachsichtig und gestand, dass er selbst in Asarjas Alter von einem ähnlichen Eifer beseelt gewesen sei. Aber nun waren die blendenden Flammen des Fanatismus zu einem heiteren Schimmer geworden, der dem alten Mann eine ungewöhnliche, überirdische Schönheit verlieh, sodass er gleichzeitig Bewohner dieser und der jenseitigen Welt zu sein schien. Zadoks Gesicht beim Gebet anzusehen war, als würde man in das Angesicht Gottes schauen.

Unweigerlich traf ich bei meinen Besuchen bei Zadok häufig auch Asarja an und Eleasar, seinen jüngeren Bruder, der genauso energiegeladen, aber nicht so leidenschaftlich fromm war wie Asarja. Es gab noch einen älteren Sohn, Ahimaaz, aber er war schon lange verheiratet mit eigenen Kindern und lebte in seinem eigenen Haus. Wann immer ich Asarja begegnete, fragte er mich, ob Menelik sich weitere Gedanken gemacht oder sich Adonai mehr zugewendet habe. Ich sagte nur, Menelik sei erwachsen und würde zu gegebener Zeit seine Entscheidungen treffen.

Trotzdem bestand Asarja darauf, mich über die politischen Entwicklungen aufzuklären, und vor allem über Rehabeams Gedankengänge. Er behauptete, ganz genau zu wissen, dass Rehabeam in höchstem Maße eifersüchtig auf Menelik sei, nicht nur, weil der so offensichtlich die Gunst ihres Vaters genoss, sondern auch, weil er bei allen beliebt zu sein schien. Doch da Rehabeam kaum Freunde besaß, würde er nicht übereilt gegen Menelik vorgehen. Vielmehr würde er abwarten, bis Menelik sich in gewisser Weise selbst eine Grube grub oder bis Salomos Ratgeber sich darüber ärgerten, wie viel Zeit der König und er für leichtfertige Zerstreuung vergeudeten, genau wie es bei Makeda der Fall gewesen war. Sobald dies eintrat, würde Rehabeam die allgemeine Missstimmung zu seinem Vorteil nutzen.

„Du siehst, Herr Tamrin“, erklärte Asarja, während er im Raum herumlief, denn in ihm war zu viel aufgestaute Energie, als dass er lange an einem Platz hätte sitzen können, „je länger Menelik wartet, bevor er auf die Stimme der Vernunft hört, desto schwieriger wird seine eigene Situation werden und desto größerer Gefahr wird das Volk Israel ausgesetzt sein. Salomos Reich könnte zerfallen und er selbst könnte abgesetzt oder sogar von einem Usurpator ermordet werden."

„Ach komm, Asarja", besänftigte ich ihn. „Du willst Menelik doch nicht dazu bringen, sich deinen Wünschen zu fügen, indem du ihm Angst machst. Das passt nicht zu dir. Von welcher Seite her droht Israel denn Gefahr, und welcher Usurpator würde es wagen, den Thron von Adonais Gesalbtem an sich zu reißen?"

„Salomos Reich droht mindestens aus zwei unterschiedlichen Richtungen Gefahr. Und ich weiß von mindestens einem möglichen Usurpator, der sowohl über die nötige Intelligenz als auch den nötigen Ehrgeiz verfügt und nicht mehr Respekt für Adonai empfindet als für Salomo."

„Aber ist Adonai nicht der Gott des ganzen Universums? Und hat er nicht versprochen, Salomos Königtum für immer bestehen zu lassen?"

„Nur solange Salomo *seine* Seite des Bündnisses einhält. Wenn der Herrscher über das Volk Gottes es versäumt, seiner Berufung gemäß zu leben, wird Gott selbst Feinde aufstehen lassen, die ihn vernichten. Und diese Feinde stehen bereits gerüstet an der Wartelinie."

„Aber wer sind diese Paradebeispiele der Tugend, die würdiger sind als Salomo, Israel zu regieren? Ich nehme an, du meinst nicht Menelik."

„Nein, es ist nicht Meneliks Aufgabe, den Gesalbten des Herrn abzusetzen! So wie David sich geweigert hat, seinen Vorgänger Saul zu töten, als der untreu geworden war, so muss auch Menelik warten, bis Adonai selbst es für angebracht hält, Salomos Herrschaft zu beenden. Aber es gibt andere, die nicht warten werden, und sie sind ganz bestimmt kein Inbegriff der Tugend. Gott kann diese Männer als Instrumente des Gerichts gebrauchen, ob sie seinen Willen tun oder nicht."

„Asarja, ich bekomme langsam Kopfschmerzen. Bitte sag mir, wer diese Feinde sind, anstatt mir theologische Ausführungen um die Ohren zu schlagen. Ich bin doch nur ein armer ausländischer Bekehrter."

„Nun gut. Es sind Hadad aus Edom und Rezon aus Damaskus. Der Israelit, der sich Salomos Thron lieber heute als morgen aneignen würde, ist ein gewisser Jerobeam ben Nebat aus dem Stamm Ephraim."

Sobald diese Namen über seine Lippen gekommen waren, erinnerte ich mich, dass ich von Hadad und Rezon schon gehört hatte. Joschafat hatte mir vor zwanzig Jahren von ihnen erzählt. In dieser ganzen Zeit hatte es keiner von ihnen gewagt, Salomo direkt herauszufordern, aber Asarjas Worten nach waren sie nicht müde geworden abzuwarten, bis seine Position in Israel schwächer wurde. Hadad war mittlerweile aus dem ägyptischen Exil nach Edom zurückgekehrt, nachdem er sich bei seinen früheren Gegnern eingeschmeichelt hatte, indem er Angriffe auf Salomos Karawanen und auf den Hafen Ezion-Geber durchgeführt hatte. Zur allgemeinen Begeisterung hatte er den Vasallenkönig vertrieben, der mit Salomos Billigung geherrscht hatte, und weigerte sich jetzt, den jährlichen Tribut zu bezahlen, den Edom zu leisten hatte.

In der Zwischenzeit hatte Rezon offensichtlich eine Reihe von kleineren Auseinandersetzungen mit Salomos Garnisonstruppen in Damaskus gewonnen, und an einem Punkt hätte er sogar beinahe die Kontrolle über die Stadt errungen. Außerdem waren seine Überfallkommandos eine anhaltende Bedrohung der Handelsrouten zwischen Israel und dem Euphrat. Was Jerobeam, Sohn des Nebat, betraf, diesen Namen hatte ich noch nie zuvor gehört.

„Das erstaunt mich nicht", erwiderte Asarja. „Denn er muss noch ein Kind gewesen sein, als du das letzte Mal in Israel warst. Aber er ist ein gefährlicher Mann: klug, unermüdlich und machthungrig. Er war früher einer von Adonirams Henkern und zuständig für die Zwangsarbeitergruppen aus Ephraim und Manasse. Seine Arbeiter haben in Rekordzeit die Terrassen für Salomos Palast und einige der Erweiterungen der Stadtmauern gebaut. Für alle war offensichtlich, wie fähig und geschäftstüchtig er ist. Und dann setzte ihm ein Prophet mit Namen Ahija von Silo großartige Ideen in den Kopf, erzählte ihm, Adonai würde Salomo die nördlichen Stämme wegnehmen und sie ihm geben. Salomo hörte davon und versuchte, Jerobeam auszuschalten."

„War der Prophet tatsächlich von Adonai gesandt? Und wo ist Jerobeam jetzt?"

„Ich weiß nichts weiter über Ahija, nur das, was ich dir erzählt habe. Aber Jerobeam ist nach Ägypten geflohen."

„Jerobeam hat genau wie Hadad Zuflucht in Ägypten gefunden? Was denkt sich denn der Pharao, dass er diesen Feinden Salomos Zuflucht gewährt, wo er doch Salomos Verbündeter und seine Tochter Salomos Frau ist?"

„Siamun sichert sich ab und wer kann ihm das verübeln? Vielleicht fürchtet er, Salomo könnte sich nach all dieser Zeit doch noch von Makshara scheiden lassen, weil sie ihm keinen Sohn geboren hat."

„Nun, ich werde an Menelik weitergeben, was du gesagt hast, Asarja. Aber ob er sich das zu Herzen nimmt, ist eine andere Angelegenheit."

Jedoch erwähnte ich diese Dinge lieber nicht, als Menelik an jenem Abend aus Salomos Gemächern zurückkehrte, weil er so offensichtlich bekümmert wirkte. Während der vergangenen Tage hatte sich seine Niedergeschlagenheit verstärkt, aber ich hatte ihm den Grund dafür nicht entlocken können. Er beklagte sich höchstens einmal darüber, dass Salomo nur reden wollte, anstatt mit ihm auf die Jagd zu gehen oder den Truppen beim Exerzieren oder den Wagen beim Rennen zuzusehen.

„Ich hätte ja nichts dagegen, wenn er mit mir über Dinge reden wollte, die mir eines Tages von Nutzen sind, wenn ich König von Saba bin", klagte er. „Aber sein einziges Thema ist meine Mutter. Wie sehr er sie immer noch liebt und ob sie meiner Meinung nach noch etwas für ihn empfindet. Er ist besessen von ihr, Onkel Tamrin, selbst nach all dieser Zeit. Er schwärmt mir ständig vor, wie schön sie gewesen sei, und wie außergewöhnlich, und dass er Lieder für sie geschrieben und alle in einem Buch festgehalten hätte. Dann versucht er sich dafür zu rechtfertigen, dass er bei ihr gelegen hat. ‚Mein Vater David hat mit meiner Mutter Batseba geschlafen, als sie noch die Frau eines anderen war, aber Gott hat ihm am Ende gestattet, sie für sich zu behalten, sonst wäre ich nie geboren worden.‘ Und immer wieder fragt er: ‚Denkst du, sie hasst mich, Menelik?‘“

„Und was hast du darauf geantwortet?“

„Ich habe ihm gesagt, dass ich das nicht glaube. Aber das schien ihn umso mehr zu bekümmern. Ich glaube, ihm wäre es lieber, sie würde ihn hassen, als dass sie gar nichts für ihn empfindet. Ich sagte, sie wäre wohl einfach vernünftig genug gewesen zu erkennen, dass sie nicht in der Vergangenheit verharren könne. Sie hätte ihre Sünden bereut, die Vergangenheit überwunden und sei weitergezogen. Doch mein Vater scheint dazu nicht in der Lage zu sein, vielleicht weil er nicht eingestehen kann, dass es eine Sünde war, bei ihr zu liegen.“

„Nun, wenn er dich anschaut und sieht, was für ein wunderbarer Sohn daraus hervorgegangen ist, kann das nicht leicht für ihn sein“, deutete ich an.

„Aber Onkel Tamrin, du hast mir immer gesagt, Gott könne aus jeder Situation etwas Gutes entstehen lassen, egal, wie viel Sünde und Böses im Spiel sind. Und das hat mir auch meine Mutter gesagt: sie könne sich nicht mehr vorstellen, ohne mich zu sein, und Gott hätte mich zu einem Segen für sie werden lassen, weil sie von ganzem Herzen bereut habe, was sie und mein Vater getan hatten.“

„Und für mich ist es ebenfalls ein Segen, Menelik, wenn ich sehe, wie weise du bist“, rief ich, und mein Lächeln verstärkte sich, denn ich dachte: *Er fängt tatsächlich an, intensiver über Adonai nachzudenken. Vielleicht wird Menelik durch seine Gespräche mit Salomo doch noch zu einem Mann des Glaubens, wenn auch nicht so, wie ich es gehofft habe.*

Meine Hoffnung wuchs, als Menelik vorsichtig fortfuhr: „Weißt du, Onkel Tamrin, obwohl mein Vater immerzu betont, wie sehr er meine Mutter vermisst, glaube ich, dass es die Gemeinschaft mit Gott ist, die er viel mehr vermisst. Er sagt, wenn Adonai ihn wirklich segnen wollte, hätte er einen Weg gefunden, dass er und meine Mutter zusammenbleiben könnten, so wie es bei seinen Eltern gewesen sei. Aber wenn er beschließen würde, Gottes Willen zu tun, anstatt sich zu wünschen, dass Gott *seinen* Willen tut, könnte er wieder der weise und tugendhafte König werden, der er früher gewesen ist. Denkst du, dass das stimmt?"

„Ich *weiß*, dass es stimmt", erwiderte ich. „Und Salomo wusste es früher auch. Deine Mütter hat ihn einmal gefragt, was das Schönste und was das Schlimmste auf der Welt sei, und er antwortete, das Schlimmste sei, wenn ein Mann seinen Glauben verliere, aber das Schönste sei ein Sünder, der umkehrt."

„Denkst du, ich könnte ihm helfen, das zurückzubekommen, was er verloren hat? Könnte das der Grund sein, warum Adonai uns hierher nach Jerusalem geführt hat?"

„Es könnte sein, Menelik, ja. Aber ich glaube, dass du selbst noch an deiner Beziehung zu Gott arbeiten musst, bevor du deinem Vater helfen kannst."

Bei diesen Worten verzog Menelik das Gesicht. Doch ich merkte, dass er genau verstand, was ich meinte, und als er sich kurz darauf in seine Kammer zurückzog, wusste ich, dass er vor dem Einschlafen beten würde.

Und so kam es, dass in den folgenden Tagen Menelik derjenige war, der Salomo zum Reden ermutigte, nicht andersherum. Er ließ seinen Vater über Makeda reden, aber ganz sanft versuchte er ihn davon zu überzeugen, dass er Buße tun und die Liebe Gottes neu entdecken musste, anstatt der Liebe einer Frau nachzutrauern. Salomo gestand schließlich ein, dass seine vielen Ehen ein Grund für seinen Niedergang waren und dass er die Fehler seines Vaters David in weitaus schlimmerem Umfang wiederholt hätte.

„Wenn ich wirklich weise gewesen wäre, hätte ich aus der Erfahrung meines Vaters gelernt“, erklärte Salomo Menelik. „Doch wie so oft scheint es, dass ein Mann nur die törichten Dinge wiederholt, die seine Eltern getan haben! Ja, Adonai hat meinem Vater schließlich gestattet, meine Mutter zu heiraten, denn wer hätte sonst für sie gesorgt, nachdem er ihren Mann ermorden ließ? Aber ihr erstes Kind starb, als Strafe ... denk doch nur, Menelik, ich hätte dich auf dieselbe Weise verlieren können, wenn der Herr nicht beschlossen hätte, gnädig zu sein! Zwanzig Jahre lang glaubte ich, genau das sei geschehen. Doch die ganze Zeit warst du am Leben, während ich so undankbar, so untreu gewesen war! Weißt du, Menelik ...“, Salomo senkte die Stimme, weil er Menelik etwas anvertrauen wollte, das er noch nie einer Menschenseele gesagt hatte. „In der Nacht, in der ich deine Mutter verführte, hatte ich einen Traum, der mich zutiefst beunruhigte. Ich habe geträumt, die Sonne würde aus Israel verschwinden und nach Äthiopien fliehen. Ich wusste nicht, was das zu bedeuten hatte, doch ich glaube, dass ich dadurch, dass ich bei deiner Mutter lag, Gottes Segen für immer verspielt habe.“

„Es ist noch nicht zu spät, Vater“, wandte Menelik ein. „Es ist nicht zu spät, vor Adonai Buße zu tun. Dann wird er sich dir wieder zuwenden.“

Aber dazu war Salomo nicht bereit. Er zog es vor, auf seinen Fehlern herumzureiten, anstatt sie zu bereuen. „Ich habe so wenige Kinder gezeugt, weil ich den Glauben an den Herrn, meinen Gott nicht gehalten habe, das weiß ich jetzt“, gestand er niedergeschlagen ein. „Im Gesetz des Mose steht ganz unmissverständlich, dass wir Segen erfahren, wenn wir Gott aufrichtig suchen. Aber ich habe mich verhalten wie Abraham. Er glaubte nicht, dass Gott ihn mit Söhnen beschenken könnte, nachdem er und seine Frau alt geworden waren, darum nahm er die Sache selbst in die Hand und schlief mit ihrer Sklavin. Solche Treulosigkeit hat immer Unglück zur Folge.“

Doch als Menelik den Mund öffnete, um ihn wieder auf die Möglichkeit der Buße hinzuweisen, sagte Salomo nur:

„Wenigstens du kannst aus meinen Fehlern lernen, mein Sohn. Nimm eine Frau – eine israelitische Frau, die Adonai verehrt – und gründe mit ihr eine Dynastie! Nimm keine andere Frau in dein Bett, solange ihr beide lebt.“

Und Menelik dachte: *Wenn mein Vater davon spricht, dass ich eine Dynastie gründen soll, dann bedeutet das doch sicher, dass er mich bald zum König von Saba salben und mich nach Hause zu meiner Mutter zurückkehren lassen wird, oder?*

Salomo war vielleicht nicht zur Veränderung bereit, aber Menelik veränderte sich von Tag zu Tag. Er war entschlossen, den Kreislauf von Sünde und Eigensinn zu durchbrechen, der das Leben seines Vaters und Großvaters vergiftet hatte. Er betete mindestens drei Mal am Tag, wie es das Gesetz des Mose vorschrieb. Er war häufig im Tempel zu finden, brachte Opfer dar oder führte tiefsinnige Gespräche mit den Priestern. Irgendwann ging er sogar Asarja nicht mehr aus dem Weg und sagte ihm, dass er bereit sei zu tun, was immer Adonai von ihm verlange. Allerdings ging er davon aus, dass das nicht die Möglichkeit einschloss, der Thronfolger seines Vaters zu werden.

Menelik erzählte Asarja von Salomos Traum, in dem die Sonne Israel verlassen hatte und nach Äthiopien geflohen war. Vielleicht dachte er, das würde Asarja helfen zu akzeptieren, dass Menelik nach Hause zurückkehren musste. Aber Asarja riss seine Habichtaugen auf und verfiel lange Zeit in nachdenkliches Schweigen.

Am folgenden Tag, als Menelik ihm von einem weiteren fruchtlosen Gespräch mit seinem Vater über Buße berichtete, erklärte Asarja: „Du vergeudest deine Zeit mit ihm, Menelik. Es ist bereits zu spät. Gott hat ihn verlassen, weil er weiß, dass Salomo *nie* Buße tun wird. Bereuen, ja, aber Wiedergutmachung? Wie könnte er auch, wo er so viele Frauen hat, für die er sorgen muss? Kann er sie etwa zu ihren Vätern zurückschicken? Jeder Stamm und jedes Volk, aus denen sie kommen, würde bewaffnet gegen ihn ziehen! Er wagt es nicht, Buße zu tun, weil er sich die Konsequenzen nicht vorzustellen wagt. Vielleicht hat Gott Israel sogar verlassen und sucht sich ein neues Volk."

„Nein, Asarja. Das kann nicht sein!", wandte Menelik entschieden ein. „Adonai hat einen ewigen Bund mit dem hebräischen Volk geschlossen. Er bricht vielleicht mit einem treulosen König, aber niemals mit seinem Volk."

Einige Tage danach kehrte Menelik sichtlich amüsiert von seinem Treffen mit Salomo zurück, als hätte er ein wundervolles, doch irgendwie unpassendes Geschenk erhalten. „Mein Vater sagt, wir hätten uns nun lange genug unterhalten und er sei jetzt vollkommen davon überzeugt, dass ich zum König geeignet sei", erklärte er. „Er sagt, der Zeitpunkt für die Ankündigung, auf die ich gewartet habe, sei gekommen, und morgen werde es eine Versammlung des königlichen Rates geben, zu der du und ich ebenfalls eingeladen würden."

„Er will dich vor seinem ganzen Rat zum König von Saba salben? Und er will dir auch eine Franse des Überwurfs der Bundeslade geben?"

„Ich weiß es nicht. Er hat nur das gesagt, was ich gerade wiederholt habe."

„Dann werden wir also endlich nach Saba zurückkehren! Doch du scheinst dich gar nicht so zu freuen, wie ich es erwartet hätte."

„Nein." Menelik verzog das Gesicht und zuckte die Schultern. „Ich glaube, ich hatte angefangen zu hoffen, dass ich vielleicht noch vor unserer Abreise eine Veränderung seines Gemütszustandes erlebe. Ich verstehe einfach nicht, warum er die Vergangenheit nicht hinter sich lassen und im Glauben weitergehen will."

Aber ich war nicht sicher, ob dies der einzige Grund für Meneliks innere Zerrissenheit war. Ich hätte ihn noch eingehender fragen sollen, was genau Salomo über die Versammlung des königlichen Rates gesagt hatte, die wir am nächsten Tag besuchen sollten.

Als wir uns pünktlich an der Schwelle des Raumes einfanden, in dem sich der Rat gewöhnlich traf, wurden wir sofort zu Salomos großem Thronsaal geführt. Hier fanden wir nicht nur die Mitglieder des Rates vor, sondern auch einige Priester aus dem Tempel, darunter Zadok und seine Söhne, die bereits ihre Plätze in der Nähe des Podests eingenommen hatten. Auf dem Podest war rechts neben Salomos Thron ein zweiter aufgestellt worden, weniger aufwendig gearbeitet und auch die Rückenlehne war nicht so hoch, trotzdem war er keineswegs unscheinbar. Doch die beiden Thronsessel waren leer und vom König war noch nichts zu sehen.

Sein Sohn Rehabeam dagegen war nicht zu übersehen. Er hatte sich auf dem mittleren der drei Stühle unmittelbar vor dem Podest niedergelassen. Er trug ein bunt besticktes Gewand, und ein überhebliches Grinsen umspielte seine Lippen, das sich noch verstärkte, als Menelik und ich aufgefordert wurden, rechts und links neben ihm Platz zu nehmen.

Was hatte man Rehabeam über den Zweck dieser Versammlung gesagt? Warum war er überhaupt anwesend? Hatte Salomo vor, Rehabeams Status zu bestätigen, indem er ihn zu seinem eigenen Thronerben und gleichzeitig Menelik zum Thronerben von Saba salbte? Das wäre ein gerissener Schachzug, fand ich, denn es würde Rehabeam die Gewissheit geben, dass er von Menelik tatsächlich nichts zu befürchten hatte.

Wie unterschiedlich waren die beiden, als sie nebeneinandersaßen und auf das Erscheinen ihres Vaters warteten! Rehabeam arrogant und selbstgefällig, die Hände über seinem Bauch gefaltet, Menelik aufrecht, auf der Hut und eindeutig nicht passend gekleidet. Selbst im Sitzen war offensichtlich, dass er seinen Bruder um fast einen ganzen Kopf überragte, doch Rehabeam konnte bestimmt das doppelte Taillenmaß vorweisen. Menelik war dunkel, Rehabeam blass. Meneliks Schultern waren breit, Rehabeams rund. Es war beinahe unmöglich, sich vorzustellen, dass die beiden Söhne desselben Vaters sein sollten. Und das waren sie wohl auch nicht, wenn man den Gerüchten Glauben schenkte.

Schließlich kündigte ein Fanfarenstoß die Ankunft des Königs an. Alle anwesenden Männer erhoben sich und verneigten sich vor ihrem Herrscher, der von Kopf bis Fuß in Gold und Purpur gehüllt war, mit allen Insignien seiner königlichen Würde. Er nahm Platz und bedeutete allen anderen, sich ebenfalls zu setzen.

„Älteste und Priester Israels, meine Brüder", sagte er über unsere Köpfe hinweg zu den versammelten Würdenträgern, „ihr wisst so gut wie ich, dass ich in den vergangenen Jahren nicht immer mit der Weisheit regiert habe, die ihr von mir kanntet. Ich bin von dem Weg abgewichen, den der Herr, unser Gott, vor mir ausgebreitet hatte, und ihr habt als Folge davon gelitten. Heute möchte ich meine Übertretungen wiedergutmachen, indem ich euch die Last der Sorge abnehme, mit der ihr nun schon so lange lebt. Wir alle wissen, dass in einem Land, in dem Unsicherheit herrscht in Bezug auf die Thronfolge des herrschenden Königs, die Gefahr der Rivalität zwischen den Anwärtern und sogar des Bürgerkriegs groß ist. Noch bevor Menelik von Saba seinen Fuß auf israelitischen Boden setzte, herrschte die Meinung, dass mein Sohn Rehabeam niemals in der Lage sein würde, Adonais Volk zu regieren. Darum habe ich heute vor, euch allen und auch meinen Söhnen zu erklären, wen ich zu meinem Nachfolger bestimmt habe und aus welchen Gründen."

An diesem Punkt hielt er bewusst inne, und obwohl niemand das Wort ergriff, war die Luft im Thronsaal plötzlich aufgeladen von angestauter Energie. Besorgte Blicke wurden ausgetauscht.

Ich dachte: *Er kann doch nicht die Absicht haben, Menelik vor allen bedeutenden Persönlichkeiten zum Thronerben auszurufen, wo er doch weiß, dass Menelik das gar nicht will?* Und wie würde Menelik reagieren, sollte er es doch tun? Ein Seitenblick auf Rehabeam zeigte mir, dass er einen Schweißausbruch bekommen hatte und so schwer atmete wie ein Mann, der von Jerusalem nach Jericho und wieder zurück gelaufen ist.

Doch bevor Salomo oder ein anderer ein weiteres Wort äußern konnte, brach an der Tür zum Thronsaal ein Tumult los. Ein dürres Männlein in Lumpen kam wie aus dem Nichts auf den König zugestürmt, verfolgt von den Palastwachen. Gerade als sie sich auf ihn stürzen wollten, wirbelte er herum und brachte den vordersten Angreifer zu Fall, dann sprang er trotz aller Versuche, ihn daran zu hindern, wie ein Grashüpfer auf das Podest.

Dort stach er seinen knochigen Finger in Richtung auf Salomos Gesicht und kreischte: „Seit wann ist das Volk Israel dein persönlicher Besitz, Salomo ben David? War das verheißene Land dir allein versprochen? Ist Gottes Königreich nicht mehr als eine Ware, die nach Belieben verkauft oder vererbt werden kann? Jede Autorität, die du je ausgeübt hast, wurde dir allein vom allmächtigen Gott gegeben! Wehe über dich, stolzer König, der du deine Weisheit zusammen mit deinem Respekt vor dem Gott deiner Väter weggeworfen hast! Du kennst bereits die Zukunft, die Adonai nach deinem Tod für dieses Volk vorgesehen hat. Zehn der zwölf Stämme Israels werden aus den Händen deines Sohnes gerissen und einem anderen Mann als Herrscher gegeben werden. Nur um deines Vaters David willen wird dies nicht zu deinen Lebzeiten geschehen und nur seinetwegen werden dir nicht alle zwölf Stämme genommen! Denk an meine Worte, Salomo, du Stolzer, denn sie kommen direkt aus dem Munde Adonais!“

Obwohl viele der Anwesenden keine Ahnung zu haben schienen, wer der Lumpenkerl war, zweifelte ich selbst nicht daran, Ahija von Silo vor mir zu haben, den Propheten, der Jerobeam ben Nebat zur Rebellion angestiftet hatte. Mittlerweile war es den königlichen Wachen gelungen, ihn von Salomo wegzuzerren. Doch der Schaden war bereits angerichtet. Salomo saß steif wie ein Leichnam auf seinem Thron, als wäre er von einem Speer durchbohrt worden. Rehabeams Gesicht war käsig weiß geworden wie geronnene Milch und er zitterte am ganzen Körper. Die Mitglieder von Salomos Rat saßen fassungslos da, die Priester starrten ratlos zu Boden.

Zadok war auf die Knie gefallen und weinte ohne Scham, und seine Augen schienen ehrfürchtig etwas zu sehen, das kein anderer wahrnehmen konnte. In seinem Gesicht spiegelten sich Staunen, Freude und Kummer zugleich, wohl, weil die Stimme der Prophetie im Land noch nicht verstummt war.

Als mein Blick sich endlich von ihm löste, sah ich, dass Asarja Menelik mit dem verblüfften Blick eines Mannes anstarrte, der eine Offenbarung erlebt hat. Den Inhalt dieser Offenbarung würde ich gleich erfahren, denn der tief erschütterte König hatte soeben angeordnet, die Versammlung aufzulösen. Asarja folgte Menelik und mir zu unseren Gemächern; wir würden nicht die Gelegenheit haben, miteinander über das Erlebte zu reden, bevor Asarja uns seine eigene Interpretation von Ahijas Eingreifen aufgezwungen hatte.

Kapitel 19

Auf dem Rückweg in unsere Gemächer schwiegen Menelik und ich grimmig, doch Asarja rief aufgeregt: „Jetzt ist mir alles klar geworden, Menelik! Ich weiß, was du tun musst. Adonai hat mir das ganze Bild gezeigt! Bleib stehen und hör mich an!"

Ich sagte knapp, dass seine Offenbarung warten müsse, bis wir die Abgeschiedenheit unserer Gemächer erreicht hätten. Sobald wir die Tür hinter uns geschlossen hatten und Hami uns Getränke gebracht hatte, erteilte ich Asarja endlich Redeerlaubnis. Der Kern seiner aufgeregten Erklärung schien zu sein, dass er schon immer recht gehabt hatte: Adonai hätte beschlossen, das abtrünnige Israel seinem Schicksal zu überlassen und ein neues Volk zu wählen, durch das er sich der Welt offenbaren würde. Und jetzt sei Asarja klar geworden, welches das neue erwählte Volk sein würde: Es sei das Volk von Saba, mit Menelik an seiner Spitze, der es als König im Einklang mit Gott regierte.

„Verstehst du denn nicht, Menelik?", rief er, als Menelik und ich ihn ungerührt anstarrten. „Es liegt doch auf der Hand. Dein Wunsch, nach Saba zurückzukehren und Adonais Wunsch, ein Volk zu wählen, das seiner Berufung würdig ist, widersprechen sich nicht! Salomo ist am Ende. Sein Königreich wird auseinandergerissen werden. In einem der Psalmen, die sein eigener Vater geschrieben hat, heißt es: ‚Äthiopien soll dich anbeten.' Das war eine Prophezeiung und jetzt steht ihre Erfüllung kurz bevor."

„Aber Asarja", widersprach ich ihm ruhig, „das ist nicht das, was Ahija von Silo gesagt hat. Er sagte ausdrücklich, dass

Salomos Sohn einen Teil des Königreichs seines Vaters erhalten werde, um Salomos Vaters David willen."

„Das ist nur ein vorübergehendes Zugeständnis! Wie sollen die kleinen Südstämme allein bestehen? Du darfst nichts mit ihnen zu schaffen haben, Menelik. Überlass sie Rehabeam, denn Ahija hat es versäumt zu sagen, welcher von Salomos Söhnen sie erhalten wird. Du musst Salomo dazu bringen, dich zum König von Saba zu salben und dir ein Zeichen von Adonais Gegenwart zu geben, das du zu deinem Volk mit nach Hause nehmen kannst, um sie davon zu überzeugen, dass sie jetzt auch Gottes Volk sind!"

„Das ist doch genau das, worum ich meinen Vater die ganze Zeit gebeten habe", erklärte Menelik in stiller Verzweiflung. „Wenn er es bisher nicht getan hat, wird er es jetzt bestimmt nicht mehr tun."

„Doch, das wird er, ich weiß es! Mein Vater wird ihn dazu bewegen. Nach allem, was heute geschehen ist, wird Salomo wie Wachs in seinen Händen sein."

„Und was veranlasst dich zu glauben, dass dein Vater zu denselben Schlussfolgerungen gekommen ist wie du?", fragte ich vorsichtig.

„Die Tatsache, dass dies Adonais Wille ist und dass mein Vater das genauso erkannt haben wird wie ich."

„Nun", meinte ich und bedeutete Hami, die Tür erneut zu öffnen, „vielleicht solltest du dich zu ihm begeben und das überprüfen."

Er funkelte mich böse an und verabschiedete sich. Als er fort war, sagte Menelik: „Dann glaubst du also nicht, dass Adonai zu ihm gesprochen hat?"

„Glaubst du es denn?", fragte ich.

„Ich weiß es nicht. Er ist ein Priester und der Sohn Zadoks. Er wandelt schon viel länger in den Wegen Gottes als wir. Ich hätte Skrupel, ihm zu widersprechen."

„Menelik, er hat nicht gesagt, wie Gott zu ihm gesprochen hat, nur, dass das Ergebnis dessen, was Ahija gesagt hat, ‚offensichtlich' sei. Außerdem habe ich selbst die hebräischen

Schriften studiert und glaube nicht, dass Adonai den Bund mit seinem erwählten Volk aufgeben würde. Er mag sie zurechtweisen oder sogar strafen oder auch den König ersetzen. Aber sie gänzlich verwerfen? Es wäre schon mehr nötig, um mich davon zu überzeugen, als das Geschrei eines jungen Eiferers."

„Vielleicht hast du recht. Aber ist es für uns wirklich von Bedeutung, ob Adonai Israel verworfen hat oder nicht? Alles, was wir brauchen, ist das, was wir von Anfang an wollten: dass Salomo ein Dokument unterzeichnet, in dem er mich formal als seinen Sohn anerkennt, dass er mich zum König von Saba salbt und mir eine Franse des Überwurfs der Bundeslade mitgibt. Wenn Asarja und sein Vater ihn dazu bringen können, dann können sie sich so viele Sorgen um Israels ewiges Schicksal machen, wie sie wollen, während wir verschwinden, so schnell uns unsere Esel tragen."

„Ich kann deine Logik nicht widerlegen, Menelik. Du warst schon immer ein fähiger Student der Philosophie. Doch gleichzeitig denke ich, wir sollten uns vor Asarjas Überschwang in Acht nehmen. Ich hoffe, er gibt sich damit zufrieden, seinen armen Vater mit seinen Erkenntnissen zu tyrannisieren, und handelt nicht übereilt."

„Übereilt handeln? Was sollte er denn tun?", wollte Menelik wissen, aber ich zuckte nur die Schultern.

Wenn ich geahnt hätte, in welche Richtung Asarjas Besessenheit ihn treiben würde, dann wäre alles anders gekommen.

Am folgenden Morgen war er wieder da, noch anmaßender als sonst. „Menelik", verkündete er, „alles ist arrangiert. Du sollst deinen Vater heute Nachmittag in seinen Gemächern aufsuchen, und er wird dir erklären, wie er dich zum König von Saba salben wird."

„Und woher weiß ich, dass er nicht wieder eine List im Schilde führt wie schon einmal?" Je größer Asarjas Begeisterung war, desto misstrauischer wurde Menelik. „Denk daran, was das letzte Mal geschehen ist, als er versprochen hat, den Wünschen meiner Mutter nachzukommen."

Asarjas Überschwang wurde vorübergehend gedämpft, als er eingestehen musste, dass Menelik recht hatte.

Später, als Menelik allein bei seinem Vater weilte, machte ich mich auf den Weg zu Zadok. Ich wollte wissen, wie er die Ereignisse des gestrigen Tages sah und ob er tatsächlich die Überzeugung seines Sohnes teilte, dass Adonais Bund mit seinem Volk gebrochen sei.

Sein Haus befand sich innerhalb des großen Tempel-Palast-Komplexes, der Jerusalems höchste Erhebung vereinnahmte. Er saß zur heißesten Tageszeit in seinem von Weinranken überschatteten Garten. Der greise Priester hatte den größten Teil seiner Aufgaben an seine Untergebenen delegiert. Trotzdem hatte er sich einen scharfen Blick für die Vorgänge um sich herum bewahrt, und kaum etwas von politischer oder religiöser Bedeutung entging seiner Aufmerksamkeit.

Ich wollte mich entschuldigen, dass ich seine Mittagsruhe gestört hatte, doch ein strahlendes Lächeln breitete sich auf seinem faltigen Gesicht aus, und er sagte: „Tamrin, mein Freund, es gibt wirklich keinen Menschen, den ich heute Nachmittag lieber sehen würde als dich. Setz dich. Es gibt viel zu sagen."

Ich freute mich über seine herzlichen Worte. „Dir ist zweifellos bewusst", begann er, „dass Salomo deinen jungen Cousin zu Israels Kronprinz ausgerufen hätte, wenn Ahija ihn nicht unterbrochen hätte."

„Ja, und auch Menelik weiß das", erwiderte ich. „Zumindest in dieser Hinsicht waren wir erleichtert, dass die Störung geschah."

„Genau wie ich, mein Freund, genau wie ich. Wenn Salomo Menelik vor Ahijas Offenbarung zu seinem Erben bestimmt hätte, wäre alles für alle noch viel schlimmer, als es jetzt auf jeden Fall sein wird."

„Für alle?", wiederholte ich erstaunt, denn ich hatte angenommen, dass die meisten Israeliten lieber Menelik zum Herrscher haben würden als Rehabeam, auch wenn Menelik dies auf keinen Fall für wünschenswert hielt.

„Oh, es gibt viel Gerede über Rehabeams Schwächen und seinen Mangel an prinzlichen Tugenden, aber ich kenne meine Landsleute, Tamrin, und wenn sie die Wahl haben zwischen einem Bastard aus einem fremden Land, wie charmant und klug er auch sein mag, und einem Flegel, der hier in Jerusalem ehelich zur Welt kam, dann würden die meisten den Flegel dem Bastard vorziehen. Menelik würde nie akzeptiert werden, obwohl er einen guten Eindruck gemacht hat. Jerobeam hätte sich gegen ihn erhoben und seine zehn Stämme zur Rebellion angestachelt, so wie er sich auch gegen Rehabeam erheben wird. Menelik sollte dem lieber aus dem Weg gehen – und je weiter, desto besser."

„Dann glaubst du also, dass Ahija für Adonai gesprochen hat? Dass dies die Worte des Allmächtigen waren?"

„Ja, das glaube ich, weil ich den Mann kenne, und weil Adonais Geist in mir bestätigte, was er sagte. Seine Vorhersage wird sich erfüllen, dessen bin ich sicher, und wenn auch nur deshalb, weil Rehabeam das Volk gegen sich wenden wird, sobald sein Vater so unbedacht ist zu sterben."

„Dann ist Israel am Ende? Adonais Bund mit Abraham, mit Mose und mit David ist dahin?"

„Oh nein, Tamrin. Weit gefehlt. Adonai wird sich immer einen kleinen Überrest in dem Volk bewahren, einige wenige, die sich den Glauben bewahren und seine Versprechen erben werden. Du weißt ja, er hat Salomos Vater David zugesagt, dass immer einer seiner Nachfahren auf seinem Thron sitzen wird."

„Aber – könnte dieser Überrest nicht auch einem anderen Volk als Israel angehören? Und könnte der Thron nicht auch ein ausländischer sein?"

Zadoks Augen verengten sich. Er starrte mich eindringlich an und sagte: „Mit wem hast du gesprochen, bevor du zu mir gekommen bist? Ich hatte dich für einen Gelehrten gehalten, nicht für einen, der wilde Spekulationen verbreitet."

Ich hielt es für angebracht, offen ihm gegenüber zu sein. „Dein Sohn Asarja", erklärte ich, „hat Menelik gesagt, Adonai hätte sein Versprechen an Israel wegen Salomos Übertretungen aufgehoben und beschlossen, stattdessen Saba zu wählen. Die Sabäer seien das neue erwählte Volk.“ Und als Zadoks Augen sich so weit öffneten wie Trankopferschalen, fügte ich hinzu: „Mehr noch, Asarja ist sicher, dass du selbst zu denselben Schlussfolgerungen gekommen bist.“

„Nun“, erwiderte Zadok, „ob Asarjas Offenbarung nun von Adonai kam oder nicht, ich kann nur sagen: das habe ich noch nie gehört.“

„Dann hat Asarja also noch nicht mit dir darüber gesprochen?“

„Er drängte mich, dass ich Salomo veranlassen sollte, Meneliks Salbung zum König von Saba höchste Dringlichkeit einzuräumen, was ich sowieso vorhatte und auch getan habe. Die Vorbereitungen sind bereits getroffen. Noch in dieser Woche werde ich selbst das Ritual durchführen. Doch die Vorstellung, Adonai habe Israel aufgegeben und stattdessen Saba gewählt ... Ich denke, Asarja hütet sich, seinem Vater gegenüber so etwas von sich zu geben.“

„Dann glaubst du also nicht, dass Adonai zu ihm gesprochen hat? Du glaubst nicht an die Prophezeiung, dass Äthiopien seine Hände zu Gott ausstrecken wird?“

„Natürlich glaube ich dieser Prophezeiung, aber nur insofern, als die Äthiopier unter den ersten Völkern sein werden, die Adonai als ihren Gott annehmen und somit teilhaben an Israels Zukunft. Die Vision des Psalmisten ist, dass eines Tages *alle* Völker die Herrschaft Adonais anerkennen werden.“

„Asarja scheint so überzeugt davon zu sein, dass er seinerseits überzeugend wirkt.“

Zadok schüttelte lächelnd den Kopf und meinte: „Tamrin, mein Freund, *Gott* ist es, auf den wir alle hören sollten. Wir sollten uns nicht von der Überzeugungskraft sprachgewandter junger Männer mitreißen lassen. Wenn Adonai beschlossen hat, seine Meinung in Bezug auf Israels Erwählung so radikal zu ändern, und wenn er will, dass Menschen, die so alt und dickköpfig sind wie du und ich, das glauben, dann wird er einen anderen Sprecher wählen müssen als einen hitzköpfigen Jungen, selbst wenn dieser Junge mein geliebter Sohn ist."

„Dann wirst du also mit Asarja reden?"

„Ja, aber nur um ihn zu warnen, auf der Hut zu sein, wenn er den Eindruck hat, dass Adonai ihm etwas so Unglaubliches mitteilt. Ich würde es nicht wagen, seinen Glauben daran zu schwächen, dass Gott direkt zu ihm sprechen kann."

Und so kehrte ich mit viel Stoff zum Nachdenken und Beten in unsere Gemächer zurück. Doch als ich dort ankam, war Menelik bereits von seinem Treffen mit Salomo wieder da. Er hatte den Kopf in den Händen vergraben.

„Ich nehme an, das Gespräch mit deinem Vater ist nicht gut verlaufen?", fragte ich.

„Es war ganz in Ordnung", erwiderte er, ohne den Kopf zu heben. „Er versprach mir, dass Zadok mich in Kürze mit dem heiligen Öl aus dem Tempel salben würde, aber dieses Mal in aller Stille, nicht in der Gegenwart seines Rates. Er sagte, es wäre ein Sakrileg, eine Franse von dem Überwurf der Bundeslade zu entfernen, darum bekomme ich den ganzen Überwurf. Ein neuer, der ihn ersetzen soll, ist bereits in Auftrag gegeben. Und er wird mir ein Schriftstück aushändigen, in dem er mich als seinen Sohn anerkennt, von ihm unterschrieben und mit dem königlichen Ring versiegelt. Mehr kann ich nicht erwarten." Dann schloss er die Augen und flüsterte: „Meinem Vater geht es nicht gut. Er wirkt kränker als zu dem Zeitpunkt, als ich ihn kennenlernte."

„Er ist sicher deprimiert wegen dem Vorfall mit Ahija."

„Er ist wie ein Mann, der gestorben ist, doch sein Körper weiß es noch nicht. Er läuft herum und redet und atmet, jedoch ohne Seele. In der ganzen Zeit, die ich bei ihm war, hat er mir kein einziges Mal in die Augen geschaut. Vielleicht ist es für Israel noch nicht zu spät, aber für Salomo ganz gewiss. Ich weiß das jetzt, ohne den Schatten eines Zweifels."

Ich legte meine Hand auf seinen Kopf; eine Geste des Segens und der Zuneigung, die er resigniert entgegennahm.

Wenige Tage danach wurde das Ritual, auf das wir so lange gewartet hatten, schließlich im Heiligtum von Salomos Tempel vollzogen. Zadok führte es durch. Nur der König und ich waren als Zeugen zugegen, als Zadok den Ölkrug nahm, aus dem auch Salomo schon gesalbt worden war, und das heilige Öl auf Meneliks Stirn träufelte. Daraufhin erklärte ihn Salomo zum König von Saba, mit dem Thronnamen seines Großvaters David, dem Menelik so auffallend ähnlich sah. Als wäre dies die Krönung eines Königs von Israel, rezitierte Zadok eine Litanei von Segnungen, die der zukünftige König erleben würde, wenn er seinem Herrn Adonai treu bliebe, aber auch der Schrecken, die ihn treffen würden, wenn er ihm untreu würde. Zwei von Zadoks Gehilfen kamen herein und stellten sich neben ihren Herrn, einer zu seiner Rechten und einer zu seiner Linken. Der rechts Stehende hielt den Überwurf der Bundeslade zusammengerollt in der Hand, der andere Salomos Brief, auf Papyrus geschrieben und ebenfalls zusammengerollt, aber noch ohne Siegel, weil Menelik ihn lesen sollte, bevor er verschlossen wurde. Zadok nahm sowohl den Überwurf wie auch den Brief und legte beides in Meneliks Hände.

Nun war das Ritual zu Ende. Zadok lud Salomo, Menelik und mich in sein Haus ein, das an das Tempelgebäude angrenzte. Dort sollte Menelik den Brief lesen und seine Zustimmung dazu geben, anschließend würde Salomo das königliche Siegel darauf drücken.

Ich beobachtete das Gesicht meines jungen Cousins, dessen Augenbrauen konzentriert zusammengezogen waren, denn obwohl er inzwischen Hebräisch recht gut lesen konnte, wollte er doch sicher sein, dass alles seine Richtigkeit hatte. Ich sah, wie er zufrieden nickte, während seine Augen über die Zeilen glitten. Er schien einverstanden zu sein mit der Bestätigung, die Salomo dem Volk von Saba gegeben hatte, dass Menelik, oder David, wie er von nun an offiziell genannt werden würde, tatsächlich sein Sohn war, den ihm die Königin von Saba geboren hatte.

Doch plötzlich weiteten sich Meneliks Augen. Er wandte sich an seinen Vater und fragte: „Weiß Asarja, was du in Bezug auf ihn verfügt hast? Und Zadok? Und was ist mit den anderen jungen Männern, die du namentlich genannt hast?"

Salomo schloss nur die Augen, als würde Meneliks Frage ihm Kopfschmerzen bereiten. Zadok und ich warfen uns unbehagliche Blicke zu. Schließlich erwiderte Salomo leichthin: „Du wirst Ratgeber brauchen. Ein König kann nicht ohne Ratgeber regieren."

Menelik wandte sich Zadok zu, um dessen Reaktion einzuschätzen, dann mir. Als er unsere Verwirrung und Besorgnis bemerkte, drückte er mir den Brief in die Hand und sagte: „Lies ihn, Onkel Tamrin. Und du bitte auch, Zadok. Ich kann dem, was hier gefordert wird, nicht zustimmen, wenn nicht alle, die es betrifft, damit einverstanden sind."

Nachdem ich die Einleitung des Briefes überflogen hatte, sprang ich sofort zu dem Teil, gegen den Menelik Einwände erhob. Vierundzwanzig junge Männer adeliger Herkunft aus Jerusalem sollten König Menelik-David von Saba in sein Heimatland begleiten und den inneren Kreis seines königlichen Rates bilden. Alle waren jung und unverheiratet, ihre Väter Priester, Würdenträger oder Militäroffiziere, die bekannt dafür waren, dass sie Adonai treu dienten. Fast alle waren erstgeborene Söhne. Darunter waren Asarja und Eleasar, und wenn Salomos Wille befolgt würde, würden sie ihren Vater Zadok nie wiedersehen.

Was konnte den angeschlagenen Salomo zu diesem Schritt bewogen haben? Wollte er diese jungen Männer und ihre Väter bestrafen, weil die Väter ihn wegen seiner ausländischen Frauen und ihrer Götzen kritisiert hatten? Wollte er ihnen ihre Söhne nehmen, weil auch er seinen geliebten Sohn ziehen lassen musste? Oder war der Grund, dass er Meneliks Anerkennung mehr Gewicht verleihen und dafür sorgen wollte, dass der junge Mann Erfolg hatte, wo er selbst versagt hatte? Was immer seine Motive waren, es war klar, dass er nicht die Absicht hatte, sie mit mir oder einem anderen zu erörtern. Er sah nicht nur erschöpft sondern geradezu krank aus, und unwillkürlich drängte sich mir der Gedanke auf, dass sich sein Leben dem Ende zuneigte.

Zadok zeigte nicht die Betroffenheit, die ein weniger heiliger Mann vielleicht empfunden hätte. Nachdem er den Brief selbst gelesen hatte, verfiel er in nachdenkliches Schweigen, während er über die Konsequenzen von Salomos Dekret nachdachte, bis schließlich Salomo selbst das Wort ergriff. „Du sagst nichts, alter Mann? Doch ich zweifle nicht daran, dass du eine Meinung zu den Maßnahmen hast, gegen die mein Sohn Einspruch zu erheben scheint."

„Dein Diener würde es nicht wagen, seine Meinung zu einer königlichen Proklamation zu äußern, wenn er nicht dazu aufgefordert wird", erinnerte Zadok ihn gleichmütig.

„Nun, ich fordere dich jetzt ausdrücklich dazu auf", fuhr der König ihn an. „Komm, gelehrter Priester. Sag mir, was du denkst."

„Ich denke, wenn du die vielversprechendsten jungen Männer mit Menelik nach Süden schickst, werden nur noch gottlose und habgierige Müßiggänger da sein, wenn Rehabeam seinen königlichen Rat bilden muss, neben einigen wenigen zahnlosen Relikten wie mir, falls Euer Majestät vor mir verscheiden sollte."

„Da gottlose und habgierige Faulenzer genau die Art von Gefährten sind, die Rehabeam bevorzugt, wird es wohl kaum ins Gewicht fallen", war alles, was Salomo darauf antwortete. Und damit riss er Menelik den Brief aus der Hand, drückte seinen Siegelring darauf, ob es seinem Sohn nun gefiel oder nicht, und stürmte aus dem Raum.

Menelik protestierte sofort. „Aber er kann doch nicht einfach frei geborene Söhne Israels gegen ihren Willen fortschicken, als hätten sie schreckliche Verbrechen begangen! Wie soll ich denn einen Rat bilden mit Männern, deren Herzen in ihrem Heimatland geblieben sind? Sie werden mich hassen, genau wie Rehabeam es tut. Ich werde keinen mitnehmen, der nicht freiwillig mitkommen möchte."

„Oh, sie werden freiwillig mitkommen“, erklärte Zadok, „wenn Asarja sie davon überzeugen kann, dass es das ist, was Adonai von ihnen fordert. Jeder junge Mann in Jerusalem blickt zu Asarja auf, und die Väter aller aufgeführten jungen Männer werden ihnen beigebracht haben, den Weg zu gehen, den der Herr sie führt.“

„Aber was veranlasst dich zu glauben, dass Asarja mitkommen möchte?“, gab Menelik zurück, doch sofort wurde ihm klar, dass er die Antwort bereits kannte: Es gab angesichts der Schlussfolgerungen, zu denen er in Bezug auf die Zukunft des Volkes Gottes gekommen war, nichts, was Asarja lieber tun würde.

„Und du würdest deine beiden Söhne ziehen lassen, ohne auch nur im Geringsten zu protestieren?“, fragte ich Zadok.

„Es steht dem Hohepriester nicht zu, gegen den ausdrücklichen Willen des Königs aufzubegehren“, erwiderte Zadok. „Außerdem werden sie ja dich haben, der über sie wacht, mein treuer Freund.“

Ich fragte mich, ob je eine Zeit kommen würde, in der es nicht mehr meine Aufgabe sein würde, Vaterstelle an den Kindern anderer Männer zu vertreten. Aber andererseits waren Asarja und Eleasar vermutlich nicht schwerer zu handhaben als Makeda oder Menelik in jüngeren Jahren und zumindest waren sie im Glauben an Adonai aufgewachsen.

Wie vorauszusehen war, erschien Asarja noch am selben Abend, nachdem er von Salomos Entscheidung erfahren hatte, in unseren Gemächern, und er war begeistert von seinem Auftrag.

„Gott ist wirklich groß!“, schwärmte er, packte Menelik an den Schultern und küsste ihn auf beide Wangen. „Alles fügt sich zusammen. Selbst der größte Dummkopf kann sehen, dass all dies das Wirken Adonais ist. Jetzt brauchen wir uns nie mehr zu trennen, Menelik, denn ich werde dir für immer treu dienen!“

„Und dein Bruder Eleasar? Ist er genauso freudig bereit, sich abzuwenden von allem, was er je gekannt hat, und zu den Enden der Erde zu reisen?“, fragte Menelik, während er sich aus seiner Umarmung löste.

„Eleazar? Oh, er wird sich schon an diese Vorstellung gewöhnen. Er liebt das Abenteuer. Auch die anderen werden freudig mitziehen, wenn sie erkennen, dass es hier für sie keine Zukunft mehr gibt. Du musst sie nur mir überlassen, obwohl ich der Meinung bin, dass es nicht schaden könnte, wenn du vor unserer Abreise nach Äthiopien ein wenig Zeit mit ihnen verbringen würdest.“

„Allerdings.“

Es war meiner Aufmerksamkeit nicht entgangen, dass Menelik mit den jungen Männern am Hof während seiner Zeit in Jerusalem nicht viel zu tun gehabt hatte. Ich kannte den Grund dafür: Sie erinnerten ihn zu sehr an die Jungen am Hof seiner Mutter, die ihm seine Kindheit vergällt hatten. Der Umgang mit seinen Altersgenossen war für ihn schon immer eine Herausforderung gewesen, der er sich nur widerwillig stellte. „Auf der Heimreise nach Äthiopien werden sie Zeit genug haben, mich kennenzulernen“, versicherte er Asarja. „Ich beabsichtige, Jerusalem so bald wie möglich zu verlassen.“

„Ja, natürlich, mein Prinz, und ich verstehe deine Ungeduld, dieser gottverlassenen Stadt den Rücken zu kehren, nur zu gut. Aber ich habe ein Artefakt in Auftrag gegeben, etwas ganz Besonderes, das eigens für dich angefertigt wird und das ein Geschenk an dein Volk sein soll. Aber es wird erst in vierzehn Tagen fertig sein.“

„Ein Artefakt? Was denn für ein Artefakt? In Gottes Namen, Asarja, wird mir denn *nie* gestattet werden, diesen Ort zu verlassen? Ich glaube beinahe, ich werde älter sein als dein Vater, bis ich die Berge Yehas wieder sehe! Ich brauche nichts außer den Dingen, die mir mein Vater bereits gegeben hat.“

„Mit allem nötigen Respekt, mein Prinz, was für einen Sinn macht es, den Überwurf der Bundeslade zu besitzen, wenn man keine Lade hat, über die man ihn breiten kann?“

„Wie bitte?“ Menelik starrte Asarja mit wachsender Verblüffung an. Und auch ich vermutete, dass Zadoks Sohn den Verstand verloren hatte.

„Als die Kinder Israel aus Ägypten flohen, um in das verheißene Land zu ziehen, wurde die Bundeslade als Zeichen der Gegenwart Gottes vor ihnen hergetragen. Wie könnten wir jetzt ohne ein solches Symbol nach Äthiopien aufbrechen? Niemand darf die Bundeslade sehen, außer meinem Vater, wenn er einmal im Jahr am Versöhnungstag das Allerheiligste betritt, aber in den Schriften Moses sind alle Bauanleitungen und Maße zu finden. Ich habe einen hervorragenden Zimmermann beauftragt, eine Nachbildung anzufertigen. Sie wird natürlich nicht mit Gold überzogen sein, zumindest nicht, bis sie nach Äthiopien gebracht wurde, wo ihr, wie ich weiß, Gold in Hülle und Fülle habt. Aber wenn der Überwurf der echten Bundeslade sie ziert, wird sie genauso stolz vor uns herziehen und uns daran erinnern, dass Adonai mit uns ist. Freue dich, Prinz Menelik – König David! –, denn der zweite Exodus steht kurz bevor!“

Was hätte es genützt, Einwände zu erheben? Wie es schien, standen wir bereits vor vollendeten Tatsachen. Menelik schnaubte resigniert und sagte zu Asarja: „Also gut, mein Freund. Ich danke dir für die Mühe, die du dir um meinetwillen gemacht hast. Aber denk daran, von jetzt an bin *ich* es, der die Entscheidungen trifft, und *du* bist derjenige, der zu gehorchen hat. Solange wir beide wissen, dass *ich* es bin, den dein Vater zum König gesalbt hat, werden wir beide gut miteinander auskommen.“

Da war etwas in Meneliks Tonfall, das Asarja zusammenzucken ließ. Mit neu gewonnenem Respekt sagte er: „Ja, Euer Majestät“, ohne eine Spur von Ironie.

Doch gleichzeitig ließ er ein gewisses Unbehagen erkennen. Hatte er bereits eine weitere Entscheidung getroffen, die Menelik nicht gutheißen würde? Als er sich zum Gehen wandte, dachte ich bei mir, wie sehr Menelik sich in der Zeit am Hof seines Vaters verändert und weiterentwickelt hatte.

Wenn er in sein Heimatland zurückkehrte, würde bereits seine Haltung zeigen, dass er der rechtmäßige Herrscher war.

Am folgenden Morgen erschien Asarja wieder in unseren Gemächern, doch dieses Mal auf Meneliks Bitte hin. Menelik wies ihn an, die jungen Männer zusammenzurufen, die uns nach Äthiopien begleiten sollten, und ihnen mitzuteilen, dass der Mann, der einmal ihr König sein würde, zur Mittagszeit zu ihnen allen sprechen wolle.

„Aber du sollst mich begleiten, Onkel Tamrin", sagte er zu mir. „Asarja mag denken, dass mir niemand wichtiger ist als er, und tatsächlich würde ich ohne ihn nicht weit kommen, zumindest nicht, bis ich das Vertrauen seiner Altersgenossen gewonnen habe. Aber du wirst immer der Erste meiner Ratgeber sein. Nur der Rat Adonais könnte mir wichtiger sein als deiner."

„Solange du mehr auf Adonais Stimme hörst als auf meine, wenn unser Rat sich unterscheidet, wirst du ein so weiser König sein wie dein Vater früher", sagte ich lächelnd. „Aber ich danke dir für dein Vertrauen. Versprich mir nur, dass du mich in den Ruhestand versetzt, sollte ich in meine zweite Kindheit eintreten und nicht mehr vernünftig denken können."

„Ich verspreche es", lachte Menelik, aber der Schatten, der sich ganz kurz über sein Gesicht legte, sagte mir, dass er sich ohne mich ziemlich allein fühlen würde.

Kapitel 20

Zur Mittagszeit stand Menelik zum ersten Mal vor den vierundzwanzig Männern, die ihm eines Tages helfen sollten, das Volk von Saba zu regieren.

Und sie waren eine schwierige Zuhörerschaft: Sie schwiegen undurchschaubar, musterten aufmerksam Meneliks Gesicht und jede seiner Bewegungen. Keiner von ihnen ließ sich seine Gefühle anmerken. Freuten sie sich auf das Abenteuer, das auf sie wartete, oder riefen sie innerlich Flüche aus? Wer wusste schon, was sie sich von ihrer Zukunft erhofft hatten? Einige hatten vielleicht ein Mädchen, das sie liebten. Sie würden ihre Heimat, ihre Familien und ihren Besitz verlassen müssen, um einem dunkelhäutigen Fremden in die Wüste zu folgen. Ob es Asarja gelungen war, sie mit seiner Vision von einem zweiten Exodus zu inspirieren, würde sich zeigen.

Ihre Namen kannten wir bereits, und den meisten konnten wir auch ein Gesicht zuordnen. Eleasar saß neben seinem Bruder. Wenn keiner von ihnen den Mund auftat, sahen sie sich sehr ähnlich. Neben ihnen saß Zacharias, der Sohn von Benaja, dem Oberbefehlshaber über Salomos Armeen. Dann kam Elimia, einer der Nachfahren des großen Propheten Nathan. Dann war da Macharia, Sohn des Ahischa, der die Aufsicht führte über alle Palastbediensteten, und Samnaja, dessen Vater Joschafat als königlicher Schreiber nachgefolgt war. Und viele mehr.

Menelik ergriff das Wort. „Meine Herren, ich weiß nicht, was König Salomo euch über die Aufgabe gesagt hat, die euch übergetragen wurde, oder wie euch erklärt wurde, warum ausgerechnet ihr dazu auserwählt wurdet. Ich persönlich glaube, dass ihr alle von Gott selbst auserwählt worden seid, um mir dabei zu helfen, sein Licht in eine sehr dunkle Welt zu tragen und die erste königliche Dynastie zu gründen, die über die Grenzen Israels hinaus im Namen Adonais regiert. Ich kann euch nicht versprechen, dass eure Aufgabe leicht sein wird oder dass ihr nicht wünschen werdet, sie wäre euch nie übertragen worden. Aber ich kann euch versichern, dass schwere Zeiten vor dem Land liegen, das ihr hinter euch lasst. Ich kann euch auch versprechen, dass eure Bereitschaft, mit mir zu gehen, und die Opfer, die ihr dafür bringen müsst, euch Respekt in dem Land einbringen werden, in dem ihr in Zukunft leben werdet. Auf der Reise dorthin werdet ihr keine Nöte erleben, die ich selbst nicht auch erlebe, und keine Schwierigkeit, vor die wir gestellt werden, wird größer sein als Adonais Macht. Darüber hinaus werdet ihr, dank Asarja ben Zadok, eine machtvolle Erinnerung an die Gegenwart und den Schutz des Allmächtigen vor Augen haben. In Adonais Namen und zu seiner ewigen Herrlichkeit nehme ich die Berufung an, die er mir gegeben hat, und weder er noch ich haben vor, euch zu enttäuschen."

Im Laufe von Meneliks Rede konnte ich beobachten, wie sich die Anspannung der jungen Männer löste und sich ihre Herzen für ihn erwärmten. Es waren nicht nur die Worte, die er sagte, sondern auch die Art, wie er sie sprach. Er blickte jedem seiner Zuhörer nacheinander in die Augen und ließ sein aufrichtiges Bemühen spürbar werden, jeden persönlich davon zu überzeugen, dass er bereits jetzt ein geschätztes Mitglied einer besonderen Gruppe war.

Doch als er zu Arsajas Bundeslade kam, obwohl er sie nur mit wenigen Worten erwähnte, war die Anspannung, die vor dem Beginn seiner Rede an in der Luft gelegen hatte, wieder da, dazu unbehagliche Blicke und nervöses Herumrutschen auf den Plätzen. Asarja selbst schien in dem Tisch vor ihm eine Unebenheit entdeckt zu haben, die seine ungeteilte Aufmerksamkeit verdient zu haben schien, und ich nahm an, dass er verlegen war wegen des Lobes, das ihm zuteilgeworden war.

Alles in allem verlief die Versammlung sehr gut, und niemand nahm offen Anstoß an dem, was Menelik gesagt hatte. Als er die jungen Männer aufforderte, ihre Fragen zu stellen, gab es viele, aber die meisten waren rein informative Fragen und keine schlecht verschleierten Einwände. Wie weit Yeha von Jerusalem entfernt sei und wie lange wir brauchen würden, um dorthin zu kommen. Ob für Nahrungsmittel und Wasser gesorgt sei. Was mit den Räubern und wilden Tieren sei, denen wir unweigerlich unterwegs begegnen würden. Ob Truppen uns schützen würden. Und würde Menelik bei unserer Ankunft sofort als König eingesetzt oder würde seine Mutter bis zu ihrem Tod regieren, und wie sähe die Aufgabe seiner Ratgeber in der Zeit bis zu seiner Thronbesteigung aus?

Menelik beantwortete ihre Fragen, so gut er konnte, doch einige gab er an mich weiter, und ich bemühte mich um befriedigende Antworten.

Und schließlich kam die Frage, die früher oder später gestellt werden musste: Glaubten wir tatsächlich, dass Adonai sich für immer von Israel abgewandt habe? Mit anderen Worten, war Saba womöglich nicht nur in das Volk Gottes eingepflanzt worden, sondern hatte Israels Platz eingenommen?

„In aller Aufrichtigkeit, ich weiß es nicht", erwiderte Menelik mit einem vielsagenden Blick auf Asarja. „Vielleicht wird das nur die Zeit zeigen. Es ist nicht unsere Aufgabe, die Gedanken Adonais zu erahnen, sondern ihm zu vertrauen und den Weg zu gehen, den er vor uns ausgebreitet hat."

Als alle Fragen gestellt waren, bestätigte Menelik Asarja, indem er ihn bat, Adonais Segen für uns alle zu erbitten, da er bald Sabas Hohepriester sein würde. Dann ließ er jeden Anwesenden einen feierlichen Eid ablegen, dass er seinem Gott und Menelik – David –, mit unerschütterlicher Loyalität dienen würde, solange er lebte. Am Schluss erklärte er noch, von nun an bis zum Tag unserer Abreise würde seine Tür immer offen stehen. Falls jemand mit einer Frage oder einer Sorge zu ihm kommen wolle, seien solche Besuche immer willkommen.

Nachdem sich alle verabschiedet hatten, ließ Menelik mit einem tiefen Seufzer langsam die Luft entweichen. Er hatte seine Sache viel besser gemacht, als zu erwarten gewesen war, doch es war nicht leicht gewesen.

Danach verging kein Tag, ohne dass einer oder mehrere seiner zukünftigen Ratgeber bei ihm vorsprachen, um Entwicklungen oder Probleme mit ihm zu diskutieren, die sich ergeben hatten. Zacharias, der Sohn Benajas, wollte wissen, wer die Truppen befehligen würde, die uns zu unserem Schutz begleiten würden. Elimia war besorgt um Meneliks Verständnis der Prophetie: Glaubte er, dass Ahija von Silo ein Mann Gottes sei? Eleasar erschien und verlor sich in allen möglichen Trivialitäten, die eindeutig nichts mit dem eigentlichen Grund seines Kommens zu tun hatten. Dann tauchte sein Bruder Asarja auf, um seinen täglichen Bericht über den Fortschritt des Baus der Nachbildung seiner Bundeslade zu erstatten, und Eleasar ergriff die Flucht, als ob alle Wagen des Pharao hinter ihm her seien.

„Weißt *du*, was das zu bedeuten hatte?", fragte Menelik Asarja, den das Verhalten seines jüngeren Bruders ebenso zu verwirren schien wie uns.

„Nein", erwiderte Asarja, aber er hielt seinen Bericht ziemlich kurz und brach in aller Eile auf, was so untypisch für ihn war, dass selbst Hami, die Diskretion in Person, Erstaunen signalisierte.

„Er hat etwas vor, da bin ich sicher", sagte ich, nachdem Asarja fort war. „Menelik, wir sollten ihn zur Rede stellen."

„Asarja oder Eleasar?", fragte Menelik zurück, und ich musste eingestehen, dass Eleasar sich tatsächlich noch viel seltsamer verhalten hatte. Aber Menelik wies mich darauf hin, dass alle einen Eid geschworen hätten, ihrem Gott und ihrem König mit ungeteiltem Herzen zu dienen, und als Söhne Zadoks würden die beiden Brüder doch bestimmt zu ihrem Wort stehen.

Asarja hielt sein Versprechen, die Begeisterung seiner Gefährten für das Abenteuer, auf das sie sich begaben, anzufachen. Wenn sie jetzt in Meneliks Gemächer kamen, führten nicht mehr Fragen oder Befürchtungen sie her, sondern der Wunsch, ihm zu versichern, dass sie ihm gern bis zum Ende der Erde folgen würden, denn sie wüssten jetzt, dass ihr Gott mit ihnen sei und nichts ihnen im Weg stehen könne. Sie forderten Menelik sogar auf, guten Mutes zu sein und Glauben zu haben, denn bald würde er verstehen, warum sich ihre Ängste verflüchtigt hätten und warum ihre Traurigkeit darüber, ihre Heimat und ihre Familien zu verlassen, der Vorfreude gewichen sei. Sogar Eleasar wirkte fröhlich. Was immer es war, das ihn gequält hatte, es schien ihn nicht mehr zu beunruhigen.

Und langsam trat ein Wandel in Meneliks Einstellung ein. Die Zeit, die er in der Gesellschaft der jungen Männer verbrachte, war für ihn keine lästige Pflicht mehr, sondern eine Freude, und ihr Glaube und ihre Freundschaft bauten ihn auf.

Schließlich kam der Tag, an dem Asarja verkündete, die Nachbildung der Bundeslade sei nun fertiggestellt. Menelik solle ein Datum für die Abreise festsetzen, dann würden wir uns auf den Weg machen.

Auf einmal brach hektische Geschäftigkeit los. Im Hof von Salomos Palast drängten sich Hunderte Maultiere und ihre Führer, die nicht nur unsere Habe und die unserer israelitischen Gefährten tragen würden, sondern auch die unermesslichen Schätze, die Salomo uns mitgeben wollte. Darunter befand sich auch das Buch der Sprichwörter, das er mir schon vor so langer Zeit versprochen hatte – noch immer nicht ganz fertiggestellt, aber wenn er es mir nicht jetzt mitgäbe, würde ich es nie bekommen, das wusste Salomo. Er bestand auch auf einer monströsen Opferungszeremonie im Tempel. Buchstäblich Tausende Stiere und Ziegenböcke wurden geschlachtet, um die Abreise des Erstgeborenen des Königs zu betrauern und ihn und seine Gefährten Gott anzubefehlen.

Aber niemand war trauriger als Makshara, die Tochter des Pharao, die keinen Trost fand im Glauben an Adonai. Sie liebte ihren Ersatzsohn so hingebungsvoll wie eine Mutter die Frucht ihres Leibes und Menelik war ihr ebenfalls sehr zugetan. Sie schenkte ihm einen ganz besonderen ägyptischen Ring mit einem Stein in der Form eines Käfers, dessen blauen Farbton ich noch nie gesehen hatte, und bat ihn, ihn immer zu tragen. Das tat er, und ich glaube, er bedeutete ihm mehr als alle Schätze, mit denen Salomo ihn überhäufte.

Der Höhepunkt der Tempelzeremonie war der Auftritt Asarjas, der auf den Stufen zwischen den Säulen Jachin und Boas erschien, in priesterliche Gewänder gehüllt. Aus einem der Räume, die sich an das Heiligtum anschlossen, traten vier weitere Priester, die Asarjas nachgebildete Bundeslade auf ihren Schultern trugen. Von ihrem Überwurf verhüllt hätte es die echte sein können, und der Anblick war so Ehrfurcht gebietend, dass ein Raunen durch die Reihen der Zuschauer ging. Die vier Priester, die sie trugen, stiegen die Tempelstufen hinunter, um ihren Platz an der Spitze unseres Reiterzuges einzunehmen. Sie hatten sich freiwillig gemeldet, die schwere Last den weiten Weg nach Äthiopien zu tragen und dann im Tempel von Yeha zu dienen.

Wäre die Entscheidung, welche Route wir nehmen würden, von mir getroffen worden, hätte ich die Wüstenstraße durch Arabien gewählt, die ich so gut kannte. Doch Menelik hatte vor, auf dem Weg nach Hause zurückzukehren, den wir gekommen waren – dieses Mal nicht, um die Pyramiden zu bewundern, und auch nicht in der Verkleidung eines anonymen Abenteurers, sondern ausdrücklich, um dem Pharao einen Besuch abzustatten – als König, der einen König besucht. Er wollte sich als der gesalbte Herrscher Sabas vorstellen und seinem älteren ägyptischen Gegenüber die Hand der Freundschaft entgegenstrecken, gleichzeitig aber auch dem Vater, den Makshara so viele Jahre nicht mehr gesehen hatte, ihre Grüße überbringen. Darum lenkten wir unsere Schritte in Richtung Gaza, wo eine Schiffsflotte bereitstand, um uns an der Küste entlang zum Nildelta zu bringen.

Diese erste Etappe unserer Reise war nur wegen ihrer Ereignislosigkeit bemerkenswert. Alles lief so glatt, dass ich beinahe befürchtete, ich würde träumen und wir hätten Jerusalem noch gar nicht verlassen. Wir erreichten Gaza in zwei Tagen – für eine behäbige Karawane mit Packtieren und vielen Zivilisten, die das Reisen nicht gewohnt waren, war das eine erstaunliche Leistung.

Das Glück schien uns gewogen zu sein, auch nachdem wir die Schiffe bestiegen hatten. Der Rückenwind trieb uns in Rekordzeit an die ägyptische Küste. Mit einem Minimum an Aufwand gelang es uns, genügend Flussboote zu chartern, die uns über die befahrbaren Teilstücke des Nils trugen. Siamuns Hauptstadt Tanis lag zwar nur ein kleines Stück landeinwärts, doch er residierte gerade in seinem Palast in Memphis, viel weiter flussaufwärts. Und so segelten wir dorthin. Und noch immer führten wir ein angenehmes Leben, denn wir begegneten keinen gefährlichen Tieren, im Fluss wimmelte es von Fischen, die wir fangen konnten, und im dichten Schilf an seinen Ufern lebte so viel Wildgeflügel, dass wir mehr erlegten, als wir verzehren konnten.

Der alte Pharao empfing uns höflich, doch sein Verhalten Menelik gegenüber wurde deutlich herzlicher, nachdem Letzterer ihm den Ring gezeigt hatte, den er von Makshara bekommen hatte, und ihm erzählt hatte, sie hätte ihm gestattet, ihn seine „ägyptische Mutter" zu nennen. Siamun freute es zu hören, dass seine Tochter gut versorgt sei und dass ihr, obwohl sie Salomo leider keine Kinder geboren hätte, auch weiterhin mit Respekt begegnet werde.

Als wir in Memphis unser Lager aufschlugen – denn Menelik bestand darauf, das Lager mit seinen Gefährten zu teilen und keine königlichen Privilegien für sich in Anspruch zu nehmen –, fing ich an zu ahnen, was der Grund für unser ungewöhnliches Reiseglück sein könnte.

Denn eines kühlen Abends, als Menelik und ich mit den jungen Männern am Lagerfeuer unter den Sternen zusammensaßen und aßen und plauderten, sagte Menelik zu Asarja: „Mein frommer Freund, du hast mir dein kostbares Artefakt, das wir unbedingt mitnehmen sollten, noch gar nicht gezeigt.

Ist es nicht an der Zeit, dass wir den Überwurf herunternehmen, um das Meisterwerk zu bewundern? Ist sie leer oder liegen auch Abschriften der Zehn Gebote darin und Aarons Stab und der Krug mit Manna und was die echte Bundeslade sonst noch enthält?"

Das Stimmengewirr am Lagerfeuer verstummte abrupt, als wäre Wasser in die Flammen gegossen worden. Im flackernden Feuerschein richteten sich alle Augen auf Asarja, der unbehaglich auf seinem Platz herumrutschte und murmelte: „Es gehört sich nicht, Scherze über heilige Dinge zu machen."

„Scherze?", gab Menelik zurück. „Ich will deine Bundeslade sehen, und die ist nur eine Nachbildung aus Holz. Sie ist genauso wenig heilig wie die Kiste, in der ich meine Stiefel aufbewahre."

Asarja zuckte zusammen, als hätte ihn eine Wespe gestochen. „Du darfst so etwas nicht sagen – Majestät. Denn die richtige Bundeslade ist nichts anderes als eine Nachbildung der Bundeslade im Himmel. Jede Nachbildung dieser Bundeslade, die nach den Anweisungen Gottes angefertigt wurde, ist heilig und ein Bild für die Gegenwart Adonais unter seinem Volk."

Da ich eine Konfrontation vor so vielen Zeugen vermeiden wollte, griff ich vorsichtig ein. „Ein Bild oder eine Verkörperung, Asarja? Was du gesagt hast, klingt beinahe so, als sei die Bundeslade an sich ein magischer Gegenstand, nicht nur eine Erinnerung daran, dass der unsichtbare Gott immer vor uns hergeht, um uns zu führen, zu schützen und zu inspirieren."

„Natürlich ist sie kein magischer Gegenstand", räumte Asarja ein. „Doch wenn Adonai beschließt, seine Macht zu einer bestimmten Zeit in einem bestimmten Gegenstand oder an einem bestimmten Ort zu konzentrieren, dann hat er die Freiheit dazu. Hat er sich Mose nicht in einem brennenden Busch gezeigt? Und brachte nicht die Bundeslade Unglück über die Philister, nachdem sie sie in einer Schlacht erbeutet hatten?"

„Umso mehr Grund für mich, sie sehen zu wollen", sagte Menelik in demselben leichten Tonfall wie zuvor.

„Nun, das geht nicht", fuhr Asarja ihn an. „Und bitte mich nicht noch einmal darum, es sei denn, du möchtest, dass es so scheint, als hätte ich den Eid gebrochen, den ich dir geschworen habe, obwohl ich das nicht getan habe."

Damit war die Angelegenheit erledigt, zumindest für den Augenblick. Doch als wir uns am nächsten Tag wieder auf den Weg machten, schien Asarja zunehmend nervös und blickte buchstäblich jede Minute über die Schultern zurück.

Schließlich sagte ich zu ihm: „Asarja, du brauchst keine Angst zu haben, dass Menelik ohne deine Zustimmung den Überwurf der Bundeslade wegzieht. Ich weiß, dass er das nicht tun würde."

„Er würde es auch nur ein Mal tun", erwiderte Asarja in einem seltsamen Tonfall. „Aber das ist nicht das, was ich am meisten fürchte." Ich zog fragend die Augenbrauen in die Höhe. „Ich fürchte, dass Salomos Männer bereits hinter uns her sein könnten", erklärte er daraufhin.

„Warum sollten sie? Salomo hat akzeptiert, dass Menelik niemals auf Israels Thron sitzen wird. Er wird nicht versuchen, ihn zurückzuholen."

„Vielleicht wird er *Menelik* nicht zurückholen wollen, das stimmt", räumte Asarja ein, und er wollte nicht mehr dazu sagen.

„Nun gut", sagte ich, „angesichts der erstaunlichen Geschwindigkeit, mit der wir bisher vorangekommen sind, wird er uns vermutlich nicht mehr einholen, was immer auch seine Motive sein mögen." Während ich sprach, blickte ich Asarja fest in die Augen, aber er wollte meinen Köder nicht schlucken.

Je weiter wir nach Süden kamen, desto unglaublicher schien unser Glück zu werden. Der einzige Hauch einer Gefahr, den wir wahrnahmen, war, als eine Gruppe von Beduinen, die uns entgegenkamen, uns vor einem Sandsturm warnten, in den wir geradewegs hineinliefen. Wir ergriffen

Vorsichtsmaßnahmen und gruben uns ein, doch als mehrere Stunden später immer noch kein Sturm aufgezogen war, marschierten wir weiter. Und dann sahen wir an der Spur der Verwüstung, den halb zugewehten Dörfern, toten Tieren und den riesigen frisch aufgeworfenen Dünen, wo vorher keine gewesen waren, dass ein Sandsturm ungeahnter Stärke und Kraft tatsächlich unweit von uns gewütet hatte. Aber aus unerklärlichen Gründen hatte er die Richtung geändert und war in der Wüste verschwunden. Wir blieben vor ihm verschont.

Als wir uns Ägyptens südlicher Grenze näherten, kamen die Späher zurück, die vor unserem schwerfälligen Tross herritten, und berichteten, vor uns in der Wildnis läge eine große Stammesfestung. Wir seien von ihren Spähern bereits entdeckt worden, und ihre Krieger seien nicht gewillt, uns den Durchzug zu gewähren. Sie würden sich schon voll bewaffnet in einer Schlucht zusammenrotten, die wir durchqueren müssten. Ein Kampf schien unausweichlich.

Menelik rief sofort Zacharias, den Sohn Benajas, und Josabad zu sich, den Befehlshaber der Truppen, die unseren Zug begleiteten, um sich mit ihnen und den Spähern zu besprechen.

„Das sind nur Wilde, die mit ihren Speeren rasseln und keine Ausbildung und Strategie haben“, beruhigte uns einer der Späher. „Sie besitzen nur Waffen aus Bronze. Viele von ihnen sind mit Stöcken und Keulen bewaffnet.“

„Das stimmt, aber sie sind viele Hundert, vielleicht sogar tausend“, gab ein zweiter zu bedenken. „Wir können nicht hoffen, sie einfach zu besiegen. Und zwischen den Felsen könnten sich noch mehr verborgen halten.“

„Können wir nicht einen anderen Weg nehmen und diese Barbaren ganz umgehen?“, fragte Josabad, der das Leben seiner Männer nicht in einem aussichtslosen Kampf in Gefahr bringen wollte.

„Wir haben keine Durchgangsmöglichkeit gefunden außer der Straße.“

„Vielleicht sollten wir versuchen, mit diesen Leuten zu verhandeln, bevor wir Gewalt anwenden." Menelik war entschlossen, alle Möglichkeiten auszuschöpfen. „Wir führen genügend Schätze mit uns, mit denen wir den Weg freikaufen können."

„Wie sie sicherlich bereits bemerkt haben", wandte Zacharias ein. „Und warum sollten sie sich mit einem Teil davon zufriedengeben, wenn sie alles bekommen können? Nein, wir müssen kämpfen und darauf vertrauen, dass unsere überlegenen Waffen und unsere Ausbildung uns den Sieg bringen."

„Bei allem Respekt, junger Herr", sagte der Späher, der sich als Zweiter zu Wort gemeldet hatte, „keine Ausbildung oder Waffen können einen Feind besiegen, der zehnmal so stark ist wie wir. Wir würden schon Zauberwaffen brauchen, nicht nur welche aus Eisen."

Nun mischte sich Asarja in die Diskussion ein, der nicht zu diesem Gespräch gebeten worden war, sich aber selbst eingeladen hatte: „Wir brauchen keine Zauberwaffen, wo wir doch bereits das Zeichen der Gegenwart Gottes mit uns führen."

Wie schon so oft folgte auch auf diese Erwähnung der Bundeslade eine quälende Stille. Während Zacharias' Augen hoffnungsvoll aufleuchteten, sah Josabad wütend aus. Menelik schaute von einem zum anderen, bevor er Asarja mit seinem Blick durchbohrte und wissen wollte, was er meinte.

„Ich denke, unsere Truppen sollten sich darauf einstellen, gegen den Feind zu kämpfen. Die Bundeslade sollte vor ihnen hergetragen werden. Die Macht Adonais wird die Barbaren vernichten, bevor auch nur ein einziger Pfeil abgefeuert oder ein Speer geworfen wird."

Josabad brummte: „Mach dich nicht lächerlich. Wir leben nicht mehr in der Zeit Josuas. Mauern stürzen nicht mehr ein, wenn ein paar Priester die Trompete blasen."

Und Menelik fügte etwas taktvoller hinzu: „Asarja, deine Bundeslade ist doch nur eine Nachbildung, schon vergessen? Wir können nicht dieselbe Wirkung von ihr erwarten, die der echten nachgesagt wird."

„Nachgesagt wird? Mein Herr, da wird nichts ‚nachgesagt'. Aber die Bundeslade hat nie selbst etwas vollbracht. Das weißt du genauso gut wie ich. Gottes Macht war auf sie konzentriert, und das wiederum, weil der Glaube des Volkes Gottes ebenfalls auf sie konzentriert war."

„Du meinst, wenn wir daran glauben, werden wir ein Wunder erleben wie Mose während des Exodus und Josua bei der Eroberung des verheißenen Landes?", fragte Zacharias mit funkelnden Augen.

„Ja, genau das meine ich. Denn haben wir nicht Wunder erlebt, seit wir Jerusalem verlassen haben? Die Geschwindigkeit, mit der wir vorangekommen sind, die Gefahren, vor denen wir bewahrt blieben ... Ihr alle habt selbst gesehen, welche Zerstörung der Sandsturm angerichtet hat, der an uns vorbeigezogen ist."

„Dieser Junge ist verrückt", murmelte Josabad vor sich hin und Menelik musste jetzt bald ein Machtwort sprechen.

Dann wandte sich Menelik unerwartet an mich. „Onkel Tamrin", sagte er, „habe ich nicht gesagt, dass du immer mein erster Ratgeber sein wirst? Komm, sag mir deine Meinung, dann werde ich meine Entscheidung treffen."

Jetzt richteten sich alle Augen auf mich. Asarjas herausfordernd, Zacharias' hoffnungsvoll und Josabads schwarz wie eine Grube. Meneliks Blick war so vertrauensvoll wie früher, als er noch ein Junge war, mein Schüler, der glaubte, dass ich alles wüsste. Mir war deutlich bewusst, dass das Leben vieler Männer von der Weisheit meines Urteils abhing, darum sagte ich: „Menelik, wir sollten beten. Hier und jetzt. Asarja, ruf alle zusammen. Wir werden gemeinsam Adonai suchen."

Nur Josabad erhob Einwände. Er war Soldat durch und durch und wollte keine Zeit für „religiöses Zeug" vergeuden. Menelik könne ihn rufen, wenn er bereit sei, ihm verständliche Befehle zu erteilen.

Und so kam es, dass die vierundzwanzig Söhne frommer israelitischer Väter zusammenkamen und zusammen mit Menelik und mir am Straßenrand niederknieten, die mit den

Gebetsschals, die sie unter ihren Gewändern trugen, bedeckten Köpfe neigten und die Hände zum Himmel erhoben. Asarja, der eines Tages Sabas Hohepriester sein würde, rief in einem traditionellen Gesang Adonai an, in den die anderen jungen Männer nacheinander einstimmten.

Dies war das erste Mal, dass Menelik und ich so beteten, in einer Gemeinschaft von israelitischen Männern, die erwartungsvoll darauf hofften, ein Wort ihres Herrn zu hören. Früher hatten wir allein gebetet oder zusammen mit Makeda, Sabla und Hami, ausnahmslos Neulinge im Glauben. Oder wir hatten inmitten einer Menge, die mehr oder weniger an den Vorgängen beteiligt war, im Tempelhof gestanden, weit entfernt von den Priestern. Doch jetzt waren wir umgeben von leidenschaftlichen jungen Männern, deren Glaube tief und echt war. Als sich ihre Stimmen miteinander vermischten und sie begannen, beim Beten hin und her zu schwanken, hätte jeder Beobachter wahrnehmen können, wie der Geist Adonais auf sie kam und die geflüsterten Silben nicht mehr zu einer menschlichen Sprache gehörten. Nacheinander wurden die Gesichter dieser jungen Männer verwandelt, bis auch Menelik erfasst wurde.

Und dann passierte es auch bei mir. Ich sang und betete in einer himmlischen Sprache, die ich nie gelernt hatte und auch nicht verstand und die dennoch meine tiefsten Gefühle ausdrückte wie keine Worte zuvor. Ich wusste nur, dass ich in meinem ganzen Leben noch nie eine solche Euphorie empfunden hatte. Ich war ganz sicher, dass ich tot zu Boden sinken würde, wenn dieses Gefühl noch viel länger anhielt, doch das war mir egal.

Und so schnell, wie er gekommen war, verließ uns der Geist wieder. Benommen starrten wir einander an, als wären wir aus einem seltsamen gemeinsamen Traum erwacht. Alle bis auf Asarja. Er stand in unserer Mitte, die Arme nach oben gereckt, den Kopf in den Nacken gelegt, immer noch in Trance. In einer Stimme, die nicht seine eigene war, rief er: „*Nehmt die Bundeslade, und ich, der Herr, werde erstaunliche Dinge unter euch tun! Habt keine Angst vor den Feinden. Ich habe sie in eure Hand gegeben. Keiner von ihnen wird euch widerstehen können.*“ Dann sank er ohnmächtig zu Boden.

Diese Worte hatte ich schon einmal gehört. Sie stammten aus dem Bericht von Josuas Siegen über die Stämme, die das Gelobte Land besetzt hatten. Aber es bestand kein Zweifel daran, dass sie auch das Wort des Herrn für uns an diesem Tag waren und ebensolche Geltung hatten.

Während sich Eleasar um seinen bewusstlosen Bruder kümmerte, riss Menelik sich so weit zusammen, dass er Josabad rief und ihn anwies, seine Männer in Schlachtordnung antreten zu lassen. „Aber sie werden nicht kämpfen müssen“, wurde dem skeptischen alten Soldaten versichert. „Und es wird auch niemand sein Leben verlieren, denn der heutige Sieg gehört Adonai allein.“

Dann bat Menelik die vier Priester, die für die Bundeslade zuständig waren, sie an den langen Tragestangen hoch über ihre Schultern zu heben, sodass unsere ganze Gruppe sie sehen konnte, und damit auf der Straße vor uns herzuziehen. Die Soldaten würden in einem beträchtlichen Abstand hinter ihr hergehen, damit kein Zweifel daran bestehen könne, dass es Adonai war, der unseren Sieg bewirkt hatte, keine Waffen.

Was erwarteten wir? Würde Feuer von der Bundeslade ausgehen, um den Feind in lodernden Flammen zu verzehren? Würde die Macht Adonais die Erde teilen und unsere Gegner alle darin versinken lassen?

Doch wir sahen gar nichts. Die Barbaren allerdings schienen etwas gesehen haben. Denn plötzlich verwandelten sich ihre Schlachtrufe in Entsetzensschreie. Sie ließen ihre Waffen fallen und trampelten sich gegenseitig zu Tode in dem verzweifelten Versuch, dem zu entkommen, was immer sie gesehen hatten.

Natürlich waren es Wilde, die einem archaischen Aberglauben anhingen. Aber es gab keinen offensichtlichen Grund dafür, dass sie so in Panik geraten waren. Als die Träger der Bundeslade den schmalen Durchgang zwischen den Felsen erreichten, war er verlassen. Einzig einige tote Krieger lagen da, ihre Schädel zertrümmert von den Füßen ihrer fliehenden Kameraden.

In jener Nacht war der Lärm unserer Siegesfeier sicherlich selbst im Himmel zu hören. Priester, Soldaten, Maultierführer und alle anderen erhoben ihre Stimmen zum Lob Adonais, das immer lauter und schließlich auch rauer wurde, als Dutzende prall gefüllter Weinschläuche freigiebig verteilt wurden. Salomo hatte Vorsorge dafür getroffen, dass die jungen Männer aus Israel sich auch nach ihrer Ankunft in Äthiopien am Wein erfreuen konnten, denn Wein gedeiht nicht in der gebirgigen Landschaft um Yeha herum und ist daher ein seltener Luxus. Aber das war im Augenblick egal. Alle wollten sich an Adonais Macht erfreuen und ihre Wertschätzung für dieses spektakuläre Eingreifen zeigen. Er hatte uns vor der Bedrohung durch unsere Feinde gerettet.

Und so flossen der Wein und die Lobgesänge weiter und niemand pries Gott lauter oder trank mehr als Asarja. Es dauerte nicht lange, bis er und Menelik auf den Schultern der Männer durch das Lager getragen wurden, die Gesichter gerötet vor Freude und vom Saft der Weinreben. Ich hatte Menelik noch nie betrunken erlebt, aber ich war ja da, um aufzupassen, dass er nichts Dummes anstellte.

Asarja dagegen hatte niemanden, der ihn vor sich selbst schützte, denn sein Bruder Eleasar war genauso betrunken wie er. Und je mehr er trank, desto lauter wurde Asarja und schwankte auf den Schultern der anderen herum. Es war nur eine Frage der Zeit, bis die gleichermaßen betrunkenen Männer, die ihn herumtrugen, stolperten und ihn von seinem Thron stürzen ließen, und dabei taumelten sie gegen Meneliks Träger und warfen sie ebenfalls um. Und schon lagen ihr zukünftiger König und ihr Hohepriester gemeinsam auf dem Boden.

Asarja begann wie ein Verrückter zu lachen, warf die Arme um Menelik und platzte heraus: „Ich muss dir etwas sagen, Menelik, mein Freund. Ich kann dich nicht länger im

Unklaren lassen! Es ist die echte! Die Bundeslade, die wir aus Jerusalem mitgenommen haben – das ist gar keine Nachbildung. Es ist die Lade, die Mose gemacht hat, so wahr ich Zadoks Sohn bin! Die Bundeslade, die Herrlichkeit Zions ... wie immer du sie nennen willst, wir haben sie bei uns! Ich habe sie meinem Vater unter der Nase weggeholt, ich schwöre es. Freu dich mit mir, Menelik, denn dein Volk in Äthiopien wird für immer Wächter der Bundeslade sein."

Die Männer in seiner Nähe verstummten, und das Schweigen breitete sich in Windeseile aus, sodass nach wenigen Augenblicken nur noch das Prasseln und Zischen der Lagerfeuer zu hören war, wenn das Fett von dem Fleisch, das darüber gebraten wurde, in die Flammen tropfte. Menelik starrte Asarja benommen an, als würde er immer noch in einer unbekannten Sprache reden. Und als sein benebelter Geist zwei und zwei zusammenzählte und fünf herausbekam, grinste er und johlte undeutlich: „Asarja, du solltest dich schämen! Es gehört sich nicht, Scherze über heilige Dinge zu machen!"

„Oh, das ist kein Scherz, das versichere ich dir. Deine Lade ist die richtige Bundeslade, die Mose in der Wüste angefertigt hat. Das ist die Lade, die unsere Vorväter ins verheißene Land geführt hat. Und jetzt ist es deine. Willst du dich denn nicht bei mir bedanken?"

„Ich soll mich bei dir bedanken? *Bei dir bedanken?*" Meneliks Blick schärfte sich, als der Zorn den Rausch vertrieb. „Ich glaube dir kein Wort."

„Dann frag Eleasar, meinen Bruder. Frag Zacharias ben Benaja. Frag Elimia. Sie werden dir alle dasselbe sagen."

„Und warum wissen alle darüber Bescheid, nur ich nicht?"

„Nein, nicht alle. Dein Onkel Tamrin nicht, auch Josabad und seine Soldaten nicht. Aber alle vierundzwanzig, die Salomo zu deinen Ratgebern bestimmt hat, kennen die Wahrheit. Wie sonst hätte ich sie überreden können, einem wie dir bereitwillig in die Wüste zu folgen? Was glaubst du?"

Jetzt war Menelik auf den Beinen. Sein Zorn kochte hoch, und er war noch genauso betrunken wie zuvor, eine tödliche

Kombination. „Ich habe dich gewarnt, Asarja", knurrte er. „Ich habe dich gewarnt, nicht zu vergessen, dass *ich* der gesalbte König von Saba bin, nicht du. Es ist an *mir*, Entscheidungen zu treffen und mein Volk zu führen, und *deine* Aufgabe ist es zu tun, was dir aufgetragen wird, und darauf zu achten, dass Gott auf unserer Seite steht und dass das Volk ihm nachfolgt."

„Und genau das habe ich getan – *Majestät*. Wie könnte man Gott besser auf seiner Seite halten, als wenn man seine heilige Bundeslade bei sich hat? Außerdem, als du angefangen hast, mir Vorschriften zu machen, war die Entscheidung bereits getroffen. Und ich habe das auch nicht aus eigenem Antrieb gemacht. Ich hatte einen Traum. Ein Engel Adonais ist mir erschienen."

„Ein Engel? Herr im Himmel, Asarja! Hältst du mich für einen kompletten Idioten?"

„Keinen kompletten, nein. Denkst du wirklich, ich hätte die Bundeslade ohne Adonais Billigung aus dem Allerheiligsten schmuggeln können? Er hätte mich in dem Augenblick tot umfallen lassen, in dem ich das Heiligtum betrat! *Niemand* darf es betreten außer meinem Vater, einmal im Jahr am Versöhnungstag, und selbst er muss ein Seil um seinen Knöchel tragen für den Fall, dass Gott ihn tötet, damit sein Leichnam am Fuß herausgezogen werden kann! Doch *ich* bin hineingegangen und drei andere mit mir – natürlich hatten wir die Reinigungsrituale vollzogen –, und wir haben die Bundeslade gegen unsere Nachbildung ausgetauscht, während die Priester und Leviten, die den Tempel bewachen, reglos wie Statuen dabeistanden! Wir haben den neuen Überwurf über den Nachbau gelegt, ohne dass sie irgendetwas gemerkt hätten! Es war, als wären wir unsichtbar oder als wäre die Zeit für alle außer uns stehen geblieben! Ich sage dir, Menelik: Die Wunder begannen schon lange, bevor wir Jerusalem verließen."

Zu Beginn von Asarjas Erklärung hatte Menelik mit geballten Fäusten dagestanden, das Gesicht finster wie eine Gewitterwolke. Am Ende sank er auf die Knie und rieb sich Staub vom Erdboden in seine zerzausten Haare. Als er endlich wieder aufzublicken wagte, sah er nicht nur Asarja, sondern jeden einzelnen seiner vierundzwanzig Ratgeber vor sich stehen, die ihn anstarrten und warteten, was er als Nächstes sagen würde. Er brauchte sie nicht zu bitten, Asarjas Geschichte zu bestätigen, denn ihre Gesichter sprachen mehr als alle Worte.

So leise, dass ich ihn kaum verstehen konnte, sagte Menelik: „Ich bin nach Israel gereist, um meinen Vater zu sehen und seinen Segen zu empfangen und um ihm die freudige Nachricht zu überbringen, dass er außer Rehabeam noch einen Sohn hat. Doch stattdessen habe ich ihn nicht nur seines kostbarsten Besitzes beraubt, sondern auch aller Freude, aller Hoffnung und des höchsten Symbols seines Gottes. Ich hätte genauso gut bei seinen Frauen liegen und den Tempel niederbrennen können. Mir bleibt nichts anderes übrig, als zu sterben, hier in der Wüste, bevor wir Äthiopien erreichen und ich seine Erde mit meinem verdorbenen Blut verschmutze. Nimm mein Schwert, und töte mich, Asarja, denn ich bin am Ende."

„Dich töten? Du bist wirklich verrückt! Du bist ein Prinz, der bald sein königliches Erbe antritt, und der allmächtige Gott des Universums steht auf deiner Seite. Kein Mensch auf der ganzen Welt hat so vieles, das für ihn spricht, wie du, Menelik … David ben Salomo."

„Nenn mich nicht bei einem Namen, dessen ich nicht würdig bin. Ich habe meinem Vater das Herz gebrochen. Er hat keine Wahl, als mich zu enterben."

„Du hast nichts dergleichen getan! Wahrscheinlich wird er nie erfahren, dass die Bundeslade fort ist. Selbst wenn *mein* Vater am Versöhnungstag das Allerheiligste betritt, nimmt er nie den Überwurf von der Lade, und falls doch, im Allerheiligsten ist es dunkel!"

„Und es betrübt dich nicht im Geringsten, dass du deinen Vater zum Opfer einer böswilligen Täuschung gemacht hast? Er wird es herausfinden, sie beide werden es herausfinden, dessen kannst du sicher sein, weil du nicht der Einzige bist, der Träume hat. Mein Vater erzählte mir von einem Traum, den er in der Nacht gehabt hat, als er bei meiner Mutter gelegen hat. Er träumte, die Sonne sei über Israel untergegangen und über Äthiopien aufgegangen, aber er wusste nicht, was es bedeutete. Jetzt ist es offensichtlich."

„Um so mehr Grund, dich zu freuen, Majestät, denn es zeigt, dass alles, was geschehen ist, in Übereinstimmung mit dem Willen Adonais steht."

Was sollte Menelik darauf erwidern? Er erkannte ebenso wie ich, dass alles, was er noch sagen könnte, von Asarja als weitere Bestätigung seiner eigenen Interpretation gewertet würde.

Als Asarja sein Zögern spürte, setzte er zum letzten Schlag an. Er beugte sich zu Menelik hinunter, packte ihn an den Schultern und rief: „Jetzt verstehst du, warum ich dir die Bundeslade nicht zeigen kann, nicht? Und schon gar nicht durfte ich dich hineinschauen lassen. Niemand darf je wieder den Überwurf von ihr nehmen! Wenn wir in deiner Hauptstadt angekommen sind, wird sie ihren Platz im Allerheiligsten deines Tempels einnehmen, und selbst *ich* werde sie nur einmal im Jahr sehen. Und ich werde genau wie mein Vater ein Seil um meinen Knöchel tragen."

Und leise, beinahe ehrfürchtig stimmte er den Gesang an, mit dem er unser Gebet am Straßenrand eingeleitet hatte, und seine Gefährten fielen einer nach dem anderen mit ein. Und als sich ihre Stimmen erhoben, stieg sanft der Geist Gottes herab, um auf sie zu fallen wie feiner Nieselregen im Wald – in meinen Augen ein beredteres Zeichen für die Gegenwart Adonais, als es jede Bundeslade sein könnte.

War das auch ein Zeichen dafür, dass Asarja die Wahrheit sagte? War es möglich, dass unsere Lade tatsächlich die echte Bundeslade war, wie er behauptete? Und falls das so war, konnte es wirklich sein, dass Adonai mit ihrer Entfernung aus dem Tempel in Jerusalem einverstanden war, der eigentlich ihre letzte Heimstatt hätte sein sollen nach all den Jahren, in denen sie in einem heiligen Zelt herumgezogen war? Es erschien mir höchst unwahrscheinlich, dass Asarja sie gegen den Willen Gottes gestohlen haben könnte.

Doch noch während mir diese Fragen durch den Sinn gingen, wuchs in mir die Überzeugung, dass die Antworten auf die meisten von ihnen unwichtig waren. Was zählte, war allein die Tatsache, dass Adonai jetzt mit uns war und dass er, wenn wir ihm den Respekt erwiesen, der ihm zustand, alles, was geschah, dazu gebrauchen würde, seinen vollkommenen Willen zu erfüllen. Er würde die Fäden der Hoffnung und Verzweiflung, der Erwartung und Furcht, des Glaubens – fehlgeleitet oder nicht – und sogar der offensichtlichen Sünde miteinander verweben und daraus einen Teppich von außergewöhnlicher Schönheit schaffen, und jeder, der ihn erblickte, würde auf die Knie sinken und den Einen anbeten, der Ordnung ins Chaos bringt und in Ewigkeit alle Dinge neu schafft. Ob nun die Sonne über Israel unterging oder nicht, ganz gewiss würde sie über Äthiopien aufgehen und für immer dort scheinen, so wie sie jetzt aus den Gesichtern der vierundzwanzig Söhne Israels leuchtete, die die Arme zum Himmel erhoben hatten und in Zungen sangen, während Tränen über ihre Wangen liefen.

Auch Menelik konnte nicht mehr länger niedergeschlagen sein. Ich beobachtete, wie er sich langsam erhob, und es sah aus, als würden ihm unsichtbare Hände aufhelfen, statt dass er aus eigenem Antrieb aufstand. Dann hob er die Hände zum Himmel und wandte sich zur Bundeslade. Und seine Stimme war genauso wenig seine normale Sprechstimme, wie Asarjas es gewesen war, als er vor der Schlacht für Adonai gesprochen hatte.

„Preis sei Adonai Elohim, König des Universums!“, rief er. „Denn in allen Dingen ist es sein Wille, den er tut, und nicht der Wille der Menschen. Den Weisen lässt er ihre Klugheit zur Falle werden und die Listigen lässt er über ihre eigenen Pläne stolpern. Du ziehst den demütigen Menschen aus der Grube und stellst seine Füße auf festen Grund. Einen vollen Becher Herrlichkeit streckst du denen entgegen, die dich lieben, und diejenigen, die dich zurückweisen, werden die Scham bis auf den letzten Tropfen austrinken. Denn Erlösung scheint hervor aus Zion. Überall, wo Männer und Frauen zu dir rufen, wird ihre Sünde getilgt werden, denn deine Güte und Gnade werden über den ganzen Erdkreis ausgegossen werden. Dies ist nur der Anfang. Es wird Erlösung sein, wo immer dir die Ehre dargebracht wird: Erlösung im Haus und auf dem Feld, Erlösung im Palast und in der Hütte, auf dem Meer und auf dem Land, auf den Hügeln und in den Bergen, in den Tälern und Schluchten. Sei du unser Schild und Schwert, oh Herr, unser Gott, und wir werden dir folgen, wo immer du uns hinführst. Gib du uns Kraft, und wir werden dir dienen, wie es dir gebührt, und deinen Namen und deine herrlichen Taten bekannt machen, bis alle Menschen erkennen, dass es nur einen Gott im Himmel gibt und dass deine Liebe so grenzenlos ist wie das Universum, das du geschaffen hast."

Als Menelik seine Stimme erhoben hatte, waren die anderen verstummt. Während er aufgestanden und irgendwie größer geworden war, während er sprach, waren sie einer nach dem anderen auf die Knie gesunken und hatten sich auf den Boden geworfen, nicht vor ihm, sondern vor der Gegenwart Adonais. Erst, als Menelik verstummte und ebenfalls auf die Knie fiel, spürte ich erneut die Bewegung des Geistes Gottes in mir.

Dieses Mal brachte er mich nicht zum Lachen oder Weinen oder zum Singen in himmlischen Sprachen. Er badete meine Seele in Wärme und flüsterte mir zu, dass meine letzte Aufgabe nun vollbracht sei. Ich hatte über Makeda gewacht, bis sie die größte Königin geworden war, die Saba je gehabt hatte. Und jetzt war ihr Sohn Menelik, der ebenfalls mein Schutzbefohlener gewesen war, bereit, ihr auf den Thron zu folgen. Ich, Tamrin der Kaufmann, konnte nun zufrieden in mein Grab sinken, nicht, weil ich ein riesiges Handelsimperium in Äthiopien aufgebaut hatte, sondern weil Menelik jetzt ein Mann war, und nicht nur ein Mann, sondern ein Mann Gottes.

Anmerkungen zum geschichtlichen Hintergrund

Von jeher hat die Geschichte vom Besuch der Königin von Saba am Hof von König Salomo Juden, Christen und Muslime gleichermaßen fasziniert. Ein Grund dafür mag sein, dass uns die Bibel diese mächtige, reiche und exotische Frau zwar vorstellt, uns aber kaum etwas über sie verrät. Im Alten Testament wird sie nur kurz in 1. Könige 10,1-13 (und in der Parallelstelle 2. Chronik 9,1-12) erwähnt, doch uns wird weder ihr Name genannt, noch wo genau das Königreich Saba zu finden war. Es gibt keine Hinweise darauf, dass die Beziehung zwischen Salomo und der Königin eine Liebesbeziehung war, viel weniger eine sexuelle. Doch viele Gelehrte haben Vers 13 („König Salomo gab der Königin von Saba, was ihr gefiel und worum sie ihn bat") als Hinweis gedeutet, dass es in ihrer Beziehung nicht nur um Politik ging.

Ausdrücklich wird uns nur gesagt, dass die Königin von Saba Israel besuchte, weil sie von Salomos Ruhm, seinem Reichtum und seiner Weisheit gehört hatte und selbst herausfinden wollte, ob die Berichte der Wahrheit entsprachen. Vielleicht gab sie ihm nur die Art von Rätsel auf, mit denen Philosophen und Herrscher in der Alten Welt häufig den Intellekt des anderen auf die Probe stellten. Vielleicht hatte sie aber auch tiefere Fragen über Gott und die Götter.

Der jüdische Historiker Josephus schreibt im ersten Jahrhundert, sie sei „wissbegierig in der Philosophie" gewesen. Möglich ist auch, dass sie vorhatte, ein politisches Bündnis zwischen ihrem und Salomos Königreich zu schmieden, die sonst vielleicht Rivalen gewesen wären, oder zumindest ein

Handelsabkommen zu treffen, das ihr Zugang zu verschiedenen Märkten oder die Kontrolle über die Karawanenrouten durch die Wüste Sinais und Arabiens verschaffte. Die Tatsache, dass zu ihrer Karawane mit Balsamöl beladene Kamele gehörten, hat viele Forscher und Gelehrte zu der Annahme geführt, Saba sei in Arabien angesiedelt gewesen.

Was immer auch der Grund für ihren Besuch war, nur wenige haben der Versuchung widerstehen können, sich in Spekulationen darüber zu ergehen. Eine verblüffende Vielfalt von Legenden ist daraus entstanden, von denen einige nachweisbar aus uralten Zeiten stammen, andere hingegen nicht weiter zurückdatieren als bis ins Mittelalter. Ein großer Teil des jüdischen und muslimischen Materials ist bestenfalls sehr fantasievoll, denn es erzählt von magischen Artefakten, Dschinns und sprechenden Vögeln. Doch einige der faszinierendsten und weniger abwegigen Geschichten sind die aus Äthiopien, ganz besonders die, die sich im Nationalepos, dem *Kebra Nagast,* finden.

Dieses Dokument stammt aus dem Mittelalter, obwohl der größte Teil seines Inhalts auch schon früheren Ursprungs sein könnte. Während in den islamischen Legenden der Name der Königin von Saba mit „Bilqis" angegeben ist und Josephus sie „Nicaulis" nennt, ist sie bei den Äthiopiern immer als „Makeda" bekannt gewesen. Und diese sind auch davon überzeugt, dass Saba keinesfalls in Arabien (im heutigen Jemen) lag, wie häufig angenommen wurde, sondern tatsächlich im östlichen Afrika. In Äthiopien gibt es noch heute eine Region, die Shewa heißt, und auch wenn häufig behauptet wird, dass vor dem Mittelalter in Äthiopien keine Verbindung zu Salomo zu finden sei, hieß einer der Herrscher des viel früheren äthiopischen Königreiches Daamat Salamam-Fataran.

Tatsächlich fand sich in der Archäologie bestätigt, dass es in Äthiopien eine fortschrittliche Zivilisation gegeben hat, deren Zentrum die Stadt Yeha war und die mit großer Sicherheit auf die Zeit Salomos zurückdatiert werden kann, und dass es unzweifelhaft bereits im ersten Jahrhundert vor Christus

Verbindungen zwischen Äthiopien und Südarabien gegeben hat. Es könnte gut sein (was ich für diesen Roman vorausgesetzt habe), dass Sabas Territorium sich über Teile Afrikas *und* Arabiens erstreckt hat. Immerhin beträgt die Entfernung zwischen Afrika und Arabien an der Südspitze des Roten Meeres (der Bab-el-Mandeb-Straße) nur wenige Meilen. Und selbst in äthiopischen Berichten wird angenommen, dass die Route, die Makeda für ihren Besuch bei König Salomo wählte, die Karawanenstraße durch Arabien war und nicht eine der alternativen Routen durch Ägypten oder über das Rote Meer.

Auch die äthiopischen Versionen der Legende um die Königin von Saba unterscheiden sich gravierend voneinander. Ihr Palast wird zum Beispiel verschiedentlich als in Yeha, Axum und „Debra Makeda" befindlich beschrieben. Und in einigen Berichten ist Angabo (auch Angabos oder Angaboo), der das Kind Makeda vor einem Drachen rettet, ihr eigener Vater. In einem anderen Bericht ist Makedas Vater der Drache, in wieder anderen ist es Makeda selbst, die einen Drachen oder eine Schlange tötet und sich so das Recht erwirbt, über Saba zu herrschen. Bei dem Kampf verletzt sie sich am Bein. Der Hinweis auf eine Behinderung oder Entstellung eines Beines oder sogar beider Beine ist ein wiederkehrendes Merkmal jüdischer und muslimischer wie auch äthiopischer Legenden über sie. Einige besagen, die Beine der Königin wären ungewöhnlich stark behaart gewesen, und sie hätte die Füße einer Ziege gehabt, obwohl sie sonst außergewöhnlich schön und ungeheuer intelligent gewesen sei. Die Version der Geschichte, in der Makeda von ihrem eigenen Haustier, einem Schakal, gebissen wird, ist äthiopischen Ursprungs. In einer anderen äthiopischen Legende wird erzählt, dass ein paar Tropfen ihres Blutes auf ihren Fuß getropft seien und ein Geschwür verursacht hätten, als sie einer Schlange geopfert werden sollte.

Welche Version nun die plausibelste sein mag, in allen hat Salomo seinen Beitrag dazu geleistet, den Zustand der

Königin zu verbessern – und wenn auch nur, indem er einen Haarentferner erfunden hat!

Salomos Weisheit an sich ist Stoff für viele Legenden. Es gibt eine Fülle von jüdischen und islamischen Geschichten, in denen sein enzyklopädisches Wissen gepriesen wird und ihm sogar Wunderkräfte zugeschrieben werden. In vielen dieser Geschichten hat er die Fähigkeit, mit Vögeln und Tieren zu kommunizieren und sie dazu zu bringen, das zu tun, was er ihnen auftrug. Zweifellos mag ein Gelehrter von solchem Ansehen den Eindruck vermittelt haben, dass er Dinge weiß, die kein sterblicher Mensch jemals wissen kann, und wie viele andere Könige der Antike hatte Salomo vermutlich botanische Gärten und hielt sich Tier- und Vogelarten aus allen Enden seines Königreichs und aus weit entlegenen Ländern, die seine Kaufleute bereisten. Josephus zufolge besaß Salomo riesige Gärten in der Nähe von Bethlehem.

Eng verbunden mit den Legenden über die Königin von Saba ist das unlösbare Geheimnis um das Verschwinden der Bundeslade. Im Alten Testament wird dieses mächtige Symbol der Gegenwart Gottes unter den Juden das letzte Mal in 2. Chronik 35 erwähnt. In diesem Kapitel weist König Josia die Leviten an, die Bundeslade wieder in den Tempel zu stellen, aus dem sie vermutlich entweder während der Herrschaft des götzendienerischen Königs Manasse oder wegen der Renovierungsarbeiten, die Josia selbst durchführen ließ, entfernt worden war.

Doch selbst in 2. Chronik ist nicht ausdrücklich erwähnt, dass die Leviten Josias Anweisung befolgten. Es könnte sein, dass die Bundeslade damals bereits vermisst wurde und dass ihr Verschwinden in der Folge verschleiert wurde. Jeremia 3,16 könnte ein versteckter Hinweis darauf sein. In diesem Vers wird gesagt, dass in der Zukunft die Bundeslade nicht mehr erinnert werden wird; sie wird nicht vermisst werden, und es wird auch keine weitere mehr angefertigt werden.

Das entspricht dem traditionellen Glauben der Äthiopier, denn im *Kebra Nagast* wird ziemlich kategorisch behauptet, dass die Bundeslade mit göttlicher Billigung von Asarja, dem Sohn Zadoks, aus dem Tempel entfernt worden sei. Asarja und seine Gefährten seien über die Aussicht, ihr Heimatland auf Befehl Salomos verlassen zu müssen, um seinen unehelichen Sohn nach Äthiopien zu begleiten, wo Menelik als König von Adonais Gnaden herrschen sollte, zutiefst betrübt gewesen. Und so hätten sie sich einen Plan ausgedacht, die Bundeslade mitzunehmen, um ihr Heimweh zu lindern und Salomo für diese harte Behandlung zu bestrafen. Asarja und seine Gefährten, so glauben viele, sollen die Vorfahren der rätselhaften äthiopischen Juden sein, deren Herkunft ein weiteres Rätsel ist, das mit der Gestalt der Königin von Saba in Zusammenhang gebracht wird.

Viele äthiopische Christen der Gegenwart sind fest davon überzeugt, dass die Bundeslade heute in der *Church of Our Lady Mary of Zion* in Axum ruht, doch da kein anderer als ihr Bewacher die Erlaubnis hat, sie zu sehen, ist diese Behauptung noch zu beweisen.

Nach späteren äthiopischen Legenden war es Menelik, der die königliche Dynastie Äthiopiens gegründet hat, die ohne Unterbrechung fast 3.000 Jahre regierte und erst mit dem Sturz des Kaisers Haile Selassie 1974 zu Ende ging. Doch es ist schwer zu verifizieren, ob die „salomonische" Dynastie, die sich im Jahr 1270 n. Chr. „wieder etablierte", nachdem sie der rivalisierenden Zagwe-Dynastie die Macht entrissen hatte, tatsächlich dieselbe Dynastie war, von der Zagwe die Macht übernommen hatte. Die Zagwe behaupteten ebenfalls, Nachfahren Salomos zu sein – als Frucht seines Beischlafs mit Makedas Zofe!

Wie auch immer die Wahrheit über ihren Ursprung aussehen mag, die äthiopische Königsfamilie machte es sich zur Gewohnheit, jeden neuen Herrscher nach einer Versammlung ihres Kronrats zu wählen, einem Treffen aller Angehörigen des verstorbenen Monarchen und Vertreter anderer Adelsfamilien. Vom regierenden Monarchen wurde erwartet, dass er einen Erben ernannte, doch der Erbe konnte den

Thron nicht ohne die Zustimmung des Kronrats besteigen und wurde manchmal auch zugunsten eines rivalisierenden Anwärters verworfen. Ich habe mir die Freiheit genommen anzunehmen, dass diese Sitte bereits in der Zeit von Makeda und Menelik existiert hat.

Den äthiopischen Berichten ist nicht eindeutig zu entnehmen, ob Makeda eine in einer langen Reihe von jungfräulichen Königinnen war oder ob sie den Thron von ihrem Vater geerbt hat. Nach arabischen Legenden waren die Herrscher Äthiopiens (oder Abessiniens) von frühesten Zeiten an „königliche Prinzessinnen". Wir wissen, dass es im frühen Arabien weibliche Herrscherinnen gab. Arabische und assyrische Inschriften bezeugen ihre Existenz bereits im 8. Jahrhundert vor Christus. Vor dieser Zeit scheint Arabien gar keine Monarchie gehabt zu haben, aber mit Sicherheit gab es „Ober-Herrscher", die sogenannten Mukarribs, die verhinderten, dass sich die niedrigeren Fürsten befehdeten. Und bei den Sabäern (ein späteres arabisches Weltreich, dessen Name eindeutig mit Saba in Verbindung steht) wurde der Thron nach dem Verscheiden des Vorgängers an den ersten Jungen weitergegeben, der einer der führenden Familien geboren wurde. Es fällt nicht schwer sich vorzustellen, dass ein solches System auch auf Herrscher zu übertragen ist, die weiblich sind und denen nicht gestattet wird zu heiraten oder selbst Kinder zur Welt zu bringen.

Fast alle Personen in diesem Roman werden entweder im Alten Testament oder im *Kebra Nagast* erwähnt. In der Bibel wird der Name von Salomos ägyptischer Frau nicht genannt, auch nicht, welcher Pharao ihr Vater war, aber das *Kebra Nagast* nennt sie Makshara, und ein Vergleich der ägyptischen und israelitischen Chronologien hat eine Reihe von Gelehrten zu der Annahme geführt, dass ihr Vater Siamun, der sechste König der 21. Dynastie war. Andere behaupten, Siamun sei vor Salomos Thronbesteigung gestorben, und der wahrscheinlichste Kandidat sei Psusennes II. gewesen, aber die zeitliche Abfolge dieser Periode ist schwer zu bestimmen.

Hat die Königin von Saba wirklich ihren heidnischen Götzen entsagt und beschlossen, ihr Königreich in Übereinstimmung mit dem Gesetz des Mose zu regieren? In 1. Könige 10,9 wird angedeutet, dass sie Salomos Gott zumindest kennenlernte und die einzigartige Qualität seiner Beziehung zu seinem Volk schätzen lernte. Aber aus jüdischen, muslimischen und äthiopischen Quellen erfahren wir, dass sie ihr Heidentum zugunsten der Anbetung des einen wahren Gottes aufgab. Und in Matthäus 12,42 (und Lukas 11,31) bezeichnet Jesus selbst die Königin von Saba als eine der berühmtesten Büßerinnen der Geschichte. Sie wird sogar beim Letzten Gericht anwesend sein und diejenigen anklagen, die sich weigern, die Worte Jesu anzunehmen.

Wie auch immer, auf keinen Fall bedeutet dies, dass Gott die Juden zugunsten der Äthiopier als sein erwähltes Volk aufgegeben hat. Selbst wenn die Bundeslade tatsächlich in Axum steht, heißt das noch lange nicht, dass die Äthiopier das neue „erwählte Volk" sind, es sei denn, dem *Kebra Nagast* würde dieselbe geistliche Autorität zugeordnet wie der Bibel!

Im Neuen Testament bemerkt Paulus mit Nachdruck (zum Beispiel in Römer 11,1), dass Gott das Volk, das er anfangs erwählte, nicht verstoßen hat. Auch wenn die Bundeslade einst das Symbol der Gegenwart Gottes war, könnte er darin genauso wenig „enthalten" sein wie in Salomos Tempel. Salomo selbst sagte, die Himmel könnten den allmächtigen Gott nicht fassen (1. Könige 8,27). Vielleicht musste die Bundeslade verloren gehen, damit Juden und Heiden gleichermaßen die Lektionen nicht nur aus Jeremia 3,16, sondern auch aus Jeremia 31,31-34 lernen konnten:

„‚Es wird der Tag kommen', spricht der Herr, ‚an dem ich einen neuen Bund mit dem Volk Israel und mit dem Volk Juda schließen werde. Dieser Bund wird nicht so sein wie der, den ich mit ihren Vorfahren schloss, als ich sie an der Hand nahm und aus Ägypten herausführte. Sie sind meinem Bund nicht treu geblieben, deshalb habe ich mich von ihnen abgewandt', spricht der Herr. ‚Doch dies ist der neue Bund, den ich an jenem Tage mit dem Volk Israel schließen werde', spricht der Herr. ‚Ich werde ihr Denken mit meinem Gesetz füllen, und ich werde es in ihr Herz schreiben. Und ich werde ihr Gott sein und sie werden mein Volk sein. ... Denn alle werden mich kennen, alle, vom Kleinsten bis hin zum Größten.'"

Quellen

Clapp, Nicholas. *Sheba – Through the Desert in Search of the Legendary Queen.* Mariner, 2001.
Anfray, Francis. *Les Anciens Éthiopiens.* Armand Colin, 1990.
Philby, H. St. John. *The Queen of Sheba.* Quartet, 1981.
Munro-Hay, Stuart. *The Quest for the Ark of the Covenant.* I. B. Tauris, 2005.
Price, Randall. *Searching for the Ark of the Covenant.* Harvest House, 2005.

FSC
www.fsc.org
MIX
Papier aus verantwortungsvollen Quellen
FSC® C014496

Verlagsgruppe Random House FSC® N001967
Das für dieses Buch verwendete FSC®-zertifizierte Papier *Enso Classic 95* liefert Stora Enso, Finnland.

Die Bibelzitate in den „Anmerkungen zum geschichtl. Hintergrund“ stammen aus der Neues-Leben-Übersetzung.

1. Auflage 2014
Bestell-Nr. 816937
ISBN 978-3-86591-937-3
Umschlaggestaltung: Hanni Plato
Umschlagfoto: Shutterstock
Satz: DTP Verlagsservice Apel, Wietze
Druck und Verarbeitung: GGP Media GmbH, Pößneck
Printed in Germany